»Ich muß lange zurückdenken, wann in einem Theater so gelacht worden ist«, schrieb Kurt Tucholsky über Karl Valentin. Dieses Lachen hat mit Valentins Körper und der Situationskomik seiner mit Liesl Karlstadt gespielten Stücke, vor allem aber hat es mit Sprache zu tun. Bis heute gibt es keinen deutschsprachigen Künstler, der aus Sprache, ihrem Funktionieren und Nicht-Funktionieren, ein solches Komik-Kapital geschlagen hat. Michael Lentz folgt in diesem Lesebuch den Spuren von Valentins Komik und bietet eine umfassende Auswahl seiner schönsten Texte.

Karl Valentin wurde am 4. Juni 1882 als Valentin Ludwig Fey geboren. Seinen ersten Erfolg als Autor, Schauspieler und Komiker hatte er 1908 mit dem Monolog »Das Aquarium«. 1911 lernte er Elisabeth Wellano (1892–1960) kennen, die später als Liesl Karlstadt zu seiner Bühnenpartnerin wurde. Neben seiner Theaterarbeit drehte Valentin fast 40 Kurzfilme. Er war mit Bertolt Brecht befreundet; zu seinen Bewunderern gehörten Alfred Kerr und Kurt Tucholsky. Karl Valentin starb am 9. Februar 1948 in Planegg bei München.

Michael Lentz, 1964 geboren. Autor, Musiker, Herausgeber. Zuletzt erschienen: »Schattenfroh. Ein Requiem« (2018), die Frankfurter Poetikvorlesungen »Atmen Ordnung Abgrund« (2013), die Essay- und Aufsatzsammlung »Textleben« (2011) und »Offene Unruh. 100 Liebesgedichte« (2010), alle bei S. FISCHER und bei FISCHER Taschenbuch.

Weitere Informationen finden Sie auf www.fischerverlage.de

Karl Valentin

Das große Lesebuch

Herausgegeben von
Michael Lentz

FISCHER Taschenbuch

MIX
Papier aus verantwortungsvollen Quellen
FSC® C014496

Originalausgabe

Erschienen bei FISCHER Taschenbuch
Frankfurt am Main, November 2019

Satz: pagina GmbH, Tübingen
Druck und Bindung: GGP Media GmbH, Pößneck
Printed in Germany
ISBN 978-3-596-90710-6

Inhalt

I Monologe und Szenen 7

II Couplets 71

III Szenen 127

IV Dialoge 163

V Stücke 209

VI Briefe 357

VII Autobiographisches und Vermischtes 369

VIII Filme und Filmprojekte 385

Anhang

Editorische Notiz 426

Michael Lentz: Und plötzlich ist am Ende Schluss.
Karl Valentins Kunst der Komik 427

Alphabetisches Verzeichnis der ausgewählten Titel 435

Ausführliches Inhaltsverzeichnis 438

I

Monologe und Szenen

Das Aquarium

Eine botanozoologische Viecherei von Karl Valentin.

Weil wir gerade von einem Aquarium reden: ich hab' nämlich früher in der Sendlingerstraße gewohnt. Das heißt, nicht *in* der Sendlingerstraße, das wäre ja lächersam – in der Sendlingerstraße könnte man ja gar nicht wohnen, weil immer die Straßenbahn durchfährt. Also, in den Häusern der Sendlingerstraße habe ich gewohnt. Nicht in allen, nur in einem davon. In dem, das zwischen den anderen so drinsteckt, ich weiß nicht, ob Sie das Haus kennen. Und da wohne ich. Aber nicht im ganzen Haus, sondern nur im ersten Stock. Der ist unterm zweiten Stock und da geht in den zweiten Stock eine Treppe hinauf. Das heißt – sie geht schon auch wieder herunter, vielmehr wir, nicht die Treppe, gehen hinauf, man sagt ja nur so.

Und da habe ich in dem Wohnzimmer, wo ich schlafe (ich habe extra ein Wohnzimmer, in dem ich schlafe, und im Schlafzimmer wohne ich), also da habe ich zu meinem Privatvergnügen ein Aquarium. Das steht so in der Ecke drin. Ich hätte ja so ein rundes Aquarium auch haben können, dann wäre aber die Ecke nicht ausgefüllt.

Das Aquarium hat ringsherum vier Glaswände, und unten hat es einen Boden, der das Wasser hält. Wenn Sie nämlich oben Wasser hineinschütten würden, und der Boden wäre nicht da, da könnten Sie ja oben zehn, zwanzig oder sogar dreißig Liter hineinschütten – das würde alles wieder unten hinauslaufen. Bei einem Vogelkäfig sind die Wände auch so ähnlich wie bei einem Aquarium, aber da ist alles ganz anders. Da sind die Wände nicht aus Glas, sondern aus Draht. Es wäre ja auch ein Riesenunsinn, wenn's beim Aquarium ebenso wäre, weil das Aquarium das Wasser nicht halten könnte. Da liefe ja das Wasser immer neben dem Draht heraus. Drum ist eben alles von der Natur so wunderbar eingerichtet.

Ja, und ich habe eben in meinem Aquarium Goldfische, und in meinem Vogelkäfig hab' ich einen Vogel. Jetzt hat mich neulich mal die Dummheit geplagt, da hab' ich die Goldfische ins Vogelhaus getan und den Kanarienvogel ins Aquarium! Natürlich sind die Goldfische im Käfig immer wieder von der Sitzstange runtergerutscht, und der Kanarienvogel wäre mir im Aquarium bald ersoffen. Dann hab' ich die Sache wieder richtiggestellt, und nun sind die Fische wieder lustig im Aquarium geschwommen, erst links, dann rechts, dann hinunter, dann wieder hinauf – die schwimmen fast jeden Tag anders.

Vorgestern ist mir ein Malheur passiert. Die Fische brauchten Wasser, und ich hab' einen Wassereimer voll nachgefüllt. Und nun ist das Wasser zwei Zentimeter hoch übers Aquarium hinausgestanden. Das hab' ich aber erst am andern Tag gemerkt, und ein Goldfisch ist über den Rand geschwommen und auf den Fußboden hinuntergefallen, weil wir in dem Zimmer, wo das Aquarium steht, einen Fußboden haben. Nun hat aber der Fisch am Boden kein Wasser gehabt, weil wir so, außer im Aquarium, kein Wasser im Zimmer haben. Da hab' ich den Fisch aufheben und wieder ins Aquarium zurücktun wollen, aber der Fisch war so glatt und ist mir immer wieder aus der Hand geglitscht. Ja, wenn er aus Eisen wäre, dann hätte ich einen Magnet genommen, und die Sache wäre erledigt gewesen. Aber es ist ja wieder von der Natur so schön eingerichtet, daß die Fische nicht aus Eisen sind, sonst könnten sie ja erstens nicht schwimmen, und zweitens könnte man sie ja dann nicht essen.

Also, den Fisch, der da am Boden lag, den hätte ich nie gegessen! Erstens würde ich von einem Fisch nicht satt werden, und wenn ich die anderen auch alle essen täte, dann wäre ja das Aquarium leer! Ess' ich die Fische wirklich und verkaufe das leere Aquarium – hat der andere das Aquarium, und ich hab' die Fische.

Verkaufe ich die Fische – hat der andere die Fische und ich das leere Aquarium. Verkauf ich das Aquarium mit den Fischen – so wird das ein Transport, der einen zur Verzweiflung bringt.

Denn geht man schnell mit dem fischgefüllten Aquarium, dann schwabbelt immer das Wasser raus und die Fische werden seekrank. Geht man langsam, macht man drei Stundenkilometer! Trägt man die Fische extra und das Aquarium auch extra – werden die Fische kaputt.

Kauft mir der andere nur das Aquarium ab, dann kann er zwar das Aquarium schnell heimtragen, aber er hat keine Fische dazu. Kauft er mir das Aquarium nicht ab und die Fische auch nicht – hat er gar nichts. Und das ist das einzig Richtige. Denn lieber gar nichts, als ein Aquarium, aus dem ein Fisch herausgestürzt ist, und der dann am Boden liegt, und den man nicht aufheben kann. Nicht, weil er so schwer, nein, weil er so glatt ist, wie ein Fisch!

Natürlich wäre der Fisch auf dem Fußboden bald hingewesen. Ich wollte ihn mit einem Browning erschießen, aber die Schießerei war mir zu unsicher, ich nahm den Fisch und warf ihn in die Isar, und er ertrank.

Gott sei Dank!

Im Gärtner-Theater

Von Karl Valentin.

Ich weiß nicht mehr genau, war das gestern, oder war's im vierten Stock oben, da bin ich mit meiner Mutter ins Gärtnertheater gegangen. Wir haben zwei Billetten gehabt, und mit diesen *zwei* Billetten sind wir zu *einer* Vorstellung gegangen. – Wir hätten uns zuerst bald nicht 'nein getraut, weil wir geglaubt haben, ins Gärtnertheater dürfen nur die Gärtner hinein, wir haben aber vorsichtshalber in einem Auskunftsbureau telephonisch ang'fragt, und da hat's dann g'heißen »Ja«, dann waren wir wenigstens sicher, daß wir uns nicht umsonst angezogen haben – weil wir angezogen ins Theater 'nein gegangen wären. – Kaum sind wir d'rinn gesessen, is no lang net angegangen, ja ham wir uns gedacht, jetzt wart'n wir schon bis es angeht, wenn wir schon positiv das Theaterstück sehen wollen, denn wegen dem Theaterstück sind wir hauptsächlich hineingegangen. No, wie wir so a halbe Stund d'rinnsitzen, auf einmal – gehts noch nicht an; ja, ham wir uns gedacht, wir zahl'n doch nicht für's »no net angehn«. Auf einmal sind die Musiker 'rein gekommen, die ham sich gleich vorn an die Bühne hing'setzt, daß ja alles recht gut sehn und hörn, die andern Leut, wo zahl'n und 's Jahr vielleicht einmal ins Theater 'neinkommen, die dürfen sich hint' hinsetzen. – Endlich is dann 's Theaterstück selbst angegangen, jetzt das hat uns eigentlich weniger int'ressiert, weil's uns da Vater zu Haus schon erzählt hat, gehn hab'n wir auch nicht gleich woll'n, wenn wir schon extra deswegen hergegangen sind. – Nach dem ersten Akt ist eine Pause gekommen, während der Pause ham's überhaupt nicht g'spielt, da is da Vorhang runter gangen, dann ham wir nicht mehr g'sehn, wie's droben weiter spiel'n. Jetzt hab'n uns ich und mei' Mutter gedacht, jetzt könnten wir eigentlich in' Erfrischungsraum 'naufgehn, weil's uns so heiß war; no wir sind 'naufgegangen, da hab'n wir uns gar nicht auskennt droben, da hat's Flaschenbier geben, Schokoladebonbons, belegte Brötchen und lauter so Zeugs, und ich und mei' Mutter, wir haben uns den Erfrischungsraum so wie a Brausebad vorgestellt. – No dann sind wir wieder 'nuntergegangen auf unsere Plätz, ins Parkett, da is' uns beim nächsten Akt was Dumm's passiert, da hab'n wir sehn woll'n, ob auf der Bühne ein Teppich liegt, drum sind wir aufgestanden von unsere Sitz, derweil schrei'ns hinter uns »setzen«; wie wir uns niedersetzen woll'n, haben wir keine Sessel mehr, hab'ns uns in diesem Moment d'Sessel g'stohlen. Jetzt hab'n uns ich und mei' Mutter, bis der Akt aus war, in der Kniebeuge so hinbuck'ln müssen, wissens wie uns d'Haxn weh getan haben; erst wie da Akt gar gewesen ist und wie das Theater heller wurde, sind wir auch heller wor'n, da sind wir d'rauf gekommen, daß die Sitz bloß so 'naufgeschnappt sind. – Nach dem vierten Akt war's dann beim Schluß gar, jetzt hat's uns erst int'ressiert, wie das Theaterstück heißt, wo wir grad g'sehen hab'n. Wir hab'n schon an Theaterzettel dabei g'habt, aber einen alten, vom Hoftheater, aus Lohengrün, den hab'n wir uns nur mitgenommen, daß wir uns im Gärtnertheater nicht extra einen kaufen müssen, d'rum hat nix g'stimmt d'rauf, weil das Stück wo wir grad g'sehen haben, hat der Herr neben uns g'sagt, heißt »Bruder Straubinger«. – – Drum ist auch kein Schwan daher gekommen, anstatt dem Schwan is' eben dann der Bruder komma, da Straubinger. – Wir wär'n dann schon noch sitzen geblieben, aber die andern Leut sind schon alle drauß' gewesen, haben wir uns denkt, geh'n wir auch, und weil wir so müd war'n, wär'n wir gleich gefahren, weil grad wie wir zum Theater 'naus sind, is a Auto drauß' g'standen – drauß' gestanden sind ja mehr, jetzt wir wär'n bloß mit einem gefahr'n weil wir nicht mehr Geld dabei gehabt haben. – Wie wir an das Auto hinkommen, fragt der Chauffeur, wo wir hinfahren woll'n – da sind wir nicht gefahren, grad weil er so neugierig gewesen ist, und zweitens hätt' sich's Fahren bei uns so nicht recht rentiert, weil wir vis-à-vis vom Theater wohnen. – Dann sind wir heim und ins Bett gegangen, d.h. nicht gegangen, sondern neingestiegen, weil wir vom Zimmer bis zum Bett haben wir nicht gar so weit zum gehen. – Wir haben die *ganze* Nacht geschlafen, wie wir in der Früh aufwachen, hat uns die ganze Nacht vom Theaterstück geträumt, ham wir das ganze Theaterstück im Bett geseh'n, wissens wie uns das Geld gereut hat für die zwei Billetten, wir haben uns aber verschworen, daß wir nie mehr ins Gärtnertheater gehen, außer wir sind am Tag vorher im Bett gelegen.

Pilgerchor aus »Tannhäuser«

Posaunensolo geblasen von Karl Valentin

Sehr geehrter Zuschauerraum!

Anlässlich des Einzuges Kaiser Ludwig des Bayern zum Isartor in München im Jahre 1185, erlaube ich mir Ihnen nachträglich noch ein Posaunensolo zum Vortrag zu bringen und zwar den Pilgerchor aus der Operette »Der Dannheiser«, – am Klavier Richard Wagner,

Verzeihung .... Herr ....

(8 Takte Pilgerchor) Verzeihen Sie eine kleine Unterbrechung, ich muss nämlich das Wasser rauslassen aus der Posaune. Durch das Blasen sammelt sich unten in dem Bogen das Wasser an, das gurgelt dann so unestetisch, pietätlos, das ist aber nicht zu vermeiden, weil jeder Posaunist hat im Mund Feuchtigkeit die durch die Blaserei in das Instrument übergeht – also hineinläuft – bei einer Geige gibt's das nicht, eine Geige wird nicht nass, ausserdem man geigt im Freien, und wer geigt schon im Freien, im Freien macht man nur Blechmusik – bei der Wachparade haben Sie den Beweis, also bei der ehemaligen Wachparade. Bei der Wachparade werden Sie noch nie Streichmusik gehört oder gesehen haben, das wär auch unmöglich. Beim Bassgeiger ganz unmöglich, weil Bassgeige kann man nur im Stehen spielen, ausserdem er macht sich an die Bassgeige unten ein kleines Rad hin, dann muss ein anderer die Bassgeige ziehen und die anderen Militärmusiker, die die kleinen Geigen spielen, für die wäre es auch sehr umständlich wenn da so zehn Soldatenmusiker nebeneinander gehen, da würde einer den anderm den Helm mit dem Fidelbogen runterstossen. Es ist doch alles so wundervoll eingerichtet auf der Welt. – Ach das macht mich ganz nervös bis ich wieder mit den zwei Röhren in die zwei Öffnungen hineinfinde – zuaschaun wenn's mer tun, geht's gar net, dreh'ns

Ihna lieber um, denn ich kann ich mich da heroben auf der Bühne nicht herumdrehn, denn sonst müsste ich Ihnen das Rückgebäude zeigen. Raus geht's leicht, aber nei geht's so schwer – – – war schon drin, – des is mer peinlich – das Wässer tät sich nicht unten sammeln, wenn man die Posaune in die Höhe hält, denn wenn ich sie in die Höhe halte, lauft's Wasser zurück und mir wieder in Mund nei, äh! – Furchtbar. Lang soll man überhaupt nicht blasen, da kann mer den Blasenkatarrh kriegen. Wissen Sie, das nützt mich gar nichts, wenn ich in einem Rohr drin bin, da wär ich lieber gar nicht drin, ich muss mit die zwei Rohre zu gleicher Zeit in die zwei Öffnungen hineinkommen. Gerade bei einem Solo ist das so peinlich, weil alle auf den Solisten herschauen. Im Philharmonischen Orchester fällt das nicht so auf, da müssen die Bläser auch immer das Wasser herauslassen, nach dem Konzert da sieht man sofort, wo die Bläser gesessen haben – da ist der ganze Boden nass, bei den Streichern ist er trocken. Ich soll überhaupt nicht Trompeten blasen, ich hab ein Astma Leiden – das soll natürlich nicht heissen, dass ich das Astma leiden kann, im Gegenteil ich leide darunter – das ist genauso, als wenn einer eine Schwiegermutter hat, die auf vier Wochen verreist und dann plötzlich wieder kommt. – Nein – das ist eigentlich kein Vergleich. Posaunenblasen ist nicht leicht, das ganze ABC kann der beste Posaunist nicht blasen – sehr einfach, weil es nur sieben Buchstaben gibt, F z. B. *(bläst F)* kann ich blasen – aber das V unmöglich, obwohl es beim Sprechen gleich klingt. – Gitarre spielen ist leichter und bei der Gitarre kann man beim Spielen zu gleicher Zeit dazu singen. – Bei der Posaune nicht, man kann in die Posaune auch hinein singen *(singt hinein)*, aber Posaunensänger hat es nie gegeben. Gute Pianisten sind selten. Paganini war der grösste Geigenvirtuose aller Zeiten, aber auf der Posaune hat er vollkommen versagt. Posaune ist ein Blechinstrument – Blechinstrumente haben einen Nachteil, wenn dieselben alt werden, sind sie wertlos – sie kommen zum Altmetall – eine Geige wenn alt wird, wird sie wertvoll – eine Stradivari Geige kostet heute, glaube ich eine Million und wenn sie einer nicht verkaufen will, dann kann er sie ja einheizen, aber wer heizt schon eine echte Stradivari ein? Eine Posaune können's nicht einheizen, erstens ist eine Posaune zu lang die bringen's nicht ins Ofenloch hinein – aber eine Geige können's mit der Holzhacke zerkleinern – es hat eben alles auf der Welt seinen Vorteil und seinen Hinterteil, ah, seinen Nachteil, wollt ich sagen – nicht Nachteul, denn Nachteul ist ja ein Raubvogel. So jetzt muss i aber endlich schaun, dass ich hineinkomm -t-t-t-t-t, da geht's mer so wie beim Winterfenster einhängen, wenn man oben drin ist, rutscht man unten wieder raus. So, endlich – danke. *Fortsetzung vom Pilgerchor, letzte acht Takte bis zum letzten Ton. – Dann Notenblatt wenden und den letzten Ton, der auf der andern Seite steht, blasen.*

Die Uhr von Löwe

Gestatten Sie, daß ich Ihnen ein schönes Lied vortrage, und zwar die Ballade »die Uhr« von Löwe. Setze voraus, daß ich mich bei diesem Vortrage selbst begleite, weil ich mich, Gott sei Dank, selbst begleiten kann. Erst kurz habe ich mich selbst nach Hause begleitet, das hat zwar sehr dumm ausgesehen, wie ich so allein neben mir hergegangen bin, aber die Hauptsache ist, daß ich mich selbst begleiten kann. Da bin ich heute meinem Vater noch dankbar, daß er mich so streng musikalisch erzogen hat. Sie, der hat mich streng musikalisch erzogen! Als Kind habe ich nur mit der Stimmgabel essen dürfen, geschlagen hat mich mein Vater nach Noten. Die Uhr von Löwe. Sehen Sie, wie mir mein Vater das Gitarrespielen hat lernen lassen, hat er mir bei einem Tändler eine ganz alte Gitarre gekauft, auf der Gitarre war keine einzige Saite mehr drauf, also nicht einmal eine – aber mein Vater hat gesagt, zum Lernen ist die gut genug. Die Uhr von

Löwe. Schicke voraus, daß dieser Löwe kein Uhrmacher war, sondern Komponist. Die Uhr von Löwe. Sehen Sie, weil wir gerade von einer Uhr reden, mein Uhrgroßvater lebt nämlich noch, und dem wurde vor kurzer Zeit seine Uhr gestohlen. Seit dieser Zeit ist er jetzt jünger, denn jetzt ist er nur noch »Großvater«. Die Uhr von Löwe. Ich hab auch einmal einen Verdruß gehabt mit einem Uhrmacher. Da hab ich mir bei einem Uhrmacher so eine moderne Taschenuhr gekauft. Mit dieser Uhr bin ich acht Tage herumgelaufen und hab nie gewußt, wieviel Uhr es ist, weil keine Zeiger und kein Zifferblatt auf der Uhr waren und das ist doch eigentlich die Hauptsache von einer Uhr. Und weil ich mich nicht ausgekannt habe mit dieser Uhr, habe ich die Uhr an die Wand hingeworfen, weil ich geglaubt habe, daß vielleicht eine Wanduhr daraus werden könnte, aber sie ist in tausend Scherben zerbrochen und unter diesen Scherben habe ich herausgefunden, daß ein Zifferblatt und ein Zeiger doch dabei waren, aber die müssen innen gewesen sein. Dann bin ich aber zu dem Uhrmacher gegangen und hab es ihm gesagt. Ja, sagt er, das glaub ich schon, da hätten sie bloß den Sprungdeckel aufmachen sollen. Die Uhr von Löwe. Auf diesen Uhrmacher habe ich heute noch einen Zorn, weil er mir das nicht gesagt hat von dem Sprungdeckel. Dann hab ich mir aus Rache eine wirkliche Wanduhr gekauft, so eine alte, mit langen Ketten zum Aufziehen. Das war so eine Arbeit, wie ich mit der Uhr das erstemal spazieren ging, da sind mir immer die Gewichte zwischen die Füße gekommen und der Nagel hat mir weh getan.

Die Uhr von Löwe. Ich trage wo ich gehe stets eine Uhr bei mir, wie viel es ge – – –

Sehen Sie, wenn man es eigentlich richtig nimmt, paßt dieses Lied gar nicht für Gitarre weil es heißt: ich trage wo ich gehe usw.; ich gehe aber jetzt nicht, ich stehe (oder sitze) jetzt, weil ich unterm Gitarrespielen nicht gehen kann, und dann hab ich keine Uhr, die hab ich versetzt.

Sehr geehrtes Auditorium, nachdem ich unterm Gitarrespielen nicht gehen kann und außerdem meine Uhr versetzt habe, ist es mir leider nicht möglich, Ihnen die Uhr von Löwe zum Vortrag zu bringen.

Hinaus ins Freie

Komische Soloszene von Karl Valentin, München

(Der Vortragende kommt ganz matt auf die Bühne, als ob er große Strapazen mitgemacht hätte.)

GESANG: *(Melodie: Hinaus in die Ferne.)*

Hinaus in das Freie,
Am Sonntag in der Früh,
Wenns Wetter recht schlecht is,
Brauchst du ein Paraplui.
Ein Ausflug ist das Schönste auf der Welt,
Nur kost er oft viel Aerger
Und sehr viel Geld.

PROSA:

Da haben nämlich ich, meine Freunde und wir vor kurzer Zeit einen Ausflug gemacht, das heißt, das ist eigentlich auch schon wieder drei Jahr her. Bei diesem Ausflug haben wir mehr Verdruß g'habt, als wie Aerger. – Am Bahnhof drauß'n is s'scho anganga, wie wir nämlich in'n Zug einsteig'n woll'n, sehn wir, daß der Zug blos 12 Wäg'n g'habt hat; wir waren aber zu dreizehnt, jetzt hab ich mit'n nächsten Zug nachfahr'n müssen. – Während der Fahrt hab'n uns alle Leut' beredt, weil wir schwarz anzog'n war'n: Gehrock und Zylinder; weil wir hätt'n, anstatt daß wir den Ausflug mach'n, hätten wir zu einer Beerdigung geh'n soll'n von einem guten Freund, aber wir hab'ns uns überlegt, denn lebend hätt'n wir den doch nimmer angetroff'n und so hat's auch kein'n Wert g'habt, haben wir uns denkt, machen wir lieber den Ausflug. Die Fahrt war sehr ermüdend, erstens wars furchtbar heiß an dem Tag', und Aussicht hab'n wir gar keine g'habt, als wie links und rechts lauter Schneefelder. Kurz vor der Station entgleist auf einmal der Zug, fahrt über Böschung 'nunter und überrennt Häuser und Bäume, rennt ins Dorf nei und direkt in ein Wirtschaftsgebäude hinein, mitten ins Lokal. Natürlich hab'n wir den Lokomotivführer glei die größten Grobheiten g'macht und hab'n ihn g'fragt, warum daß er mit dem Zug da ins Lokal nei fahrt, sagt er, dös muß er tun, vom Verkehrsministerium aus, weil das a Lokalzug is. Wir hab'n uns dann entschuldigt und sind zu Fuß weitergegangen, in die nächste Wirtschaft zum Mittagessen. Ich bestellt mir da einen Kalbsbraten mit gerösten Kartoffeln; derweil bringt mir die Kellnerin einen Kalbsbraten mit so *großen* Kartoffeln. Ja, sag ich, ich hab doch g'röste b'stellt, ja, sagt sie, dös san die »größten«, wo wir hab'n. Von da aus sind wir nacha glei ins Bett ganga, denn es war so schon 2 Uhr nachts. In diesem Wirtshaus hab'ns aber nur blos ein Fremdenbett g'habt, jetzt hab'n uns wir zu dreizehnt in ein Bett 'neingelegt, dös war a so a Hauf'n, i war aber drob'n g'leg'n; immer, wenn der unterste aufg'schnauft hat, hat's mich am Plafond hindrückt. Am andern Tag war'n wir a halt alle halb kaput. Dö größte Viecherei hab'n wir eigentli am andern Tag mitg'macht, da hab'n wir a Bergpartie mach'n woll'n, wir hab'n uns aber vorsichtshalber glei für den ganzen Tag was zu Essen mitg'nommen und sind zu einem Käshändler nei' ganga und hab'n uns um 8 Mark an Lineburgerkäs kauft, an ganz weichen, da hab'n wir so an großen Papiersack voll kriegt um 8 Mark, den hab'n wir zu viert raustrag'n, den Papiersack; kaum sind wir auf der Straß' g'wesen, reißt der Sack, rinnt der ganz Lineburger aus, und – und fängt zu lauf'n an. Ich und zwei Radfahrer sind dem Lineburger nach, meinen Sie, wir hätten den Lineburger noch erwischt? D'Straß'n hat ausg'schaugt wie d' Lüneburger Heide; na, wir sind dann auf'n Berg 'nauf g'stieg'n, wie wir am Gipfel drob'n sind, tritt plötzlich eine Sonnenfinsternis ein und wir müssen im Finstern wieder runter gehn. Auf einmal fall'n wir in eine Schlucht hinunter und können nicht mehr rauf. Wo nun eine Leiter hernehmen? Auf einmal nach langem Hin- und Her-Besinnen fallt uns ein, daß wir unter unserer Gesellschaft einen Opernsänger haben, der hat dann die Tonleiter gesungen, wir sind auf dieser Leiter 'naufg'stieg'n und waren gerettet. Und wenns auch g'fährlich war, es war doch interessant und deshalb sing ich:

Hinaus in das Freie,
Am Sonntag in der Früh',
Wenns Wetter recht schlecht is,
Brauchst du ein Paraplui,
Ein Ausflug ist das Schönste auf der Welt,
Nur kost er oft viel Aerger
Und sehr viel Geld.

Der verlorne Brillantring

Kom. Prosa=Vortrag von Karl Valentin.

(Diese Nummer erfordert eine eigene Vortragsweise um zur Wirkung zu kommen.)

Trotzdem dass ich 2 Jahre beim Militär gedient habe, habe ich vor 8 Tag meinen Brillantring verloren.

Den Ring kann ich halt gar nicht vergessen, denn jedesmal wenn ich daher schau, wo ich immer hing'schaut hab, muss ich gleich wegschaun.

Also der Ring war einzig, – – erstens schon aus dem Grund, weil ich blos den einzigen g'habt hab. – – – Ein Feuer hat der Ring g'habt, – – – wegen dem Ring ist schon a paar mal d' Feuerwehr ausgerückt.

Blitzt hat der Ring, wie der Blitz, dem Ring hat bloß mehr das Donne[r]n gefehlt, dann wärs direkt ein Donnerwetterring gewesen – – – Einer hat so einmal zu mir g'sagt »Donnerwetter hab'n Sie an schönen Ring«.

Wie das gegangen ist, dass ich den Ring verloren hab, ist mir heut noch ein Rätsel, – – denn 8 Tag vorher hab ich ihn doch noch g'habt, – also hat der Ring 8 Tag gebraucht, bis er verloren gegangen ist.

Mir liegt ja weniger an dem Ring, aber was tu ich jetzt mit dem blausammt'nem Etwie, da hat der Ring so schön neipaßt, wer weiss ob ich wieder so einen Ring krieg, der wo so schön da nein paßt, wie der.

Aber mei, jetzt ist er schon fort, jetzt kann man's nicht mehr ändern, das heisst, einmal hab ich'n schon ändern lassen, beim Goldarbeiter, da hab ich den Ring weiter machen lassen, weil er mir immer so vom Finger runterg'fallen is, der Goldarbeiter hat'n aber gleich wieder so weit g'macht, dass'n mei Frau als Armreif trag'n hat können. Durch das ist er dann verloren gegangen.

Wissen Sie, ich hätt den Ring schon wieder bekommen, wenn ich gleich eine Annonce aufgegeben hätt' in der Zeitung, aber jetzt is's auch schon wieder 8 Tag her, jetzt weiss ich nicht mehr genau, wie der Ring ausg'schaut hat, ich weiss bloß noch, dass er in der Mitt a Loch g'habt hat, wo man den Finger durchsteckt, und dass er 50 Mark kost hat, aber mein Gott solche Ring gibt's halt mehr auf der Welt. Eigentlich bin ich ja froh, dass ich den Ring verloren hab, wie leicht hätt's sein können, dass er mir einmal g'stohln worden wär.

Ja, der Ring liegt mir heut noch am Herzen, nicht in Wirklichkeit, sondern man sagt eben so, denn wenn er mir in Wirklichkeit am Herzen liegen tät, dann wüsst ich ja wo er wär, dann ging ich in d'Klinik hinaus, und liess mich operieren, dann hätt man gleich wieder, aber schliesslich kost die Operation 200 Mark, dann zahl ich 150 Mark drauf, um das Geld krieg ich schon wieder 3 neue Ring und brauch die Schmerzen nicht aushalten.

Aber ich lass'n doch noch ausschreib'n in der Zeitung, vielleicht hilft's doch, – – ja, ob aber der grad die Zeitung liest, der wo den Ring g'funden hat, das ist die Frage, – – und dem extra schreiben, er soll so freundlich sein und soll die Zeitung lesen, wo das drinn steht, das kann ich nicht, weil ich nicht weiss wo er wohnt, der wo'n g'funden hat.

Vielleicht wohnt er im Ringhotel.

Riesenblödsinn

Original – Vortrag von Karl Valentin.

(Vortragender ist komisch gekleidet, hält eine Gitarre in der Hand)

Gestatte mir, Ihnen ein Lied mit Gesang zum Vortrag zu bringen, ich hab' nämlich a wunderbare Stimm', ich hab' das Singen gelernt auf einer Maschine, auf einer Singermaschine, ich hab bis 19 Jahre einen wunderbaren Tenor gehabt, mit 20 Jahren hab' ich an Bass bekommen, einen Reisepass.

Also, ein Lied mit Gesang! *(Vorspiel)* Jetzt fällt mir der Anfang nicht ein von dem Lied, ddddddd, das ist mir aber peinlich, daheim hab' ich's grossartig können, aber ich kann doch jetzt nicht extra heimgehen, an Schluss weiss ich schon, aber wenn ich mit'n Schluss anfang werd' ich zu früh fertig – – fällt mir nicht ein – – dann erzähl ich Ihnen derweil was, bis mir das Lied einfällt. – –

Sehn's, die Gitarr' da, das ist noch ein Andenken von meinem Grossvater, denn diese Gitarre hab' ich mir vor 14 Tagen gekauft, aber nicht auf einmal, sondern so stückweise, zuerst hab' ich mir das billige Zeug dazu gekauft *(zeigend)* das Loch hier!! – Da hab ich eine Mordslauferei gehabt bis ich das Loch bekommen hab', ich bin zu einem Instrumentenmacher gegangen und hab' g'sagt: Bitte, hab'n Sie ein Loch? Ja, sagt er, zu was brauchen Sie denn ein Loch? – sag ich: für meine Gitarre. – Nein, sagt er, ein solches hab' ich leider nicht! – Dann hab ich mir ein Ofenrohr gekauft, hab' das Blech von dem Ofenrohr weggerissen und ich hab dadurch ein Loch bekommen – dann hab' ich um das Loch Bretter machen lassen, dazu einen Saitenhals, hab Sait'n draufg'spannt und die Gitarre war fertig. Zum Aufzieh'n der 6 Saiten hab ich zwei Tag' gebraucht, denn ich hab die Saiten in die Schraubwirbel 'nei'gsteckt – hab's drehen angefangen, aber ich hab' vergessen, dass ich die Saiten unten *(zeigend)* ang'hängt hab'! – Durch dieses unten nicht ang'hängt sein, haben sich die Saiten immer auf den – – – – na – – – das verstehen Sie ja doch nicht, wenn Sie noch nie im Leben eine Gitarre gesehen haben; für die Gitarre hab' ich einen Sack machen lassen aus Wachsleinwand – der Sack is immer grösser und grösser wor'n, weil er aus Wachsleinwand war. – – – Also – ein Lied!

In einem kühlen Grunde, da geht ein Mühlenrad
Mein Liebchen ist verschwunden, das dort gewohnet hat! –

Sehn Sie, das ist ein schönes altes Lied, aber ich find das furchtbar blöd. – Dös müssen's Ihnen einmal genau überlegen – dös kommt doch in dem Lied grad 'raus, als wenn das Liebchen – also mir is ja ganz wurscht wo de g'wohnt hat – von mir aus kann ja das Liebchen wohnen wo's mag – aber dem Lied nach hat de unbedingt in dem Mühlrad g'wohnt, wia g'sagt, von mir aus kann de wohnen wo's mag, aber wenn das Liebchen wirklich in dem Mühlrad g'wohnt hat, dann hat das Mädel noch koa ruhige Stund' g'habt! – Es gibt ja noch so Lieder: Da hab ich amal einen singen hören, der is auf der Bühne g'standen und hat g'sungen: Ob Du mich liebst, hab ich den Wind gefragt! – An Wind muass er frag'n, er soll's doch glei' selber frag'n, der Gletzenkopf, der kann sich's do denken, dass er da a windige Antwort kriagt! – Einen noch grösseren Blödsinn hab ich in einem

Theater singen hören bei der Operette – ich weiss nicht mehr wie's heisst. Da kommt das schöne Lied vor: »Und der Himmel hängt voller Geigen« – also das tät ich mir noch g'fall'n lass'n, dass der Himmel voller Geigen hängt – aber den möcht ich kennen, der wo die vielen Nägel in Himmel 'nei'g'schlag'n hat, wo die Geigen alle dran hängen!

Na, da seh'n Sie doch ganz deutlich,
Hochverehrtes Puplikum,
Nichts als Blödsinn, Blödsinn, Blödsinn,
Nehmens mir die Sach' nicht krumm!

Ein Posaunensolo mit Posaunenbegleitung

von Karl Valentin (München 1915.)

Im tiefen Keller sitz ich hier, im Stehen, *(ein Moment Wasser 'raus - Wasser über Posaune)* wissen' S, dös muss i nämli tun, net, wenn [...] i des Wasser drinn lass', denn net jeder Trompetenblasser der hat innen a Wasser, net des muass nicht 'raus, aber wenn er blast, lauft das Wasser 'raus und in die Trompete hinein und sammelt sich dann mitten in der Trompet'n, jetzt wenn ich natürlich das Wasser nicht aus der Trompete 'raustu, schebbert des Wasser, drum tu ich's immer 'raus.

Bei einem Geiger werden Sie nie sehen, dass der, net weil sei' Geig'n net, weil eine Geige nicht tröpfelt, ausserdem es geigt einer draussen beim Regenwetter, auf der Strasse, aber wer geigt auf der Strasse, dös muass ja net sein, drum wern S' auch nie g'sehn hab'n, wenn die Wachtparad' so dahermarschiert, – da ham's nie Geig'n, – weil – sie könnten schon gar nicht geigen spielen, – der mit der kleinen Geige könnte ja schon unterm geigen marschieren, aber der mit der Bassgeige könnte nicht zu gleicher Zeit marschieren, weil die Bassgeige steht ja am Boden, jetzt wenn der net, – und da reibt er a so und unterm Gehen könnte er nicht stehen bleiben, drum kann er auch nicht geigen, das heisst, er könnte schon geigen, aber unterm marschieren kann er net stehn bleiben; drum ist eben dös von der Natur so schön eingerichtet, dass eben die Wachtparade unterm Marschieren Trompet'n blas'n und nicht Geigen spielen. – –

No, – da find i allaweil dös Ding net, Jessas, – hätt' i'n nur net 'rauszog'n, war so schon drinn, – ja zuschau'n wenn S'mir tun, komm' i überhaupt net nei', *(dreht sich um)* – ja es is net so einfach, weil des is zweifach, wissen S', da muss i nämli mit dene zwei Stecken zu gleicher Zeit in die zwei Löcher hineinkomma *(kommt in eins hinein)* dös nützt mich zum Beispiel gar nichts, wenn ich in einem drinn' bin, da wär i lieber gar net drinn, da geht es mir genau so, als wie beim Winterfenster einhängen, wenn man oben drinnen is, rutscht man unten wieder raus; – Ja wissen S', die Trompet'n hätt' ich schon lange nicht mehr, wenn i's damals auch hergeb'n hätt, – in der Messingsammlung, weil da hat man alles hergeb'n müssen; zum Beispiel: die Hausfrauen, die haben ihre Messingpfannen hergeben müssen, weil dös Messing hat man gebraucht zum Granaten machen; hätten wir kein Messing gehabt, hätten wir nicht schiessen können, – hätten wir nicht schiessen können, hätten wir den Krieg nicht gewonnen, also ich mein, hätten wir nicht schiessen können. Darum haben die Hausfrauen alles hergeben müssen, aber die anderen Leute auch. Ich zum Beispiel hätte auch meine Trompete hergeben müssen, aber grad an dem Tag, wo ich's hätt' hergeben sollen, hab i vergessen drauf. Wissens, der Krieg wenn noch drei Jahr gedauert hätte, dann hätten wir die Hemdenknöpferl auch hergeben müssen, aus Messing. Zum Beispiel, die Postillone, die haben auch so kleine Trompeten g'habt, die hab'n's hergeb'n müssen, als wie wenn dös was ausg'macht hätt', aber besser war es doch wie gar nichts. Blos die grossen Kanonen im Hofgarten, die hab'n's nicht hergeb'n, weil des weiss ich auch nicht warum, weil des wär des richtige Metall gewesen, da liegen nämlich 100 Kanonenrohr umanand, aber die hat man nicht abgeben können, weil sonst keine mehr drunt liegen würden. Dös wär auch nicht gegangen, weil – stellen S' Ihnen an Hofgarten vor ohne Kanonenrohr, dös wär gar nichts mehr g'wesen. Denn was will man in Hofgarten anders 'nunter tun, als Kanonenrohr?? Da passen doch zum Beispiel Nähmaschinen und so was gar net 'nunter! Ich weiss auch nicht, warum's die net hergeb'n hab'n, vielleicht dass der Direktor von der Messingsammlung die Kanonenrohr nicht g'wusst hat, dass die da drunt liegen, drum san's net abgeb'n wor'n. Die Postillone hat er aber umanander fahr'n seh'ng, da hat er die Trompetln g'sehng, drum hab'n sie's abgeb'n müss'n. Hätten zum Beispiel die Postillone statt dene Trompetln Kanonenrohr umhänga g'habt, wären Kanonenrohr auch einzog'n wor'n. Na ja, es g'hört eigentlich gar net daher, des sag i nur so drunter nei', bis i da drinn bin, weil i muass doch da was drunter nei'red'n, sonst wird es ja zu langweilig, weil mir is es ja gleich was i tua, ob i jetzt da blas oder ob i da in der Zeit die Röhrl suach, denn mei' Direktor hat g'sagt: heut' sind wir ein bisserl früh dran mit der Zeit und da soll'n wir die Vorträg a bisserl ausdehnen, hinausziehen, und bei dieser Gelegenheit mit dem »nein«suchen kann man dös am besten machen. Und für Ihnen ist es doch ganz unterhaltlich, weil Sie doch neugierig san, ob ich überhaupt noch 'nei'komm!

Posaunensolo!

Im tiefen Keller sitz' ich hier, – *(bläst bis zum letzten Ton, hört das Blasen auf, nimmt die Posaune unter den Arm, dreht das auf dem Notenständer liegende Notenblatt um und bläst den letzten Ton des Liedes.)*

(ab!)

Unpolitische Rede

Hochgeehrte Versammlung!

Es freut mich ungemein, daß Sie, wie Sie, wenn Ihnen das sozusagen irgend jemand beispielsweise, oder daß Sie gewußt hätten, widrigenfalls ohne direkt, oder besser gesagt inwiefern, nachdem naturgemäß es ganz gleichwertig erscheint, ob so oder so, im Falle es könnte oder es ist, wie erklärlicher Weise in Anbetracht oder vielmehr warum es so gekommen sein kann oder muß, so ist kurz gesagt kein Beweis vorhanden, daß es selbstverständlich erscheint, ohne jedoch darauf zurückzukommen, in welcher zur Zeit ein oder mehrere in unabsehbarer Weise sich selbst ab und zu zur Erleichterung beitragen werden, ohnedem es wie ja unmöglich erscheint in bis jetzt noch nie, in dieser Art wiederzugebender Weise, ein einigermaßen in sich selbst, angrenzend der Verhältnisse, die Sie wie Sie, ob Sie gegen sie oder für sie nutzbringend in sich selbst von vorne als gänzlich ausgeschlossen erachtet werden wird, und daß ohnehin einer ferngehaltenen Verschlimmerung ein, oder ein in irgend einen einigermaßen einzig verschwiegen ist.

Dennoch treten eine insgesamt wie sich zeigende, weniger oder einschließlich von unabsehbarer Weite sich kreuzende Meinungsverschiedenheiten die in unbestimmt einschneidende Zirkulationshemmungen auftretenden Gesichtspunkte auf. Gegebenenfalls erscheinen also nie wiederkehrende Emanzipationen, welche einer dringenden Abhilfe, insofern gegenüber zu stehen erscheinen wenn beiderseits die interessenlose Resignation widerspenstiger Auftritte seitens der Gedankenhalluzination beiderlei Geschlechtes sich in mehrheitigen Gesinnungsvibriationen durch Kotrapunkte in nichts verwandeln, und eine parteilose, hochprozentige Stimmungsmehrheit vorläufig zu Tage treten wird.

Gerade die machtlose Erscheinungsmöglichkeit ob und wie,

jetzt oder später, ist die Grundessenz der lageveränderten Zeitpunkte, welche keinerlei maßgebende eventuelle Aktualitäten in sich bringt und der zeitweiligen Vernichtung von Privatexistenzen zugrunde liegt, obwohl Europa nie Anteil daran genommen hat.

Ich beschließe die heutige Versammlung und heiße Sie zum Schluße herzlich willkommen und begrüße Sie

Hochachtungsvollst
im Namen sämtlicher Zuhörer,
habe die Ehre!
Karl Valentin

Der halberzählte Witz

Da muß ich Ihnen noch schnell einen Witz erzählen. Den hat mir nämlich gestern ein Herr erzählt. – Ein guter Bekannter. Da ist Ecke Stieglmaierplatz und Zweibrückenstraße ein Herr – nein, – ein Mann – nein, – ein Herr – jetzt weiß ich nicht mehr genau, war's ein Herr oder war's ein Mann – nein, Herrmann hat er g'heißen! Der hätte in die Trambahn einsteigen wolln, der Trambahnschaffner hat ihn aber nicht einsteigen lassen, weil der Herr einen kleinen Hund dabei ghabt hat. Ja – hat sich der Herr gedacht, wenn ich mit dem Hund nicht in die Trambahn hinein darf, dann bleibt mir nichts anderes über, als daß ich zu Fuß gehe. Nun, der Herr ist auch gegangen bis zum Stachus hinaus – die Trambahn hat er weiterfahren lassen, weil die so wie so weiter g'fahrn wär. Und der Herr hat sich am Stachus drauß beim Nornenbrunnen auf die steinerne Bank gesetzt und sein Hund, mit dem er nicht in dieTrambahn durfte, hat sich unter die Bank gesetzt. Also, der Herr oben, der Hund unter der Bank – weil's oder wie's so ghört.

Visavis stand ein Schutzmann, der hat dies gesehen, daß der Herr sich mit dem Hund dahin gesetzt hat ...... *(lange Pause)* ...... Jetzt bin ich neugierig, wie der Witz endet, ... denn bis daher hat mir mein Freund den Witz bloß erzählt – ......

Der Photograph

Voriges Jahr auf Weihnachten hat mir meine Gemahlin-Frau einen Ding gekauft, einen ---- entschuldigen, ich bin nämlich furchtbar vergeßlich, was hab ich jetzt grad gsagt? – ja, ja, daß ich vergeßlich bin – nein, meine Frau hat mir zum Christkindl ein Präsedent gemacht – einen wunderschönen – was war jetzt das gleich was ich bekommen hab? *(es ruft jemand herauf:* Spazierstock?) na, na, koa Spazierstock – gibts das auch, daß man sowas vergessen kann. (Strohhut.) Geh redens doch net so saudumm daher, auf Weihnachten brauch ich doch keinen Strohhut! Was war jetzt das, was ich von meiner Frau bekommen hab? (a Kind.) Schmarrn! A Kind braucht ma doch mei Frau net kaufen, dös könna mir uns doch – dös kriegn wir doch umsonst.

Mir liegts auf der Zunge, man braucht so Platten dazu, (a Grammophon), ach, a Grammophon ist doch kein Präsent – das ist doch ein Musik-Instrument. Das was ich von meiner Frau kriegt hab – macht ja kei Musik – is so klein und viereckig (a Paket Kunsthonig.) Geh redens doch koan solchen Mist – hat denn a Paket Kunsthonig drei lange Füß? – Wia man nur sowas vergessen kann? Ich weiß ganz gut, was ich mein, nur der Name fällt mir net ein! es ist halt ein Apparat, wo man damit photographieren kann. – Jetzt hab ich's, an Photograph-Apparat hab ich zu Weihnachten kriegt.

Seit 1¼, Jahr apparate ich mit dem Photographie – umgekehrt wollte ich sagen, photographiere ich mit dem Apparat und krieg nichts fertig. – Ich glaube das liegt an der Witterung – oder besser gesagt – es muß alles gelernt sein. Meine Bilder werden halt nichts. Sehn's da hab ich meine Nichte gemacht, die ist überhaupt nicht zum photographieren, des sagt schon das Wort Nicht-Nichte. – Da hab ich noch verschiedene Aufnahmen.

(Zeigt dem Publikum verschiedene Photographien.)

Das hier ist eine Naturlandschaft, eine Herbststimmung, die hab ich im Frühjahr aufgenommen; ist aber gar nichts worden, da war nur das schuld, weil ich bei der Aufnahme vergessen hab, den Deckel runter zu tun von dem – von dem Obelisk – nicht Obelisk – wie heißt jetzt gleich das runde Vergrößerungsglas vorn dran? (Erbsen oder Linsen), nein, mit O gehts an. (Ob du mich liebst), Schmarrn! Objekthoch – nein, Objektiv heißt's. –

Die schönste Aufnahme, die ich je gemacht habe, ist das hier, da hab ich a ganze Familie photographiert von unserm Haus – im Hof drunt, alle im Sonntagsgwand, mei hab ich g'schwitzt. – Beim Negativentwickeln hab ich's scho g'spannt daß ich was saudumms gmacht hab. In 8 verschiedenen Stellungen hab ich die ganze Familie aufgenommen; sitzend – stehend – von der Seiten – von hinten – von oben und unten.

Bei jeder Stellung hätt ich doch eine neue Platte nehmen solln – ich in mein Eifer mach sämtliche Aufnahmen auf *eine* Platte. – Interesse halber hab ich einen Abzug davon gemacht. Glacht hab ich selber soviel, daß mir der Bauch weh getan hat.

(Bild dem Publikum zeigend.)

Da sehns, der Vater hängt in der Mutter drinn, der Sohn sitzt dem Wickelkind im Gsicht drinna, die Großmutter hat an Dienstmädel ihren Kopf auf, die Füß vom Dienstmädel hat der älteste Sohn auf'n Arm liegen – die kloa Elsa hat drei Nasen im G'sicht und der Großvater hat Kindsfüß kriagt vom kloan Peperl.

Futuristischer kanns der modernste Sezessionist net maln. Beim Plattenentwickeln hab ich auch schon oft a Pech g'habt – unsere »Toilette« dahoam hab ich als Dunkelkammer verwandelt – da stinkts oft drinn – nach den Chemikalien – a rote Latern hängt drinn – eingricht bin ich wie a Hebamm.

A schöner Sport ist's Photographieren ja – nicht – außerdem Momentaufnahmen – und zu Momentaufnahmen bin ich z'langweilig. – Wie einmal über mein Haus, wo ich wohne, ein Flieger hoch oben drüber geflogen ist, hätt ich von meinem Fenster aus a Momentaufnahme machen wolln. Ja mei, – bis ich bloß mein Apparat g'funden hab, hat der Flieger, glaub ich, in Schleißheim scho d' Flugmaschin abmontiert g'habt. – Personenaufnahmen mach ich speziell ungern, weil sich die Leut nie ruhig halten, besonders d' Damen. – A Dame wenn sich photographieren läßt, sind die Mundpartien am Bild immer verschwommen; weil koane ihr Pappen ganz ruhig halten kann.

Gegenstände sind viel leichter zu photographieren. Neulings hab ich ein Stück Kernseife photographiert zu 3.50 Mk. – die ist mir großartig gelungen; zum »sprechen« sag ich Ihnen. Ich könnte eigentlich jetzt eine kleine Aufnahme machen, mit Blitzlicht. – Herr Theatermeister, bringens mir mein Ding herein, meinen – jetzt weiß ich schon wieder an Namen nicht, meinen – (Ueberzieher,) nein, meinen (Spazierstock,) redens doch kein solchen Blödsinn, mit an Spazierstock kann ich doch net photographieren – halt – mein Photograph-Apparat rein – jetzt hab ich's wieder. *(Bringt Apparat.)* So einen Moment, dann mach ich schnell eine Momentaufnahme.

(Aufstellung des Apparates.)
(Blitzlicht-Pulver herrichten.)

Schwarzes Tuch über den Kopf *(bleibt hängen, Apparat fällt um, er verwickelt sich ganz)* – *(Zum Publikum)* Also bitte recht freundlich, die Liebespaare im Saale können sich ruhig umarmen. Sie halten das Glas hoch – sie beißen grad in ein Stück Brot nein – Sie geben mir vielleicht ein Glas Bier rauf u. s. w. – Bitte möchten Sie Ihr Monokel rausnehmen, das macht sich sehr schlecht auf dem Bild weil 's blendet und für Sie ist's auch besser, weil's dann besser sehen.

Also bitte, jetzt alles ruhig! – Eins, – zwei *(Glockenzeichen.)* *(Theatermeister:* Sie möchten sofort ans Telephon kommen!) Einen Moment bleiben Sie ruhig in der Stellung. – *(Geht schnell hinter die Kulissen.)* – N. N. hier! Wie? Da sind Sie falsch entbunden! – *(Kommt eilig wieder herein.)* – So nun bitte *(Zum Publikum)* eins – zwei – drei – fertig. – Danke schön.

Die Aufnahme ist glänzend geworden; das werden glänzende Bilder auf mattem Papier. – Also kommen Sie in 8 Tagen wieder, dann erhält Jedes ein Bild gratis – hoffentlich sinds gut geworden.

(Theatermeister bringt eine Schachtel.)

(Bitte gehört die Schachtel vielleicht Ihnen? Da steht drauf »Photographische Platten für Blitzlicht-Aufnahmen«.)

Kreuz – Sakra – ich hab ja ohne Platten photographiert.

(Zum Publikum:)

»Das ist mir aber unangenehm. – Also entschuldigens vielmals!!!«

Geht ab.

1. Narrenrede

von Karl Valentin

Das war so! – Wie der moderne Maler malt, so kann der moderne Schriftsteller schreiben.

In Magdeburg am Rhein wohnte eine Verwandte, nämlich

meiner Mutter ihre Braut, die gegenwärtig von Mexiko vorübergehend nach Rom reiste.

Dadurch ist das Privatvermögen der Sauerkrautverleihanstalt »Eldorado« in Konkurs geraten, weil die Pläne zur Grundsteinlegung des neuen Kreisrealschul-Projektes durch Prolongation des Innern nicht genehmigt worden sind.

Ich finde es übertrieben, deshalb meine Zimmer tapezieren zu lassen, denn in kurzer Zeit kommt die Sache ans Tageslicht, und wenn sich drei Schwestern heiraten, kann von einem Quartett keine Rede sein.

Mir ist die Sache furchtbar peinlich, denn wenn ich die Gummischuhe einmal getragen habe, faßt der Kanzleisekretär die Sache falsch auf, und statt daß ich für das Segelflugzeug zweihundert Mark Einsatz bekomme, muß ich von Frankfurt bis Köln zu Fuß heimfahren.

Mein Rechtsanwalt gab sich alle Mühe, in 3000 Meter Höhe ein Zündholz aufzutreiben, aber deshalb ist nicht gesagt, ob das Filmdrama einem Lustspiel gleichkommt, denn mit einem bloßen Händedruck kann man heutzutage kein Stiegengeländer lackieren, – und warum? – Weil das Zutrauen fehlt! Obwohl kein Zeuge beweisen kann, daß man mit einem Freibillet eine Telephonstörung vermeiden kann. Die Hauptsache ist schließlich doch, daß der Schönschreibunterricht in den Volksschulen nicht mit dem Walchenseekraftwerk in Fühlung kommt, denn der städtische Knabenhort hat alle Hebel in Bewegung gesetzt, daß eine abermalige Erweiterung des Potsdamerplatzes nur dann zustande kommen darf, wenn sämtliche Kinos in Berlin in Freudenhäuser verwandelt werden. Was natürlich mit einer Verlängerung der Polizeistunde vor Mitternacht nichts zu tun hat. Im gegebenen Falle würde natürlich hygienischen Rücksichten entsprechend ein öffentliches Hausieren mit elektrischen Klavieren nur dann in Betracht kommen, wenn die Lederindustrie zur Erzeugung von Tabakprodukten die Grenze zwischen Ostern und Pfingsten nicht überschreitet. –

Hinsichtlich Paragraph Nummer Null könnte also die Erlaubnis, auf dem Plötzensee ein Trabrennen abzuhalten, nicht erteilt werden, was durch das Entgegenkommen der Kleinwohnungsgenossenschaft sehr in Frage gestellt ist. –

Ob die vier Könige unter den Tarockkarten dieses Jahr noch abdanken, ist ebenfalls fraglich, denn zehn Pfennig für eine Straßenbahnfahrt ohne Speisewagenbenützung ist eher zu teuer als notwendig.

Infolge dieser Preistreiberei können also Hypotheken auf Star- und Maikäferhäuser vor dem 0.ten Dezember 1702 nicht gekündigt werden, ebenso wird Zusendung von Neujahrsenthebungskarten an den beiden Osterfeiertagen gerichtlich verfolgt. Halbamtlich, eigentlich viertelamtlich, sei noch mitgeteilt, daß farbiges Konfetti in den verehrlichen Apotheken nicht mehr als Kopfwehpulver verkauft werden darf, und deshalb rufe ich unter Tränen aus:

Nieder mit dem Aschermittwoch – nieder mit dem Karneval – Es lebe der erste April!!!

Volkus plumentus – ex!? – –

Auf der Wohnungssuche im Jahre 1915

GESANG: *(Melodie: »Am Wasser bin i z'Haus«.)*

Acht Tag, es is a Schand,
lauf i schon umanand;
i bin scho halbad blöd,
i find koa Wohnung net.
Zwei Zimmer, Küch und Kammer,
es is a wahrer Jammer,
i auf Stiegn ab, Stiegn nauf,
i treib koa Wohnung auf,

drobn in Sendling und Neuhosen
und nach Schwabing bin i gloffen
bis hinauf in d'Menterschwoagn,
in der Au und Berg am Loam,
in der Stadt im Zentrum drinna,
ja, da is ja no viel schlimma,
ja, jetzt is mir einfach zu dumm,
jetz renn ich nimma rum,
de Hausherrn, de Hausherrn,
de soll der Teufi holn,
de taten grad verlanga,
ja mir hams doch a net g'stohln,
für zwei Zimmer hint im Rückgebäud,
des is a bißerl stark,
Verlangens, sag und schreibe,
heutzutag scho 40 Mark.

PROSA:

Na na, wissens ich bin eine anständige Person, aber wenn mir wer 's Kraut ausschütt, dann werd ich windi. Ich bin eine einfache Münchner Bürgersfrau, mein Mann ist a einfacher Schustermoasta und wenn ma a net selber a vierstöckiges Haus habn, deswegn is no lang net g'sagt, daß wir uns von dem Hausherrng'schmoaß d'Schneid abkaufen lassn. Mir net – am allerwenigsten ich –, 12 Jahre wohna wir jetzt in dem Haus und jetzt, weil der Storch nochmal komma ist und hat uns das 8. Kind bracht, hat uns der Hausherr kündigt. – Wegn an Kind kündigen, gibts denn dös a, ja da woaß ma ja gar nimma, wenn mas da recht macha ko. Dö ganzen Zeitungen san allaweil vollg'schmiert von Geburtenrückgang, zu wenig Kinder san auf der Welt und tut ma wirklich an Staat den G'falln, dann werfa oan d'Hausherrn mit samt dö Produkte aus'n Haus naus, na konnst mit dein Haufa Kinda a Jahr lang in der Stadt umanandaziagn, bis di wieder wo neilassn – Da hoaßts aber no dazu im 12. Gebot, du sollst nicht lügen, ja da muaß ma doch lügen, sagns amal zu so an g'schwollna Hausherrn, daß

8 Kinder ham, dann haut er eahna Tür zu vor der Nasn, daß eahna der Wind über d'Stiagn abi waht – oder er fragt eahna wia mi, san sie a ruhige Partei? und mir ziagn ei und mei Mann nagelt's erste Paar Stiefel, na kimmt der Hausherr mit drei Schutzleut rauf und laßt dich verhaften wegen Vorspiegelung falscher Tatsachen. – Vorgestern schaug i a Wohnung an in der äußeren Dachauerstraße im Rückgebäud im 4. Stock. – Also eine Wohnung sag i eahna, da flack i mi lieber in an Sautrog nei. Was kost denn die Wohnung? hab i g'fragt. 90 Mark, sagt d'Hausmoastarin. – Was, hab i g'sagt, 90 Mark, wissens was, hab i g'sagt, und da wolln sie Leut reiziagn lassen, schauns, daß sies an a Wag'nschmierfabrik vermieten können dös Dreckloch – ja und dann de ganze Küch voll Russen und Schwaben, wenn ma am Fußboden geht, moant ma ja grad d'Reichswehr gibt Schnellfeuer ab oder lassens doch wenigstens a Fenster reinmachen in dö Wanzenburg, da rennt ma sich ja, bevor ma einziegt, scho s'Hirn ei. Was – und vermieten hams g'sagt, derf ma a net, ja da ko ma scho nichts vermieten, höchstens als Lagerplatz für leere Schmiersoafakübeln. Ja, sag i, und was is denn mit der Toilette? Ja, hats g'sagt, dö is im Vorderhaus, da hängt der Schlüssel aber beim Hausherrn in der Wohnung, den ko ma vor vier Wochen net haben, weil er verreist is. So is scho recht, hab i g'sagt, i sags halt jetzt mein Mann, dann kumm i halt die Tag wieder her, aber na bring i glei an Inspektor a mit. Adieu.

Ja ja, da hams Recht, es ist a rechtes Kreuz heutzutag, ja was ich noch sagen hab wollen. –

In Obergiesing droben, gleich wenns bei der Siebener-Linie aussteigen, vis-à-vis von dem Bauplatz, eigentlich mehr unterhalb dem Gasthaus zum langweiligen Friedensengel, wo früher die alte Leimfabrik g'standen ist, direkt am Haupteingang von dem Kartoffelacker, da ham wir unsern Heimgarten, den solln Sie einmal sehn. Idyllisch, sag ich Ihnen, hint naus die schöne Aussicht aufs Strafvollstreckungsgefängnis und nachmittags, aber nur wenn ma Ostwind haben, hören wir sogar s'Brotzeitglöckerl vom St. Martinspital rüberläuten. Auf jeden Sonntag freu i mi halt, als wie a Vegetarianer auf an fleischlosen Tag –

dö Ruhe da draußen, götterhaft. Mei Mann liegt in der Hängematten und raucht sei Pfeifa, ich sitz immer auf dem Meerschweindlstall und lies lehrreiche Schriften von Nick Carter und der David, mein ältester Sohn, macht Gartenarbeit. Letzten Sonntag z. B. hat er unsern Heimgarten mit Stacheldraht umzogen und jedesmal, wenn er sich in den Finger neig'stochen hat, hat er g'sagt »Sakrament!« Und so vergeht ein Sonntag nach dem andern. Aber d'Freud derf net lang dauern. – Seit 14 Tag ham mir neue Nachbarsleute kriegt, dö ham den Heimgarten neben uns gemietet. Ich sag ihnen, das ist eine protzige G'sellschaft und dö tun oan alles mit Fleiß. Nach dem Abendessen lassen wir in unserm Blockhäusl immer an Grammophon spieln und kaum spielt der Grammophon, fangt dene eahna Sauhund s'Heulen an und gleich so laut, daß ma vom Grammophon gar nichts mehr versteht! Es Dreckbagage, hab i neulings nüberg'schrien, laßts enkern schäbigen Heimgartenschnauzel in der Stadt drin, der verpfuscht oan ja mit seiner Winslerei die ganzen ländlichen Reize. Oder fress'zn doch den unreinrassigen Köter, es aufg'schoßne Fliegenfangerg'sellschaft da drent. Ja, es ist doch wahr, das braucht man sich doch nicht gefallen lassen. Ja vom Hund wollt ich noch gar nichts sagen, aber a Deandl hams noch, es ist eigentlich scho mehr a Tochter, das ist eine freche Wanzen. Könna tut sie gar nichts – nicht amal a Maggisuppn kanns kochen und ham tuts auch nichts als wie a freches G'sicht und hohe Stöckl an die Schuh, aber wenn mans fragt, was werden will, dann sagts a Kinoschauspielerin; wie halt alle junge Madeln heutzutag. Ja ja, die Zeiten habn sich geändert – es ist mit einem Wort gar nimmer schön auf der Welt.

SCHLUSSGESANG:

Steht man auf in aller Fruah,
Hat ma schon koa Rast und Ruah
Und i sags bei meiner Ehr,
Ja das Leben ist sehr schwer.

Die neue Villa

Sehn Sie, weil wir soeben von einer Villa sprechen, ich hab vor ungefähr 4 Stunden – 4 Jahr is eigentlich her – mein Motorrad gegen eine Villa eingetauscht! Das war so: in Stuttgart wohnt eine Verwandte von mir und mein Bruder ihr Braut ist gegenwärtig im Hotel Roter Hahn in München vorübergehend nach Garmisch abgereist. Jetzt ist das Privatvermögen durch die Glühlampenfabrik Monachia in Konkurs geraten, weil die Pläne zur Grundsteinlegung des neuen Kreisrealschul-Projektes durch Prolongation im Ministerium des Innern nicht genehmigt worden sind. Was hat jetzt das für einen Wert, wenn ich nachher das hintere Zimmer neu austapezieren lasse, denn in kurzer Zeit kommt die Sache ans Tageslicht und wenn da drei zu gleicher Zeit heiraten, verfallen schließlich die ganzen Briefmarken. Mir ist's ja natürlich furchtbar unangenehm, denn wenn ich die Gummischuh einmal getragen habe, faßt der Kanzleisekretär die Sache falsch auf und statt daß ich für den Rodelschlitten 20 Mark Einsatz bekomme, kann ich von Tegernsee bis auf Holzkirchen zu Fuß heimfahren.

Wenn auch mein Rechtsanwalt kein Zündholz auftreibt, deswegen ist's nicht gesagt, ob das Filmdrama in acht Tag nimmer aufgeführt werden darf. Denn mit einem bloßen Händedruck kann man heutzutage kein Stiegengeländer lackieren, weil das Zutrauen fehlt, obwohl kein Zeuge beweisen kann, daß man mit einem Freibillet eine Telephonstörung vermeiden kann. Die Hauptsache ist, daß der Religionsunterricht in den Schulen nicht mit dem Walchenseeprojekt in Fühlung kommt, denn der Wehrkraftjungenverein hat alle Hebel in Bewegung gesetzt, daß eine Erweiterung des ehemaligen Augustinerklosters nur dann zustande kommen darf, wenn das Glockenspiel am Rathausturm durch einen Riesengrammophon ersetzt wird, was natürlich mit einer Verlängerung der Polizeistunde nichts zu tun hat, im gegebenen Falle würde natürlich hygienischen Rücksichten entsprechend ein öffentliches Hausieren mit elektrischen Klavieren nur dann in Betracht kommen, wenn die Lederindustrie zur Erzeugung von Tabakprodukten die Grenzen zwischen Ostern und Pfingsten nicht überschreitet. Hinsichtlich Paragraph Nr. 00 könnte also die Erlaubnis, im Kleinhesseloher See ein Trabrennen abzuhalten, nicht erteilt werden, was durch das Entgegenkommen der Kleinwohnungsfragen bereits entschieden ist. Ob die vier Könige unter den Tarockkarten dieses Jahr noch abdanken, kann nur mit Hilfe eines Fernrohres vorausgesehen werden, denn 80 Pfennig für eine Trambahnfahrt von einer Haltestelle zur andern ist eher zu viel als zu wenig, infolge dieser Preistreibung können die Hypotheken auf Starl- und Maikäferhäuser vor dem 35. Juli 1703 nicht gekündigt werden. Ebenso wird das Zusenden von Neujahrsenthebungskarten an den beiden Osterfeiertagen gerichtlich verfolgt. Amtlich sei noch mitgeteilt, daß das farbige Konfetti in den Apotheken nicht mehr als Kopfwehpulver verkauft werden darf und darum rufe ich aus: Nieder mit dem schlechten Hausbrot! – Nieder mit dem Dünnbier! – Es lebe die Kunst!

Volkus eplumentus – en multure.

Der Weltuntergang

(Sehr schnell zu sprechen.)

Gestern nachmittags um 9 Uhr sitz ich im Restaurant »zur verfaulten Blutorange« und weil ich am Tag vorher meine goldene Uhr zum Konditor trag'n hab', zum reparieren, hab' ich einen solchen Heißhunger kriegt, daß ich mir zwei Portionen Senftgefrorenes und an g'sott'nen Radi als Abendessen zum Frühstück bestellt hab'. Nachdem ich aber Hausbesitzer bin und in jeder

Wohnung eine wanzenreiche Familie hab', hab' ich trotz meines 87jährigen Halsleidens mit den Kindern von mei'm Nachbarn »Fürchtet ihr den weißen Mann« gespielt. Im selben Moment haute der Photograph im Rückgebäude 's Fenster ein. I laß in der Angst an Zitherlehrer komma, und der gemeine Kerl von einer Kellnerin behaupt't, sie hätt' im Eiskasten scho' Feuer g'macht; währenddem mein jüngster Sohn sich mit dem Magneteisen d'Hühneraugen aus'm Ellbogen herauszieht, hab'ns in der Volksküche a Staudn Nißlsalat mit dem neuen Trambahntarif verwechselt, der Bürgermeister will im hintern Anhängewagen vom Telephonautomat einsteig'n, kann aber leider nicht schwimmen und stößt mit seiner Battikkrawatte a Loch in a neugebackene Schlagrahmtorte. In der Verwirrung führt der Turmwächter von St. Emeram einen Bismarckhäring in's Hundebad, der Nürnberger Schnellzug is in's Nymphenburger Trambahngeleis neig'fahrn; sämtliche Droschkenkutscher von München sind zum Beichten ganga und wenn nicht zufälligerweis' auf dem Wendelstein drob'n ein Schutzmann seinen Wecker ablaufen läßt, verlangt die Obsthausiererin für zwei Pfund Kinderhemden einen Freundschaftskuß. Trotz allen Bemühungen, auf der rechten Kuppel des Frauenkirchturmes ein Männerfreibad für Damen zu errichten, bleibt die Kanzlei vom Brunnenbuaberl vorläufig geschlossen, und auf allgemeinen Wunsch wird unter Kindern mit zehn Jahren die Zuchthausstrafe auf lebenslänglich abgeschafft. Sollten dagegen die Münchner Schlittschuhläufer wegen dem eingetretenen Weißbrotmangel vor Ablauf vorigen Jahres ihre Schlittschuhe nicht doppeln lassen, so sind auf Kosten des Fremdenverkehrs starke, gewitterartige Niederschläge zu erwarten. Leider aber hat sich der Bürgermeister im Finstern verlaufen, weil am Zeppelin-Luftschiff keine Hausnummer dort war; er läßt unglücklicherweise die Türe auf und im Zeitraum von fünf Minuten sind ihm schon 40 Mitesser auskemma. Er läuft ihnen nach, stolpert mit die Gummischuh' über der Frau ihre Giselafransen und schreit: »Wer will unter die Soldaten?« Alles war vergeben und vergessen, sei' Frau hat ihre Krampfadern als Ringelnattern verkauft, die Köchin hat sich verlobt mit'm Papagei, der Hausherr hat sich mit de Hypotheken gurgelt und in der Maikäferschachtel is die Maul- und Klauenseuche ausbrocha. »Wehe, wehe«, sprach der Oberlehrer von der Gasanstalt: »Richtet nicht, sonst werdet Ihr gerichtet«. Da öffneten sich die Wolken und mit blinzelnden Augen treten 18 Packträger hervor und verkündeten das Ende der Welt. Links und rechts stehen je vier goldene Jungfrauen mit Semmelbrösel bepappt und hielten ein vernickeltes Butterbrot in der Hand. Die Luft zitterte wie Schweinssulz, die Erde wühlte sich auf, die Vesuve speiten Honig und Sauerkraut. Nacht- und Tageulen, Junikäfer und Lämmergeier schwirrten gespensterhaft auf dem Fußboden umher, panikartig zerplatzte ein alter Leberkäs und am Ende des Vortrags trat plötzlich der Schluß ein.

Brief aus Bad Aibling

Hochwohlgeborne Anni,
liebe Ehefrau und Zuckerschneckerl!

Liebe Frau, teile Dir mit, daß ich in Bad Aibling gut angekommen bin. Bei Ankunft stiegte ich aus demselben Zug aus, in dem ich am Bahnhof zu München einstug. Ich wollte absichtlich nicht weiterfahren, da mein Billet nur bis Aibling giltig war und hätte eine Weiterfahrt keinen Wert gehabt, da ich sonst über Bad Aibling hinausgefahren wäre. Die Eisenbahnfahrt ging sehr schnell, da es ein Schnellzug war; wäre es ein Güterzug gewesen, wäre die Fahrt natürlich nur Güter gewesen. Während der Fahrt aßte ich mein Butterbrot und trankte meinen roten Wein. Vis a vis von meinem Schnellzug sauste auf einmal ein anderer Schnellzug vorbei, und zwar so schnell, daß man die Leute, die in dem anderen Schnellzug saßten, kaum grüßen konnte, obwohl vielleicht ein guter Bekannter hätte drin' sitzen können, der dann am andern Tag zu mir gesagt hätte: Gestern waren Sie aber protzig, weil Sie mich nicht einmal gegrüßt haben. Die Fahrt ging dann weiter; auf einmal wurde es mir not, die Notkabine war aber besetzt; deshalb zogte ich die Notbremse und der Zug stund. Der Eisenbahnbesitzer stiegte zu mir in das Kouplet und schrub mich auf wegen Notzug. Die Gesellschaft im Eisenbahnwagen war sehr gemischt; es waren fast lauter Reisende, nur der eine Herr, der in München den Zug versäumte, fuhr nicht mit, da er wahrscheinlich mit dem nächsten Zug hinter uns nachkommt, in welchem wir auch gefahren wären, wenn wir den Zug auch versäumt hätten. – In Aibling selbst ist es sehr schön, obwohl es, glaube ich, sehr wenig Weinkneipen dort gibt. Gestern hat mich der Kurarzt untersucht, er meint, ich müßte nicht im Bett liegen bleiben, nur bei Nacht müsse ich im Bett bleiben, was ich ja so wie so getan hätte. Sonst geht es mir gut; ich habe mein eigenes Zimmer, in welchem sechs Betten stehen, wovon aber nur vier besetzt sind von vier Patientinnen. – Ich schließe nun meinen Brief und hoffe, daß Du mir in München treu bleibst, wenigstens halbe treu, zum mindesten viertel über zwei. Meine Uhr habe ich vergessen, wir haben auch in unserem Schlafsaal keine Uhr.

Wen Du mir wieder schreibst, schreibe bitte in den Brief hinein, wieviel Uhr es ist. Ich weiß gar nicht, wie ich an der Zeit bin.
Es grüßt und küßt Dich
Hochachtungsvollst
ergebenst
Nepermuk *Semmelmeier,* Patient,
z. Zt. Bad Aibling.

Zwangsvorstellungen

Woher die leeren Theater? Nur durch das Ausbleiben des Publikums. Schuld daran – nur der Staat. Warum wird kein Theaterzwang eingeführt? Wenn jeder Mensch in das Theater gehen *muß,* wird die Sache gleich anders. Warum ist der Schulzwang eingeführt? Kein Schüler würde die Schule besuchen, wenn er nicht müßte. Beim Theater, wenn es auch nicht leicht ist, würde sich das unschwer ebenfalls doch vielleicht auch einführen lassen. Der gute Wille und die Pflicht bringen alles zustande.

Ist das Theater nicht auch Schule, Fragezeichen!

Schon bei den Kindern könnte man beginnen mit dem Theaterzwang. Das Repertoire eines Kindertheaters wäre sicherlich nur auf Märchen aufgebaut, wie Hänsel und Gretel, der Wolf und die sieben Schneewittchen.

In der Großstadt sind 100 Schulen, jede Schule hat 1000 Kinder, das sind 100 000 Kinder pro Tag. Diese 100 000 Kinder jeden Tag vormittag in die Schule, jeden Nachmittag ins Theater – Eintritt pro Kinderperson 50 Pfennig, natürlich auf Staatskosten, das sind 100 Theater je 1000 Sitzplätze. Also per Theater 500 *RM* – sind 50 000 *RM* bei 100 Theatern.

Wieviel Schauspielern wäre hier Arbeitsgelegenheit geboten? Der Theaterzwang bezirksweise eingeführt, würde das ganze Wirtschaftsleben neu beleben. Es ist absolut nicht einerlei, wenn ich sage: Soll ich heute ins Theater gehen, oder wenn es heißt: Ich muß heute ins Theater gehen. Durch diese Theaterpflicht läßt der betreffende Staatsbürger freiwillig alle anderen stupiden Abendunterhaltungen fahren, wie Kegelschieben, Tarocken, Biertischpolitik, Rendezvous, ferner die zeitraubenden blöden Gesellschaftsspiele: »Fürchtet ihr den schwarzen Mann«, »Schneider, leih mir deine Frau« usw.

Der Staatsbürger weiß, daß er ins Theater muß – er braucht sich kein Stück mehr herauszusuchen, er hat keinen Zweifel darüber, soll ich mir heute Tristan und Isolde anschauen – nein, er muß sich's anschauen – denn es ist seine Pflicht.

Er ist gezwungen, 365mal im Jahre ins Theater zu gehen, ob es ihm nun vor dem Theater graust oder nicht. Einem Schüler graust es auch, in die Schule zu gehen, aber er geht gern hinein, weil er muß. – Zwang! – Nur durch Zwang ist heute unser Theaterpublikum zum Theaterbesuch zu zwingen. Mit guten Worten haben wir jetzt Jahrzehnte hindurch wenig Erfolg gehabt. Die verlockendsten Anpreisungen, wie: Geheizter Zuschauerraum – oder: Während der Pause Rauchen im Freien gestattet – oder: Studenten und Militär vom General abwärts halbe Preise; alle diese Begünstigungen haben die Theater nicht füllen können. – Die Reklame, die bei einem großen Theater jährlich Hunderte von Mark verschlingt, fällt bei dem Theaterzwang gänzlich weg. – Ebenfalls auch die Preise der Plätze; denn die Plätze werden nichtmehr nach Standesunterschieden, sondern nach den Schwächen und Gebrechen der Theaterbesucher eingeteilt.

1.–5. Parkettreihe: Die Schwerhörigen und Kurzsichtigen,
6.–10. Parkettreihe: Die Hypochonder und Neurastheniker,
10.–15. Parkettreihe: Die Haut- und Gemütskranken,
sämtliche Rang- und Galerieplätze stehen den Asthmatikern und Gichtleidenden zur Verfügung.

Auf eine Stadt wie Berlin kämen also – ausgenommen die Säuglinge und Kinder unter 8 Jahren, Bettlägerige und Greise – täglich rund 2 Millionen Theaterbesuchspflichtige, eine Zahl, die die jetzige Theaterbesucherzahl der Freiwilligen weit überschreitet.

Man hat ja mit der Freiwilligen Feuerwehr ebenfalls bittere Erfahrungen gemacht – und nach langer Zeit nun eingesehen, daß es heute ohne Pflichtfeuerwehr nicht geht.

Warum geht es also bei der Feuerwehr und nicht beim Theater?

Gerade Feuerwehr und Theater sind heute so innig miteinander verbunden – ich habe in meiner langjährigen Bühnenpraxis hinter den Kulissen noch nie ein Theaterstück ohne Feuerwehrmann gesehen.

Sollte die vorgeschlagene »Allgemeine Theaterbesuchspflicht«, genannt »ATBPF«, zur Einführung kommen und, wie oben erwähnt, täglich zwei Millionen Personen in das Theater zwingen, so müssen in einer Stadt wie Berlin 20 Theater mit je 100 000 Plätzen zur Verfügung stehen. Oder 40 Theater mit je 50 000 Plätzen – oder 160 Theater mit je 12 500 Plätzen – oder 320 Theater mit je 6250 Plätzen – oder 640 Theater mit 3125 Plätzen – oder 2 Millionen Theater mit je 1 Platz.

Was aber dann für eine famose Stimmung in einem vollbesetzten Hause mit, sagen wir, 50 000 Besuchern herrscht, weiß nur jeder Darsteller selbst. Nur durch solche eminente Machtmittel kann man den leeren Häusern auf die Füße helfen, nicht durch Freikarten – nein – nur durch Zwang – und zwingen kann den Staatsbürger nur der Staat!

Der Regen

Eine wissenschaftliche Plauderei

Der Regen ist eine primöse Zersetzung luftähnlicher Mibrollen und Vibromen, deren Ursache bis heute noch nicht stixiert wurde. Schon in früheren Jahrhunderten wurden Versuche gemacht, Regenwasser durch Glydensäure zu zersetzen, um binocke Minilien zu erzeugen. Doch nur an der Nublition scheiterte der Versuch. Es ist interessant zu wissen, daß man noch nicht weiß, daß der große Regenwasserforscher Rembremerdeng das nicht gewußt hat. Siedendes Regenwasser gehört zu den heißesten Flüssigkeiten der Gegenwart. Dem Regen am nächsten liegend ist der Regenwurm – er lebt vom Regen, genau wie der

Regenschirmfabrikant. Regenschirm und Sonnenschirm sind zwei gleiche Begriffe und doch würde ihre Verwechslung zu einer nicht vorausgeahnten Katastrophe führen, denn einen Regenschirm kann man im Notfalle als Sonnenschirm benützen, dagegen kann man einen Sonnenschirm im Notfalle kaum als Regenschirm benützen.

Die Regentropfen gleichen in der Form den Hoffmannstropfen, die, an der Medizinflasche hängend, eine ovale, frei in der Luft schwebend, eine runde – und auf einer Tischplatte liegend, eine platte Form besitzen. Regenwasser benützt man häufig zum Gießen von Wiesen, Gräsern, Blumen, Unkraut und Gärten. Kinder benötigen den bekannten Mairegen zum Wachstum, und es ist statistisch nachgewiesen, daß die Kinder wirklich wachsen, auch wenn sie nicht mit Mairegen begossen wurden. Der allerschönste Regen ist der Regenbogen – gar kein Vergleich mit dem Münchner Maffeibogen, jener ist ein Wunder des Himmels, letzterer ein Greuel der Stadt München. Nur an Farbenschönheit überragt ersterer den letzteren.

Das Regenwetter wird oft mit Sauwetter, Hundswetter betitelt. Die Theater-, Kino- und Kaffeehausbesitzer haben derlei Ausdrücke noch nie über ihre Lippen gebracht. Heftige Regengüsse nennt man Wolkenbrüche, damit ist gemeint, daß irgend eine Wolke so schwer mit Wasser gefüllt ist, daß sie bricht, welchen Vorgang man beim menschlichen Biermagen mit Katzenjammer bezeichnet. Gegenmaßnahmen zur Heilung von Wolkenbrüchen sind zur Zeit noch nicht gemacht worden, da Wolkenbruchbänder der großen Dimensionen halber noch nicht hergestellt werden können und zwar aus technischen Gründen.

Künstlicher Regen wird durch Gießkannen erzeugt. Unglaubliche Sitten und Bräuche werden aus dem Mittelalter erzählt. Ich zähle hier schon einige mehr an Aberglauben grenzende Tatsachen auf: Bei den alten Germanen wurden schnell alternde Kinder mit frisch gefallenen Regentropfen geimpft. Während dieser Injektion mußte der Urgroßvater des betreffenden Kindes einen vierstimmigen Choral singen. Ein weiterer

Aberglaube bestand darin, Ehesünder auf folgende Art zu entlarven: Bei strömendem Regen mußte der Ehemann 100 Meter weit laufen, unmittelbar nach seiner Ankunft am Ziel wurden die – auf seinen Körper gefallenen Regentropfen schnell gezählt, waren es über 1000 Tropfen, war er ein Ehesünder.

Weitere wissenschaftliche Fortschritte über Regenwasser sind bis heute noch nicht gemacht worden. – Die Feuchtigkeit des Regens soll auch im Mittelalter nicht so stark gewesen sein, wie heutzutage, was ja auch der jüngstvergangene langanhaltende Regen beweist. Denn die verflossene Feuchtigkeit konnte nicht mehr mit Bodenfeuchtigkeit, sondern mit Hochwasser angedeutet werden. Und was Hochwasser bedeutet, wissen wir alle noch von der Sündflut her, die vielen unvergeßlich bleiben wird. Aber dennoch denken wir dabei an die Worte des Dichters:

Sich regen – bringt Segen.

Auf dem Marienplatz

Der große Dichter Josef Ding (i.J. 1520) sagte einmal: »– Es geschieht nichts Neues unter der Sonne!« – Dieser Mann hatte nicht recht oder vielmehr, er hatte nicht Gelegenheit, heute über den Marienplatz in München zu gehen. Der Marienplatz vor hundert Jahren (siehe Maillingersammlung) – der Marienplatz von heute (siehe Marienplatz). –

Schutzleute zu Podium (früher zu Pferd) und Schutzleute zu Fuß tuen ihre Pflicht. Der Marienplatz ist voll von Menschen – Kindern – Automobilen – Radfahrern – Hunden – Tauben – Glockenspiel – Straßenbahnen – Pflaster – Inseln – Wasserpfützen – Bogenlampen – Zigarrenstumpeln – verfallenen Straßenbahnbilletten – Kontaktdrähten – Benzingestank usw. – Das sind die gegenwärtigen Requisiten des Marienplatzes.

Was treiben diese Requisiten? – Die Schutzleute dirigieren – die Menschen folgen nicht – die Gaffer gaffen – staunen, betrachten, grinsen, spotten, sind noch biedermeierisch veranlagt, wollen sich nicht an den Großstadtbetrieb gewöhnen. – Die Automobile hupen – die Radfahrer warten – die Hunde stören – die Tauben fliegen – das Glockenspiel klingt hell und »rein« – die Straßenbahnen kommen daher und fahren dahin – das Pflaster wird betreten, die Inseln ebenfalls – die Wasserpfützen auch ebenfalls – die Bogenlampen brennen (nachts) – die Zigarrenstumpel liegen – die weggeworfenen Straßenbahnfahrscheine flattern – die Kontaktdrähte schwingen wie Spinnennetze – der Benzingestank ist tagtäglich – und somit der ganze Zustand unerträglich. –

Die Verkehrspolizei will nur das Beste. – Aber wir Städter sind immer noch Dörfler. – Macht es der Schutzmann so – gehn wir so. – Macht es der Schutzmann aber so – gehen wir gewiß so. – Es soll klappen, aber es klappt nicht. Vielleicht in zehn Jahren, dann ist es aber zu spät, bis dahin fliegen wir alle. – Für die ganze Verkehrsordnung hätte ich eine neue Idee. Und jeder Irrsinnige wird mir voll und ganz beistimmen. Mein Prinzip wäre folgendes:

Am Montag dürfen in ganz München nur Radfahrer fahren, am Dienstag nur Automobile, am Mittwoch nur Droschken, am Donnerstag nur Lastautos, am Freitag nur Straßenbahnen, am Samstag nur Bierfuhrwerke. Die Sonn- und Feiertage sind nur für Fußgänger. Auf diese Weise könnte nie mehr ein Mensch überfahren werden.

Ein zweiter Vorschlag wäre auch dieser:

Von 6–7 Uhr morgens sind die Straßen Münchens nur für Radfahrer, von 7–8 Uhr für Automobile, von 8–9 Uhr für Droschken, von 9–10 Uhr für Lastautos, von 10–11 Uhr für elektrische Straßenbahnen, von 11–11¼ Uhr für das Glockenspiel, von 11¼–12 Uhr für Bierfuhrwerke bestimmt.

Allerhand Sport

Ein Mann, Doppelgänger von Beruf, Kamin (kam in) eine baumarme Waldgegend, um elektrischen Strom zu kaufen. An der Haustüre einer alten Sandgrube blieb er verdrossen stehen und ging heiteren Mutes seiner Wege weiter. Es war ein sonniger kinderreicher Frühlingstag und selten fuhr kein Auto hinter dem andern. Trotzdem in der ganzen Gegend kein Haus zu erblicken war, stand mitten in dieser Kleinstadt ein Kino, welches sehr schlecht besetzt war – ein Mensch saß drin – die Besitzerin selbst. Ein bildschönes Mädchen von 26 Jahren. Ihr Mann lernte sie einmal kennen, das war das einzige, was dieser Mann in seinem Leben gelernt hatte. Er führte das Mädchen in die nächstliegende Kirche (nächststehende) und ließ sich dort hochzeiten. Über der unbewölkten Einöde und am nahen Dorfbrunnen spielten alte Schulkinder mit Schneider und Scheren und pflückten aus Übermut Trinkwasser. Nach der Trauung begaben sich beide sofort auf den Sportplatz und spielten Fußball, nach dem alten Grundsatz: Zuerst der Sport und dann die Liebe. Und wer den Sport und das Turnen liebt, der fördert seinen Haarwuchs, denn schon der alte Sport- und Turnvater Jahn soll einen mächtigen Vollbart gehabt haben. – Also betreibet alle den Sport, denn Sport ist Leben – und Leben ist schwer. Genau so schwer ist es, wenn man während des Sitzens aufsteht und erst dann gehen will, wenn man sich niedergelegt hat.

Wie waren doch schon unsere Vorfahren durch den Sport gestärkt. Der Riese Goliath (wohnhaft Löwengrube, Hausnummer ?) hat 1000 Jahre alte Eichenbäume mit Daumen und Zeigefinger aus dem Erdboden gerissen, den zugefrorenen Nil stieß er mit der blanken Fußsohle bis auf den Meeresgrund durch. Zeppeline und Aeroplane fing er mit der Hand wie Schmetterlinge – Riesenschlangen nahm er als Selbstbinder her und die größten Kirchtürme benützte er als Zahnstocher. Kurzum er hatte »Kraft und Schönheit« in sechs Akten. Aber daß sich Sport und Schicksal ohnedies die Hand geben, liegt klar auf der Hand. Beispiele: Ein Hochtourist bestieg zehnmal den Montblanc, ohne jeden Schaden zu erleiden, jedoch beim Anblick eines Steuerzettels wurde er ohnmächtig und mußte minutenlang das Bett hüten.

Ein anderer Fall: Dem bekannten Rekordschwimmer M. Sxdnhpfdb wurde kurz vor Beginn seines geplanten sechzigstündigen Rückenschwimmens ohne jeden Grund seine Badehose gestohlen. Aus diesem Anlaß mußte die Veranstaltung, bei der unzählige Menschenmassen als Zuschauer erschienen waren, abgesagt werden. – Der berühmte Fußballtourist Johann Wacker soll seine Siege nur durch eigenes Verschulden gemacht haben. Somit sieht man, daß Sport und Schicksal zwei eng ineinander greifende Begriffe sind. Am meisten davon berührt ist die Turnerei. (Eigene Schutzmarke F. F. F. F.)

Frisch – Fromm – Fröhlich – Frei. Es ist kindisch, wenn ich mir erlaube, zu berichten, daß ich mir als junges Kind dieses Turner-Symbol-Zeichen ganz anders erklärt habe, als es in Wirklichkeit ist. Ich glaubte, jeder Turner muß vor dem Turnen ein Bad nehmen, daß er frisch wird. Hierauf muß er in die Kirche gehen, daß er fromm wird. Dann muß er einige Maß Bier trinken, daß er fröhlich wird, und dann muß er sich von seiner Frau scheiden lassen, daß er frei wird. Dann ist er F. F. F. F. –

Man sieht also, daß man sich als Kind schon falsche Vorstellungen vorstellt, die man im Alter nie verantworten, höchstens verwerten kann ....

Neues vom Starnberger See

Fünf Meter von Starnberg abwärts liegt der Starnberger See. Am linken Ufer des Sees liegt eine »Leoni«, kurz genannt Leoni. Wie in Neuyork, so landen auch hier stündlich Dampfschiffe. Mit den Dampfschiffen nehmen alltäglich die Starnberger Dampfschiffseerundfahrten ihren werten Anfang. Die Rundreisebilletten auf den Dampfern sind aus Pappkarton, und wenn es regnet, ist meistens während der Fahrt die Aussicht auf das bayerische Gebirge wegen schlechter Aussicht nicht zu sehen. Der Starnberger See selbst ist melancholisch, was bei anderen Seen stets meistens auch immer hie und da sehr oft der Fall ist. Einer alten Sage nach aus dem Jahre 1925 sollen sich vom Undosabad aus vorigen Sommer aus unbekannten Ursachen Tausende von Menschen in den See gestürzt haben; dieselben konnten sich aber Dank ihrer guten Schwimmkenntnisse alle selbst aus den Wellen befreien. Im selben Jahre ereignete sich auch noch ein anderer bedauernswerter Unfall. Ein Mann stieß mit dem Ruderboot, ungefähr 50 Meter vom Ufer entfernt, an eine grüne Schlingpflanze, sogenannte Wasserrose, an, das Schiff kippte um und im Handumdrehen fiel der Mann in das in der Nähe befindliche Wasser. Breit und weit kein Mensch, der dem Ärmsten Hilfe bringen konnte, trotzdem er fortwährend um Hilfe schrie. Zufälligerweise kam ein Briefbote daher und bemerkte die Hilferufe des um Hilfe Schreienden. Statt nun wacker (nicht identisch mit Fußballklub Wacker) ans Rettungswerk zu schreiten, rief der hartherzige Briefträger dem Ertrinkenden die nicht minder harten Worte zu: »Ich kann Ihnen leider nicht helfen, da ich selbst nicht schwimmen kann, aber ich kann Ihnen die Adresse eines guten Schwimmlehrers mitteilen!«

Jeder Mensch ohne Ausnahme soll also in der heutigen Zeit schwimmen lernen, das finde ich unbedingt notwendig, damit er einen nicht Schwimmenkönnenden jederzeit aus dem Wasser retten kann. Aber eigentlich ist es auch wieder zwecklos, denn wenn jeder Mensch einmal schwimmen kann, braucht man ja keinen mehr retten. Also wäre es angebracht, daß jeder, der schwimmen kann, dasselbe sofort wieder verlernen soll. Ein weiterer Sport außer dem Ertrinken ist das sogenannte Fischen von lebenden Fischen. Daß die Fische gefangen werden müssen, leuchtet jedem ein, und das ist auch klar. Ware im Starnberger See z. B. seit Gründung, oder besser gesagt seit dem vieltausendjährigen Bestehen desselben noch nie ein Fisch gefangen worden, so hätten sich diese Fische seit diesen Jahrtausenden so vermehrt, daß vielleicht mehr Fische im See wären als Wasser. Die Folge davon wäre, daß die Fische vor lauter Fischen nicht mehr schwimmen könnten, zu wenig Wasser hätten und daher nicht mehr existieren könnten. Nachdem aber im Starnberger See viel Wasser ist, bleibt die Frage offen, ob tatsächlich schon so viel Fische gefangen worden sind. Eine Kontrolle hierüber käme jetzt natürlich zu nachträglich. Das Fischen mit der Angel ist von vielen Seiten als Tierquälerei empfunden worden, hauptsächlich vom Fisch selbst. Einen Dieb fängt man ja auch nicht mit der Angel, sondern eben aus Humanität mit List und Schlauheit. Stellen wir uns einmal einen Schutzmann vor, der mit der Angel einen Dieb fangen will; der Schutzmann geht mit der Angel in eine Wirtschaft, in der er den Dieb vermutet, befestigt an dem spitzen Angelhaken ein Stück Schweinsbraten, hält diesen dem Dieb vor die Nase, der Dieb beißt an, und schon hat der den Haken in der Oberlippe. Das wäre eine Grausamkeit. Ist es bei einem Fischlein keine Grausamkeit? Eigentlich noch mehr, denn der Fisch ist ja unschuldig, weil er nichts gestohlen hat.

Über die Tiefe des Starnberger Sees gehen die Ansichten weit auseinander. Einige behaupten, er sei tiefer als lang, andere sagen, er sei länger als tief. Fachmännisch wurde genau berechnet, daß er tief, seicht, lang, kurz, schmal und breit zu gleicher Zeit ist. Die Tragkraft des Wassers wurde erst kürzlich von Ingenieuren geprüft, und dabei die erfreuliche Tatsache festgestellt, daß die irrige bisherige Meinung »je tiefer das Wasser, desto mehr

Tragkraft« nicht richtig ist. Eine Probe brachte den sicheren Beweis. Während ein faustgroßer Stein in der Mitte des Sees, also an der tiefsten Stelle rapid unterging, blieb ein ebenso großer Gummiball an der seichtesten Stelle auf der Wasserfläche liegen. Ob dieses Experiment eine Tragweite für die Zukunft bedeutet, wird uns die Zukunft beweisen. Jedenfalls ersieht man daraus das fortwährende wissenschaftliche Tasten nach Problemen. Auf alle Fälle steht fest, daß, je weiter sämtliche Ufer eines Sees von einander entfernt sind, desto größer sich also die Wasserfläche gestaltet. Ein See ohne Ufer wäre daher kein See mehr, denn einen uferlosen See hat es bis heute noch nicht gegeben. Dasselbe gilt auch für den Ammersee.

Geschichtliches ist vom Starnberger See nur noch zu berichten, daß der damalige bayerische Herzog der Pfiffige einen Antrag des Starnberger Bürgermeisters: »Errichtung einer Handelsflotte auf dem Starnberger See« schnöde abwies. Die heutigen noch existierenden Starnberger See-Salondampfer können nur noch in den Augen der Firmlinge »Gewaltiges« auslösen, denn für Weltreisende bedeuten dieselben nur mehr ein Lustspiel auf offener See. »Bei schönem Wetter«, sagt der kleine Maxl, »ist es auf dem Starnberger See herrlich, regnet es aber, so wird der See naß.« Über Starnberg selbst ist wenig zu berichten. Starnberg hat seinen eigenen Reiz und seinen eigenen Bahnhof, in welchem unsere neuen elektrischen Schnellzüge stehen. Bei den elektrischen Schnellzügen, die einen Gipfel der deutschen modernen Technik darstellen, haben sich die alten Gasfunseln (aus dem Jahre 1880 ungefähr) so gut bewährt, daß dieselben jetzt in den modernen Münchner Straßenbahnwagen statt der elektrischen Glühlampen eingeführt werden sollen. In Starnberg sind jetzt schon viele Fremde zu sehen, die aus München geflüchtet sind, wegen den unaufhörlichen chronischen Straßenbauarbeiten.

Soweit wäre über Starnberg alles berichtet. Nächsten Sonntag nachmittag um halb 21 Uhr findet im Starnberger See ein Karpfenrennen statt, mit darauffolgendem Brilliantfeuerwerk. Zwölf zehnpfündige dressierte Karpfen schwimmen mit Motorboot und Musikbegleitung von Starnberg nach Seeshaupt; während dem Rennen ist der See für Fußgänger gesperrt.

Karl Valentins Olympia-Besuch 1936

»Hier sitz ich alleine und spähe umher
und lausche hinauf und hernieder«,

so heißt es in dem alten Lied: »An der Weser«.

So ähnlich erging es mir, als ich allein im Olympia-Stadion saß. – Wie kam es, fragte ich mich selbst, daß ich zur Olympiade zu spät kam?? – Ich blieb mir die Antwort nicht schuldig: »Ihr Leichtsinn ist daran schuld!« erscholl es von meinen Lippen. (Ihr bedeutet ich selbst.) Denn aus Eigentrotz sage ich selbst zu mir nicht »Du«, sondern »Sie«, weil man da vor sich selber vielmehr Respekt hat, als mit der Duzerei. – Nur *einen Tag* zu spät und dennoch zu spät! – O, Herr, bewahre mich bei der nächsten Olympiade 1940 vor solchen Etwaigitäten. – Trotzdem ich mich setzte, war es doch entsetzlich, als ich allein dasaß, in einer Hand die verfallene Eintrittskarte, die andere Hand in meiner eigenen Hosentasche. – Um mich herum saß nirgends niemand – das große Schweigen ringsumher war still und lautlos. – Meine einzige Unterhaltung war das »Warten«. Zuerst wartete ich langsam, dann immer schneller und schneller, kein Anfang der Olympischen Spiele ließ sich erblicken, – da endlich von mir ein schriller Blick und meine Augen starrten hinunter zu dem Eingang bei der Kampffläche. – Ich sahte einen kleinen Jemand, der Jemand scheinte mich zu suchen, was diesem auf den ersten Blick gelang. Unsere Pupillen kreuzten sich in der Mitte unserer Entfernung. Ich saß, – sie kam – nur sie allein, die kleine Liesl Karlstadt, klärte mich darüber auf, daß *gestern* der *letzte* olympische Tag gewesen ist. – »Ist das schade!« schrie ich teilnahmserregt in den blauen Äther hinaus – ich schnellte langsam von meinem Sitz empor, flugs verließen wir die Stätte des großen »Gewesenseins«. Freudezerknittert traten wir per Verkehrsmittel die Heimfahrt an in die Stammkneipe am Kurfürstendamm. – Wir Sachsen haben in Berlin einen eigenen Stammtisch, dort kommen täglich alle Münchener zusammen und da wird erzählt, von diesem und jenem, von jenem weniger, dafür öfter von diesem. Ich konnte leider heute zu meinem Bedauern nichts von den Olympischen Spielen erzählen, da ich ja nichts gesehen hatte, – und alle lauschten umsonst.

Vereinsrede

Von Karl Valentin 1937.

(Im grossen Raum gesprochen. Volksmenge beim Erscheinen des Volksredners: Bravo-Rufe und Händeklatschen.)

Sehr verehrte Versammlungsteilnehmer!

Wenn ich heute das Wort ergreife, so halte ich es für meine Pflicht, einer Sache näher zu treten, die Ihnen und uns und für alle Zukunft, ein Problem von schwerwiegender Bedeutung zu bleiben scheint. Gewiss haben wir nicht die volle Gewissheit, was in Anbetracht einer Zerklauberei der ewig unmöglich erscheinenden Begleiterscheinungen in sich vereinigt, denn gerade hier, bieten sich einschneidende Bedingungen, die von vorneherein ein für allemal ausgemerzt werden müssen. Die Vergangenheit hat uns gezeigt, dass gerade in diesem Punkte gesündigt wurde, schon aus dem Grunde, weil ein Zusammenkommen jener wichtigen Erscheinungen, stets verschwiegen wurde. Wir haben uns mehr denn je über diese Kleinigkeiten immuniert und haben in Sachen herumgewühlt, statt uns zu sagen »Freunde, geht ans Werk«, »greift zu und ihr werdet es nicht bereuen.«

Glauben Sie nicht meine Herren, o bewahre, schauen Sie sich selbst ins Gesicht und Sie sehen Ihre eigenen Masken, – herunter damit! Nein, fühlen Sie sich nicht dazu genötigt, denken Sie an das Problem der Atomzertrümmerung, denken Sie an die Worte des Sokrates: »Femina, Feminima monstrum Vivat Concenbinatum – o eleonoris causa veni vini vizi.« Meine Herren, Schatten der Gegenwart möchte ich verpflanzen wie Minderwertigkeiten, welche nur zu deutlich aufgerollt werden, wenn uns die Zeit nicht selbst den Stempel des Daseins auf die Stirne drückt. Aber wenn wir der Einsicht näher treten, so werden die Nebenstehenden die Schäden und Nutzen am eigenen Leibe verspüren, denn zu heiss wurde noch keine Suppe gegessen, und wenn, dann verbrennen sich die den Schnabel, die sich mit den bittersten Enttäuschungen selbst am Ufer der Vernunft ins Lächerliche gezogen haben. Es ist nicht gleichgültig, ob ich sage: »ich bin oder ich werde«, – nein, meine Herren, Zufälligkeiten und Abdrosselungen eigener Anschauungen haben sich noch nie zu einer Konservierung von Gedanken verbinden lassen. Wehe dem, der sich selbst, wehe dem, dem derjenige nur das ist, was wir uns von diesem erwartet haben. – Selbst ist die Frau! – Meine Herren! Wenn uns die Besonnenheit uns von unseren Sorgen, deren wenige ein verblendendes Spiel in uns gesetzt, zum Zwecke des Mittels, einen wie bei jedem, wir können nicht das gute Gewissen mit derselben Resignation verknüpfen, der unserem Standpunkt von vorneherein gegenüberstand. Wenn wir in lückenloser Vergangenheit eine Parallelle ziehen, wenn wir uns vergegenwärtigen, dass nur Trotz und ein Gegenspiel von weittragender Bedeutung ein Resultat fördert und damit nie wiederkehrende Gelegenheitsfinumen erzielt werden können und wir hiermit unser Gewissen nicht unnötig belasten, dass eine Voraussagung eventueller Submissionsschwierigkeiten einen spontanen Verlauf nehmen, oder nehmen müssen, dann ist es besser, wir vermeiden jegliche Inspirationen, die durch Sicherungen seitens kollektiver Kongresserörterungen ausgerottet werden. Es gab eine Zeit und diese Zeit lässt sich Zeit, denn im Zeitabschnitte dieses Zeitabschnittes wird die Zeit kommen, die wir zeitlebens nie vergessen werden. Und wenn es am Sonntag wider alles Erwarten wirklich schlechtes Wetter ist, müssen wir unser Stiftungsfest auf den nächsten Sonntag verschieben.

Bravo-Rufe – Applaus!

Neue Rennpferdenamen

Von Karl Valentin 1940.

Manch' ein Besucher einer Rennbahn wird sein Vertrauen zu einem seiner vierbeinigen Favoriten mit einer Wette bekräftigen, wobei im Siegesfalle die Freude mit der Höhe der Totalisatorquote zu steigen pflegt. So las man jüngst vor einigen Jahren in einer Rennzeitung. – Zur grössten Überraschung aller Freunde vom Pferderennsport hören wir aus unzuverlässiger Quelle, dass eine grosse Umtaufe, also Umbenennung von Pferdenamen erfolgt ist. Die schönen früheren Namen wie »Waldkönig«, »Goldpfennig«, »Weihnachtsmann«, »Frecher Gesell«, »Xenovon«, »Monarch«, »Heideröslein«, »Graue Eminenz«, »Ausweg« etc. etc. sollen geändert werden. So ist in dem letzten Wochenbericht vom 35. Februar folgendes zu melden:

Ich verlese nun den neuesten Rennbericht von gestern, – das Rennen war hochinteressant! Es war gespickt mit Überraschungen! – – – Alle Hoffnungen waren auf »Dachrinne« gerichtet. Im Hauptpreis, dem »Blechernen Becher«, setzte sich »Korkzieher« mit »Wanzentinktur« in überzeugender Weise gegen »Staubiger Karpfen« und »Tiefseetaucher« und dem wieder gross laufenden »Zeppelinschwanz« sicher durch. – »Schmaizlerglas« hat also seinen letzten Erfolg gut gebucht. – »Orangenlimonade« liess sich mit »Bodenwachs« den Preis nicht nehmen. Wohl sah es zuerst für »Anisloabl« und »Stiegengeländer« günstig aus, aber im richtigen Augenblick wurde »Kirchengitter« schärfer angefasst; er gewann zum Schluss überlegen. – Der Preis von Holzkirchen war erwartungsgemäss eine gute Sache für die »Seeräuberin«, die sich sehr vorteilhaft entwickelte und von Georg Sissinger in bester Form an den Start gebracht wurde. – Im Hindernisrennen rechtfertigten »Kegelbahn« und »Spatzennest« die in sie gesetzten Hoffnungen nicht. Um so besser lief der ausländische »Gogolori der Schnelle«, zu dem sich »Serienschalter« verhältnismässig gut hielt. – Der Preis von Hintergigging fiel nicht an die Favoritin »Stiegengeländer«, sondern an »Lampenschirm«. Ein wahrer Triumpf war »Hutzelbrüh«, der zwar schlecht abkam, dank seiner Schnelligkeit aber doch noch »Anguilotti« und »Haarausfall« die Eisen zeigte. – Im Preis von Obersendling liess sich »Mondsucht« weder von »Nasentröpferl« noch von »Schweitzerkäs« gefährden. – »Froschleich« und die Stute »La-la-la-la« blieben dem gestrigen Rennen fern.

Für das nächste Rennen sind folgende Pferde gemeldet: »Klaviertaste«, »Fensterkreuz«, »Krummer Fussweg«, »Brillengestell«, »Fallbeil«, »I-Dipferl«, »Blaue Salbe«, »Laubsägeholz«, »Mei Ruah möcht i«, »Türkischer Honigmann«, »Dienstmädchen ade«, »Hetschebetsch«, »Salvarsan«, »Hauptmann Köpenick«, »Saus Bartl«, »Hemdelenz«, »Baumwanzensaft«, »Mickymaus«, »Mullikatzi«, »Hottergassi«, »Gummiditzi«, »Gnadenstoss«, »Hefenteig«, »Tausendsasa«, »Hoppla-Hoppla« und der vielversprechende Vollbluthengst »Plem-Plem«.

Wirkliche Namen von Rennpferden.

Enzian
Staatskerl
Regimentstochter
Märzwind
Peterle
Kampf
Sieg
Lawine
Unfried
Locke
Landmädel
Wassermädl
Oberland
Teufelsbua
Wiener Wald
Himmelfahrt
Wanderlied
Heuchler
Meisterstück
Rohrpfeifer
Reissaus
Immermein
Hohe Eule
Dornenrose
Ostermädel
Flaggenlied
Praline
Taubnessel
Flügelmann
Löwenzahn
Letzter Teddy
Finanzmeister
Elektriker
Rosenkrieg
Froher Mut
Generalissimus
Wasserquelle
Mandelblüte
Schwarzwaldfürst
Haferflocke
Sturmglocke
Champagner
Gaukelei
Teufelsjunge
Pfennig komm schnell
Luftballon
Apache
Platzrose
Monarch
Alpenfee
Bierbichlerin
Morgenlüfterl
Liebhaberin
Weihnachtsmann
Palme
Dorfpoesie
Unschuld
Zieh los
Unke
Pfirsich
Vaterlos
Überfuhr
Henker
Walzertraum
Handball
Frecher Gesell

Kanzler
Herbstzeitlose
Maitrank
Maikätzchen
Monarchie
Ernte
Gänseblümchen
Finanzamt
König Lear
Silberschelle
Rosenblüte
Peters Tochter
Harvest Dirndl
Morgengruss
Brauner David
Goldkäfer
Oberst
Preisrichter
Sultan
Primamädl
Barfrau
Hans Sachs
Kammerdiener
Sonntagsfreude
Feldherr
Signalgast
Luftkreuzer
Fiaker

Neue Namen von Rennpferden.

Salatstaude
Semmelschmarrn
Aschenbecher
Linoleum
Senfhafen
Tintenzeug
Rettichschneider
Zwiebelrohr
Stuhlbein
Himbeersaft
Heuschreckensirup
Schweinssulz
Butterbrot
Hutlack
Schleifsteinwasser
Baumwanzensaft
Ochsenmaulsalat
Autohupe
Grashalm
Blumentopf
Spirituslack
Kunstdünger
Strassenpflaster
Brückenpfeiler
Kanape
Borsalbe
Keuchhusten

Eine Frau aus dem Volke

von Karl Valentin

Auf Wiedersehn! – – Jessas ganz dappe bin i scho – auf Wiedersehn sag i – anstatt Gutn Morgn – a – Guten Abend. – Mein Gedächtnis lässt auch schon nichts zu wünschen übrig – die jetzige Ernährung macht sich bemerksam – ja! – Zu wenig Kategorien – Kartoffeln sind ja ernährend, aber – allzuviel ist ungesund – heisst ein altes Sprichwort. – – Was ich sagen wollte – gestern war ich beim Arzt, wegen meine Fiess – nicht soviel stehen hat der Herr Arzt gesagt – dös kann der leicht sagen, heutzutage, wo eine Hausfrau sich in jedem Geschäft stundenlang anstehn muss – mehr liegen hat er gesagt – Schmarrn! I kann mi doch net vorn Bäckerladen aufs dreckige Trottoir hinlegn, bis i dro kimm! – Magenverstimmung hab ich auch, hat der Doktor gesagt – Kunststück – bei der Hungerleiderei, da kann der gsündeste Magen keine gute Stimmung habn – Fleischspeisen soll ich so gut wie's geht vermeiden – so, so, – so gut als geht – ja ja, das geht sicher, Herr Doktor, hab ich gsagt – und keinen Zucker – o, das ist bitter – und ich hab in Kaffee immer glei 3 bis 4 Stükkel neigetan, – allerdings *vor* 1914! – – – Recht schöne Grüsse soll ich Ihnen ausrichten von meiner Tochter Frieda – mei is die jetzt mager worn, direkt beängstigend – mager is die – heuer im Sommer hats unser Onkel Franz im Englischen Garten am Monopopterus – a Monopterus – drobn fotografiert – wie er uns dann die Bilder bracht hat, war mei Frieda gar nicht drauf – so mager is die –. Und mei Mann erst, der hat während dem Krieg 60 Mark verloren – Mark sag ich – i Rindvieh, Pfund wollt ich sagen, aus Spass hab ich dann zu mein Mann gsagt – er soll in der neuen Zeitung eine Annonce aufgebn – »60 Pfund wurden verloren – abzugeben gegen gute Belohnung« usw. – Dann war er eingschnappt – da brauchst doch net eingschnappt sei, sei froh, dass d'n verlorn hast, wennst heut den Trumm Schmerbauch noch häst, tat'n d'Leut höchstens sagn, dös is sicher a oana vo de Andern, dem wos 12 Jahr lang gut ganga is! – Ja, ja, – aber Schwamm drüber – ja, koan Schwamm gibts ja nimmer, d'Schwämm san ja vom Ausland kumma, die san auf dem Meeresgrund gwachsn – weils bei uns im Kleinhessloher See nicht gedeihn – höchstens in die Wälder Schwammerl – und die fress'n ma, die tun mir nirgends drüber –. Ja, so is die Geschichte, von der Tante und von der Nichte – ja denkens Ihnen nur – mei Sohn, der Ignatz – wir haben halt immer Nazi dazu gsagt – jetzt sagn wir wieder Ignatz – zwegn de leit – ja der Ignatz – gestern kam er ganz traurig und derdepft von seinem Büro heim, er is Buchbinder – a Buchhalter in der Bibliothekenbank – ja sag i was hast denn – kündigt hams ma – um Gottswilln hab i gsagt – was hast denn angstellt? – Nix, sagt er. – Wegen nix wird oam net gekündigt, hab i gsagt, dann hat er mir leise etwas ins Ohr geflüstert – Gell hab ich gsagt, das war vorauszusehn, aber sigst i hab damals doch recht ghabt wie ich immer zu Dir gsagt hab – als Pimpf, hast Du keine Zukunft, – jetzt hast es – jetzt kannst mit Deiner Fanfaren trompeten, alle Jahr zum Neujahr anblasen gehn, du dappiger Bua – du dappiger – Nix als Kummer und Sorgen, das ist heute die Dewise. – – – Neue Schuh brauchat i a wieder, die wo i anhab, da san auch schon d'Sohln durch – aber nur bei einem, ich glaub dass i mit dem weiter ganga bin, als wia mit dem andern – Ach ja, hint und vorn stimmts nicht mehr – auf der Welt – haben sie geglaubt bei mir? Nein, danke ich bin soweit noch ganz gut beisammen, wenigstens bin ich noch zuversichtlich – ich sag immer – jetzt hammas bald hinter uns, dann gehts wieder aufwärts – bald sind wir über den Berg – drüben – dann gehts wieder – – – bergabwärts – hoffentlich kommt gleich wieder ein anderer Berg, dass es wieder bergaufwärts geht, es ist halt ein fortwährendes Auf und ab – lateinisch ausgedrückt: Perliko, Perlako! – Wir müssen halt Geduld haben – Geduld bringt Rosen – Also die Zukunft bringt uns Rosen – aber die machen uns auch nicht fett – das

Sprichwort Geduld bringt Rosen, klingt sehr dichterisch, aber »Geduld bringt Schweinefettn« wäre uns heute lieber! –

Ja –, was ich noch sagen wollte, – Gestern Abend haben wir in unsererm Küchenkastenschubladn einen alten Fragebogen vom 3. Reich gefunden – a mir ham glacht – was die damals alles von de Leut wissen wollten, dös war grass – mindestens 60 Fragen mussten beantwortet werden, schreibe und sage, 60 Fragen – die Abstammung des Urgrossvaters, des Grossvaters, des Vaters, des Sohnes und des – – – – – – – – und die Abstammung der Urgrossmutter, der Grossmutter, der Mutter, der Tochter, des Kindes, bald hättens noch wissen wolln, ob der Kanarievogel auch eine reine Abstammung gehabt hat – und dabei warn diese Fragebögen so gross, dass man mit einem Dutzend solcher Bögen ein Zimmer tapezieren hätt können und dazu hat es im Vierjahresplan geheissen – Papier sparen! Papier sparen!! S'Volk hats Papier sparen müssen – alte Strassenbahnbilletten hat das Volk gesammelt zu hinterlistigen Zwecken – ach ja –, das war eine schreckliche Zeit – aber – überlebt hammas –, und – – – das ist die Hauptsache. Und jetzt haben wir halt die Nachwehen des Krieges – Hunger – Not und Elend *(Seufzer)* ja! ja, aber a bisserl haben wirs schon verdient – a kleins bisserl, wie waren wir unzufrieden, in der guten alten Zeit. – Haben wir einmal auf unsern schönen alten Petersturm naufgschaut und haben das schöne goldene Kreuz bewundert? Auf d'Uhr haben wir höchstens gschaut, wenn ma aufn Marienplatz gstanden sind, und geärgert und gschimpft haben wir, wenns vor oder nachganga is – jetzt – weil er hin is, der schöne alte Peter, jetzt schaugn alle nauf – wos Kreuz – – – – gwesen is –. Was is in dem Hofbräuhaus gemasselt worn – über des gute Bier, d'Komiker haben gsunga: Die Münchner Bräuer, die brauen mit Dampfkraft ihr Bier – die Kraft behaltns selber – und den Dampf den kriegen wir –. Jetzt wären wir froh, wenn ma so an 12 prozentigen Dampf hätten – Einen Damenhut wenn man sich gekauft hat, – hat die Modistin ein paar Dutzend Hüte in allen Fassonen daher zarrt – koana hat unserem Geschmack entsprochen – heut wickeln sich die Weiber a altes Halstücherl um das Haupt – und der türkische Turban is fertig – Im Konditorei-Kaffee san mir Weiber alle Nachmittag drinn gsessn und haben Kremschnitten, Prinzregenten- und Giraffentorten verschlungen – heut wenn ma a übrigs halbes Pfund graues Mehl dahoam hat, wird ohne Butter-Schmalz, Eier und Zucker ein Kuchen gebacken und wennst nacha einibeisst, dann woasst net, hast in an alten Ledergeldbeutel, oder in an alten Fussabstreifer einibissn, so geschmackvoll – – schmeckt er –. Mitn Trambahnfahren is genau so – unsere schönen weiss-blauen Strassenbahnwägen waren doch die reinsten Strassen-Luxuszüge mit allen Bequemlichkeiten ausgestattet – Gschimpft haben die Münchner, wie Rohrspatzen, wenns nur 1 minute auf die nächste Strassenbahn haben warten müssen, – wenn amal s'Stangerl rausganga is, habens gespöttelt – das ist der Triumpf der Technik habens gsagt – an magistratischen Folterkarrn habens d'Strassenbahn ghoassn – und heut – heut hängens dutzendweis wie die Weintrauben an die Türen dran und halten fest und treu zusammen – Ja, ja, wenn man was verloren hat, erkennt man erst den Wert. Und wenns amal wieder so schön wird, wies gwesn is, na masselns genau wieder so – hab ich net recht? Ja, ja so is, und wirds auch bleiben in Ewigkeit – Amen – Die Leut müssen einmal geläutert werden, die Menschen sind heut so bös – besonders die Nachbarn in unserem Haus, da gehts auch oft zua sag ich Ihnen, wenns schon ein einem Haus net stimmt, wie soils dann auf der ganzen Welt stimmen – Mir sind 10 Parteien – es genügte ja schon »eine Partei«, aber gleich 10 Stück Parteien – das ist zuviel. Aber Ich kenne keine Parteien mehr – so hat einmal der Herr Deutsche Kaiser gsagt – a solches Gschwerl wie in unserem Haus wohnt, das ist geradezu rigoros! – Neben unserer Hausmeisterin in Parterr wohnt seit cirka 20 Jahren ein Berliner, ein Preusse – der gibt an in unserem Haus, da Hausherr selbst ein Münchner hat ja wenig zu sagen – dös is ja a guata Lapp. Vor a paar Tag hat der Herr Schulze mit der Frau Hausmeisterin einen Streit gehabt, weil er heute noch 4 halbzerrissene Luftschutzsandtüten neben seiner

Haustüre stehn hat – die lassen Sie mal jefälligst an dem Platze, det bestimme ick, wenn die weggeräumt werden, ihr bayrischen Seppl glaubt wohl, wir Preussen sind dusslig – So, dös hat der ausgerechnet zu unserer Hausmeisterin gsagt – einer echten Münchnerin. Unsere Hausmeisterin ist ja ein Mistviech, aber – eine Seele von einem Menschen – was moanas, wie die den Herrn Schulze überfahren hat – wer is a bayrischer Seppl – wer hatt denn die aufgefordert, dass Du dich in unserem bayrischen Seppl-Land einnisten sollst – Wer hat denn uns den weltberühmten preussischen Militarismus serviert? – Jetzt derfn mir ja gottseidank reden, wia uns ums Herz is, jetzt hamma ja Redefreiheit – der uns da hinbracht hat, wo ma jetzt san. – Wer is denn scharenweise nauf auf unsere bayrischen Berg, umanandakraxelt, dass mir sc[h]o bald selber koan Platz mehr ghabt habn – wer hat sich denn an jedem schönen Fleckerl in die bayrischen Berg a Mordstrumm Villa hinbaut, ös doch – und ös hoassts uns doof? – Mei hats die eahm gsagt – der is mitn Horcha gar nimma mittkemma – Wat denn, – wat denn, hat er immer gesagt, nu machen Sie aber jefälligst einen Punkt – Säh, hats gsagt, da hast an Punkt, und hat eahm a Trumm Watschn gebn – ja, die hat doch recht ghabt – dass er a Preuss is, kann er nix dafür, aber frech braucht er net sei, noch dazu bei uns als Gast. – Aber dös is ja, wir Bayern sind ja viel zu woach, viel zu weich, wir hätten immer so steinhart sein sollen wie nach den Fliegerangriffen, da waren wir wirklich steinhart – schrieb der Völkische Beobachter. – – – Ja ja so gehts – was sagen Sie zu dem neuen Schulunterricht – neben uns wohnt ein Herr Verwalter und dem sein kleiner Walter, der is auch heuer in die Schul kommen und diesem Herrn Verwalter sein Sohn Walter kommt öfters zu uns rüber, mei Mann mag die Kinder recht gern und der kleine Walter vom Herrn Verwalter ist sehr auffassungsbegabt. Nur mit den römischen Ziffern auf der Uhr kommt er nicht recht mit, und deshalb hats ihm mein Mann auf seiner Taschenuhr erklärt, – – – siegst Walter, hat er gsagt, das hier ist der Einser, das hier der Zweier, das hier der Dreier und das der Vierer das ist der

»Führer« uhi – hat der Walter gsagt, des derfens nimmer sagn, da werns von de Amerikaner aufghängt – – Gellns so vorsichtig muss ma heut sein, – de Kinder schnappen alles auf – ja die Kindererziehung ist heute von bedeutender Bedeutung – dös hat der Radio schon immer gsagt vor 6 Jahren. Ein fanatisches Problem hat er gsagt, ist heute die Erziehung unserer Jugend, sie ist unser Garant, aus der deutschen Jugend holen wir unsere Soldattten, dös haben doch unsere Kinder alles mitangehört, darum san unsere Buam so narrisch worn und hätten schon mit 6 Jahr zum Militär einrücken wollen. Und die schönen Lieder wos am Radio gehört haben – Auf auf zum Kampf, zum Kampf sind wir geboren – und das andere Lied – Und wir fahren gegen Engeland – bum bum – dawei sind wir gar net nübergfahrn, aber d'Engländer san zu uns rüberkemma – Und das Lied erst – Haltet aus im Sturmgebraus! Das haben wir gemacht, – wir hielten aus – und darum is jetzt aus – An jeden kloan Buam in Deutschland, der sich heut aus Zeitungspapier einen Soldatenhelm macht, dem gehört der Popo ghaut – Nieder mit den Spielzeugfabriken, die Bleisoldaten giessen, mich sollns amal reden lassen im Reichstag, da könntens was erleben – »Meine Herren Abgeordneten«! Jessas jetzt bin i ganz in d'Politik neikumma – Ach die Politik – man hört nix mehr wie Politik, und wieder Politik, zum Hals möchts einem rauswachsen – – – Red ma von was anderen Ich weiss nicht was ich morgen kochen soll – heut z'Mittag haben wir zweierlei Kraut ghabt, a Weisskraut und a Blaukraut zammpasst hats ha nicht recht im Gschmack, aber die Farben – weiss und blau – der alten bayrischen Tradtition zuliebe habn wirs mit grösstem Appetit verspeist. Wenn wir Bayern, wie das anno 1866 der Fall war – jessas, jessas, bin ich scho wieder in die Politik neikumma ------- Jetzt mag i nimma, i geh – Pfüa Gott miteinander! *(hebt dabei die rechte Hand zum Hitlergruss, schlägt aber sofort mit der linken Hand auf die rechte hinauf und meint und sagt unterm Weggehen:* Saudumme Angewohnheit!)

Die Geldentwertung

Vortrag, gehalten von Herrn Hepperteppemeppi, der sich in angeheitertem Zustand befand.

(Handglocke) Die Worte meines Vorredners, ich möchte es unterlassen mich zu Worte zu melden, da ich betrunken sei, ist nicht wichtig. – Ich bin – das – verneine ich nicht – nicht betrunken – sondern – ich gebe zu – etwas – angeheitert. Wer kann bestreiten, dass ein heiterer – vielmehr angeheiterter Mensch – nicht auch ernste Angelegenheiten zu debattieren im Stande sein kann – wieviele Redner waren schon nüchtern und haben einen furchtbaren Papp zusammengepapt – vielmehr gepappelt. Zu meinem heitigen Thema über die Geldaufwertung – oder Ab – oder Entwertung – möchte ich die Erklärung konstatieren, dass es sich um eine finanzielle Angelegenheit handelt. – Es ist ein schmieriges – Verzeihung – ein schwieriges Problem, von fantastischer – ah fanatischer Bedeitung. Die Aufwertung hat mit einer Stabilität nichts gemein – gemein wäre das, wenn die Entwertung oder Auswertung einer Aufwertung gleichkäme, dann ist eine Installation unausbleiblich. Eine Auflockerung, vielmehr Auflockerung des Wirtschaftslebens wird nur dann konfisziert, oder besser gesagt kompliziert, wenn das Ausland Kompromissemanzipationen entgegennimmt. Unsere Mark stinkt – ah – sinkt in dem Moment, wenn … jetzt weiss ich nicht mehr, was ich hätt sagen wollen – aber es ist so. Was ist heute eine Mark? – Ein Papierfetzen. Ausserdem sind es nur zwei Fuchzgerln. Fuchzgerln aus Hartgeld und das ist ein schäbiges Blech, genannt Amilinium. Warum werden heute keine Goldmünzen mehr geprägt? – Sehr einfach, weil wir kein Gold mehr haben. Wir haben keins mehr, weil das ganze Gold zu Goldplomben verarbeitet wurde.

Die Ursache – das Volk hat schlechte Zähne, weil wir vor

dem Krieg zu viel Süssigkeiten genossen haben. Alles wollte nur Goldplomben nach dem wahren Sprichwort: Morgenstund hat Gold im Mund. Jetzt ist es zu spät, zu Goldplomben – es ist sogar heute nicht mehr möglich, sich Zementplomben machen zu lassen, weil es auch keinen Zement mehr gibt. Daher wieder Papiergeld. Raus mit den braunen Tausendern, die braune Farbe hat gar nichts zu tun damit, die waren schon braun im 18. Jahrhundert, damals waren wir noch gar nicht verbrannt. – Also, wertet die braunen Tausender wieder auf, man braucht sie nur zu suchen, die sind alle vergraben – raus mit dem Papiergeld – wi[r] brauchen kein Hartgeld – das Geld ist sowieso hart zu verdienen – oder schafft das Geld ganz ab und dann ihr zugleich auch die Kriege ab – denn Geld regiert die Welt, das weiss jedes junge Kind. Geld ist ein Kapitel für sich – Kapital ist die Ursache jedes Krieges – also nieder mit dem Kapital! – Es lebe der Krieg – ah – nieder mit dem Krieg! Nieder mit dem Krieg – es lebe das Kapital. Nieder mit dem Finanzamt – es lebe die Geldentwertung. – Nieder mit dem Hartgeld – es lebe das Weichgeld. – Nieder mit den Lebendigen – es leben die Toten. – Nieder mit den Hohen – es leben die Niedrigen. – Nieder mit den Niedrigen – es leben die ganz Niedrigen. – Nieder mit dem Verstand – es lebe der Blödsinn.

Schlechter kann's uns nimmer geh'n

von Karl Valentin 1947

Was sagen Sie zu der jetzigen Lage? – A nette Lage, bald werden wir uns hinlegen, weil wir vor Hunger nimmer stehen können, dann haben wir die richtige Lage, dann braucht nur mehr der Herr Bezirksarzt kommen, und den Hungertod amtlich feststellen, dann sind wir friedhofreif. Versuchsweise ham's bei einem Verhungerten Wiederbelebungsversuche angewendet und habn ihm 1/5 Leoniwurst vor! d'Nasen hing'halten, aber der Wiederbelebungsversuch war ohne Erfolg, weil derjenige wegen einem fünftel Leoni gar nimmer in unser jetziges mises Leben zurückkehren wollte. – Die Totengräber haben keine Schaufeln mehr – die Toten werden bald nurmehr auf den Boden hingelegt und nur noch mit Graswasen zugedeckt. Für hundert Tote gibt's nurmehr ein Blechtaferl mit der Inschrift: Die Erde werde Euch leicht. – Guat schaun mehr aus. – Die alten Männer, sind schon so mager im G'sicht und haben so eingefallene Backen, dass sie beim Rasieren einen Kartoffel ins Maul nehmen müssen, dass es einigermassen besser geht. Guat schaun mehr aus. – O mei, schaug i aus, nurmehr ein Knochengerüst, zeitgemäss eine Boanerruine, auf der Brust gleich ich einer Tafel Wellenblech. Meine Frau hat gestern kommandiert: »Brust heraus«! und auf meinen Rippen hat's dann gelbe Rüben gerieben. – So mager bin i worn, mei G'wand hängt mer dran, wie eine missglückte Massarbeit. Sie, – wissen Sie wie man das Geräusch nennt, wenn an Königs oder an Kaisers Geburtstag die langen Fahnen vor den Häusern im Wind hin und her flattern? Ich wiege z. B. nurmehr 98 Pfund, mein Anzug ist mir dreimal zu weit – und wenn der Sturm geht, dann bladert mein G'wand an meinem Gestell umanand und gibt dasselbe Geräusch, wie die flatternden Fahnen an Kaisers Geburtstag.

Es ist jetzt eine schreckliche Zeit. Von unserem Luftschutzkeller haben wir gleich nach dem Krieg alle Bänke und Bolzen rausgerissen, dass mer wieder einen Platz kriegen für unsere Kartoffellagerung, jetzt wissen mer net, was mer tun soll'n, krig'n mer nochmal einen Krieg, müssen mer wieder das Luftschutzinventar bereithalten, oder krig'n mer vorn Krieg noch Kartoffel. – Nach der Zeitung nach schaut's mit die Kartoffel recht mangelwarenhaft aus. Erst kurz stand eine Annonce drinnen – biete eine Kartoffel, suche dafür eine Staude Salat. Der Hunger übermannt uns, die Frau überfraut er. Was werd'n mir noch alles verspeisen? Haben Sie die letzte Zeit schon beobachtet, was die Hunderln, die Schnauzerln und die Dackerln für einen ängstlichen Blick haben, die haben einen feinen Instinkt, die wissen was los ist, bei meiner Nachbarin hat's am letzten Sonntag Foxelragout gegeben, mei der Nachbarin ihr Mann hat's so viel graust, weil die Frau in der Eile das dreckige Hundsband'l auch mitkocht hat. – Ja für heiklige Menschen is jetzt a schlimme Zeit. Früher hat mer aus der Suppe jede Fliege rausg'fischt, heut überlegt man sich das reiflich. Gemüse gibt's fast nicht mehr. Wir ham uns kürzlich ein Baumrindenkompott gemacht mit Holzwollsalat, obwohl wir es sauber zubereitet haben, war der Geschmack nicht bezaubernd. – Das beste Geschäft macht jetzt der Hypnotiseur Paul Friedrich in Sendling. Der hat einen leeren Saal gemietet, 300 Personen fassend, die kommen alle Mittag und alle werden von ihm hypnotisiert. 10 Minuten lang sagt er zu denen immer »Ihr habt soeben gut gegessen und seid nun alle satt[«] – und die Leute gehen tatsächlich gesättigt von dannen – ob's wahr ist, weiss ich nicht, vielleicht ist das wieder ein Gerücht, ein falsches Stammgericht. Das einzige Richtige waren die Friedensjahre vor 1914. Das war das wahre Paradies und da hat fast jeder g'sagt – so kanns nimmer weiter geh'n. Nirgen[d]s ist mehr ein Geschäft gegangen – alle Läden waren mit Waren aller Art vollgepfropft. – Keine Wohnungsnot – gerade das Gegenteil – fast an jedem Haus waren Zettel an die Fenster gepappt – Wohnung zu vermieten – Wohnung zu vermieten – 4 Zimmer-Wohnung für 25.– monatlich zu vermieten. – Alles war da in Hülle und Fülle, Soldaten waren auch da, Kanonen auch, Pulver auch, eine Schlachtflotte auch – jetzt muss a mal wieder a Kriag komma, hat's allgemein geheissen, – damit sie was rührt – dann ist der Krieg komma, gleich zwei Stück Kriege, dann hat's sich was grührt, sogar die Häuser haben sich grührt, nicht alle, aber die meisten, es war direkt rührend soviel hat sich grührt. – Alles was Menschen überhaupt an Katastrophen mitmachen konnten, haben sie mitgemacht: Krieg, Verwüstung, Feuer, Flucht, Überschwemmungen, Hungersnot usw., jetzt braucht nurmehr der Vesuv in Italien richtig s'spein anfangen, dass die glühende Lava schö stad ganz Deutschland zuadeckt, dann san mer für alle Ewigkeit eingedeckt. Und unsere letzte Bitte sei uns dann gewährt, die da heisst

Herr gib uns die ewige Ruhe

(vier Takte Orgel) Amen!

II

Couplets

Ist das schon Alles

C Fey 1900.

1.

Ein Bettler klopft an eine Tür
Vor Hunger und vor Not
Er bat um ein Almosen klein
Und um a Stückerl Brot
da öffnete sich drauf die Tür
Vor ihm die Hausfrau stand
Und drückte ihm aus Herzeleid
Nen Pfennig in die Hand.
Der Bettler schaut den Pfennig an
Und fängt ganz leis zu singen an
|: Ist das schon alles oder kommt noch etwas nach :|

2.

In d' Wirtschaft kommt ein Herr herein
Hat auch an Hund dabei
Der Hund war unanständig
Fertig war die Viecherei
denn mitten auf de[m] Boden lag
Jetzt da der erste Schnee
Da Hausknecht bringt die Schaufel rein
Und auch die Sägspäne
Der Hausknecht schaut das Hunderl an
Und fängt dann auch zu singen an
|: Ist das schon alles, oder kommt noch etwas nach :|

3.

Neun Kinder hat ein Freund von mir
Das geht bald nicht mehr lang

Weil er von sein'm Verdienste ja
Kaum selbst auskommen kann
Mich dauert dieser arme Kerl
Denn gestern bei der Nacht
Hat ihm der liebe Klapperstorch
Noch Drillinge gebracht.
Als er's erfuhr der arme Mann
Fing er entsetzt zu schrein an
|: Ist das schon alles, oder kommt noch etwas nach :|

4.

Professor Falb wie jeder weiss
das ist ein g'scheiter Mann
Weil er oft prophezeihen tut
Die Welt steht nicht mehr lang
Die Wissenschaft, die er besitzt
Ist wirklich staunend gross
Statt 'n Untergang da bricht vielleicht
A Donnerwetter los
Da schaut der Falb zum Himmel nauf
Und stösst diskret den Seufzer aus
|: Ist das schon alles, oder kommt noch etwas nach :|

Heinrich und Liese

Text von C. Valentin Fey. 1907.

H. I woas net was soll des bedeuten
I bin halt a saudummer Depp
Hab i mal a bildsaubers Maderl
Dann fischens die andern mir weg

Mei Lisie mei Liesie mei Liesi
Koa schönre kanns gar nimmer geb'n
I glaub Sie will mi jetzt verlass'n
Und ohne Ihr ko i net leb'n[.]
L. – *(kommt heulend rein)*
Zu jener Zeit wie liebt ich dich mein Leben
Ich hätt geküsst die Spur von deinem Fuß
Hätt dir mei Unschuld 1000 x gegeben
Du dumer Bua machst mir so vui Verdruß[.]
H. Liesi!
L. Heini!
B. Sama wieder guat.
Ja! Ja!
H. Deandl geh sei gscheid, mach mir halt de Freud
Hör dei Bläcka u. dei Winsl'n auf
I kon di net oschaug'n mit dene Batz'laug'n
Wennst net auf hörst häng i mi no auf
Den so wia i di lieab
So liebt die koaner mehr
Weil die a andrer überhaupt's net mag
Daß'd schiali bist, des hab i ja von jeher gwußt
Doch jetzt werst gräußlicher von Tag zu Tag[.]
B. Aber des macht nix des schad nix
Sann mir a net schö.
D' Hauptsach daß ma gsund san
Dann werd's scho guat geh.
Wenn wir das erste [...]
Da san d' Leut alle baff
Den des des wüßt ma voraus scho
Des werd ganz gwiß a Aff
Dann schreib'n ma glei nach Hamburg hin
Zum Hagenbeck ganz gschwind
Der tuts dann in an Käfig nein
Verfangt es erste Kind[.]
H. Doch jetzt san mir leedi

Jetzt hats no koan Sinn
Mir san ja no gar net
Im Ehestand drin[.]
L. O du lieber guter Heinrich *(Trauermarsch)*
Glaube mir die Sach ganz sicherlich
Lang deafs nimmer dauer'n
Daß is zu bedauern
Denn mich drückt das Herz
Schon fürchterlich[.]
H. Jessas Jessas das Maleur
Gibts denn gar koa Rettung mehr
Des des geht uns grad no o
I hau da glei dein Kürbis ro[.]
L. Schuld bist du[!]
H. Wer i[?]
L. Ja du[!]
Eha hast ja geb'n koa Ruh[.]
H. Hol a Schüssel Wasser rein
Dann stürz ma uns hinein[.]
B. Ja d' Liab drin im Herzen
is a gspassigs Ding
Kaum daß ma sich gern hat
Dann liegt ma schon drin.
L. Aber d' Mutter
Und da Vater
Jes Maria i hab Angst
De wer'n dir 'd' Levit'n les'n
Du mei lieba Bua da g'langst[.]
H. Und da Vetter u die Bas'n
L. De werd'n uns ganz gwiß [...]
H. Liese! Liese!
L. Heini! Heini!
B. I möcht mit'anander sterb'n[.]
H. Ich kanns noch gar nicht glaub'n[.]
L. Und i i woaß ganz gwiß[.]

H. Du hast mich hintergangen Mei Herz hat scho 6 Riß Du bist a falsche Hosn Du warst mir nie nicht treu Drum laß ich dich jetzt hocken Du alte Sakristei[.]

L. O bleib bei mir
Und geh nicht fort
An meinem Herzen ist der weichste Ort[.]

H. *(kommt wieder zurück)*
Ich kann es nicht über mein Herzlein bringen
Dich zu verlassen jetzt in dieser Stund
Gefesselt hat mich ja dein schönes Auge
Und dein so winzig kleiner süßer Mund
Die langen Haxen die du nennst dein
Und die Figur als wie a Suppenbein
Ach Liebchen schenk mir wieder deine Liebe
Und Alles soll hiermit vergessen sein[.]

L. Ach lieber Heinrich
Gib du mir jetzt dei Pratzerl
Doch gwaschen hast die net du Sau
Wenns hinschaugst nacha siehagstas gnau
Doch komm jetzt gehen wir
Mei lieber guter Heini
Gib mir doch mal an schönen Kuß *(küssen)*
Ich bleib ja doch die deine[.]

L. Du Heinrich ich hätt a Bitt *(Schwärmerisch*
H. Mein Lieschen raus damit *gesprochen)*
(Liese nimmt den Finger [?] in Mund singt dann)

L. Nimm mich mit – Nimm mich mit
⁄· In dein Kämmerlein
Ja nur dort allein kann ich glücklich sein. ⁄·

Walzertraum von Karl Valentin

1. Strophe.

Drei Stund' weit bin ich heut' gegangen
Spazier'n gehn – das ist sehr gesund –
Z'mittag hab' i narrisch viel g'fressen
A' Haxen mit 3 ½ Pfund.
Durch's Geh'n tut sich so was verdauen
Im Bauch rumort's mir umanand;
Ich muss jetzt so notwendig scheissen –
Hab' ich dann auf einmal gespannt.
Ringsum war kein Scheisshaus zu sehen –
Ein Löffel [voll] kam mir schoa aus
Da lief ich – den Finger im Arschloch –
Ins nächstbeste Bauernwirtshaus.

Refrain:

Leise, ganz leise voll Angst und Pein
Schlich ich mich in das Gastzimmer 'nein.
Krieg'n sie a' Halbe – schreit Kellnerin –
I sag', dass i' bloss zum Scheissen kimm
Da gengas aussi – sprach sie zu mir
Zeigt mir ganz freundlich d' Scheisshäusltür
G'schwitzt hab' i' – so hab' ich mich abgehetzt
Zum grössten Unglück war grad besetzt.

2. Strophe.

Da drauss' vor dem duftigen Abtritt
Stand ich betrübt vor der Tür.
Der Sauhund, der liest da drin Zeitung
Da wurde ganz schwummerlich mir.
Ich musste so notwendig scheissen
Ich zwickte die Arschbacken z'amm;
Doch blieb dieser Sauhund drin sitzen

Bis mir schon der Dreck abirann.
Ich bat diesen Scheisshausinwohner
Ich schrie – ach mir ist es so not
Er schreit raus – jetzt müssens scho' warten
Bis ich grübig ausg'schissen hab'.

Refrain:

Leise, ganz leise wie Kölner Leim
lief mir der Scheissdreck in' d' Haferlschuh nein
G'stunken und g'seachelt hat diese Brüh
So einen Dünnschiss hat' ich noch nie.
Wie ich ausg'schissen – geht auf die Tür
Jetzt können's eini' – sprach er zu mir
Am Arsch kannst mi' lecken – Du Kletzentauch –
Hätt'st net so lang g'schissen – jetzt scheiss i' Dir drauf.

Blödsinn-Verse

Text u. Musik v. Karl Valentin.
Vor- u. Nachspiel nach Belieben.

Die Herrschaften verzeihen, sollt' ich hier oben stör'n,
Sie können jetzt von mir einmal
An großen Blödsinn hör'n,
Soll's Ihnen nicht gefallen,
Da liegt mir gar nichts dran,
Ich bitt' schön, hören Sie mir zu,
Nun geht der Unsinn an.

Es ist doch kaum zu glauben,
Was kürzlich erst passiert,
Ein Baumeister der hat sich da
Ganz fürchterlich blamiert,
Denn als der Bau beendet,
Er voll Entsetzen ruft:
Wir hab'n ja kein Parterr' gebaut,
Nun hängt's Haus in der Luft.

Erst kürzlich fuhr ein Auto,
Ganz leer an mir vorbei
Und daß das übel riechen tut,
Das war mir nicht mehr neu.
Denn dieser Autoführer,
Das ist doch kein Gebahrn,
Trotzdem daß niemand drinnen saß,
Ließ er doch einen fahr'n.

Ein Meister sagt zum Lehrbub',
Besorg' mir einen Gang,
Und schneide nur den Weg recht ab,
Dann brauchst Du nicht so lang.
Der Lehrbub' bleibt dumm stehen
Und schaut den Meister an
Und sagt geh' geb'ns mir d' Scher' mit,
Daß ich'n Weg »abschneiden kann«.

Es gibt noch dumme Leute,
Behaupte ich genau,
Einen Operngucker kaufte sich,
Erst kürzlich eine Frau.
Sie schaut hinein in Gucker
Und sagt, das ist gemein,
Da is ja gar kei' Oper drin,
Das muß a Schwind'l sein.

Romanze in C-Moll

Originalvortrag von Komiker Karl Valentin

Es war ein Sonntag hell und klar,
Ein Sonntag, wirklich wunderbar,
Der Sonntag war so einzig schön,
Ich hab' nicht leicht an schöner'n g'sehn,
Er geht ei'm wirklich durch's Gemüt,
Wenn man an solchen Sonntag sieht.
Doch dauerte es gar nicht lang,
Weil bald der Abend kam heran,
Stockfinster wurd' es um mich her
Und ich sah keinen Sonntag mehr.

Ein Auto stand an einem Eck
Und fuhr von seinem Platz nicht weg;
Ich tat's betrachten hin und her
Und wie von Stein war der Chauffeur.
Es roch auch gar nicht nach Benzin,
Ich griff dann mit dem Finger hin,
Da wurd' mir erst die Sache klar,
Daß das nur hingemalen war.
Das Auto, das stand immer stad,
's war nur ein großes Wandplakat.

An der elektrischen Straßenbahn,
Da hängt oft hint' ein Wagen dran,
Der Wagen, der da hängt daran,
Anhängewagen heißt er dann.
Er hängt daran nur dann und wann
An der elektrischen Straßenbahn,
Doch hängt er einmal nicht daran,

Was auch sehr oft stattfinden kann,
Dann kann es doch nicht anders sein,
Dann fährt der vord're Wagen »allein«.

D' Sennerin auf der Alm

Soloscene von Carl Valentin 1908.

(Valentin als Sennerin verkleidet mit eigenem Gebirge)

1.

Mei' Glück san die Berge im schönen Tirol,
Ich fühl' mich da heroben so frisch und so wohl,
Und sing i an Jodler, dass's rings herum hallt,
|: Na hör' i ganz deutli', wia's Echo erschallt : |
Da ri ra holio, (Echo) da holio (Echo), holiodiö
dio o – (Echo) »o«!

2.

Dö Leut' in da Stadt drinn', das ist schon a Graus,
Dö san immer kränklich, schau'n furchtbar schlecht aus,
Bei uns auf den Bergen tut's so 'was net geb'n,
|: Mir san frisch und munter und schau'n aus wia's Leb'n : |
Da ri ra holio (Echo: o) di holio (Echo: o) holiorio
lio (Echo: ähnlich)

VALENTIN *(zum Echo hinter:)* Wart', i kumm' dann scho' 'naus!

3.

Jetzt steig' i wieder obi, jetzt friarat's mi' bald,

Da herob'n auf die Schneeberg is's schauderhaft kalt,
I kriag scho' a Ganshaut, ja schaug's mi' no an,
| : I war net so mager, mi' ziagt's nur so zamm : |
Da ri a holio (Echo: o) da holijo (Echo: o) holahola
holihola – – (Pause) – – (wartet vergebens auf das Echo)

VALENTIN: Ja, – was is' denn mit'n Echo?? – Steht ma herob'n wia

a Aff! Hätt'n Sie's glei' g'sagt, Sie woll'n 's Echo net mach'n, – – –
(Echo schaut herein und sagt:) I mag nimma, glaub'ns vielleicht
i mach' Eahnern Hanswurscht'n, i mag nimmer! –

VALENTIN: Der mag nimmer, – ja, – dann mag i a nimmer! – *(ab)*

Parodie auf Still ruht der See

Text von Karl Valentin.

Ein Maler malt ein Seegemälde,
Da rutscht er mit dem Malstock aus,
Er stieß ein Loch ins Seegemälde,
Da floß auf einmal Wasser 'raus,
So lief der See dann wieder aus.

Die Frauen tragen auch Manschetten,
Gerade so als wie ein Mann,
Wenn man die Sach' genauer nehme,

So hätt' die Frau »Frauschetten« an,
Denn eine Frau ist doch kein Mann.

Schwarz ist die Nacht, schwarz ist das Zentrum,
Im Reichstag drinnen in Berlin,
Dann wollt' ich noch was schwärz'res seh'n
Und fuhr dann nach dem Schwarzwald hin,
Doch welche Täuschung, der war – grün.

Ein jeder Mann trägt eine Hose,
Ob er ein Jude oder Christ,
Drum muß ich jedem Manne sagen,
Daß er ein »Hosenträger« is,
Behaupten kann ich's nicht gewiß.

An einem Haus, da hing ein Kasten,
Ich glaubt', es sei ein Automat,
Ich zog den Griff heraus, welch Schrecken,
Da kam die Feuerwehr, o fad
Und ich, ich wollt' doch Schokolad'.

Das Kanapee, das steht im Zimmer,
Es sitzt darauf ein kleines Kind;
Das Kind, das spielte mit dem Kissen,
Wie harmlos ich die Sache find',
Denn »küssen« ist doch keine Sünd'.

Wenn sich ein Herr ein Zimmer mietet,
Ist es ein Zimmerherr sodann,
Doch wenn ein Mann ein Zimmer mietet,
So ist das dann ein »Zimmermann«;
Das geht doch Ihnen gar nichts an!

Ich hab' zu Hause ein Aquarium,
Da ist natürlich Wasser drinn',

Denn wenn darin kein Wasser wäre,
Da würden ja die Fischlein hin,
Da hülf auch keine Medizin.

Wenn man die Tür' aufmacht, dann zieht es,
Das ist doch schon a alte G'schicht,
Doch wenn man sie dann wieder zumacht,
Das ist doch klar, dann zieht es nicht,
Denn Morgenstund' hat Gold im Mund'.

Die Medizin gehört dem Kranken,
Auch Obst ist für den Magen g'sund,
Jedoch das beste geg'n 'nen Einbruch,
Das ist ein recht wachsamer Hund;
Nach Tegernsee sind 14 Stund'.

Trommel-Verse

Melodie: Jupeidi, jupeida.

1.

Sind s' net bös, sind s' net bös, jupeidi, jupeida
Jetzt kommt ganz was damischös, jupeidi, peida
O mein liebes Publikum,
Nehmen s' mir die G'schicht net krumm, jupeidi, jupeida.

2.

Paris ist eine schöne Stadt,
Woher sie ihren Namen hat:
Von einer alten Hose g'wiß,
Denn die hat hinten a paar Riß.

3.

Fliegen die Schwalben in der Höh',
Ja, dann ist das Wetter schö';
Fliegen sie jedoch parterr'
Dann ist meistens Sauwetter.

4.

Auf dem Tisch, da liegt ein Fisch,
Und der Fisch ist noch ganz frisch.
Läg' der Fisch schon lang am Tisch,
Wär' der Fisch auch nicht mehr frisch.

5.

Ich wohn' in einem Rückgebäud';
Die Wohnung macht mir keine Freud',
Denn will ich auf die Straße seh'n,
Muß ich durch's Vorderhaus durchgeh'n.

6.

Junge Katzerln, junge Katzerln
Haben noch ganz kleine Pratzerln;
Werd'n die jungen Katzerln Katzen,
Kriegen sie auch größere Pratzen.

7.

In einer Anlag' geht ein Mann,
Er schaut hinauf so hoch er kann.
Ich frug ihn drauf: »Wo seh'n sie hin?«
»Hinauf, weil ich Aufseher bin.«

8.

A Meister steht am Schwurg'richt drob'n,
Er soll sein G'sell'n erschossen hab'n.

Der Meister sagt ganz wutentbrannt:
»Er hat ja selbst an »Schuß«[1] verlangt.«

9.

Ein fünfundsiebzigjähriger Mann
Schafft einen Grammophon sich an.
Er kauft sich nur den Apparat,
Weil er die Platten[2] selber hat.

10.

A Herr, der kommt zum Doktor g'rennt,
Er klagt, daß's ihm im Mag'n so brennt.
Der Doktor sagt: »Mein lieber Herr,
Da holen s' am besten d'Feuerwehr.«

11.

Neulich schau i' in Spiegel nei',
Is G'sicht verkehrt, wie kann das sei';
Daweil, wer hätt' sich denn das denkt,
Da war der Spiegel verkehrt aufg'hängt.

12.

Kürzlich ging der Sturm recht arg,
Ich wollte geh'n zum Herzogpark;
Doch bei diesem Sturmgebraus
Kam ich nach Neuhausen 'naus.

Die Zwischenmelodie kann auch mit großer Trommel begleitet werden.

1 Vorschuß

2 Kahlkopf

Versteigerung!

Originalvortrag von Carl Valentin

Seitenstück zu Carl Valentins: »Rezept zum russischen Salat«

Der Vortrag kann sowohl gesprochen, als auch gesungen werden.

Nichts als wie Versteigerungen,
Liest man jetzt in den Zeitungen,
Schau'n Sie her, es ist gelungen,
Nichts als wie Versteigerungen;
Dieses will ich heut' besingen,
Und es wird mir auch gelingen,
Spitzen Sie nur Ihre Ohren,
Dann geht Ihnen nichts verloren!

Damenhüte – Unterhosen – Papageien – Aprikosen –
Rodelschlitten – Hängematten – Notenblätter – Maurerlatten –
Hobelbänke – Drahtmatratzen – Puppenwägen – weiße Katzen –
Fensterkissen – Regenschirme – Ölsardinen – Kirchentürme –
Grablaternen – Leichenwägen – Zugposaunen – Schreinersägen –
Schiefertafeln – Packpapiere – Kegelkugeln – Flaschenbiere –
Wandkalender – Herrensocken – Kupferberg – und Henkell trocken
Königstiger – Puderquasten – Blitzableiter – Farbenkasten
Handtuchhalter – Bleisoldaten – Gummibusen – Gummiwaden – Lagerplätze – Messingstangen – junge Löwen – Badewannen – Stopselzieher – Nähmaschinen – Honiggläser – Tüllgardinen – Fensterstöcke – Zündholzständer – Mandelseife – Fahnenbänder – Lorbeerkränze – Platzpatronen – Dampfmaschinen – Schiffskanonen

Hosenträger – Gummibälle – Hundezeichen – Hasenfelle –
Christbaumkerzen – Handschuhleder – Ofenröhren –
Mühlenräder
Fließpapiere – Gramophone – Kleiderhölzer – Telephone –
Gasmotore – Wandtapeten – Gummischuhe –
C-Trompeten – Trambahnkarten – Nachtigallen –
Feuerwerke – Mausefallen – Wasserstiefel –
Sportskravatten – Pauspapiere – Marmorplatten –
Rettungsboote – Kupfernattern – Heilserum für schwarze
Blattern –
Tabakspfeifen – Bienenstöcke – Lebertran und
Unterröcke – Firmenschilder – Reisetaschen –
Ahornbäume – Wärmeflaschen – Muskelstärker – Zwirn
und Seide – Kragenschoner – Tafelkreide – Lexikone –
Liederbücher – Küchen- und Theatertücher – Möbelwägen –
Guillotinen – Äroplane – Flugmaschinen – Luftballone –
Nasenspritzen – Haarpomade – Zigarr'nspitzen –
Alles das, es ist gelungen, kriegt man bei Versteigerungen,
Und ich hör' jetzt auf und geh', denn jetzt tut mir's Maul
scho' weh'.

Die vier Jahreszeiten

Blödsinniger Gesang

Wie herrlich ist's doch im Frühling,
Im Frühling, da ist mir so wohl.
O! wäre es immer nur Frühling,
Im Frühling, da fühl' ich mich wohl.
Der Frühling, der hat so was Eig'nes,
Der Frühling besitzet die Kraft.

O! bliebe es immer nur Frühling,
Der Frühling gibt Mut uns und Kraft.

Wie herrlich ist's doch im Sommer,
Im Sommer, da ist mir so wohl.
O! wär es doch immer nur Sommer,
Im Sommer, da fühl' ich mich wohl.
Der Sommer, der hat so was Eig'nes,
Der Sommer besitzet die Kraft.
O! bliebe es immer nur Sommer,
Der Sommer gibt Mut uns und Kraft.

Wie herrlich ist's doch im Herbst,
Im Herbst, da ist mir so wohl.
O! bliebe es immer nur Herbst.
Im Herbst, da fühl' ich mich wohl.
Der Herbst, der hat so was Eig'nes,
Der Herbst besitzet die Kraft.
O! bliebe es immer nur Herbst,
Der Herbst gibt Mut uns und Kraft.

Wie herrlich ist's doch im Winter,
Im Winter, da ist mir so wohl.
O! bliebe es immer nur Winter,
Im Winter, da fühl' ich mich wohl.
Der Winter, der hat so was Eig'nes.
Der Winter besitzet die Kraft.
O! bliebe es immer nur Winter,
Der Winter gibt Mut uns und Kraft.

(Der Vortragende ist als Überbrettlsänger gekleidet und gibt zum Schluß seines Auftretens noch dieses Lied als da capo zum besten. Das Lied muß recht gezogen werden und durch die Langweiligkeit wirken; während der zweiten Strophe beginnt sich schon der Vorhang ganz langsam zu schließen. Die letzte Strophe singt der Sänger hinter dem Vorhang.)

Eine Moritat im Gross-Stadtdunkel

von Karl Valentin

1.

's war mal ein Mann und seine Gattin,
Doch alle beide taugten nichts,
Da wollt' er seine Frau ermorden:
Das war der Plan des Bösewichts.
's war finstre Nacht – mit der Pistole
Ins Zimmer er zu seiner Gattin kroch:
Doch traf er s' nicht – es war zu finster,
Nur durch die Wand schoss er ein tiefes Loch.

2.

Die andern Leute, neben in dem Zimmer,
Die fanden andern Tags ein Stückchen Blei:
Das muss von einem Mordversuch herrühren,
Man holte gleich die hohe Polizei.
Die Polizei tat dann das Loch betrachten
Und auch sodann das kleine Stückchen Blei,
Und hat es auch sofort herausgefunden,
Dass das a abgeschossne Kugel sei.

3.

Die Polizei sah durch das Loch hinüber
Und die behauptete es ganz gewiss,
Dass diese Kugel unbedingt von drüben
Durch dieses Loch herüber gflogen is'.
Die Polizei ging schleunigst nun hinüber,
Und siehe da, nun war es ganz gewiss,
Dass diese Kugel gänzlich ohne Zweifel
Von hier hinüber gschossen worden is.

4.
Nun ging man dran, den Mörder aufzusuchen,
Man hat durchsucht beinah das ganze Haus,
Doch schliesslich hat man es dann aufgegeben,
Denn wie es schien – war der gar nicht zu Haus.
Die Polizei nahm einen weissen Zettel
Und schrieb darauf, dass sie jetzt geht,
Der Mörder soll bestimmt zu Hause bleiben,
Weil sie dann morgen wieder kommen tät.

5.
Als andern Tags – genau wie sie versprochen –
Die Polizei kam wieder in das Haus,
Da war die Polizei doch sehr verwundert,
Denn da war wieder niemand z'Haus.
Und auf dem weissen Zettel stand geschrieben –
Das war der Polizei dann doch zu barsch –
Da stand geschrieben – dreimal unterstrichen:
»Die Polizei – – – sie lebe dreimal hoch!«

Chinesisches Couplet

Dieses Couplet wurde mit großem Erfolg gesungen von der bekannten Humoristin Liesl Karlstadt.

Vortragender erscheint als Chinese verkleidet, gelb geschminkt mit Zopf-Perücke und chinesischem Schirm.

I.

Mantsche Mantsche Pantsche Hon kon Tsching
  Tschang
Kaifu schin sie Peking gigi wai hai wai
Tschitschi tatschi makka zippi zippi zappi
Guggi dutti suppi Mongolai.
Tingeies Tangeies Hundi Hundi guschdi
Tschinschinati wuschi wuschi tam tam tam
Wann i ko na kimm i, kumm i aber nimmi,
Kimm i, kumm i, aber i kimm kam.
Wo wie we wie bobi hopsi tsching tschang
Asi Stasi Wasi Wisi Tschin Tschin Tschin
Taubi Taubi Piepi Piepi sei si indi ändi
Wase bobi widdi midi Lanolin.
China drinna kenna Kinda mi alsamm
Tam – Tam – Tam.
Refrain. Ziggi zam ziggi zam tschin tschin wuggi gu
Wassi Wassi tscheng patschi zsching wuh-hu wu.

II.

Ni widi tschen mali gan demi detti
La bade schon wette wett wum wum
Goll wudi bum bim wuschi wuschi sitz wetz
Sußi sußi sußi witschi schrumm
So von om runte, giglgiglgoggi
Da legst di nieder plim plam plum
Tutti tutti großi, heiße Suppi blosi
Rahm o schlecken un on inten rum
Anni wiedi well well tarn di diti tarn tarn

Schlucki schlucki wust wust gudi gudi gut
Bier ham mi nimi, sauf ma halt a Wassi
Magi der is lari nachher wirst kaput
Niki nischi waschi schliffi schnack
Wauh, Wauh, Wauh.
Refrain. Ziggi zam ziggi zam tschin tschin wuggi gu
Wassi Wassi tscheng patschi zsching wuh-hu wu.

III.

Snekrededeng widi putzpomade Sachti
Boane wecke, tutti frutti wasch, wasch, wasch
Poppi nanni quaste Millen dunsen
Haferl goggen, Schmecki betzi G'wasch
Ka ko ki ka Kika keki Wanzi
Magi, Magi, Magi, Magi, Magi Magi a
Humi wepsi bieni, um halb elfi gimmi
Heidi bobi tschingreding ins pet
Tsching Tschang Tsching Tschang gibidane buse
Meini lippi Xaxixaxixaxixaxixax
Tsching Tschang Tsching Tschang gisidanan fussi
Andigiggiollipappi haxi haxi hax
Glaub mich lachen's aus, weil bin Chinese
Was ist dös?
Refrain. Ziggi zam ziggi zam tschin tschin wuggi gu
Wassi Wassi tscheng patschi zsching wuh-hu wu.

Andreas Papp

von Karl Valentin

Andreas Papp, wie Sie am Bild hier sehen
War drauss' im Krieg von Anfang bis zum End',
Dem schönen Heldentod ist er entwichen,
Ein Glück, das wohl nicht jeder Krieger kennt.

Doch in der Heimat war es noch viel schlimmer:
Im Vaterland herrscht Hunger und herrscht Not.
Andreas Papp sprach: Dieses zu ertragen –
Da geh' ich lieber selber in den Tod.

Und schnell entschlossen ging er zu an Seiler
Und kaufte sich an meterlangen Strick;
Mit Kriegsspagat kann man sich nicht umbringen,
Der Strick, der reisst, man hat damit kein Glück.

Da dachte sich Herr Papp in der Verzweiflung:
Lässt dich von einem Schnellzug überfahrn –
Doch auf der Strecke tat kein Zug verkehren,
Wegen Kohlenmangel tat man Kohlen spar'n.

Die Starkstromleitung, die ist sicher tödlich,
»Lebensgefahr!« steht deutlich am Plakat,
Doch Tags zuvor hab'n Diebe dort gehauset
Und hab'n g'stohl'n den Kupferleitungsdraht.

Mit Kochgas, wie Sie hier am Bilde sehen,
Geht es auch schnell, das hat man oft gehört,
5 Stunden roch er dran, doch war es vergebens,
Er hat kein Glück, das Gas war abgesperrt.

Von einem Löwen sich zerreissen lassen,
Dacht' sich Herr Papp, dann wär es sicher gar,
S'war wieder nichts, weil drob'n in dem Tiergarten
Der Königslöwe schon verhungert war.

Andreas Papp, der ging nun schnell entschlossen
Zu einem Büchs'nmacher dann hinein,
Doch durft' ihm dieser kein' Revolver geben,
Denn er, er hatte keinen Waffenschein.

Nun war Herr Papp's Geduld damit zu Ende,
Nun nahm er Gift, das Gift das hat gewirkt,
Denn Gift, das kann der Magen nicht vertragen,
Das ist ein Mittel, wo man sicher stirbt.

Doch fragt man sich, woher solch Gift denn nehmen,
Womit Herr Papp, so sicher fand den Tod:
Das Gift bekommt man überall in Deutschland,
Das starke Gift heisst: *»Lebensmittelnot!«*

(Pfüa Gott!)

Ich hatt' einen Kameraden

Parodie

Ich hatt einen Kameraden,
heißt ein ganz bekanntes Lied,
ich will es jetzt probieren,
dieses Lied zu parodieren,
was außerm Kamerad
ich sonst noch alles hab.

Ich hatt auch eine Mutter,
die war älter als wie ich,
ihr Beruf war zwar recht kläglich,
denn sie mußte fast tagtäglich
im Theater, o wie nett,
bedienen das Klosett.

Ich hatt auch einen Bruder,
dieser war ein Theolog,
und er konnte es nicht sehen,
tat ich mit an Mäderl gehen,
sofort verbot ers mir,
und dann ging er mit ihr.

Ich hab auch einen Verwandten,
s' ist zwar nur ein Bauersmann,
trägt er auch nur Lederhosen,
trotzdem könnt ich ihn liebkosen,
um einen Kübel Schmalz
fall ich ihm um den Hals.

Ich hatt auch ein Paar Schuhe,
mit Bezugschein warns gekauft,
und die Sohlen, das sah ein jeder,
warn aus echtem guten Leder,
blos in einer, o wie schlimm,
war auch schon der Holzwurm drin.

Ich hatt auch eine Pfeife,
und an Rauchtabak dazu,
doch leider muß ich's sagen,
ich konnt es nicht vertragen,
mei Mag'n kennt da koan G'spaß,
es war ja *nur* »Seegras«.

Ich hatte auch ein Fahrrad,
ohne Gummi fuhr ich drauf,
mit Patent=Stahl=Spiral=Fädern,
tat ich sozusagen mich rädern,
seit der Zeit, es ist zu dumm,
hab ich »Gehirn=Erschütterung«.

Das futuristische Couplet

Ein Gegenstück zu der modernen Malerei.
Original-Couplet von Karl Valentin.

In Nürnberg kam das Ganze,
Es sind ja mal er recht,
Doch als es mir ganz falsch war,
Ist es ohnedies zu schlecht.
Mit wessen ich grad dachte,
Von ohne sie berührt,
So sind sie denn von vorne rein
Ganz ohne diszipliert.

Wer allzulange sind ist,
Ob arm, geht sich bei dem,
Das einmal es oft lieber sein,
Drum wird ja ohnedem,
Mitsammen, ja denn so kann,
Bei Deinen nicht schon sein,
Sobald man kann es bleiben soll,
Zusammen fein zu sein.

Wenn einmal in der Nase,
Hast manchmal Du in Ruh,
Die Plattform in der Tasche hast,
Und treibst in allem zu,
So wittert aus den Mitteln,
In Spanien aus und ab,
Der Blumen Augenbrauen senkt,
Mit Asien und in Trapp.

Klapphornverse

Von Karl Valentin 1941.

1. VALENTIN: *(singt)* Zwei Soldaten stiegen auf einen Turm
B: *(spricht)* Ja, was is dös!
VAL: *(singt)* Sie hatten keine Unifurm
B: *(spricht)* Ja freili!
VAL: *(singt)* Auch keine Säbel beide hatten
B: *(spricht)* Ja, und?
VAL: *(singt)* Das war'n eigentlich keine Soldaten.
B: *(spricht)* Auuu-wehhh!!!
VAL: *(singt)* Mariechen sass auf einem Stein,
Warum denn nicht auf zwei.

2. V: Zwei Katzen fingen eine Maus
B: Ja, was is dös!
V: Da kam sie ihnen wieder aus,
B: Ja freili!
V: Da dachten sich die beiden Katzen
B: Ja, und?
V: Das nächste Mal fang' ma an Ratzen!

B: Auuu-wehhh!!!
V: Mariechen sass auf einem Stein,
Warum denn nicht auf zwei.

3\. V: Zwei Knaben pflückten im Felde Blumen.
B: Ja, was is dös,
V: Da ist ein Aufseher gekummen,
B: Ja freili!
V: Der hat ihnen die Blumen genummen,
B: Ja, und?
V: Da sind ihnen Tränen runterg'runnen.
B: Auuu-wehhh!!!
V: Mariechen sass auf einem Stein,
Warum denn nicht auf zwei.

4\. V: Zwei Knaben stiegen auf einen Baum,
B: Ja, was is dös!
V: Sie wollten Aepfel runterhau'n,
B: Ja freili!
V: Am Gipfel dabei wurd's ihnen klar,
B: Ja, und?
V: Dass das a Fahnenstange war.
B: Auuu-wehhh!!!
V: Mariechen sass auf einem Stein,
Warum denn nicht auf zwei.

5\. V: Ein Kätzlein sagte zu dem andern,
B: Ja, was is dös!
V: Ich glaube schon an's Seelenwandern,
B: Ja freili!
V: Die andere sprach: du hast's erraten,
B: Ja, und?
V: Aus uns da macht man Hasenbraten.
B: Auuu-wehhh!!!

V: Mariechen sass auf einem Stein,
Warum denn nicht auf zwei.

6. V: Zwei Spieler taten mitsamm' tarocken,
B: Ja, was is dös!
V: Dem einen tat er mächtig hocken,
B: Ja freili!
V: Der andre sagt: was soll das heissen?
B: Ja, und?
V: Ich glaube gar, du willst be ....
trügen.
B: Auuu-wehhh!!!
V: Mariechen sass auf einem Stein,
Warum denn nicht auf zwei.

7. V: Zwei Knaben stiegen auf eine Leiter,
B: Ja, was is dös!
V: Der obere war etwas gescheiter,
B: Ja freili!
V: Der untere Knabe, der war dumm,
B: Ja, und?
V: Auf einmal fiel die Leiter um.
B: Auuu-wehhh!!!
V: Mariechen sass auf einem Stein,
Warum denn nicht auf zwei.

8. V: Zwei Herren taten mitsammen raufen,
B: Ja, was is dös!
V: Sie mussten beide heftig schnaufen,
B: Ja freili!
V: Ich denk' mir halt, die soll'n nicht
raufen,
B: Ja, und?
V: Dann müssen s' auch nicht so fest
schnaufen.

B: Auuu-wehhh!!!
V: Mariechen sass auf einem Stein,
Warum denn nicht auf zwei.

9. V: Zwei Knaben fingen ein Eidachsel,
B: Ja, was is dös!
V: Der wo es g'fangt hat, der hiess Maxel,
B: Ja freili!
V: Der andre packte es beim Schwanzel,
B: Ja, und?
V: Und dieser Knabe, der hiess ....
B: Franzel!
V: Na, ... Gabriel hat der g'heissen!
B: Auuu-wehhh!!!
V: Mariechen sass auf einem Stein,
Warum denn nicht auf zwei.

Taucherlied

Von Karl Valentin 1941.

Melodie: Wer das Scheiden hat erf.

1.

Ein Beruf hat Schattenseiten,
Geld verdienen ist sehr schwer,
Deshalb muss der Taucher runter
In das tiefe, tiefe Meer.

2.

Ja, der Taucher, dieser arme,
Steiget in das Meer hinab,
Dass der Reiche sich kann schmücken,
Bricht er drunt Korallen ab.

3.

Wenn der Reiche liegt im Bette,
Schafft der Taucher unterm Meer,
Wo hätt' denn König und Kaiser
Seine Perlenkrone her?

4.

Wenn ein Schiff im Meer versinket,
Untergeht mit Mann und Maus,
Zieht der Taucher anderntages
Alle tot vom Meer heraus.

5.

Oefters ist's schon vorgekommen,
Dass der brave Tauchersmann,
Weil er krank war, gar nicht tauchte,
Und dem sichern Tod entrann.

6.

Horch, die Totenglocke läutet,
Wer wird heut gestorben sein?
's ist der Tauchersmann, der gute,
Sein Grab soll im Meere sein.

7.

Seine Frau und seine Kinder
Sind betrübt und weinen sehr,
Haben nun kein Brot zu essen,
Denn der Vater taucht nicht mehr.

8.
Und sein Grab, das war'n die Wellen
In dem tiefen, weiten Meer,
Und die Witwe stand am Ufer,
Doch der Taucher kam nicht mehr.

Die Stadt beim Morgengrauen

Gesang von Anno Dazumal
Couplet von Karl Valentin und Liesl Karlstadt (mit Ballett).

Melodie: »Die Musik kommt« (Autor unbekannt).

I.
Früh morgens wenn die Glocke klingt
Das Leben in der Stadt beginnt
da gibt es schon beim Morgengrau'n
Gestalten allerlei zu schau'n – –
Erst die Laternanzünder – anzünder – anzünder –
erst die Laternanzünder – –
die steh'n am ersten auf.

II.
Wie Geister huschen sie dahin
mit ihren Stangen lang und dünn
und löschen das Laternenlicht
weil schon der neue Tag anbricht.
Dann komma d'Millimadln, – die Madln – die Madln –
dann komma d'Millimadln –
die trag'n die Milli aus.

III.

Mit blaue Äugerln, blonde Zöpf
mit G'sichterln als wia Engelsköpf
a winzig's Grüaberl meist im Kinn
im Kübel hams a Milli drin.
Und dann die Bäckerbuben – die Buben – die Buben –
und dann die Bäckerbuben – –
die bringen's täglich Brot.

IV.

In raschem Lauf, Stiag'n ab, Stiag'n auf,
da trag'ns dö frischen Semmeln rauf
denn vom Parterr bis zum Juhe
da braucht mans schleunigst zum Kaffee.
Dann komma d'Schornsteinfeger – die Feger – die Feger –
dann komma d'Schornsteinfeger – –
san auf in aller Früh.

V.

In schwarzer Wichs von Kopf bis Fuss
in aller Früh sind's schon voll Russ
so wandern sie von Haus zu Haus
kehr'n überall die Löcher aus.
Und dann die Metzgerbuben – die Buben – die Buben –
und dann die Metzgerbuben – –
die dürfen auch nicht fehl'n.

VI.

Das Fleisch das trag'n sie zu dö Leit
die »Schmankerln« für die Mittagszeit
da gibt es Leber, Milz und Hirn
Schweinshaxln, Kuttelfleck und Nier'n.
Und dann die Hafnbinder – die Binder – die Binder –
und dann die Hafnbinder – –
geh'n singend durch die Stadt.

VII.

Sie schrei'n solange »Hafa bind«
bis dass sich eine Kundschaft find'
und ham sie dann a Arbeit kriegt
wird alles sauber zammag'flickt.
Und dann die Polizisten – ja zisten – ja zisten –
und dann die Polizisten – –
sind auch schon auf der Hut.

VIII.

Das Auge des Gesetzes wacht
in unserer Stadt bei Tag und Nacht.
In aller Früh da geht schon an
der übliche Patrouillengang.
Und so geht's alle Morgen
ob Freude oder Sorgen
Drum stimmt jetzt an ein Lied
voll Herz und voll Gemüt:

(Das ganze Ballett singt und tanzt im Walzertempo.)

So lang da drunt am Platzl
Noch steht das Hofbräuhaus
So lang stirbt die Gemütlichkeit
In München niemals aus
So lang stirbt die Gemütlichkeit
In München niemals aus.

(Vorhang zu).

Da das Münchner Kindl das Couplet vorn an der Rampe singt, muss sich das ganze Ballett mit grösster Ruhe bewegen – das ganze Bild soll zu geisterhafter Wirkung kommen.
Statt dem Vortrag des Münchner Kindls kann auch das Couplet durch Lautsprecher übertragen werden, wobei das Ballett nur die Bewegungen auszuführen hat, ohne mitzusingen.

Ich bin der Ritter Unkenstein

Rittergstanzln von Karl Valentin – Oktober 1942

Ich bin der Ritter Unkenstein – zwilli – willi – wum – bum – bum
Ich möchte auch kein andrer sein – zwilli – willi – wum – bum – bum
Kömmt mir etwas der Kreuz und Quer
Zerfetz ich alles um mich her.

(Zwischenspiel)

Ich habe eine Kampfnatur – zwilli – willi wum – bum – bum
Von Angst, da hab ich keine Spur – zwilli – willi – wum – bum – bum.
Je mehr ich Feinde hab dahier,
Ja desto lieber ist es mir.

(Zwischenspiel)

Auf meiner Burg muss Ordnung sein – zwilli – willi – wum – bum – bum
Dort hab ich auch ein Töchterlein – zwilli – willi – wum – bum – bum
Und kommen Freier zu ihr rauf,
Die spiess ich mit dem Schwerte auf.

(Zwischenspiel)

Ich fürcht mich nicht vor Ach und Weh – zwilli – willi – wum – bum – bum
Glaubn S', dass ich zu an Zahnarzt geh – zwilli – willi – wum – bum – bum
Mit einer Beisszang, sehn Sie an, *(zeigt einen grossen Schweinszahn)*

Riss ich mir gestern diesen Zahn.

(Zwischenspiel)

Der Gerichtsvollzieher kam zu mir – zwilli – willi – wum –
bum – bum
Mit kleinen Wapperln aus Papier – zwilli – willi – wum –
bum – bum
Ich brach ihn in der Mitt entzwei,
Aus war die Wapperlpapperei.

(Zwischenspiel)

Ich fürchte gar nichts um mich her – zwilli – willi – wum –
bum – bum
Ich fürchte nicht des Feindes Heer – zwilli – willi – wum –
bum – bum
Nur wenn die Schwiegermutter spricht,
Lauf ich davon – ich feiger Wicht.

(Zwischenspiel)

(Die 2 letzten Zeilen singt der Ritter ganz furchtsam und zitternd und verschwindet ganz ängstlich von der Bühne)

Wenn ich einmal der Herrgott wär'

(Zeitgemässes Couplet v. Karl Valentin – Nov. 1942)

Melodie: »Da streiten sich die Leut' herum ......«

Wenn ich einmal der Herrgott wär'
Mein erstes wäre das,
Ich schüfe alle Kriege ab,

Vorbei wär' Streit und Hass.
Doch weil ich nicht der Herrgott bin,
Hab' ich auch keine Macht;
Zum ew'gen Frieden kommt es nie,
Weil's immer wieder kracht.

Wenn ich einmal der Herrgott wär'
Mein zweites wäre dies'
Ich schüfe alle Technik ab,
's wär besser, ganz gewiss.
Dann gäb' es auch kein Flugzeug mehr,
Oh Gott! Wie wär das nett!
Und ohne Angst, da gingen wir
Allabendlich ins Bett.

Wenn ich einmal der Herrgott wär'
Ich gäbe in der Welt
Den Menschen alle die Vernunft,
Die, scheints, noch vielen fehlt.
Doch weil mir das nicht möglich ist,
Die Sache ist zu dumm,
Drum bringen sich die Menschen mit
der Zeit noch alle um.

Wenn ich einmal der Herrgott wär'
Ich glaub, ich käm in Wut,
Weil diese Menschheit auf der Welt
Grad tut, was sie gern tut.
Ich schaute nicht mehr lange zu,
Wenn s' miteinander raufen;
Ich liesse eine Sintflut los
Und liess' sie all' ersaufen.

Ja, lieber Herrgott, tu das doch,
Du hast die Macht in Händen,

Du könntest diesen Wirrwarr doch
Mit einem Schlag beenden.
Die Welt, die Du erschaffen hast,
Die sollst auch Du regieren!
Wenn Du die Menschheit nicht ersäufst,
Dann lass sie halt erfrieren.

Alte Volksliedertexte – wieder »zeitgemäss«

von Karl Valentin – Okt. 1943

Es ist doch lustig, wenn heute (1943!) der verliebte Erich oder Egon sein Lottchen ansingt, mit dem alten Schlagerlied:
»Liebchen, ich kaufe dir ein Automobil ....«
Was hat sie schon davon, wenn er ihr eins kauft? Sie darf ja nicht fahren! Sie kann sich nur hinein setzen und saudum drein schauen.

Ein altes Lied heisst:
»Im tiefen Keller sitz ich hier ....« Heute?
Dieses Lied kann uns heute wirklich nicht mehr begeistern.

»Oh! Du lieber Augustin, alles ist hin ....«
Dieses Lied hat man stets gern gehört; heute hat es einen anderen Sinn bekommen, genau so, wie das Rheinlied:
»Nur am Rhein, da möcht ich leben, nur am Rhein, ...«
»Hamburg ist ein schönes Städtchen, siehste wohl ....«
»Es war einmal« Musik von Paul Linke.

»Wenn die Schwalben wieder kommen, die wer'n schau'n, die wer'n schau'n.«

All diese alten verstaubten Liedertexte wirken heute geradezu frisch, aber tragikomisch!
Man vergleiche z.B. den Text eines uralten Liedes mit der heutigen Zeit:
»So leb' denn wohl, – Du stilles Haus
Wir zieh'n betrübt – von dir hinaus.
Wir zieh'n betrübt – und traurig fort
Doch unbestimmt – an welchen Ort.«
Noch drastischer und aktueller wirkt jetzt das Lied aus dem »Rattenfänger von Hameln« das da heisst:
»Wandern, ach wandern – von Ort zu Ort,
Wandern, ach wandern – in einem fort.
Weiter ach eilen – von Land zu Land
Nirgends verweilen – von Niemand gekannt.«

»Weh, dass wir scheiden müssen ....«

»Nach der Heimat möcht ich wieder ....«

»Verlassen, verlassen, verlassen bin i ....«

»Wer weiss ob wir uns wiederseh'n ....«
Alle diese Volkslieder und viele andere mehr, haben in der Jetztzeit einen bitteren Beigeschmack erhalten!
»Vater, Mutter, Schwestern, Brüder,
Hab' ich auf der Welt nicht mehr ....«

Um die Jahrhundertwende komponierte und dichtete ein bekannter Wiener Volkssänger das Lied:
»Mondnacht is' ......«
War dieser Dichter nicht auch zugleich ein glänzender Prophet, als er seinem Lied den Refrain anknüpfte:
»Wenn der Mond in seiner Pracht – so vom Himmel runter lacht,
Da g'schieht gar manches oft – ganz unverhofft ....«

»Was kommt dort von der Höh' – was kommt dort von der Höh?
Was kommt dort von der Höh' juhe ....«
Der Freudenslaut »Juhe« kann heute als überflüssig betrachtet werden.

»So leben wir – so leben wir – so leben wir alle Tage ....«
Auch diesem alten Scherzlied könnte man ruhig heute den alten Sang entgegen setzen:
»Glücklich ist, – wer vergisst,
Was nicht mehr – zu ändern ist ....«

Auch Paul Linkes Marschlied:
»Lasst den Kopf nicht hängen ....«
wirkt momentan sehr aufmunternd.

Es gibt sogar einen Liedertext, der da lautet:
»Ja, die Welt ist schön ....«

»Oh schöne Zeit – oh selige Zeit,
Wie liegst Du fern – wie liegst Du weit ....«
(Geht zurück bis auf das Jahr 1914)

Aber trösten wir uns mit dem alten netten Volkslied, das da lautet:
»Alles neu – macht der Mai ....«

Und zum Schluss, die »Münchner Nationalhymne«:
»Solang der alte Peter – am Petersberg'l steht,
Solang die grüne Isar – durch d' Münchner Stadt no geht,
Solang da drunt' am Platzl – noch steht das Hofbräuhaus,
›Solang‹ stirbt die Gemütlichkeit – der Münchner niemals aus.«
Was heisst: »Solang«?
Dieses Lied gehört verboten.

Ganz neue, echt hagelbuachane und teils ungereimte Schnaderhüpfl

D' Reiter Fanny is in d' Apothek'n nei ganga,
für d' Leis wollt s' a Salb'n valanga.
»Für was für Leis?« hat da Apotheker g'fragt,
aba d' Fanny hat's earn net g'sagt.

D' Schnaderhüpfl san g'spaßige Sachen,
über d' Schnaderhüpfl, da muaß ma oft lachen,
außerdem is das Lachen sehr gesund,
wer net lacht, is a fader Hund.

D' Kuahmagd hat se d' Fingernägel rot lackiert,
d' Aug'nbrau'n hat se se a no rasiert,
d' Zähn hot se se no nia putzt – dös is ihr nei,
drum stinkt s' a so aus'm Mei.

A Sommerfrischler hat se an d' Resi hing'macht,
da kriag i amal was Ländlich's, hat er sich gedacht,
aber d' Resi hat'n zu da Kamma 'nausg'schmiss'n,
hat earn auf deutsch g'sagt, was … g'huast.

D' Bäurin hat se a Gebiß macha lass'n,
fest tut's sitzen und gut tut's ihr passen,
nur beim Knödlessen is es unbequem,
da bleibt 's Gebiß im Knödeltoag drin kleb'n.

D' Hofa Leni is zum Beicht'n ganga.
»Na, Herr Pfarrer«, hat s' g'sagt, »dös is koa Verlanga,
ganz ohne Sinnlichkeit zu leben, dös is z'vui,
für was hätt' man denn 's G'fui.«

Da Veichtl Edi is in d' Abtrittgruab'n g'fall'n,
d' Bäurin hat'n wieda außizog'n,
sei Leb'n war dadurch gerettet, gottlob!
Aba fragt's net, wia der g'stunka hat.

Unser Meßner hot an riesengroßen Kopf,
no größer wia sei Kopf is sei Kropf,
jammern tuat er net, nur hört ma 'n oft sag'n,
a jeder hat sei Packl z' trag'n.

Mei Liaba, des wui scho was heiß'n,
an Weltrekord hot der Schorsch im Fingernägelbeiß'n,
d' Fingernägel san scho weg, sogt der Mo,
jetzt kumma d' Zähanägel dro.

Im Dorfweiha ham zwoa Bauernmadln gebadet,
splitternackat san s' im Wassa 'rumgewatet,
da Bürgermeister hat dös g'sehg'n – war net recht erbaut
und hat sofort weggag'schaut.

An Winkler Lenz sei ganze Familie,
er – sie – der Sepp – der Jakob – und Ottilie,
a so a Saustall is doch wirklich a Schand,
oa Zahnbürstl hab'n olle mitanand.

Z' Riadering is da G'moastier auskumma,
d' Stalltür hat er a glei mitg'numma,
is in an fremd'n Kuahstall einig'rennt,
aba de Küah ham ihn alle scho kennt.

Da Bauer hat an kloanen Seitensprung g'macht,
de Bäurin hat's erfahr'n und hat sich gedacht,
was du konnst, kon i a und hat sich g'rächt,
mit'n Bauern sein'm Knecht.

Auf'm Land, da gibt's vui saubere Madln,
großduttat und kugelrunde Wadln,
bis zu de Knia auffaschaug'n derfst jed'n schönen Kind,
aber weita auffi is a Sünd.

Bei da Nacht, wenn's finsta is,
ohne Licht siegt ma nit, dös is g'wiß,
im Finstern hat da Hans nur griffa bei der Lies,
weil's so finsta g'wes'n is.

Lerne leiden, ohne zu klagen,
dies Sprichwort hört ma d' Leut' öfter sagen,
dieses Sprichwort ist so wahr und bieder,
aba oiwei heirat'n d' Leut' wieder.

Die Stadtleit schneitzen in a Sacktüchl nei,
weil s' moaner, sie müss'n gebildet sei,
da Bauer hebt an Dama an d' Nas'n,
da werd' des Zeig außablas'n.

Und an Meindl Sepp sei siebzehnjährig's Mariandl
hat a Eiaköpfe wia a Kinderbadwannl,
rinnaugert is wia a Tropfstoahoihn,
so a Madl ko earn doch net g'foin.

Da Wag'n is stecka blieb'n im Dreck,
zwei Ochsen bringen den Wagen net vom Fleck,
da hilft der Bauer a no schiab'n,
zu dritt, sagt er, wer ma's scho kriag'n.

So! – Jetzt ham S' neue Schnaderhüpfl g'hört,
guat pfeffert, wia ma sagt, »richtig g'schert«,
san a nur für G'scherte gedacht,
drum habts ihr a drüber g'lacht.

Umtauschstelle

Musik u. Text v. Karl Valentin.

Klavier Begleitung wird ganz schnell gesungen
(ohne Zwischenspiele)

I.

Vor dem Kriege liebe Leute
war es anders als wie heute
dieses will ich jetzt besingen
und es wird mir auch gelingen.
Brauchen sie was in der Schnelle
geh'n sie in die Umtauschstelle
was es dorten gibt an Waren
sollen sie jetzt gleich erfahren.

II.

Damenhüte – Unterhosen
Stafeleien – Zuckerdosen
Rodelschlitten – Hängematten
Notenblätter – Maurerlatten
Kaugummi – und Drahtmatratzen
Puppenwägen – Kinderlatzen
Nudelwalgler – Bleistiftspitzer
Nagellack – und Ohrenschützer.

III.

Stallaternen – Leiterwägen
Zugposaunen – Schreinersägen
Schiefertafeln – Packpapiere
Kegelkugeln – Kochgeschirre
Wandkalender – Herrensocken

Kupferblech und Schillerlocken
Radio und Puderquasten
Blitzableiter – Farbenkasten.

IV.

Handtuchhalter – Bleisoldaten
Lippenstifte – Fensterladen
Drahtantennen – Messingstangen
Stabbatterien – Badewannen
Stopselzieher – Nähmaschinen
Honiggläser – Tüllgardinen
Lampenschirme – Zündholzständer
Autoreifen – Fahnenbänder.

V.

Lorbeerkränze – Platzpatronen
Dampfmaschinen – Kehrichttonnen
Hosenträger – Gummibälle
Hundehütten – Hasenfelle
Christbaumkerzen – Handschuhleder
Ofenrohre – Mühlenräder
Löschpapier und Spagattschnürl'n
Kohlensäcke – Ofentürl'n.

VI.

Gasmotoren – Wandtapeten
Wasserstiefeln – C-Trompeten
Fliegengitter – Watteballen
Feuerwerke – Mausefallen
Hopfenstangen – Sportkravatten
Fussball – Ski – und Marmorplatten
Rettungsringe – Kupferdrähte
Laubsägholz und Turngeräte.

VII.

Tabakspfeiffen – Blumenstöcke
Tennisschläger – Unterröcke
Firmenschilder – Reisetaschen
Ahornteller – Wärmeflaschen
Muskelstärker – Zwirn und Seide
Kragenschoner – Tafelkreide
Stacheldraht – Zitronenpresser
Irrigator – Küchenmesser.

VIII.

Bilderrahmen – Schubladknöpfe
Saxophon – und Puppenköpfe
Linoleum und Korsetten
Bügeleisen – Klarinetten
Alles das es ist zum Lachen
und noch tausend andre Sachen
denn das Losungswort für Alle
das heisst heute – Tauschzentrale.

IX.

Doch die meisten Ehemänner
die die Umtauschstelle kennen
würden es halt sehr begrüssen,
wenn sich Frauen tauschen liessen[.]
Tauschte man für's alte Weiberl
dort ein junges Turteltäuberl.
So ein Tausch der wäre fein
leider, – darf so was nicht sein.

Schnadahüpfl

A Schnadahüpfl is der kürzeste Gesang.
Die Melodie ist nicht wichtig, aufn Text kommt es an.

Als wir Preussen in Bayern noch nicht einjewöhnt,
da hatten uns die Bayern oft noch verhöhnt.

Nu sind wir in Bayern ganz feste zu Haus.
Da bringt uns nich mal mehr ein Herr Högner heraus.

In Berchtesgaden, Obersalzberg, an der Welt schönstem
Ort,
Solls noch ein paar Bayern geben,
Aber die sind auch nimmer lang dort.

Die Bayern sind kräftige Leute,
das weiss jedermann,
aber gegen a echte Berliner Schnauze,
da können se nicht ran.

Die Bayern bauen auf
bauen Wohnungen gross und klein
und sind s' alle fertig,
setzen sich die Preussen hinein.

Mein München

Karl Valentins letztes Couplet 1947

In München war es schön,
Muß jeder eingestehn,
Und jeder sagt auf Ehr:
So wird es nimmermehr.
Die Münchner G'müatlichkeit
Verschwunden ist die Zeit;
Und erst im Hofbräuhaus
Da schaugt es traurig aus!
D' Münchner werden immer blasser
Von dem dünnen Gerstenwasser –
Doch was nützt die Jammerei,
Was vorbei ist, ist vorbei.
Soll der Aufbau nun beginnen,
Müssen wir uns erst besinnen.
Ja, da ist schon etwas dran;
Ja, wo fang ma denn da an?
In München, in München, in München fang ma o
Da kommt natürlich s'Hofbräuhaus am allerersten dro!
S' Finanzamt ist zwar auch kaputt – doch dös tut uns net leid,
Daß dös die Flieger troffen ham – dös hat uns alle g'freut!

Erinnert man sich heut
An die vergangne Zeit,
Wie sittsam und wie fein
Warn da die Mägdelein,
So mollig und so nett,
So dantschig und adrett,
Dös war in dieser Zeit
A Sehenswürdigkeit!
Doch schaust heut d' Maderln o,

Hint und vorn is nix mehr dro,
Fettlos ist fast jede Maid,
Fettlos wie die ganze Zeit.
D' Augenbrauen, welch ein Graus,
Reißen sie sich selber aus.
Und zu so einem Skelett
Sagt der Mann – »ah –! Du bist nett!«
O München, o München, du bist nicht mehr die Stadt,
Die außer ihrem guten Ruf die schönsten Maderln hat.
Statt Münchner Kindl'n kann man nur noch Hopfenstangen sehn
Und wenns auch nicht mehr mollig sind – so sind sie doch mondän.

Nun kommt die Straßenbahn,
Sieht man die näher an,
Mit ihr, wie intressant,
Erlebt man allerhand;
Denn ist das Wetter schön,
Dann tun die meisten gehn.
Doch fangts zu regnen an,
Fährt alles Straßenbahn.
Oana hängt ganz hinten dro,
Daß er a no mitfahrn ko,
Auf'm Trittbrett, wanns no geht,
Stehn die Leut – es ist zu blöd.

Und der Schaffner voller Angst
Schreit: »A so a G'schäft – mir gangst!«
Ziagt die Glock'n, bitte schön,
Und der Wag'n bleibt pfeilgrad stehn – !
In München, in München is Trambahnfahrn a Freud!
Zugleich is a Zerstreuung, denn da kommt ma unter d'Leut.
Und wenn der Münchner noch so schimpft, das ist ganz einerlei,
So ist er doch wie allbekannt – ganz »höflich« nebenbei.

Ja, ja bei uns ists mies
Das wiß ma ganz gewiß
Und dann erst, pfüat di Gott
Dazu die Kohlennot.
Da jammert Groß und Klein
Wie teiln ma denn dös ein?
Mir ham ja nix zum Schürn
Da müß ma ja dafriern.
Doch mir Menschen mir san schlau
Ja dös wiß ma ganz genau
Ham a Mittel gleich erdacht
Und so wird es auch gemacht.
Wenn auch jetzt a schwere Zeit,
Denkt der Münchner voller Freud
Alls – ob alt, ob reich, ob jung
Tanzt jetzt voll Begeisterung:
In München, beim Tanzen, da wirds oan bacherlwarm,
Da spürst nix von ka Kohlennot, hast d'Flamme glei im Arm!
Trotz Hunger, Not und Elend tun mia zum Tanzen gehn, fesch
Drum sage ich, o glaubt es mir, in München ists *doch* schön!

Von jeher gab es hier
Das allerbeste Bier
Und München, wie bekannt,
Wurd Bierstadt nur genannt.
In jeder Straß ei, ei,
War fast a Brauerei

Dös war do no a Lebn,
Nix schöners hats net gebn.
Doch die Stadt hat sich verwandelt,
Denn der Krieg hat sie verschandelt
Und ganz München ist empört,
Wie die Münchnerstadt zerstört.
D' Sauferei hat nun ein Ende,

Spuckts jetzt fleißig in die Hände,
Nehmts die Schaufel in die Hand:
Jetzt gehts los am Isarstrand.
In München, in München geht d' Bauerei jetzt o
Und wer sei Heimatstadt liebt, soll nun zeigen, was er ko.
Wir und auch unsre Kindeskinder wern s' nicht mehr derleb'n,
Doch unsre Kindeskinder*kinder* – – *die* hams nachher schö!

(Im Ton des alten Wienerliedes »Am Wasser bin i z'Haus«)

Moritat vom kleinen P. G.

Hier seh'n sie einen ganz zerlumpten Menschen
War angestellt in einer Schleiferei
Weil sein Fabrikherr einst es haben wollte
Presste man ihn hinein in die Partei[.]

Die Zeiten haben sich jedoch geändert
Heut' ist der Mann, wie viele ein P. G.
Arbeitsverbot, hat nichts mehr zu erwarten
Bald sagt er selbst vielleicht der Welt adieu.

Ja – wäre er ein grosser Nazi g'wesen
Solch' Beispiele, die kennt man weit und breit
Ging es ihm gut, doch so ist er verdammet
für jetzt und auch für alle Ewigkeit.

Expressionistischer Gesang

Überliterearischer Gesang von Karl Valentin 1948

Wie die Maler heute malen
Wie der Dichter heute dicht'
So will ich jetzt humoristeln
Ob es gut ist, oder nicht.

Kanapee glüht Meeresfreiheit
Lippen blau aus Abendrot
Stille Nacht in Marmelade
Edle Kunst, behüt' dich Gott.

A – b – c – d –e – f – g – h
I – k – l – m – n – o – p
Qu – r – s – t – u – v – w – x
Ypsilon – z – f – f – f *(drei Pfiffe)*

La la la la la la la la
La la la la la la li
Li li li li li li li li
Li li li li li li la.

In der Nacht die Sterne funkeln
Und der Rundfunk funkelt auch
Funkeln tun auch die Karfunkeln
Und ein funkelnagelneuer Anzug auch.

Wer will unter die Soldaten
Der muss haben ein Gewehr
Das muss er mit Pulver laden
Und so weiter und so wei – ter.

Ein Gewitter ist im Anzug
Dieses leuchtet mir nicht ein
Ein Gewitter in der Hose
Das könnt' leichter möglich sein.

Leiser Sturmwind heult in Strömen
Wenn die Katze Kikerikiet
Und der Vater melkt die Enten
Wenn der limburger blüht.

Wenn die Blätter leise klappern
Und das Bächlein fliesst bergauf
Saust das Dampfschiff durch die Wälder
D' Gmütlichkeit hört sich dann auf.

Wenn die Ringelnatter ringelt
Und die Fischlein geh'n zu Fuss
Hört! Die Osterglocken pfeifen
Was sein muss, das muss sein muss.

Hundekuchen frisst die Katze
Und ein Kompass singt Tenor
Und es sinkt der Barometer
Das kommt jedem spanisch vor.

Wenn die Reblaus rebiglauselt
Und das Dünnbier ist zu dünn
Billige Heimat sei gegrüsset
Mei' Vaterl war a Weanerin.

Suerkraut ist kein Getränke
Denunzieren tut ein Schuft
S' beste Flugzeug wär' ein Unsinn
Gäb's im Freien keine Luft.

Ob es heiss ist oder kälter
Ob es warm ist oder weit
Ob es kühl ist oder lustig
Ja, so ändert sich die Zeit.

In Berlin, in Prag und Hamburg
Auch in Bremen und Bayreuth
Auch in Salzburg und am Chiemsee
Und auch in Holzapfelskräut.

Und zum Schlusse muss ich schlusseln
Nehmet eure Händ' in d' Hand
Schlagt dieselben oft zusammen
Das wird dann Applaus genannt.

III

Szenen

Zither-Solo. Die Rasenbank

Val. kommt mit Zitherkasten auf das Podium. – – Bemerkt sofort, dass sich kein Tisch auf dem Podium befindet – – er sucht mit Blicken umher – – Zither kann man bekanntlich nur spielen, wenn sie auf einem Tisch liegt – er legt den Kasten auf den Fussboden, macht den Kastendeckel auf, holt die Zither heraus, kann aber auch die Zither nirgends hinlegen, weil das eben ohne Tisch nicht möglich ist. Er ruft den Theaterdiener. Fragt denselben auf englisch »Tisch«, dieser bringt ihm einen kleinen Tisch, stellt ihn mitten auf das Podium – – Val. legt die Zither nun auf den Tisch. Im Stehen kann man aber nicht Zither spielen, er macht nun ohne Stuhl eine sitzende Stellung – – bemerkt aber, dass das nicht längere Zeit auszuhalten ist und ruft den Theaterdiener: »Stuhl« – der Theaterdiener bringt nun einen Stuhl. Val. setzt sich auf diesen und nun könnte das Spiel losgehen aber leider wackelt der Tisch – es muss etwas unter das Tischbein gelegt werden – – aber was?. Er entnimmt seiner Westentasche die Taschenuhr – hackt dieselbe aus der Kette, legt sie unter das Tischbein – – knacks das Uhrglas ist kaput – – die Uhr ist zu dick – – ein zusammengelegtes Papier wäre vorteilhafter aber er findet keines – – er hat nur sein Notenbuch dabei – – er überlegt nicht lange, reisst aus dem Notenbuch ein Blatt, legt dasselbe einige male zusammen schiebt dasselbe unter das Tischbein und siehe der Tisch steht fest. Ein zusammenlegbarer Notenständer wird ebenfalls aus dem auf dem Boden liegenden Kasten herausgeholt, auseinandergezogen aber zu weit, deshalb wird er wieder zusammengeschoben, aber der Finger des Zithervirtuosen wird mit eingezwickt. Die Zwickwunde schmerzt und ist somit später beim Spiel Anlass die Wunde öfters zu betrachten. Nun wird der Notenständer ebenfalls auf den Tisch plaziert, aber die Stütze des Ständers hat ein leichtes Gelenk – – der Ständer will absolut nicht stehen bleiben und fällt immer wieder um, weil auf dem Tisch auch nicht mehr viel Platz ist – – aber endlich steht er doch – – und das Notenbuch soll nun auf den Ständer kommen aber zuerst muss das Stück welches zum Vortrag kommt aufgeschlagen werden – – aber die Seite mit dem annoncierten Stück fehlt. Der Virtuos Val. blättert nervös alle Seiten durch – – es ist nicht zu finden – – wo ist das Blatt[?] Ah so – – er hat es ja selbst ausgerissen und unter das Tischbein gelegt. Das Blatt wird wieder vom Boden heraufgeholt aber es ist ganz zerknüttert – Das ganze Notenbuch wird nun unter das wacklige Tischbein gelegt und nun kann das Spiel beginnen. Der Virtuos sagt zum Puplikum: Zithersolo »Die Rasenbank«. – – aber beim Vorspiel merkt jeder dass die Zither nicht stimmt – – das Stimmen beginnt – – statt der Stimmgabel hat der Virtuos eine Speisegabel, dieselbe wird von dem Virtuosen auf den Tisch geschlagen und dann abgehorcht – – will dann die Gabel weglegen, weiss aber nicht wohin – – steckt dieselbe in das äussere Seitentäsch[ch]en seines Rockes, bemerkt aber selbst dass die Gabel hier sehr gefährlich ist, dreht den Kopf auf die Seite, kommt aber zur Einsicht dass es besser ist die Gabel wieder aus der Tasche zu nehmen, legt sie wieder auf die Zither, das geht natürlich nicht, weil er auf derselben spielen soll – – vor Wut nimmt er die Gabel und stösst sie in die Tischplatte, dass sie stecken bleibt, aber hier bildet die Gabel ein grosses Hindernis beim Spielen – er muss ausserhalb der Gabel den Arm schlingen um das Griffbrett der Zither zu betätigen – – kurz entschlossen nimmt er die Gabel und wirft sie ins Puplikum (hat natürlich die richtige Gabel mit eine[r] aus Papier vertauscht) oder er steckt die richtige Gabel in die Hosentasche. Nun kann das Spiel beginnen. Er steht auf verbeugt sich, sticht sich aber bei der Verbeugung in den Bauch, kurz entschlossen legt er nun die Gabel in die Tischschublade und beginnt das Spiel. »Die Rasenbank«[.]

Zithersolo »Die Rasenbank«
Original Vortrag von Karl Valentin 1905

(Ein Zithertisch steht auf der Bühne – im Hintergrunde Valentin)

VALENTIN: *(annonciert)* Als Nächstes trag' ich Ihnen einen Tisch vor! *(trägt den Tisch vor, setzt sich nieder, richtet seine Zither, sucht nach seinen Noten, findet dieselben endlich in seiner Hosentasche, aber ganz unleserlich verknittert)* Die Noten schaun schön aus, das kommt aber nur davon her, weil ich's schon a paar Jahr lang in der Tasch'n umananderträg' und wegen einem Blatt mag ich mir auch keine Mappen machen lassen. Zum Vortrag gelangt »Die Rasenbank« Zithersolo auf der Zither mit Zitherbegleitung aus der Operette »Kunigunde weint Zuckerwasser«! *(Zither stimmt noch nicht)* – A – *(zwickt mit den Fingerspitzen die Nase zusammen)* – A! – »Die Rasenbank« *(siehe Notenblatt – beim ersten falschen Ton schreit im Puplikum jemand)* »Falsch!«

VALENTIN: Ich hör's schon selber *(beim zweiten falschen Ton schreit wieder jemand)* »Falsch!«

VALENTIN: Dös täuscht! *(Bei einem Schleifton – siehe Noten – fährt Valentin über den gewünschten Ton hinaus mit den Worten)*: »Oha jetzt bin i z'weit 'naufkemma« *(zieht seinen Meterstab aus der Tasche, misst die Noten ab und vergleicht das Mass auf dem Griffbrett der Zither)* »Um 10 Centimeter hat's mi' verriss'n« *(spielt nun weiter bis zum Schluss – wiederholt aber den Schluss 5–10 mal und öfter, kommt aber immer wieder in dieselben Schlussakkorde hinein und ruft ängstlich)* »I find' nimmer heim«! *(Orchester hilft ihm aus der Klemme, indem es einen kräftigen Schlussakkord macht).*

Ein verhängnisvolles Geigensolo

Von Karl Valentin.

VALENTIN: Erlaube mir, Ihnen ein Geigensolo zum Vortrag zu bringen, »Am Meer« von Schuckert. Ah so – d' Geig'n! *(Holt sie, sucht den Schlüssel)* Geh, sind'S so gut und bringen mir das kleine Schlüsserl raus!

DIENER: Was für a Schlüsserl?

VALENTIN: Das kleine – in meinem Schilee – im Westentascherl ist's drin. Schickens Ihnen, weil d' Leut warten! *(Zum Publikum)* Einen Moment, bitt' schön! Er holt mir nur an Schlüssel raus. *(Wartet)* Jetzt hat die Kälten auch wieder ein wenig nachgelassen. – Ja, was is denn, ich weiss ja nimmer, was ich mit de Leut reden soll. Da steht man herauss wie ein Aff –

DIENER: *(bringt riesengrossen Schlüssel)*

VALENTIN: Ja was ist denn dös? Das seh ich am ersten Blick, dass der net neigeht, dös brauch ich gar net probieren. – A so a kloans Schlüsserl – war denn der in mein' Schilee drin? Also, der passt amal net, da schaun S' nur noch einmal nach. Also, was mancher Mensch für ein Augenmass hat! Das kann er sich doch denken, dass man zu so an kleinen Kasten *(probiert es)* .... halt! – brauch ihn nimmer, ist sowieso schon auf! – – – – – Ein Violinsolo »Am Meer« .... *(ruft hinaus)* An Notenständer, Sie wissen doch, dass i an Notenständer brauch! Soll ich ihn vielleicht selber reintragen!?

DIENER: *(bringt ganz hohen Notenständer)*

VALENTIN: Höher geht's nimmer! Also, wenn man sich nur alles selber herrichten tät. Wiast halt einen andern Menschen brauchst *(Ständer fällt ihm auf den Kopf)* .... Wie man nur da lachen kann, wenn einem andern was nauffällt. D' Noten san a net da!

DIENER: *(bringt Noten)*

VALENTIN: *(Noten fallen ihm alle hinunter)* Jetzt bin ich schon aufgeregt auch. Ah – 's Leisterl ist abgebrochen! *(Zum Diener:)* Hams kein Nagel und an Hammer da?

DIENER: *(bringt enorm grossen Hammer und Nagel)*

VALENTIN: Einen Moment! Ich nagelt nur dös Leisterl da an, ich hab's gleich! – Au!!! Jetzt hab' ich mich am Finger naufg'haut! – *(Zum Diener:)* Hams keine Binde?

DIENER: *(bringt Tinte)*

VALENTIN: Eine Binde!!! – *(Zum Pianist:)* Sie seh'n doch, dass ich mich verwickelt hab! Jetzt bräucht ich nur mehr an Trailer! Grad heut .... »Am Meer« .... So! .... Jetzt ist die Seit'n auch noch ab! .... *(Zum Diener:)* Hams keine E-Seite da? –

Keine Nähseide, eine E-Seite! .... Auch nichts! –

Schluss-Szene.

(Gerichtsvollzieher tritt durch das Publikum auf).

VALENTIN: Ruhe, was ist denn da los? Halt, halt, da dürfen Sie nicht herauf, das ist ja die Bühne!

GER. VOLLZ.: Das weiss ich schon selber, ich bin ja dienstlich hier.

VALENTIN: Ja aber das geht doch nicht, wenn Sie was von mir wollen, dann können Sie mich ja in der Garderobe .... besuchen, aber doch nicht hier vor dem Publikum.

GER. VOLLZ.: Das ist mir egal, also passen Sie auf: Sind Sie der Geigenspieler Julius Bliefenkranz?

VALENTIN: Ja, der bin ich.

GER. VOLLZ.: Ich komme hier in Sachen Maria Kuhberger wegen Alimente, wissen Sie etwas davon?

VALENTIN: Ja freilich, aber ich geh' schon vier Jahr nicht mehr mit ihr.

GER. VOLLZ.: Das geht mich nichts an! – Haben Sie etwas Pfändbares bei sich?

VALENTIN: Ja woher!

GER. VOLLZ.: Na, da wollen wir mal sehen! – *(Untersucht seine Taschen vorne und hinten)*

VALENTIN: *(Zuckt zusammen)*

GER. VOLLZ.: Na!!! *(Sieht die Geige)* Gehört die Geige Ihnen?

VALENTIN: Ja die gehört mir, aber die dürfen Sie mir nicht nehmen, denn das ist mein Zweig!

GER. VOLLZ.: Was ist das?

VALENTIN: Mein Zweig!

GER. VOLLZ.: Ja, was für ein Zweig?

VALENTIN: Mein Erwerbszweig, mit dem verdien' ich mir mein Brot, meine Semmeln, Weckerln, Salzstangerln, Bretzen, Keks.

GER. VOLLZ.: Also die Geige gehört Ihnen?

VALENTIN: Ja, die gehört mir ... *(Gerichtsvollzieher nimmt sie weg)* ... sie hat mir gehört!

GER. VOLLZ.: *(besieht die Geige und klopft sie ab)*

VALENTIN: Herein!

GER. VOLLZ.: Unterlassen Sie den Unsinn!

VALENTIN: Das ist ja auch ein Unsinn, wenn Sie da hinklopfen und Sie wissen ganz genau, dass da gar niemand drin wohnt.

GER. VOLLZ.: *(deutet auf den Geigenbogen)* Das hier ist der Bogen?

VALENTIN: Der Ellenbogen.

GER. VOLLZ.: Ach, *den* mein ich! *(Nimmt den Geigenbogen, – sieht den Geigenkasten)* Und das hier ist der Kasten?

VALENTIN: Das sehn S' ja!

GER. VOLLZ.: Unterlassen Sie Ihre Bemerkungen!

VALENTIN: *(murmelt etwas)*

GER. VOLLZ.: Was haben Sie gesagt?

VALENTIN: Beim Fuss können S' mich nehmen!

GER. VOLLZ.: Bitte – keine Beleidigungen! *(Legt die Geige und den Bogen neben den Kasten).*

VALENTIN: *Hinein* g'hörts!

GER. VOLLZ.: Ach, das weiss ich selber!

VALENTIN: Sie schau'n nicht aus danach!

GER. VOLLZ.: Was erlauben Sie sich!? Sind Sie ruhig! *(Klebt die Marke auf den Kasten).* – – So, – habe die Ehre!

VALENTIN: Was habn S'?

GER. VOLLZ.: Habe die Ehre!

VALENTIN: Ja ja, is schon recht!

GER. VOLLZ.: *(ab)*

VALENTIN: Ja, was is denn dös!? Der is guat, der geht da herein und nimmt mir mei Geig'n weg vor'm Publikum, dös derf ma doch net machen! Im Theater vor'm Publikum derf er mir mei Geig'n net nehma! – Jetzt is aus mit'm Geigensolo! – – Wär' so schön ganga, – aber ohne Geig'n kann man nicht geigen und ohne Violine kann man nicht violinen! – *(Steht umständlich auf der Bühne herum)* – – – – Also, entschuldigen S' bitte!! *(Ab).*

Das Clownduett oder die verrückten Notenständer

Valentin und Karlstadt treten auf von beiden Seiten der Bühne, kommen zusammen, und sagen »Ah da sind sie ja« und schütteln sich die Hände – sagen zugleich: Wie gehts Ihna denn immer? (zugleich) Danke gut.

KARLSTADT Da hams recht – da kann man nichts machen[.]

VALENTIN Was [sagns]?

KARLST Nein ich hab blos gsagt, da kann man nichts machen.

VALENT So so, das hab ich auch schon amal ghabt.

Beide schauen sich schweigend an.

KARLSTADT Sie – könnt ich sie einen Moment sprechen?

VALENTIN Um was handelt sichs denn?

KARLST Ist nur eine Kleinigkeit, ist fast gar nicht wert, dass man davon red.

VALENTIN Privat oder geschäftlich?

KARLST Nein – beides nicht – sagen sie, sind sie beleidigt, wenn ich sie auf etwas aufmerksam mache?

VALENT Nein, absolut nicht[.]

KARLST Ich möcht sie nur ersuchen, ob sie meine Hand nicht wieder auslassen möchten, die ham sie noch vom Grüssgott sagen, in der Hand.

VALENT *(Lässt aus)* Da hab ich ganz vergessen drauf. Entschuldigens bitte.

KARLST Macht nichts.

Beide legen [i]hre Notenbücher auf den Tisch, gehen mit den Trompeten vor.

VALENT Anlässlich des Einzuges Kaiser Ludwig des Bayern zum Isartor im Jahre 1312 gestatten wir uns nachträglich noch ein Duett zu blasen, auf zwei Trompeten, ein sogenanntes halbes Quartett, wir beginnen mit dem Anfang. *(Beide blasen die erste Stimme.)*

VALENT Halt, jetzt ham wir alle zwei die erste Stimme geblasen, bei einem Duett muss doch einer die erste und der andere die zweite Stimme blasen.

KARLST Das ist doch klar – da[s] hättens aber vorher schon wissen können.

Beide blasen die zweite Stimme, hören wieder auf. Jeder sagt: Jetzt blast er auch die zweite.

VALENT Ich hab doch ausdrücklich gesagt, einer die erste und der andere die zweite.

KARLST Ja ist ja recht, und da hab ich den einen gmacht[.]

VALENT Den einen hab ich gmacht, sie hätten den andern machen solln. Mir ists gleich, ich kann die erste und die zweite blasen.

KARLST Ja – dann kann ja ich heimgehn, dann brauchens mich überhaupt nicht[.]

VALENT Nein ich mein so, ich kann die erste und kann aber auch die zweite blasen.

KARLST Das ist eben bei mir leider auch der Fall.

VALENT Sinds doch froh[.]

KARLST Ja also was wollns denn jetzt für eine blasen?

VALENT Ah wissens was, blas ma gar nicht. Oder blasen die erste und ich die zweite – oder umgekehrt?

KARLST Oder mach mas so, wie sie wolln.

VALENT Ja so gehts auch – ja – wie willn sie?

Beide streiten noch lange – herum, dann sagt Karlstadt, wissen sie was, Sie blasen jetzt die zweite, dann brauche ich nur mehr die erste blasen.

VALENT Ja, so mach mas.

KARLST Können sie sichs merken?

VALENT Nein, merken kann ich mir gar nichts – da kann ich eher noch blasen.

KARLST Da brauchen sie sich auch gar nichts merken, sie blasen einfach die zweite Stimme, und das was ich tu, das geht sie gar nichts an.

VALENT So, dann geht sie das auch nichts [an], was ich tu, merken sie sichs.

Beide blasen, aber gleich falsche Töne[.]

KAPELLM Hörns doch auf, das ist ja ganz falsch[.]

VALENT Das hörn wir schon selber, mischens Ihna nicht in andre Leut nein, mischens sie sich lieber in sich selbst nein – sie sind der allerjüngste, schämen sie sich, dass no so jung sind.

KAPELLM Ham sie denn keine Noten?

VALENT Freilich, aber nach Noten können wir doch nicht auswendig blasen.

KAPELLM Das braucht es auch gar nicht, nehmen sie doch Noten[.]

Beide nehmen ihre Noten. Valentin das kleine – Karlstadt das grosse Buch[.]

KARLST *(kann das grosse Buch nicht halten, Valentin hilft halten, beide blasen. Valentin bläst aber nur immer den gleichen Ton.[)]*

KARLST Sie blasen ja immer den gleichen Ton[!]

VALENT Ich kann ja nicht mehr blasen, weil ich nicht auf die Klapperl hindrücken kann.

KARLST Warum könnens da auf einmal nicht mehr hindrücken?

VALENT Weil ichs Buch in der Hand habe, *(lasst es aus.)* Ich hab eine andere Idee schauns her, ich häng Ihnen mein Buch da hinten nauf, und sie hängen Ihr Buch ihm nauf – mir.

KARLST Ah, sie meine wahrscheinlich so, dass einer dem andern hint neinschaun kann.

Beide wollen blasen – Valentin sagt: Da müssen sie vor mir stehen[.]

KARLST *stellt sich vor ihm auf* – jaaa – jetzt ists falsch, sie müssen vor mir stehn, sonst kann ja ich nicht dahinten neinschaun.

VALENT Jaso – da war ich jetzt im Irrtum .... ja jetzt ists wieder nichts wie kommt jetzt das. – das ging schon, aber das geht nicht.

THEATERM Jetzt möcht ich blos wissen, wie lange sie den Blödsinn noch machen wollen, glauben sie, das Publikum schaut Ihnen noch lang zu?

VALENT Fünftens ist das kein Blödsinn – wir wolten da was machen, wir haben zwei Trompeten, zwei Notenbücher, wir sind zu zweit, und keiner kann dem andern hintneinschaun, wie kommt das?

THEATERM Wissen sie, was sie brauchen? Notenständer[.]

VALENT Wir haben aber keine[.]

THEATERM Aber ich hab welche[.]

VALENTIN Ja, gebns uns a paar[.]

THEATERM Sie können dann gleich a paar haben, von mir[.]

KARLST Dann teilen wirs zusammen. Jetzt können sie das Buch wieder runter tun, wenn der Notenständer bringt, das hat sie so nicht gut gekleidet, da hams ausgschaut, wie a Segelflugzeug.

THEATERM bringt einen ganz grossen und einen ganz kleinen Notenständer h[e]rein. So – da ham sie einen, und da sie.

VALENT nimmt den grossen Ständer, sein kleines Buch fällt immer durch[.]

KARLST nimmt den kleinen Ständer, aber das grosse Buch hat nicht Platz.

MEIST So geht das freilich nicht – sie müssen doch die beiden Ständer tauschen.

[(]Beide tauschen die Notenständer, aber blos betreffs Platz, jeder hat wieder seinen gleichen Notenständer. Alles fällt wieder durch, wie vorher)

MEIST Jetzt gehts ja wieder nicht – sie müssen doch tauschen[.]

KARLST Das haben wir doch getan.

MEIST *(zu Karlst)* Sie haben das grosse Notenbuch, sie nehmen den grossen Notenständer. *zu Valent*: Sie haben das kleine Notenbuch, sie nehmen den kleinen Notenständer[.]

VALENT Das ist doch klar, da wärn wir aber selber auch drauf kommen, da hätt sie nicht braucht dazu.

KARLST *(Kann das schwere Buch nicht auf den Ständer hinaufbringen)*

VALENT Da werdens Ihna aber schwer tun mit dem Buch[.]

KARLST Natürlich, wenn nur wenigstens einer da wäre, der mir helfen könnte.

VALENT Es ist schon niemand da auch –

KARLST *Hebt das Buch hinauf sagt* Danke[.]

VALENT Bitte bitte.

Beide wollen blasen .... Valentin fällt der Hut immer nach vorn hinunter. Karlstadt fällt der Hut nach hinten nunter.

VALENT Sie das geht nicht, der Notenständer ist für mich zu nieder, wenn ich da blas, fällt mir immer der Hut vorn hinunter[.]

KARLST Bei mir ists grad das Gegenteil, wenn ich da hinauf schaue, dann fällt mir der Hut immer hinten nunter, und bei mir ists noch dazu, furchtbar unapettilich, mir lauft der Saft von der Trompete immer so runter Möchten nicht sie daher gehen tauschen mit dem Platz. *Karlst: setzt sich zum kleinen Notenständer auf den Boden .... Valent. sieht das setzt sich auch auf den Boden zum grossen Notenständer.*

MEISTE *(holt die beiden Ständer und schimpft)*

Beide schauen ihm nach. Jetzt ham ma gar nichts mehr, der hats uns nur leihweise geliehen. *Beide stehen auf. ....*

MEIST *(bringt hupfenden Notenständer)* So, da hams jetzt an andern[.]

KARLST Der ist für sie zu klein, den kann man höher machen, da brauchens nur das Ding da raustun *(hupft hinauf)* Sie da ist was passiert[.]

VALENT Der ist hinauf gfalln.

THEATER So – ganz von selbst?

KARLST Ja, wir ham nur naufgschaut, dann ist er schon davon ghupft[.]

MEISTER Sie müssen doch alles kaput machen – da hams an andern *(bringt den kleinen wackligen[)]*

BEIDE Sie, den kann man nicht brauchen, der ist zu weich.

MEIST *(bringt elektrischen)* Beide blasen[.]

KARLST Blasens doch nicht immer daher, da ziehts ja[.]

VALENT Jetzt hab ichs gsehn, mitn Fuss hams hingstossen. *Beide versuchen immer wieder zu blasen, aber Ständer dreht sich immer, beide laufen um den Ständer herum* .... Sie der fliegt davon.

MEIST Ach Unsinn – da hams an andern *(bringt den doppelten Ständer)*

Beide blasen, Ständer wird immer länger – Beide holen sich einen Stuhl, steigen hinauf blasen weiter, Orchester spielt auch weiter.

VALENT *Schreit* so hörns doch auf, sehns denn nicht, dass er wachst.

BEIDE z. *Publikum* Haben sie das gesehen, wir haben jetzt da geblasen jetzt ist der Notenständer immer länger geworden, wenn wir jetzt keinen Stuhl hätten, könnten wir gar nicht mehr auf unsere Noten schauen. *(Währenddessen ist der Notenständer wieder klein geworden. Beide steigen wieder vom Stuhl herab, und sagen* »Jetzt weil wir am Stuhl droben gstanden sind, jetzt ist der Notenständer wieder ganz herunte, jetzt brauch ma kein Stuhl mehr .... [«] *Während dessen ist der Ständer wieder gross geworden* ....

Beide schauen ganz erstaunt –

KARLST: Sie da herin spuckts[.]

VALENT *(spuckt aus)* Karlst: *sieht die Schnur* .... Ahhhhhh jetzt hab ichs gsehn, gehns her, ich sag Ihnen was, können sie sich das denken, [wie das] geht mit dem Notenständer?

VALENT Ja, der hat vielleicht an Kunstdünger hingschmiert, und dadurch wachst der Ständer[.]

KARLST Nein, ein Schnürl hat er hinghängt, und da zieht er immer an, dadurch wird der Notenständer immer länger und kürzer.

VALENT Dem schneiden wir das Schnürl ab – *(Während der Zeit hat Theaterm. den Ständer geholt, und eine andern dafür hingestellt, beide haben nichts bemerkt, weil sie auf der Seite gestanden sind,* ....

KARLST Passens auf, da muss ein Schnürl liegen, obacht tretens nicht drauf, so ein kleines längliches Schnürl ists.

VALENT *(sieht das Schnürl am Notenständer – zieht an, Ständer schiesst und fällt herunter).*

Beide schreien auweh und laufen ab.

2.

VALENT Als nächstes erlauben wir uns ein Duett vorzutragen auf zwei den verschieden artigsten Instrumenten der Welt – hier – die kleinste Mundharmonika – und hier die grösste Trommel der Welt.

KARLST *(bringt Trommel)*

VALENT Die kleine Mundharmonika hat 60 Pfennig gekostet – die haben wir bar bezahlt – die grosse Trommel kostete 600.– Mark, auf diese sind wir noch einige Mäuse schuldig[.]

KARLST Raten ....

VALENT Zum Vortrag gelangt »Fridericus Rex Marsch«. Wir ersuchen bei diesem Vortrag um die grösstmöglichste Ruhe, dass man die Trommel gut hört.

Beide blasen »Fridericus Rex Marsch« ohne Orchester und zwar 3 Takte Vorspiel mit Mundharmonika, dann setzt grosse Trommel ein, spieln 18 Takte Marsch Verbeugen sich ....

VALENTIN Wir erlauben uns noch einen Vortrag vorzutragen, betitelt Da capo.

KARLST *(stellt Notenständer so hin, dass er baumelt und wakkelt[)] Beide schauen zu – lachen.*

VALENT Variationen über das bekannte Volkslied Lang lang ists her, für Klarinette und Pomperton. *(setzt sich auf Stuhl, rutscht mit Bombardon über Stuhl nach vorwärts!)*

KARLST *(hilft – er fällt nach links – dann nach rechts – Dann hustet er in den Bombardon hinein – schaut zum Mundstück hinein – steckt Taschentuch wie ein Geiger in den Kragen .... [)] Beide blasen C dur Akkord[.]*

VALENT *hält tiefen Ton aus – imitiert das Brummen des Zeppelins – sagt:* Zeppelin.

Beide blasen: [»]Lang lang ists her« bis zum vorletzten Ton ......

VALENTIN *blättert um – Beide blasen .... den letzten Ton.*

Bahnhofszene

(Nach der Abfahrt des Zuges).

Portier steht allein auf der Bühne und putzt sich die Brille.

FRAU *(kommt schwitzend, atemlos mit vielen Koffern gelaufen):* Bitt schön, sagens mir schnell, ich hab höchste Zeit, wo muß ich einsteign nach Italien?

PORTIER: Grad is er weggfahrn.

FRAU: Jeß Marand Josef !!!!!

PORTIER: Warns drei Minuten früher komma, hättens ihn noch erwischt.

FRAU: So, dann geh ich nochmal heim und komm drei Minuten früher.

Portier: Dann kommas ja noch später.

Frau: Naa, sagns, warum ist denn der Zug grad ausgerechnet heut drei Minuten früher weggfahrn?

Portier: Naa, der Zug ist net drei Minuten früher weggfahrn, Sie san drei Minuten z'spät komma.

Frau: Das kommt eben daher, wenn man nicht genau weiß, wenn der Zug abfährt.

Portier: Hättens ins Kursbuch neigschaut, dann hätten Sie 's g'wußt.

Frau: Da hab ich ja neigschaut, aber da stehts nicht drin.

Portier: Freilich stehts drin.

Frau: Ja, wissens, ich hab eben kein Kursbuch daheim, jetzt hab ich in mein Kochbuch neigschaut. Und da stehts nicht drin.

Portier: Ja, im Kochbuch steht freilich kein italienischer Zug, höchstens der italienische Salat.

Frau: Drum hab ich ihn auch nicht g'funden, ja nicht einmal im Telephonbuch ist er drin gstanden.

Portier: Sie kunnten ja glei im Katechismus nachschaun.

Frau: Meinas?

Portier: Nein, ich mein nur.

Frau: Ja, ich mein auch nur. Aber ich kanns nicht glauben, daß der Zug schon weggfahrn ist.

Portier: Freilich ist er weggfahrn.

Frau: Ist der einfach weggfahrn und hat die Reisenden alle da gelassen?

Portier: Nein, die sind alle mitgfahrn.

Frau: Ja, warum ham denn die den Zug nicht versäumt?

Portier: Weil die nicht zu spät komma sind.

Frau: Wenn aber die auch zu spät kommen wärn, wär dann der Zug auch weggfahrn?

Portier: Ja, aber rentiert hätte er sich dann nicht.

Frau: Was hätten dann die Reisenden alle gemacht, wenn sie alle den Zug versäumt hätten?

Portier: Auch so dumm dreigschaut hättens wie Sie.

Frau: Kann ich jetzt gar nichts machen?

PORTIER: Das müssen Sie wissen.

FRAU: Ich mein, was ich jetzt tun soll? Denn wenn ich noch a Zeitlang wart, dann versäum ich ihn immer noch mehr.

PORTIER: Fahrns halt mit dem nächsten Zug.

FRAU: Wann geht denn der?

PORTIER: Morgen früh.

FRAU: Ja, das nutzt mich nichts – morgen um die Zeit bin ich ja gar nimmer hier, da bin ich ja schon lange in Italien.

PORTIER: Ja, wie könnens denn da morgen in Italien sein, wenns heut den Zug versäumt haben?

FRAU: Ja, da fahr ich ihm halt nach mit der Trambahn.

PORTIER: Da geht keine Trambahn hin.

FRAU: Dann lauf ich ihm zu Fuß nach, das geht auch, das hab ich schon einmal in einem Kino gsehn.

PORTIER: So schnell wie der Zug fahrt, glaub ich, können Sie nicht laufen, außerdem Sie schicken sich recht.

FRAU: Ja, ich muß nach Italien, ich freu mich schon darauf, warn Sie schon in Italien? Da muß es doch wunderschön sein. Sie, da ist doch der große Vatikan, der immer so speibt?

PORTIER: Verschonens mich mit Ihrer Lava. – Sie sind da im Irrtum, der Vatikan kann doch unmöglich speibn, das ist ja ein Gebäude, und ein Gebäude kann doch nicht speibn.

FRAU: Nein, das ist bestimmt der Vatikan, denn mit V geht er an und dann hab ich ihn schon auf Ansichtskarten gesehn, der ist so groß und oben geht der Dampf naus.

PORTIER: Dann meinen Sie wahrscheinlich den Vesuv.

FRAU *(geht der Koffer auf und fällt ihr alles Unmögliche heraus):* Jessas, jessas, so ein Pech wie ich heut habe, zuerst versäum ich den Zug und jetzt fallen mir meine ganzen Reiseutensilien heraus, wenn das jemand sieht, Sie glauben gar net wie ich mich geniere.

PORTIER: Ja, mit *dem* Zeug derfens Ihna freili genieren.

FRAU *(alles einpackend):* Ich reise nämlich so selten, Sie glauben gar nicht, wie unbeholfen ich bin.

PORTIER: Dös seh ich schon, jetzt schauns, daß mit dera Brokkensammlung bald zum Teufel komma.

FRAU: Mein Gott, der Wecker ist, glaub ich, auch kaputt. Horchens amal.

PORTIER: *Horcht (wirft ihn dann am Boden).*

FRAU: Ja, wenn Sie's so machen, dann muß er ja hin werden *(wirft ihn auch hin).*

PORTIER: Ja, mei Frau, je öfters daß'n nunter werfen, desto hiher wird er.

FRAU: Ach Gott, wenn man keinen Menschen hat, ich reis' nämlich ganz allein.

PORTIER: Sie ham doch vier Koffern dabei.

FRAU: Nein, ich mein, wenn eine Frau allein reist, ist es überhaupt nichts, wissens ich bin eine Witwe, ich stehe jetzt 30 Jahre ganz allein am Bahnhof – – ah auf der Welt wollt ich sagen.

PORTIER: Mir waars ja gnua, wenn Sie 30 Jahre am Bahnhof stehen würden, mir glanga schon die 3 Minuten.

FRAU: Wissens, ich war auch verheiratet, aber mein Mann ist als Bub mit 14 Jahren nach Südamerika ausgewandert und ist seit der Zeit nie mehr zurückgekommen. Ich hab ihn nie wieder gesehn – – – Verschollen, aber nicht vergessen.

PORTIER: So fangas ma 's weina auch noch an, tröstens Ihna nur, schauns ich war auch 30 Jahre in Südamerika, bin auch wieder zurückgekommen, der kommt schon wieder, wenns a G'scheidter ist.

FRAU: Oh, das war ein braver Mann, aber ein böser Mann – – aber kommen tut er nicht mehr mein Xaver.

PORTIER: So, Xaver hat er g'hoaßen, ich heiß auch Xaver.

FRAU: So – ja, mein Xaver hat immer zu mir g'sagt: Wally ich komm wieder, aber gekommen ist er nicht mehr.

PORTIER: Was, Sie heißen Wally?

FRAU: Ja, Wally Rembremerdeng –

PORTIER: Und ich heiß Xaver Rembremerdeng.

FRAU: Nein, ich heiß Rembremerdeng.

PORTIER: Und ich auch und in Südamerika war ich auch.

FRAU: Ja, bist *Du* der Xaver? Nein?

PORTIER: Und *Du* d'Wally?

FRAU: Ja, Xaver!!! *(Umarmt ihn und wirft ihm den Koffer auf den Fuß.)*

PORTIER: Ja, Rindviech!!!!

FRAU: 30 Jahre ham wir uns nicht mehr gsehn, hast mich denn nimmer kennt?

PORTIER: Drum ist mir Dein Hut glei so bekannt vorkomma.

Im Schallplattenladen

Original – Scene von Karl Valentin.

PERSONEN

Ein Kunde:	Karl Valentin
Eine Verkäuferin:	Käthe Schürzinger
Deren Mann:	Josef Rankl

(Vorhang geht auf, auf der Bühne stehen die Verkäuferin und deren Mann und beschäftigen sich.)

VALENTIN: *(tritt auf)* Guten Tag! Ich krieg eine Schachtel III. Sorte.

VERKÄUFER: Ja bei uns gibt es keine Zigaretten zu verkaufen.

VALENTIN: Was gibts denn dann?

VERKÄUFER: Bei uns gibt es nur Schallplatten und Gramaphone.

VALENTIN: So? Dann geb'ns mir halt ein' Gramaphon!

VERKÄUFERIN: Nun, dann schauens Ihnen den da mal an, das ist ein sehr schöner Apparat.

VALENTIN: Aber der ist ja kaputt, der hat ja ein Loch! *(deutet auf die Schallöffnung)* Und dann möcht ich einen, der da vorne einen Reissverschluss hat.

VERKÄUFERIN: Einen Reissverschluss gibt es doch an einem Apparat nicht!

VALENTIN: So ein Apparat ist aber recht unpraktisch. Wenn man da den Finger hintut und fällt der Deckel zu, dann kann man sich leicht einzwicken.

VERKÄUFERIN: Ja da muss man halt Obacht geben.

VALENTIN: Wenn man aber nicht Obacht gibt? Und dann sticht man sich auch sehr leicht an dem Stachel da! Hättens nicht einen solchen mit einem Trichter?

VERKÄUFER: Nein, mit Trichter gibt es keinen Apparat mehr. Die sind ja unmodern.

VALENTIN: Aber grad so einen möcht ich haben.

VERKÄUFERIN: Ja warum denn?

VALENTIN: Wissens, ich hab nämlich noch eine ganze Flasche Sidol zu Haus und die möcht ich aufbrauchen.

VERKÄUFERIN: Nun, da werden Sie doch einen anderen Zweck dafür finden.

VALENTIN: Ja freilich, ich hab so Schnallen z'haus.

VERKÄUFER: Wie meinen Sie? Was für Schnallen?

VALENTIN: So Türschnallen halt!

VERKÄUFER: Ach so!

VERKÄUFERIN: Also wie steht es mit dem Gramola da? Der wäre sehr billig und gar nicht teuer.

VALENTIN: Also unteuer! Was kostet denn der?

VERKÄUFER: Wir könnten Ihnen den Apparat sehr preiswert überlassen. Ich mache Ihnen ein günstiges Angebot. Sie bekommen den Apparat zum Preise von Mk. 85.– – Also sehr billig! Und dabei verdienen wir hier an diesem Apparat nur 5.– Mark, denn der kostet uns selbst im Einkaufspreis 80.– Mark.

VERKÄUFERIN: Du Josef! Der Apparat hat uns aber nur 30. – – Mark gekostet.

VERKÄUFER: Aber nein! Der doch nicht!

VERKÄUFERIN: Du irrst Dich, der hat uns nur 30.– Mark gekostet.

VERKÄUFER: Nein, wenn ich Dir sage, der hat uns immer schon 80.– Mark gekostet *(stösst sie mit dem Fuss)*

VERKÄUFERIN: Warum stösst Du mich denn?

VALENTIN: Die harmoniern auch net z'samm.

VERKÄUFER: Weil der immer schon 80.– Mark gekostet hat.

VALENTIN: Natürlich, Frau, sonst müsst er doch 55 – – – Mark daran verdienen. Sagens mal, haben Sie den Apparat nicht mit Dampfbetrieb.

VERKÄUFERIN: Mit Dampfbetrieb gibt es keinen, aber mit elektrischem Betrieb, z. B. der hier, das ist ein ganz moderner Apparat mit Lautverstärker.

VALENTIN: Was kostet denn der?

VERKÄUFERIN: Ja der ist eminent teuer.

VALENTIN: Der ist mir auch zu eminent teuer.

VERKÄUFER: Wissen Sie denn, was der Apparat kostet?

VALENTIN: Nein!

VERKÄUFERIN: Der kostet 500 Mark[.]

VALENTIN: Mit der Nadel?

VERKÄUFERIN: Wollen Sie sich mal das Reisegramola ansehen? Das wäre sehr billig, das kostet nur 20.– Mark.

VALENTIN: Mit Reise?

VERKÄUFERIN: Nein, natürlich ohne Reise.

VALENTIN: Aber ich reise ja fast selten nie, ich bin noch ganz selten gerissen.

VERKÄUFERIN: Sie können ja den Apparat zu Hause auch spielen lassen.

VALENTIN: Geht der zuhause auch?

VERKÄUFERIN: Natürlich!

VALENTIN: Und auf der Reise?

VERKÄUFERIN: Und auf der Reise!

VALENTIN: Zu gleicher Zeit?

VERKÄUFERIN: Nein, entweder zu Hause oder auf der Reise.

VALENTIN: Ah, dann ist das ja ein Entweder Apparat. Sagen's

amal, kann man den Apparat auf der Strassenbahn auch spielen lassen?

VERKÄUFERIN: Aber auf der Strassenbahn wäre doch die Strecke zu kurz.

VALENTIN: Auf der Ringlinie?

VERKÄUFERIN: In der Strassenbahn spielt doch kein Mensch Gramola.

VALENTIN: Na also, dann werd ich mich zu einem von den drei beiden entschliessen.

VERKÄUFERIN: Und dann machen wir auch Reparaturen.

VALENTIN: Bevor man schon einen kauft? Das muss ja ein gutes Fabrikat sein.

VERKÄUFERIN: Nein, falls mal irgendwie Bedarf wäre an Reparaturen.

VALENTIN: Ja, Sie, ich habe einen bekannten Freund, der hat auch so einen Apparat und der gibt jetzt immer so unreinliche Töne. Wissens, der wohnt schon 3 Jahre im Waschhaus und da ists so feucht und da ist ihm der Zacken da eingerostet.

VERKÄUFERIN: Die Nadel? Ja und was soll man da machen?

VALENTIN: Ja, da hat er gmeint, ob man die Nadel da nicht spitzig machen könnt.

VERKÄUFERIN: Nein, das geht nicht. Da soll sich halt Ihr Freund ein Schächterl neue Nadeln kaufen.

VALENTIN: Ja das hab ich ihm auch gsagt[.]

VERKÄUFERIN: Und dann hätten wir noch sehr schöne Sachen in Schallplatten[.]

VALENTIN: Die wären mir eigentlich viel lieber als ein Gramaphon[.]

VERKÄUFERIN: Was sollen das dann für Platten sein?

VALENTIN: So runde dunkelschwarze Platten.

VERKÄUFERIN: Ja, ich meine, wollen Sie Schallplatten mit Musik oder Gesang?

VALENTIN: Nein, nur mit Schall, mit billigem Schall.

VERKÄUFERIN: Gut, wir werden Ihnen mal was vorspielen.

VALENTIN: Ja, sind's so frei!

VERKÄUFER: *(bringt eine Platte)* So, sehen Sie, da ist z. B. ein sehr schöner Marsch[.]
VALENTIN: M – – – arsch *(wiederholt das öfters)*
VERKÄUFER: *(lässt den Marsch spielen)*
VALENTIN: *(pfeift dazu, nachdem die Nadel abgesetzt)* I pfeif auf jede Platten.
VERKÄUFER: Also, was sagens dazu, die ist doch schön?
VALENTIN: Ja das schon, aber das war doch nicht Caruso?
VERKÄUFERIN: Ja, Sie wollen Caruso hören?
VALENTIN: So !!! ???
VERKÄUFER: Wollen Sie denn eine Platte hören von Caruso? Das können Sie natürlich auch *(legt eine Caruso Platte auf)*
VALENTIN: *(hört zu, bis zum Lachen des Bajazzo, [bev]or Nadel abgesetzt wird)* Jetzt lacht er, jetzt freut er sich selber, weil er naufkommen ist.
VERKÄUFERIN: Was sagen Sie jetzt?
VALENTIN: Ja, die Caruso-Platten sind schön, aber man kann doch auf diese Platte nicht tanzen.
VERKÄUFERIN: Auf eine Caruso-Platte tanzt auch kein Mensch[.]
VALENTIN: Nicht auf der Platte, ich mein halt so, so nach der Platte.
VERKÄUFERIN: Ach, Sie wollen eine Tanzplatte haben?
VALENTIN: Mit Schall!
VERKÄUFER: Ach ich verstehe Sie schon, Sie wollen eine Schallplatte hören, nach der man tanzen kann[.]
VALENTIN: Ja!
VERKÄUFER: *(legt einen Ländler auf)*
VALENTIN: *(bevor die Musik schon spielt)* Ja der ist recht. *(hört einige Takte an)* So was mein ich, das ist die Richtige! Was kostet die?
VERKÄUFERIN: 1.50 M das Stück[.]
VALENTIN: Ist mir zu teuer, die Hälfte wäre halt recht.
VERK: Ja auseinanderschneiden kann ich Ihnen die Platte nicht.
VALENTIN: Nicht von der Platte die Hälfte, vom Preis mein ich.

VERKÄUFERIN: Wir haben schon billigere Platten, wenn ich nur wüsste, was Sie wollen?

VALENTIN: Sagen's amal, haben Sie die Platte von der Freiwilligen Sanitätskolonne, das »Sanitätslos« oder so ähnlich?

VERKÄUFER: Wie meinen Sie, das Sanitätslos?

VALENTIN: Ja, das Sanitätslos!

VERKÄUFER: *(Sieht im Katalog nach)* Wie soll das heissen? Das Sanitätslos?

VALENTIN: Nein, das Sanitätslos – allein[.]

VERKÄUFER: Das Sanitätslos allein?

VALENTIN: Ohne allein[.]

VERKÄUFER: Nur »Das Sanitätslos«?

VALENTIN: Ohne das!

VERKÄUFER: Nur Sanitätslos?

VALENTIN: Ohne Nur!

VERKÄUFER: Also Sanitätslos!

VALENTIN: Ohne Nur und ohne also[.]

VERKÄUFER: Sanitätslos!

VALENTIN: Ja ! ! – Die mein ich!

VERKÄUFER: Nein, eine solche Platte gibt es nicht.

VALENTIN: Doch, ich weiss ja genau.

VERKÄUFERIN: Vielleicht wollen's einmal die Melodie pfeifen oder singen?

VALENTIN: Der Refrain geht so *(singt die letzte Strophe von Seemannslos)*

VERKÄUFERIN: Ach, Sie meinen ja »Seemannslos«[.]

VALENTIN: Ja, stimmt »Seemannslos« heisst's, ja, so heisst's.

VERKÄUFER: Die haben wir natürlich auf Lager, die können Sie haben *(bringt dieselbe herein und gibt sie der Verkäuferin, diese hält Valentin die Platte hin, Valentin schlägt sie mit dem Stocke entzwei)*

VERKÄUFERIN: Um Gotteswillen, was machen Sie denn da?

VALENTIN: Die will ich nicht haben. Die Platte spielt meine Hausfrau seit Jahren jeden Tag, zum Hals wächst mir die Platte raus, Hemmungen hab ich bekommen, dem Irrsinn war ich schon nahe. Diese Platte rotte ich aus, die kauf ich überall auf, Rottiwürfel mach ich daraus.

VERKÄUFERIN: Aber beruhigen Sie sich doch. Nehmen Sie doch Platz!

VERKÄUFER: Aber Sie brauchen diese Platte doch nicht zusammenschlagen.

VALENTIN: *(hat sich gesetzt)* Sie, sagen Sie mal, wo ist denn jetzt eigentlich die Lehne?

VERKÄUFERIN: Wie meinen Sie? Was für eine Lehne? Bei uns war noch nie eine Lehne! Vielleicht in unserem Hauptgeschäft, bei Häring, ich glaube, da ist eine Lehne, so ein grosses schwarzes Fräulein?

VALENTIN: *Die* Lehne mein ich!

VERKÄUFERIN: Ach, die Stuhllehne!

VALENTIN: Der Stuhl ist hier und die Lehne ist im Hauptgeschäft! Haben Sie vielleicht diese Himbeer – Heidelbeer – Brombeer – Preisselbeer Platten?

VERKÄUFER: *(wiederholt)* Himbeer – Heidelbeer – Brombeer, Preisselbeer Platten? Nein, die gibts nicht!

VALENTIN: Halt – Meyerbeerplatten meine ich.

VERKÄUFERIN: Nein, die haben wir z.Z. nicht mehr, die sind ausgegangen.

VALENTIN: Wohin?

VERKÄUFERIN: Kommen Sie mal hier an den Tisch, dann zeig ich Ihnen noch verschiedene Platten.

VALENTIN: Gestorbene Platten?

VERKÄUFERIN: Sehen Sie mal hier, da hab ich was für Sie, das sind biegsame Platten in allen Farben. Da hol ich Ihnen noch welche *(ab)*

VALENTIN: *(allein)* Ja was's net alles gibt, biegsame Gramaphonplatten. So ein Glump erfinden's, aber für'n Katharrh haben's heut noch nix! *(vergleicht die Wachsplatten auf Biegsamkeit, bricht einige Platten, bis die Verkäuferin entsetzt auf die Bühne kommt)*

VERKÄUFERIN: Ja, was machen's denn da? Sie haben mir da 3 Platten zerbrochen?

VALENTIN: Vier!!!!

VERKÄUFERIN: Aber die sind doch nicht biegsam, das müssen Sie doch sofort bemerkt haben[.]

VALENTIN: Sofort !!!!

VERKÄUFERIN: Aber das geht doch nicht! Kommen Sie mal da rüber, dann zeig ich Ihnen was anders *(nimmt eine Platte, legt sie auf den Hocker auf dem Valentin gesessen ist, führt ihn an den Tisch rechts)* Sehen Sie, das hier, das sind Kristallplatten!

VALENTIN: Um Gotteswillen! Die sind ja noch empfindlicher *(Geht zurück zum Hocker und setzt sich auf die dort liegende Schallplatte, welche hörbar zerbricht)*

VERKÄUFERIN: Um Gotteswillen, jetzt haben Sie mir schon wieder eine Platte zerschlagen.

VALENTIN: Was heisst »zerschlagen«. Zersetzt hab ich sie! – Sie sagen Sie mal, früher hat es doch auch so kleine Platten gegeben, ach, da haben's Sie's ja *(nimmt die kleinen Platten in die Hand)* Was kostet denn da das Pfund?

VERK: Die gehen nicht pfundweise, da kostet das Stück – – –

VALENTIN: *(hat sich mit dem Stock auf den Ladentisch gelehnt)*

VERKÄUFERIN: *(sieht das)* Aber ich bitt Sie, nehmen Sie doch den Stock da weg *(schlägt Valentin den Stock vom Ladentisch, Valentin fällt neuerdings auf eine Schallplatte, die wieder kaputtgeht)* So – jetzt ist schon wieder eine Platte kaputt!

VALENTIN: Der saudumme Stock *(nimmt den Stock auf und wirft ihn hinter die Bühne, Fensterscheibengeklirr deutet an, dass die grosse Auslagenscheibe zerschlagen ist)*

VERKÄUFERIN: *(eilt hinaus, holt den Stock, Verkäufer kommt mit herein)* Um Gotteswillen, Josef, schau nur, was der gemacht hat. Ja schauen's nur grad. Jetzt haben Sie uns die Auslagenscheibe auch noch zusammengeschlagen!

VALENTIN: Wie wärs mit einer biegsamen Auslagscheibe?

VERKÄUFER: Aber das geht nun doch zu weit. Was wollen Sie denn eigentlich hier im Laden?

VALENTIN: Einen Gramaphon kaufen!

VERKÄUFER: Also, was ist dann mit dem hier?

VALENTIN: Das ist doch der, bei dem Sie nur 5 Mark verdienen, das will ich nicht.

VERKÄUFER: Und mit dem da, wie stehts da *(Reisegramola)?*

VALENTIN: Ja ich reise ja nie!

VERKÄUFER: Ja was wollen's denn dann? *(wird wütend)*

VALENTIN: Wieso dann? Haben Sie Kaufzwang?

VERKÄUFER: Was heisst hier Kaufzwang?

VALENTIN: Ich kann mir doch in einem Laden einen Gramaphon ansehen und kann ihn erst zu Weihnachten kaufen. Das kann ich doch machen, wie ich will!

VERKÄUFER: Ja das können Sie. Aber Sie haben kein Recht, mir einen derartigen Schaden zuzufügen, haben Sie mich verstanden?

VALENTIN: Das ist vergessen! Und übrigens, heute ist die Zeit nicht mehr, dass man in einen Laden hineingeht und kauft sich ganz einfach einen Gramaphon, heute kommt zuerst die Magenfrage!

VERKÄUFERIN: Dann hätten Sie in einen Wurstladen gehen müssen!

VALENTIN: Das kann Ihnen wurst sein!

VERKÄUFER: Nein, das ist nicht der Fall. Wo kämen wir denn hin, wenn wir lauter Kunden hätten, die uns einen derartigen Schaden anrichten?

VALENTIN: Dann gingen'S zu Grund!

VERKÄUFER: Na also! Wie stehts jetzt, was wollen'S nun hier im Laden?

VALENTIN: Ja wie gesagt, das liebe Geld halt. Was kostet eine Schallplatte?

VERKÄUFER: 3 Mark!

VALENTIN: Ja schaun's, um 3 Mark, da krieg ich schon einen Hut! Und was kosten Gramaphonnadeln?

VERKÄUFERIN: *(zeigt ihm verschiedene Arten von Nadeln)* So ein Schachterl kostet halt 60 Pfennig[.]

VALENTIN: Eine Nadel bräucht ich eigentlich nur. Gebsn Sie's nicht stückweise her?

VERKÄUFER: Nein, das geht dann doch schon nicht, das wären nette Geschäfte!

VALENTIN: Also so ein Schächterl kostet 60 Pfennig. Und der *(deutet auf den grossen Gramaphon mit Lautverstärker)* der kostet 500 Mark?

VERKÄUFER: Ja !!!!!

VALENTIN: *(Sieht am Tisch Kataloge, nimmt einen und fragt)* Sie, was kostet denn so ein Katalog?

VERKÄUFERIN: Der kostet nichts!

VALENTIN: Wie, der kostet nichts?

VERKÄUFER: Nein! Den bekommen Sie gratis, umsonst!

VALENTIN: Umsonst? So? Dann nehm ich einen Katalog! *(Geht ab)*

VERKÄUFER: *(ihm nachgehend, während Vorhang fällt):* Da hört sich doch Alles auf!

München, 12. VII. 35
Rankl josef.

Eine Hinrichtungsszene

(Eine unveröffentlichte kleine Szenenskizze von Karl Valentin)

[(]Diese sollte in Valentin's ehemaliger Ritterspelunke als da capo angehängt werden)

Unter dem Läuten des Armensünderglöckleins, wird der Deliquent zum Schaffott geführt. Die beiden Richter (vermummt) nehmen am Gerichtstisch Platz. (Kerzen brennen) –

Der hohe Gerichtshof: Im Namen des Gesetzes ist an dem Deliquenten das Todesurteil durch das Fallbeil zu vollstrecken. Herr Scharfrichter, walten Sie ihres Amtes.

(Dem blassgeschminkten, zitternden Deliquenten, mit angstvoll weit aufgerissenen Augen, wird eine schwarze Binde vor die Augen gebunden; er wird aufgeschnallt und umgekippt – da flüstert er dem Scharfrichter noch mit letzter Kraft die leisen Worte zu:)

Deliquent: Ich bin ja so furchtbar empfindlich!

(Der Scharfrichter meldet dies amtseifrig dem Richter):

Scharfrichter zu Richter: Hoher Gerichtshof! Der Deliquent sagte mir soeben, dass er so furchtbar empfindlich sei.

Staatsanwalt oder Richter: So? Empfindlich ist er? Ja .... dann allerdings muss man etwas Rücksicht nehmen. – Schnallen Sie ihn sofort herunter und führen Sie ihn wieder zurück in seine Zelle! – Meine verehrten Zeugen! Wegen Überempfindlichkeit des Deliquenten kann die Hinrichtung nicht stattfinden. Ich bitte Sie deshalb, die Richtstätte sofort zu verlassen.

(Der Deliquent nimmt selbst die Binde von seinen Augen – lacht befreit und spricht:)

Deliquent: Jetzt is' mir wieder wohler! *(wird abgeführt)*

Das Mikrofon ist eingeschaltet

von Karl Valentin 1940.

Nach den Pressemeldungen vergisst der Ansager, das Mikrofon auszuschalten. – – – Irgend jemand pfeift nun irgend ein Lied, wie z. B. »Du kannst nicht treu sein« etc. etc … in den Mikrofonraum, aber furchtbar falsch. Im Zuschauerraum hört man natürlich das falsche Gepfeife und anderweitigen Lärm. Der Direktor hört das und ist ganz entsetzt und schreit vor dem Publikum:

DIREKTOR: Was ist denn hier los?

SCHMID PETER: Dös muss im Senderaum sein, da hint' – da ist das Mikrofon wahrscheinlich noch eingeschaltet. *(Zum Direktor:)* Geh'ns schnell hinter in den Mikrofonraum und schalten Sie das Mikrofon aus! *(Pause, ungefähr 20 Sekunden, bis Direktor anscheinend hinunter gelaufen ist)*

DIREKTOR: *(Im Mikrofonraum angekommen, in welchem der pfeifende Arbeiter hämmert, feilt und verschiedene Arbeitsgeräusche macht)* Ja sind sie denn wahnsinnig geworden! Schalten Sie doch das Mikrofon aus; man hört ja die ganzen Geräusche im Zuschauerraum, Sie sind doch das grösste Arschloch, das rumläuft! So schalten Sie doch aus! So schalten Sie doch aus! Sie Idiot!

Wer uns getraut

(aus »Zigeunerbaron«)

Von Karl Valentin 1940.

VAL.: Gestatte mir, ein Lied zum Vortrag zu bringen »Wer uns getraut« aus der Operette »Der Zigeunerbaron« von Johann Strauss. – Wie? – – – – – – Was meinen Sie? – – – – – – Ach so, Ihre Noten, – – – – – – die liegen auf dem Klavier. – – – – – – – Den Text geben Sie mir, ich kann das Lied noch nicht auswendig singen. Wie? – – – – Es ist kein Text dabei? – Ach, das ist nicht schlimm, bei einem Lied ist die Musik die Hauptsache, der Text Nebensache; ich kann ja »la la la« singen. Bitte, Herr Pianist, wir beginnen:

LIED: La la la la – la la la la
la la la – la la la la la
la la la – la la la la la.
La la la la – la la la la
la la la – la la la – la la la la la la
la la la la – la la la la – la la la la la la.
Halt, halt, das geht nicht, das ist zu viel la la la, das müssen wir anders machen. Geben Sie mir bitte das Zeitungsblatt, das da auf dem Tisch liegt – so – danke. – Bitte, Herr Kapellmeister, noch einmal von vorne anfangen!
(Nach der Zeitung: ....)

Eine Schlamperei

Schauerliche Ritterkomödie v. Karl Valentin – Oktober 42

Spielt in München – im Jahre 1700 – in einem Gefängnishof

FEMRICHTER: *(zum Scharfrichtergehilfen)*
Schleppe den Delinquenten herbei!

(Der Henkersknecht bringt den Delinquenten und gibt ihm Anweisung, dass er sich vor dem auf der Bühne stehenden Richtpflock hinknien soll – der Delinquent kniet sich hin, die Hände hat er schon auf dem Rücken gefesselt.)

FEMRICHTER: *(liest aus der Gerichtsurkunde heraus)*
Ich gebe dem armen Sünder kund und zu wissen, dass der Herzog alleruntertänigst das Gnadengesuch abgelehnt hat und dessenthalben die Todesstrafe an dem Delinquenten sogleich zu vollziehen ist. Nepomuk Hachinger, Dienstknecht dahier, 33 Jahre alt, wird heute wegen Wegelagerei und sonstigen Räubereien mit dem Beil vom Leben zum Tode befördert. – Das peinliche Gericht stellt an den Verurteilten noch die letzte Frage, ob er noch einen Wunsch habe. Der letzte Wunsch wird ihm erfüllt. Jawohl!

DELINQUENT: Mein letzter Wunsch ist, dass man mir die Augen nicht verbindet, weil ich bei meiner Hinrichtung zuschauen möchte.

FEMRICHTER: Na, na – diesen eigenartigen Wunsch kann ich Ihnen leider nicht erfüllen.

DELINQUENT: Bitte! Sie haben soeben vor zwei Zeugen gesagt, mein letzter Wunsch wird mir erfüllt und das ist mein letzter Wunsch, dass ich dem Tode ins Auge schaue. – Ich bin kein Feigling! – Ausserdem war es schon längst mein Wunsch, einer Hinrichtung beizuwohnen. Und da habe ich jetzt die beste Gelegenheit.

FEMRICHTER: Wünschen Sie sich das ja nicht! Das ist etwas so Grausiges, das würden Sie Ihr ganzes Leben lang nicht vergessen.

DELINQUENT: Na, gar so lang wird das Leben nach meiner Hinrichtung nicht mehr dauern! – Oder meinen Sie das ewige Leben?

FEMRICHTER: Stellen Sie mir nicht solche Fragen, die ich nicht beantworten kann. – Jedenfalls kann ich nicht gestatten, dass Sie als Delinquent zugleich Zuschauer sein dürfen. *(Zum Scharfrichtergehilfen gewendet)* Binde ihm die Binde um!

SCHARFRICHTERGEHILFE: Befehl vollzogen! *(Bindet ihm die Augen zu)*

FEMRICHTER: *(zum Scharfrichter, der von Anfang an mit verschränkten Armen und hochgehobenem Kopf unbeweglich neben dem Richtpflock steht.)* Und wenn das arme Sünderglöcklein ertönt – und wenn ich den Stab breche, so erhebe Dein Beil und amte Deines Waltes. Ah – Verzeihung! Und walte Deines Amtes.

DELINQUENT: *(lacht laut, weil sich der Femrichter versprochen hat)*

FEMRICHTER: Es ist pietätlos von Ihnen, eine Sekunde vor Ihrem Tode noch zu lachen.

DELINQUENT: Aber hoher Gerichtshof, das Sprichwort heisst doch: Wer zuletzt lacht, lacht am besten!

FEMRICHTER: Du wirst bald ausgelacht haben! *(zum Scharfrichter)* Was ist los? Trenne dem frechen Gesellen den Kopf vom Rumpfe.

SCHARFRICHTER: *(zu Richter)* Der Gehilfe ist noch nicht da, ich habe ihm befohlen, das Beil zu holen – er bleibt solange aus.

SCHARFRICHTERGEHILFE: *(eilt hastig und aufgeregt auf die Bühne und flüstert dem Scharfrichter ins Ohr)* Das ist doch eine Schlamperei!

FEMRICHTER: Was ist los?

SCHARFRICHTER: Der Gehilfe findet das Beil nicht!

FEMRICHTER: Ah! Ah! Ah! Das ist ja nicht zu glauben! Das ist ja eine furchtbare Schlamperei!

SCHARFRICHTER: Bei der letzten Hinrichtung vor zwei Jahren hab ich's in die Kammer hineingetan und jetzt ist es nicht mehr da.

FEMRICHTER: Aber soviel ich weiss, sind doch zwei Richtbeile da.

SCHARFRICHTER: Wir haben schon zwei; aber das alte ist unmöglich. Das ist vollständig verrostet; da könnte der Geköpfte nach der Hinrichtung die schönste Infektion bekommen. Das wär eine riskante Sache!

DELINQUENT: *(ungeduldig)* Ja, wie lang muss ich denn jetzt noch warten? Mir tun schon die Knie weh von dem langen Kniegeln.

FEMRICHTER: Stehen S' doch einstweilen auf, bis wir das Beil gefunden haben.

(Scharfrichtergehilfe nimmt dem Delinquenten die Augenbinde ab, macht ihm die Handfesseln los und bietet ihm einen Stuhl an)

DELINQUENT: Bin so frei! *(setzt sich auf den Stuhl)*

FEMRICHTER: Das ist aber jetzt eine peinliche Sache! Sie entschuldigen schon, dass das gerade bei Ihnen vorkommen muss!

DELINQUENT: Kann ma nix machen! Schicksal!

SCHARFRICHTERGEHILFE: *(kommt aufgeregt herein)* Ich hab jetzt überall rumgsuacht, ich kann das Beil nicht finden!

FEMRICHTER: *(zum Delinquenten)* Des is aber wirklich a grosse Schlamperei! Sowas soll wirklich nicht vorkommen!

DELINQUENT: Dös is noch lang net das Schlimmste – wenn das Beil net da is. Viel peinlicher wär's, wenn ich mein' Kopf net dabei hätt!

FEMRICHTER: Ich verstehe nicht, dass Sie in dieser traurigen Situation noch Witze machen!

DELINQUENT: Ja, Herr Femrichter, das ist der richtige Galgenhumor!

FEMRICHTER: Galgenhumor! – Ah! – Jetzt bringen Sie mich auf eine gute Idee! Wenn wir Sie schon nicht köpfen können, weil das Beil nicht zu finden ist, so hängen wir Sie auf den Galgen.

DELINQUENT: Ausgeschlossen! In meinem Urteil hab ich es schwarz auf weiss, Enthauptung. Ich bestehe darauf, dass ich geköpft werde und zwar sofort. Jetzt bin ich schon amal da und Abschied hab ich auch schon gnommen von meine Angehörigen – also los!! Runter mitn Kopf! Scheissts net so lang rum!

FEMRICHTER: Wie man nur so eigensinnig sein kann!

DELINQUENT: Wenn Ihr schon so gschlampert seid und Euer Beil net findt', dös wo die Hauptsach is von der Hinrichtung, dann kann auch ich eigensinnig sein.

FEMRICHTER: Aber es gibt einen Ausweg! Wir könnten doch die Hinrichtung auf 8 Tage verschieben – in acht Tagen wird das Beil doch in Gottes Namen zum Vorschein kommen.

DELINQUENT: *(sich besinnend)* Wissen S' was, Herr Fehmrichter, was heisst meine Hinrichtung auf acht Tage verschieben? Wenn Sie mich überhaupt nicht köpfen und schenken mir wieder die Freiheit, dann sag ich niemanden etwas von der Schlamperei mit dem verlorenen Beil.

FEMRICHTER: *(besinnt sich)* Also gut! – – Schaun S', dass S' weiterkomma – Aber! – – – 's Maul halten!

IV

Dialoge

Der Radfahrer

Personen:
Der Radfahrer Karl Valentin,
ein Schutzmann.

Schutzmann: Halt!

Valentin blinzelt den Schutzmann an.

Schutzmann: Was blinzeln Sie denn so?

Valentin: Ihre Weisheit blendet mich, da muß ich meine Schneebrille aufsetzen.

Schutzmann: Sie haben ja hier eine Hupe, ein Radfahrer muß doch eine Glocke haben. Hupen dürfen nur die Autos haben, weil die nicht hupen sollen.

Valentin *(drückt auf den Gummiball):* Die meine hupt nicht.

Schutzmann: Wenn die Hupe nicht hupt, dann hat sie doch auch keinen Sinn.

Valentin: Doch – ich spreche dazu! Passen Sie auf, immer wenn ich ein Zeichen geben muß, dann sage ich Obacht!

Schutzmann: Und dann haben Sie keinen weißen Strich hinten am Rad!

Valentin: Doch! *(Zeigt seine Hose.)*

Schutzmann: Und Rückstrahler haben Sie auch keinen.

Valentin: Doch! *(Sucht in seinen Taschen nach.)* Hier!

Schutzmann: Was heißt in der Tasche – der gehört hinten hin.

Valentin *(hält ihn auf die Hose):* Hier?

Schutzmann: Nein – hinten auf das Rad – wie ich sehe, ist das ja ein Transportrad – Sie haben ja da Ziegelsteine, wollen Sie denn bauen?

Valentin: Bauen – ich? Nein! – warum soll ich auch noch bauen? Wird ja so soviel gebaut.

Schutzmann: Warum haben Sie dann die schweren Steine an Ihr Rad gebunden?

VALENTIN: Damit ich bei Gegenwind leichter fahre, gestern in der Frühe z. B. ist so ein starker Wind gegangen, da hab ich die Steine nicht dabei gehabt, ich wollt' nach Sendling nauf fahren, daweil bin ich nach Schwabing nunter kommen.

SCHUTZMANN: Wie heißen Sie denn?

VALENTIN: Wrdlbrmpfd.

SCHUTZMANN: Wie?

VALENTIN: Wrdlbrmpfd – –

SCHUTZMANN: Wadistrumpf?

VALENTIN: Wr – dl – brmpfd!

SCHUTZMANN: Reden S' doch deutlich, brummen S' nicht immer in Ihren Bart hinein.

VALENTIN *(zieht den Bart herunter):* Wrdlbrmpfd.

SCHUTZMANN: So ein saublöder Name! – Schaun S' jetzt, daß Sie weiter kommen.

VALENTIN *(fährt weg – kehrt aber nochmal um und sagt zum Schutzmann):* Sie, Herr Schutzmann – – –

SCHUTZMANN: Was wollen Sie denn noch?

VALENTIN: An schönen Gruß soll ich Ihnen ausrichten von meiner Schwester.

SCHUTZMANN: Danke – ich kenne ja Ihre Schwester gar nicht.

VALENTIN: So eine kleine stumpferte – die kennen Sie nicht? Nein, ich habe mich falsch ausgedrückt, ich mein, ob ich meiner Schwester von Ihnen einen schönen Gruß ausrichten soll?

SCHUTZMANN: Aber ich kenne doch Ihre Schwester gar nicht – wie heißt denn Ihre Schwester?

VALENTIN: Die heißt auch Wrdlbrmpfd – – –

Teppichklopfen

Von Karl Valentin.

Teppichklopfgeräusch ......

KARLST Ja du Drecksau du dreckate, ja woast denn du net, dass ma im Stiagnhaus net Teppichklopfa derf – magst scho aufhörn gell, hör doch amal auf, sonst hetz i dir an Hausherrn nauf auf's Gnack, das'di auskennst willst jetzt net glei aufhörn ha?

VALENT Ja sie schaug o, gehts di vielleicht was o, wenn i Teppich klopf, werd dir scho passen, gell weiblicher Hausmoasteraff – sie hoasst mi a Drecksau ...

KARLST Ja des bist a und jetzt hörst amal mit dem Klopfa auf und gehst schleunigst mit deine staubigen Perser in Hof hinter, da kannst dann klopfa, solang der Himmel blau is, aber im Stiagnhaus hörst ma auf mit dem Getös[.]

VALENT So, dös kannst ma du gar net vabieten, gell[.]

KARLST Sag liaber dein Hundsbuam er soll mir d'Milli bringa, gell, gestern hat ers erst um achte in der Früah daher bracht und um siebne muass mei Mo scho in d'Arbeit fort[.]

VALENT Geht ja mi nichts o, was der Bua ..

KARLST Und wenn ers morgn wieder um achte daher bringt, na reiss i eahm seine Senflöffen raus aus sein rothaareerten Kommisloawekopf, gell und wirf'n sammt de Millekübeln üba d'Stiagn nunter, dass 'd as woasst.

VALENT So, dös konnst ja probiern und konnst amal mein Buam probeweis über d'Stiagn abewerfa, dann dakrei i Dir aba d'Fassad, dass 'd moanst, der Blitz hat di gstroaft, du alter Brotbrocka und von morgn ab kannst da dei Milli selber holn.

KARLST Ja dös tua i scho denn vor deim unapetittlichen Saubuam da graust ma ja scho lang und wennst du net selber so a Drecksau warst, na tatst eahm vorm Milleaustragn z'erst schneizen, gell, sonst dafallt er sich noch amal über sei eigne Rotzglock'n[.]

VALENT So – ich bin Gott sei Dank eine reinliche Person und über meine Kinder und über mei reelles Gschäft sagst ma nichts, du Z'sammag'schneckelter Hausmoastertrampel[.]

KARLST Dir gib i dann glei an Hausmoastertrampel gell – über dei reells G'schäft da sollst du a no rennomiern[.]

Valent Du konnst mi[.]

KARLST Du bist ja wega deiner Gipswasserhandlung länger in Stadelheim drauss wia in deiner Milliburg, gell und jetzt will i dir no was sagn, wennst in deiner Wohnung koa Wasserlei[t]ung hättst, na warst ja a scho lang dahungert, denn dei dappiger Mo konn dich mit'n Zahnstocherschnitzeln net dahalten.

VALENT Ja – aber mein Mo tuast du aus'n Spiel lassen gell, du rinnaugate Hausmoasterdreckdrossel – gell zum poussiern war er dir scho recht g'wesen, wiast man damals auf der Redout ausspanna hättst wolln, aber er hat dir was g'huast.

KARLST Geh hör auf – hör auf – hör auf ...

VALENT Du gräusslichs Wei...

KARLST Und dei gichtbrüchiger Millewaglhengst ja – der hat mich a scho amal am Peter und Paulitag in's Kaffehaus g'führt – bis jetzt hast as ja gar net gwusst, aba i hab'n ja gar net mög'n, ich hab mi ja glei dünne g'macht und hab'n sitzen lassen, weil i mit an solchan Stefften

VALENT Der hat scho dir nichts wolln[.]

KARLST wia dei Mo is, allerhand Aufsehgn eregn tat.

VALENT Ja mei Mo is auf di no net scharf gwesen, dös machst mir net weiss. Auf dei 15 ctm Mai gibt dir mei Mo koan Kuss und wenn er dir wirkli scho oan gebn hat, dann woass i a jetzt, wo er sein letzten Rufaschmarrrn her hat[.]

KARLST Aber du konnst a koan Mo nimmer reizen mit dein blatterngsteppten Rosenteint und deiner rosaroten Warzen am Kinn du zahnluckate Salonrufa, dass 'd as woasst, da geh her, wennst da traust, na hau i dir a solchas[.]

VALENT Wer is a Salonrufa?

Beide schreien und raufen ......
KARLST Dö ganzen Haar reisst's ma raus ahhh ....
STIMME: Und wenn sie nicht gestorben sind, dann raufen sie heute noch?

Der Hasenbraten

Von Karl Valentin 1936.

MANN: Elisabeth! – Ich hab doch Hunger, was is denn heute mit dem Hasenbraten?
FRAU: Der ist noch nicht ganz fertig, aber die Suppe steht schon am Tisch.
MANN: *(schlürft)* Na, die Suppe ist heut wieder ungeniessbar.
FRAU: Wieso? Dös is sogar heut eine ganz feine Supp'n.
MANN: Das sagt ja auch niemand, dass die Supp'n nicht fein ist, ich mein' nur, sie ist ungeniessbar, weil's so heiss ist.
FRAU: Eine Suppe muss heiss sein.
MANN: Gewiss! Aber nicht zu heiss!
FRAU: dddddddd – alle Tag' und alle Tag' das gleiche Lied, entweder ist ihm d'Supp'n z'heiss oder sie ist ihm zu kalt; jetzt will ich Dir amal was sag'n, wenn ich Dir nicht gut genug koch', dann gehst ins Wirtshaus zum Essen.
MANN: Dös is gar net notwendig, die Supp'n is ja gut, nur zu heiss.
FRAU: Dann wartest halt so lang, bis kalt is.
MANN: Eine kalte Supp'n mag ich auch nicht.
FRAU: Dann – – – jetzt hätt' ich bald was g'sagt.
MANN: Ich weiss schon – – – – – nach'm Essen.
FRAU: Jeden Tag und jeden Tag muss bei uns gestritten werden, anders geht's nicht.
MANN: Na ja, Du willst es ja nicht anders haben.

FRAU: So, bin ich vielleicht der schuldige Teil?

MANN: Na wer denn, hab' ich die Supp'n kocht?

FRAU: Eine kochende Suppe ist immer heiss.

MANN: Ja vielleicht kochst Du's zu lang!

FRAU: Zu lang? Nein, nein, morg'n häng' i an Thermometer in Suppentopf nei, damit der Herr Gemahl a richtig temperierte Supp'n bekommt.

MANN: Eine gute Köchin braucht kein' Thermometer zum Supp'n kochen.

FRAU: Ja ja, nun kommt die spöttische Seite, so geht's ja jeden Tag, zuerst nörgelt er und dann kommt der Spott auch noch dazu.

MANN: Was heisst nörgeln, ich habe doch als Mann das Recht zu sagen, die Suppe ist mir zu heiss.

FRAU: Jetzt fangt er wieder mit der heissen Supp'n an; es ist wirklich zum verzweifeln.

MANN: Du brauchst nicht zu verzweifeln, Du sollst die Suppe so auf den Tisch stellen wie sie sein soll, nicht zu kalt und nicht zu heiss.

FRAU: Aber jetzt ist sie doch nicht mehr zu heiss!

MANN: Jetzt nicht mehr, aber wie Du sie hereingetragen hast, war sie zu heiss.

FRAU: Schau, schau, er hört nicht mehr auf, er bohrt immer wieder in dasselbe Loch hinein.

MANN: Wieso, was soll denn das heissen?

FRAU: Weil Du immer wieder mit der heissen Supp'n daherkommst.

MANN: Du bist doch mit der heissen Supp'n hereingekommen, nicht ich, Du drehst ja den Stiel um.

FRAU: Du bist und bleibst ein Streithammel *(Zwischenreden: Du – nein Du!)* – – Horch – – *(3 mal schnüffeln)* – – Was riecht denn da so komisch?

MANN: Ich hör' auch was – – da brandelt was –

FRAU: Hast vielleicht wieder eine brennende Zigarette auf den Teppich geworfen?

MANN: Ich hab' ja heute noch nicht geraucht und wenn ich geraucht hätt', dann hätt' ich die Zigarette nicht auf den Teppich, sondern in den Aschenbecher geworfen.

FRAU: Ich hab's ja auch nicht behauptet, ich hab' ja nur gemeint, und meinen werd' ich noch dürfen. Um Gotteswillen, der Rauch kommt ja aus dem Gang!

MANN: No, so geh halt naus und schau, was los ist.

FRAU: Mein Gott! – Die ganze Küche ist voll Rauch – *(macht Ofentüre auf)* Jessas, der Has' ist verbrannt!

MANN: Ja ja, bei uns muss ja immer was los sein!

FRAU: So! – *(Kommt aus der Küche auf den Mann zu und zeigt ihm den Braten)* Da schau her, da schau her, da haben wir jetzt die Bescherung! Mit Deiner ewigen Streiterei ist unser ganzes Essen verbrannt.

MANN: So Mahlzeit! – Und drinnen waltet die tüchtige Hausfrau!

FRAU: Wer ist denn schuld? Du! Mit Deinem ewigen Streiten und Nörgeln!

MANN: Ich habe nicht gestritten und genörgelt, ich hab' ja nur gesagt, dass die Suppe zu heiss ist!

FRAU: Jetzt fangt er wieder an mit der heissen Supp'n, ich lauf noch auf und davon!

MANN: Auf brauchst gar nicht laufen, nur davon! – Genügt mir vollständig!

FRAU: Mit lauter Streiten hab' ich ganz drauf vergessen und der arme arme Has' ist jetzt im glühenden Ofenrohr jämmerlich verbrannt.– – – Essen kannst'n nimmer!

MANN: Das glaub' ich! Aber dem Tierschutzverein werd' ich's melden!

Neue Verkehrsordnung

von Karl Valentin 1937

Stadtr[a]tsitzung

Glockenzeichen: 1. STADTRAT spricht:
Sehr geehrte Versammlungsteilnehmer! Widerum haben wir eine ausserordentliche Versammlung einberufen müssen, die über Neuregelungen von Verkehrsordnungen Aufschluss geben soll.

Es gab einmal eine Zeit in der es nur Fussgänger gab und keine Fahrzeuge, ich denke hier zurück an die Zeit der Erschaffung der Menschheit. Zu dieser Zeit hatte es natürlich die Verkehrspolizei leicht, aber heute, wo Millionen von Verkehrsmitteln, Autos, Strassenbahnen, Radfahrer etc. durch die Strassen der Grosstädte rasen, müssen unbedingt neue Verkehrsordnungen geschaffen werden. Ein ganz neues, aufsehenerregendes System hat nun unser Herr Stadtkämmerer Herr Wstlpnpf ausgedacht. Ich erteile somit Herrn Stadtkämmerer Wstlpnpf das Wort.

STADTKÄMMERER: Meine Herren Stadträte! Wenn ich mir heute selbst erlaube vor Sie hinzutreten, so tue ich das nicht nur um zu treten, sondern um Ihnen einmal reinen Wein einzuschenken. Ich bitte diesen Satz nicht sprichwörtlich zu nehmen, denn ich bin kein Weinwirt, sonder[n] ein Wann wird – – – – denn endlich einmal eine richtige Verkehrsregelung getroffen? Wie soll das in Zukunft werden? So kann es unmöglich weitergehen!!!

Schutzleute tun ihre Pflicht, die Schutzleute dirigieren, die Bevölkerung folgt ihnen nicht, grinsen, spotten, trotzen den Verkehrsordnungen der Grosstadt. Die Verkehrspolizei will das Beste, aber die Grosstädter bleiben meist Dörfler, macht es der Schutzmann so – gehen sie so – macht es der Schutzmann aber so – gehen sie anders. Die Autos durchsausen die Strassen, die Radfahrer fahren wie sie wollen, die Fussgänger gehen mitten auf der Strasse spazieren, kommen zwischen die Wagen, die Sanitätskolonnen haben Hochbetrieb, die Krankenhäuser können die Verwundeten wegen Platzmangel nicht mehr aufnehmen! – – Dies alles kann nur anders werden durch meinen Vorschlag, der alle diese Misstände auf einmal aus der Welt schafft.

Mein Vorschlag ist folgender und jeder Irrsinnige wird mir recht geben. Der Verkehr soll folgender[m]assen eingeteilt werden:

Täglich	von	7–8	Uhr	Personenautos
	»	8–9	»	Geschäftsautos
	»	9–10	»	Strassenbahnen
	»	10–11	»	Omn[i]busse
	»	11–12	»	Feuerwehr
	»	12–1	»	Radfahrer
	»	1–2	»	Fussgänger.

Sollte diese stundenweise Einteilung nicht möglich s[e]in, wäre eine andere Lösung möglich und zwar Tagesverkehr:

Der	Montag ist	nur	für	die	Personenautos
der	Dienstag	»	»	»	Geschäftsautos
der	Mittwoch	»	»	»	Strassenbahnen
der	Donnerstag	»	»	»	Omn[i]busse
der	Freitag	»	»	»	Feuerwehr
der	Samstag	»	»	»	Radfahrer

Die Sonn- und Feiertage nur für die Fussgänger. Auf diese Weise wird nie mehr ein Mensch überfahren werden. Oder eine weitere Lösung:

Im Januar	nur	Personenautos
im Februar	»	Geschäftsauto[s]
im März	»	Strassenbahnen

im April	nur	Omnibusse
im Mai	"	Feuerwehr
im Juni	"	Radfahrer
im Juli	"	Fußgänger usw.

oder:

1939	nur	Personenautos
1940	"	Geschäftsautos
1941	"	Strassenbahnen
1942	"	Omnibusse
1943	"	Feuerwehr
1944	"	Radfahrer
1945	"	Fussgänger usw.

oder:

im 20. Jahrhundert nur Personenautos
im 21. Jahrhundert nur Geschäftsautos

(Pfeifen! Rufe! wie undurchführbar, Unsinn etc.).
(Platte: Theatertumult?)

Ende!

In der Apotheke

Von Karl Valentin 1937

(Ladenglocke)

V.: Guten Tag, Herr Apotheker!
A.: Guten Tag, mein Herr, Sie wünschen?
V.: Ja, das ist schwer zu sagen.
A.: Hahaha, gewiss ein lateinisches Wort?
V.: Nein, nein, vergessen hab ich's.

A.: Na ja, da kommen wir schon drauf, haben Sie kein Rezept?
V.: Nein!
A.: Was fehlt Ihnen denn eigentlich?
V.: Nun ja, das Rezept fehlt mir.
A.: Nein, ich meine: Sind Sie krank?
V.: Wie kommen Sie denn auf so eine Idee. schau ich krank aus?
A.: Nein, ich meine, gehört die Medizin für Sie oder für eine andere Person?
V.: Nein, für mein Kind.
A.: Ach so, für Ihr Kind. Also, das Kind ist krank. Was fehlt denn dem Kind?
V.: Dem Kind fehlt die Mutter.
A.: Ach, das Kind hat keine Mutter?
V.: Schon, aber nicht die richtige Mutter.
A.: Ach so, das Kind hat eine Stiefmutter.
V.: Ja ja, leider, die Mutter ist nur stief statt richtig, und deshalb muss sich das Kind erkältet haben.
A.: Hustet das Kind?
V.: Nein, es schreit nur.
A.: Vielleicht hat es Schmerzen?
V.: Möglich, aber e[s] ist schwer. Das Kind sagt nicht, wo es ihm weh tut. Die Stiefmutter und ich geben uns die grösste Mühe. Heut hab ich zu dem Kind gsagt, wenn Du schön sagst, wo es Dir weh tut, kriegst Du später mal ein schönes Motorrad.
A.: Und?
V.: Das Kind sagt es nicht, es ist so verstockt.
A.: Wie alt ist denn das Kind?
V.: 6 Monate alt.
A.: Na, mit 6 Monaten kann doch ein Kind noch nicht sprechen.
V.: Das nicht, aber deuten könnte es doch, wo es die Schmerzen hat, wenn schon ein Kind so schreien kann, dann könnts auch deuten, damit man weiss, wo der Krankheitsherd steckt.
A.: Hat's vielleicht die Finger immer im Mund stecken?
V.: Ja, stimmt!
A.: Dann kriegt es schon die ersten Zähne.

V.: Von wem?

A.: Na ja, von der Natur.

V.: Von der Natur, das kann schon sein, da brauchts aber doch net schrein, denn wenn man was kriegt, schreit man doch nicht, dann freut man sich doch. Nein, nein, das Kind ist krank und meine Frau hat gsagt: »Geh in d'Apothekn und hol einen – – – ?

A.: Kamillentee?

V.: Nein, zum Trinken ghörts nicht.

A.: Vielleicht hats Würmer, das Kind.

V.: Nein, nein, die tät man ja sehn.

A.: Nein, ich mein innen.

V.: Ja so, innen, da haben wir noch nicht reingschaut.

A.: Ja, mein lieber Herr, das ist eine schwierige Sache für einen Apotheker, wenn er nicht erfährt, was der Kunde will!

V.: D'Frau hat gsagt, wenn ich den Namen nicht mehr weiss, dann soll ich an schönen Gruss vom Kind ausrichten, ah, von der Frau vielmehr, und das Kind kann nicht schlafen, weils immer so unruhig ist.

A.:Unruhig? Da nehmen Sie eben ein Beruhigungsmittel. Am besten vielleicht: Isopropilprophe[n]ilbarbitursauresphenildimethildim[e]thylaminophirazolon.

V.: Was sagn S'?

A.: Isopropil ....

V.: Wie heisst dös?

A.: Isopropil ....

V.: Jaaaa! Dös is! So einfach, und man kann sichs doch nicht merken!

Der neue Buchhalter

Von Karl Valentin 1937.

(Der Chef zum neu-angestellten Buchhalter.)

CHEF: Also Herr Maier, Sie beginnen heute Ihre Tätigkeit in meinem Geschäft als Buchhalter.

BUCHH: Jawohl, Herr Meier!

CHEF: Es ist natürlich wieder ein Verhängnis, dass Sie auch Maier heissen, genau wie ich.

BUCHH: Jawohl Herr Meier, aber ich schreibe mich Maier mit ai und Sie Her[r] Meier mit ei.

CHEF: Nun ja, aber wie's der Kuckuck haben will, habe ich noch mehrere Meier in meiner Fabrik, und zwar mein Teilhaber, der heisst auch Meyer.

BUCHH: Das ist natürlich tafal – fatal, das muss ja zu Verwechslungen führen!

CHEF: Nein, nein! Verwechslungen gibt es da nicht, denn der Teilhaber schreibt sich ja Meyer mit Ypsilon.

BUCHH: Verzeihung! So, so, dann natürlich nicht.

CHEF: Dann haben wir noch einen weiteren Meier bei uns, und zwar, den Hausmeister, der heisst aber Gott sei Dank Meir, also hinten ohne e.

BUCHH: Na fabelhaft! Das ist natürlich kinderleicht, den und die anderen Meier auseinanderzukennen.

CHEF: Na, das will ich nicht sagen, der Hausmeister Meir muss nur sehr prägnant ausgesprochen werden.

BUCHH: Natürlich Herr Meier, also Meir!

CHEF: Das wären also die 4 Meier in meinem Geschäft; nun zu den Kunden und Geschäftsleuten. Da schreiben sich nahezu ein halbes Dutzend ebenfalls wieder Meier in allen Variationen. Merken Sie sich nun, was ich Ihnen sage.

BUCHH: Jawohl, Herr Meier!

CHEF: Also passen Sie auf!, Herr Maier! Unser Holzlieferant heisst Mayer, den können Sie aber mit sich niemals verwechseln, weil Sie sich ja mit ai schreiben und der mit a Ypsilon.

BUCHH: Aha, also so wie der Hausmeister.

CHEF: Wieso der Hausmeister? Der Hausmeister schreibt sich doch Meir, ohne hinten mit e.

BUCHH: Richtig! Hinten ohne mit e, ich war jetzt in Gedanken, hinten mit e, Verzeihung!

CHEF: Zu aller Fatalität heisst nämlich mein Schwiegersohn auch noch Mejer, aber Mejer mit Jott und dann haben wir noch einen Kunden mit dem Namen Meierer. Um aber Verwechslungen zu vermeiden, ist es das einfachste, Sie merken sich die Schreibweise der vielen Meier.

Also: 1. Meine Wenigkeit Meier	Meier geschrieben
Ihre Wenigkeit Maier	Maier geschrieben
Mein Teilhaber Herr Meyer	Meyer geschrieben
Der Hausmeister Meir	Meir ohne *e* am Schluss
Der Holzhändler Mayer	*Mayer* geschrieben
Mein Schwiegersohn Mejer	Mejer geschrieben
und mein Kunde Meierer	Meierer geschrieben.

So wäre es sehr einfach und jede Verwechslung ausgeschlossen. Dann noch ein wichtiger Punkt. Wenn einer oder der andere Meier ins Geschäft kommt, dann ist es ja leicht für Sie, im Laufe der Zeit die vielen Meier auseinander zu kennen. Sagen wir, der Herr Meier mit i geschrieben, hat ein gestreiftes Taschentuch, der 2. Meier trägt einen schmutzigen Kragen – – –

BUCHH: Wenn er aber einen frischen Kragen trägt?

CHEF: Nun ja, dann erkennen Sie ihn eben an dem frischen Kragen. Kritisch ist die ganze Sache mit den vielen Meiern nur am Telefon, wenn man diese Kerle nicht sieht.

BUCHH: – – – dann einen Fernsehapparat!

CHEF: Ach Fernsehapparat! – So weit sind wir noch nicht. Haben Sie also gut aufgepasst, was ich Ihnen gesagt habe?

BUCHH: Selbstverständlich!

CHEF: Also, wiederholen Sie die Schreibweise der vielen Meier!

BUCHH: Der eine Meier hat vorne ein schmutziges Taschentuch und hinten ein Ypsilon. Der zweite Meier hat hinten das a und vorne reibt er sich mit Jot ein.

CHEF: Sie Idiot sagen alles verkehrt! Was würden Sie tun, wenn die Meier alle plötzlich kämen?

BUCHH: Zusperren und keinen hereinlassen, Herr Meier!

Wo ist meine Brille?

Von Karl Valentin 1937.

MANN: Klara! – Ich finde meine Brille nicht. Weisst Du, wo meine Brille ist?

FRAU: In der Küche hab' ich sie gestern liegen sehen.

MANN: Was heisst gestern, vor einer Stunde hab' ich doch noch gelesen damit.

FRAU: Das kann schon sein, aber gestern ist die Brille in der Küche gelegen.

MANN: So red' doch keinen solchen unreinen Mist, was nützt mich denn das, wenn die Brille gestern in der Küche gelegen ist!

FRAU: Ich sag' Dir's doch nur, weil Du sie schon ein paar Mal in der Küche hast liegen lassen.

MANN: Ein paar Mal! – Die habe ich schon öfters liegen lassen, – wo sie jetzt liegt, das will ich wissen!

FRAU: Ja, wo sie jetzt liegt, das weiss ich auch nicht; irgendwo wird s' schon liegen.

MANN: Irgendwo! Freilich liegt s' irgendwo, – aber wo, – wo ist denn irgendwo?

FRAU: Irgendwo? Das weiss ich auch nicht – dann liegt s' halt wo anders!

MANN: Wo anders! – Wo anders ist doch irgendwo.

FRAU: Ach red' doch nicht so saudumm daher, wo anders kann doch nicht zu gleicher Zeit »wo anders« und »irgendwo« sein! – Alle Tage ist diese Sucherei nach der saudummen Brille, das nächste Mal merkst Dir halt, wo Du sie hinlegst, dann weisst Du, wo sie ist.

MANN: Aber Frau!!! So kann nur wer daher reden, der von einer Brille keine Ahnung hat. Wenn ich auch weiss, wo ich sie hingelegt hab', das nützt mich gar nichts, weil ich doch nicht sehe, wo sie liegt, weil ich doch ohne Brille nichts sehen kann.

FRAU: Sehr einfach! Dann musst Du eben noch eine Brille haben, damit Du mit der einen Brille die andere suchen kannst.

MANN: Hm!! Das wär' ein teurer Spass! 1000 Mal im Jahr verleg' ich meine Brille; wenn ich da jedesmal eine Brille dazu bräuchte, – die billigste Brille kostet 3 Mark – das wären um 3000 Mark Brillen im Jahr.

FRAU: Du Schaf! Da brauchst Du doch nicht 1000 Brillen!

MANN: Aber 2 Stück unbedingt, eine kurz- und eine weitsichtige. – Nein, nein, da fang' ich lieber gar nicht an. Stell' Dir vor, ich habe die weitsichtige verlegt und habe nur die kurzsichtige auf, die weitsichtige liegt aber weit entfernt, sodass ich die weitsichtigentferntliegende mit der kurzsichtigen Brille nicht sehen kann!

FRAU: Dann lässt Du einfach die kurzsichtige Brille auf und gehst so nah an den Platz hin, wo die weitsichtige liegt, damit Du mit der kurzsichtigen die weitsichtige liegen siehst.

MANN: Ja, ich weiss doch den Platz nicht, wo die weitsichtige liegt.

FRAU: Der Platz ist eben da, wo Du die Brille hingelegt hast!

MANN: Um das handelt es sich ja! – Den Platz weiss ich aber nicht mehr!

FRAU: Das verstehe ich nicht. – – – Vielleicht hast Du s' im Etui drinnen.

MANN: Ja!!! Das könnte sein! Da wird sie drinnen sein! Gib mir das Etui her!

FRAU: Wo ist denn das Etui?

MANN: Das Etui ist eben da, wo die Brille drinnen steckt.

FRAU: Immer ist die Brille auch nicht im Etui.

MANN: Doch! – Die ist immer im Etui! –, ausserdem ich hab s' auf.

FRAU: Was? – Das Etui?

MANN: Nein! – Die Brille.

FRAU: Jaaaaa! Was seh' ich denn da? – Schau' Dir doch einmal auf Deine Stirne hinauf!

MANN: Da seh' ich doch nicht hinauf.

FRAU: Dann greifst Du hinauf! – – Auf die Stirne hast Du Deine Brille hinaufgeschoben!

MANN: Ah! – Stimmt! – Da ist ja meine Brille! – Aber leider!? *(Sehr schnell)*

FRAU: Was leider?

MANN: Ohne Etui!

Üble Angewohnheiten

Schallplattentext von Karl Valentin und Liesl Karlstadt

K.: Ja wer kommt denn da daher, der Herr Gruber[.]

V.: Ja g[r]üss Gott Frau Eisele, darf ich Ihnen meinen Freund vorstellen?

F.: Gell!

K.: Sehr angenehm, Eisele, ja und wie gehts Ihnen immer Herr Gruber[?]

V.: Ja mei – an Mordsschnupfen hab ich g'habt vor 8 Tag, gell, da bin ich in den Zug gekommen, gell, war erhitzt, gell und schon hab ich an Schnupfen g'habt, gell – dann hab ich mir eine Schnupfensalbe kauft, gell, und g'nützt hat's nichts gell, da kann ich mich so ärgern, gell, an Telefon hams erfunden, gell, an Telegrafen, gell, an Radio, gell, einen Fernsehapparat, gell, aber für an einfachen Schnupfen hams heut noch nichts erfunden, gell, die gescheiten Menschen, gell[.]

K.: Ja Sie Herr Gruber, ich merke ja da, dass Sie eine furchtbare Angewohnheit haben, sie sagen ja bei jedem dritten Wort gell. Ist Ihnen das noch nicht aufgefallen?

V.: Stimmt, das haben mir schon mehr Leute g'sagt, gell[.]

K.: Da, jetzt ham sie's schon wieder g'sagt, das müssen Sie sich abgewöhnen denn das wird immer ärger. Das ham jetzt so viel Leute dieses Gellsagen. Das wird schon bald eine Krankheit[,] eine Eptimedi[.]

V.: Deptimechi! Das ist ja schrecklich, gell[.]

K.: Da [h]aben sie's schon wieder gsagt! Schaun Sie im Jahre 1845 wütete in München die Cholera. Seit dieser Zeit sind wir Gott se[i] Dank von Pesten verschont geblieben. Es gibt gefährliche und ungefährliche Pesten und Seuchen. Seit einigen Jahren wütet nun in München und Umgebung beinahe in ganz Bayern die Gellpest. Der davon Befallene weist körperlich und seelisch nicht die geringsten krankhaften Symptome auf, hab ich gelesen in der Zeitung, der Blutdruck ist normal, alle Körperteile sind intakt bis auf die Zunge. Man könnte diese Pest statt »Gell«pest auch Zungenpest betiteln, hab ich gelesen in der Zeitung. Ob es eine kr[a]mpfartige Vibration des Sprachmuskelgewebes ist, ist noch nicht festgestellt. In der Klinik, Abteilung Sprachstörungen können die von der Gellpest Befallenen schon seit Jahren wegen Platzmangel nicht mehr aufgenommen werden[.]

V.: Ja um Gotteswillen, glauben Sie, dass ich die Gellpest schon hab?

K.: Ja noch nicht so stark, Sie sagen nach jedem Satz gell, aber da gibts ja Menschen, die können schon bald überhaupt nichts mehr sagen wie gell[.]

V.: No mei' Freund, der Wimmer, du hast dann schon die Gellpest[.]

K.: Ja heissen denn Sie Wimmer, Sie haben sich doch vorgestellt als Gell?

V.: Ja weil er nichts mehr anders sagen kann als gell – red amal Wimmer[.]

F.: Gell gell gell gell gell gell gell gell gell gell gell gell gell gell gell[.]

K.: Das ist ja schrecklich, der Herr kann ja wirklich nichts mehr anders sagen wie gell – gell[.]

V.: Jetzt sagn sie auch schon gell – gell – – –!

Semmelknödel

Von Karl Valentin und Liesl Karlstadt 1940.

K.: Ja sag einmal, warum bist Du denn heute mittag nicht zum Essen gekommen? 2 Stunden hab' ich auf Dich gewartet!

V.: Ja, ich hab' da draussen gleich gegessen, wo ich zu tun g'habt hab', in der kleinen Wirtschaft und da isst man sehr gut, fast tadellos.

K.: No, so gut wie ich koche, wird's bestimmt nicht sein!

V.: Doch, doch!

K.: Aber jetzt ist es 9 Uhr abends; wo warst Du denn in der langen Zwischenzeit?

V.: Nirgends! Da hab' ich auf das Mittagessen gewartet.

K.: Ja, ist Dir denn das nicht zu langweilig geworden?

V.: Nein. In der Zwischenzeit hab' ich mit der Kassierin gesprochen.

K.: Was, 9 Stunden warst Du mit der Kassierin beisammen? Über was habt ihr denn da gesprochen?

V.: Ja über das, dass die Semmelnknödel so lange nicht kommen.

K.: So lang wartet doch kein vernünftiger Mensch auf das Mittagessen.

V.: Da war ich ja nicht vernünftig, ich war ja hungrig.

K.: Papperlapapp – wenn man das Essen um 12 Uhr bestellt und in einer halben Stunde ist es noch nicht da, dann geht man einfach.

V.: Freilich, dann frisst's ein anderer für mich ....

K.: Und ausgerechnet Semmelknödel hat er sich bestellt, wo doch ich heute auch Semmelknödel gemacht hab.

V.: Was, dieselben?

K.: Ach, dieselben! Unsinn! – Andere hab ich halt gemacht; aber Semmelknödel sind Semmelknödel!

V.: ... deln!

K.: Was »deln«?

V.: Semmelnknödeln heisst's!

K.: Ich hab ja g'sagt: Semmelknödel.

V.: Nein: Semmel*n*knödel*n*!

K.: Nein, man sagt schon von jeher: Semmelknödel.

V.: Ja, zu einem – aber zu mehreren Semmelknödel sagt man: Semmel*n*knödel*n*.

K.: Aber wie tät' man denn zu einem Dutzend Semmelknödel sagen?

V.: Auch Semmelnknödeln. – Semmel ist die Einzahl, das musst Dir merken, und Semmeln ist die Mehrzahl, das sind also mehrere einzelne zusammen. Die Semmelnknödeln werden aus Semmeln gemacht, also aus mehreren Semmeln; Du kannst nie aus einer Semmel Semmelnknödeln machen.

K.: Machen kann man's schon.

V.: Ja, ja, machen schon; aber wenn Du aus einer Semmel 10 Semmelnknödeln machen tätst, dann würden die Semmelnknödeln so klein wie Mottenkugeln. Dann würde das Wort Semmelknödel schon stimmen, weil s' bloss aus einer

Semmel sind. Aber solang die Semmelnknödeln aus mehreren Semmeln gemacht werden, sagt man unerbitterlich: Semmel*n*knödel*n*!

K.: Du sagst es aber auch nicht richtig; jetzt hast grad g'sagt: Semmelnknö*deln*[.]

V.: Nein, ich hab g'sagt: Semm*eln*knö*deln.*

K.: Richtig muss es eigentlich S*emmel*nknödeln heissen; die Semmel muss man betonen, weil die Knödel aus Semmeln gemacht sind – – – überhaupt, das Wichtigste ist der Knödel; Semmeln*knödeln* müsst es ursprünglich heissen!

V.: Nein, das Wichtigste ist das n zwischen Semmel und Knödeln.

K.: Ja, wie heisst es dann bei den Kartoffelknödeln?

V.: Dasselbe! n – ! Kartoffel*n*knödeln!

K.: Und bei den Schinkenknödeln? Ah – hahaha –

V.: Da ist's genau so; da ist das n schon zwischendrin. Es gibt keine Knödeln ohne n.

K.: Doch, die Leberknödeln!

V.: Ja, stimmt! – Lebernknödeln kann man nicht sagen!

Der überängstliche Hausverkäufer

Schallplattentext von Karl Valentin 1940

VALENTIN: *(zum Käufer)* Guten Tag, Sie wünschen?

KÄUFER: Ich komme wegen dem Haus[.]

V.: Sie meinen wegen dem Häuschen?

K.: In der Zeitung steht aber Haus[.]

V.: Nein, es ist ein kleines Haus, ein Häuschen[.]

K.: Ah, ein Häuslein, steht das Häuschen im Freien?

V.: Da steht es doch[.]

K.: Ich komme auf das Zeitungsinserat, Sie haben doch das Haus zu verkaufen, ist das hier das Haus?
V.: Jawohl! Ich verkaufe es ungern, aber ich bin froh, wenn ich es los bin[.]
K.: Wieviel Stockwerke hat das Haus?
V.: Keines, nur Parterre[.]
K.: Ist es bewohnt auch?
V.: Momentan nicht, weil ich heraussen stehe[.]
K.: Wieviele Zimmer hat es denn?
V.: Nur eins – dafür keine Treppe, kein Stiegenhaus[.]
K.: Ist das hier eine ruhige Gegend?
V.: Jawohl, im Winter hören Sie nicht einmal das Auffallen der Schneeflocken, aber dafür gibt es im Sommer viele Ameisen, aber die gehen ganz leise[.]
K.: Wie steht es mit den Toilettenverhältnissen?
V.: Closet ist keines im Haus[.]
K.: Ja, aber wenn man ....
V.: Der Wald ist 5 Minuten von hier entfernt[.]
K.: Ja, aber bei Nacht?
V.: Auch nur 5 Minuten[.]
K.: Wann sind Sie in dieses Haus eingezogen?
V.: Einen Tag später[.]
K.: So früh schon – und wie ist es mit der Beleuchtung? Gas oder elektrisch?
V.: Im Haus und im Freien überall elektrisch[.]
K.: Ich sehe aber nirgends eine elektrische Leitung[.]
V.: Nur elektrische Taschenlampen, die brennen überall.
K.: Wie alt ist das Haus schon?
V.: Weiss nicht, hab noch nicht gefragt[.]
K.: Sind Hypotheken drauf?
V.: Nein, nur ein Kamin[.]
K.: Was bedeuten diese 4 Zimmerwände?
V.: Das sind Stützen[.]
K.: Für was?
V.: Fürs Hausdach[.]

K.: Ist Ungeziefer im Haus?
V.: Nein ich bin noch Junggeselle[.]
K.: So – So!
V.: Jawohl!
K.: Legen Sie ....
V.: Nein – ich nicht[.]
K.: Einen Moment ....
V.: Bitte!
K.: Legen Sie ....
V.: Nein – aber meine Hühner legen[.]
K.: Legen Sie Wert darauf, dass das Haus bald verkauft wird?
V.: Sofort – in sofortiger Bälde[.]
K.: Kaufen Sie sich dann wieder ein neues Haus?
V.: Niemals mehr, ich suche ein altes 1000 Meter tiefes Bergwerk zu mieten[.]
K.: Was ein Bergwerk? Und das wollen Sie dann bewohnen?
V.: Selbstverständlich!
K.: Das ist ja unheimlich[.]
V.: Schon – aber sicher!
K.: Vor wem?
V.: Vor Meteorsteinen[.]
K.: Ach so ein Meteorstein fällt doch so selten vom Himmel runter.
V.: Ja die Sicherheit geht in dem Fall über die Seltenheit.

Sonderbarer Appell

Von Karl Valentin 1940.

VORGESETZTER: Also Achtung! – Jeder, der nun von mir aufgerufen wird, hat laut und deutlich »hier« zu rufen! –

Adler Josef – – – hier! – – – Achter Franz – – – hier! – – – Bader Ignaz – – – hier! – – – Brembichler Paul – – – hier! – – – Bauhofer Kaspar – – – hier! – – – Bayer Ludwig – – – hier! – – – Dachgruber Eugen – – – hier! – – – Dallmeier Ludwig – – – hier! – – – Eckert Gustav – – – hier! – – – Edenhofer Vinzenz – – – hier! – – – Eichstätter Rudolf – – – hier! – – – Heininger Emmerich – – – hier! – – – Färber Mathias – – – hier! – – – Falk Siegfried – – – hier! – – – Gallermeier Quirin – – – hier! – – – Gaberl Fritz – – – hier! – – – Haller Julius – – – hier! – – – Irber Konstantin – – – hier! – – – Kalb Eugen – – – hier! – – – Landsberger Dominikus – – – hier! – – – Leisewitz Benedikt – – – hier! – – – Meier Josef – – – hier! – hier! –

VORGESETZTER: Sapprament, da san wieder zwei Meier Josef dabei! Das ist schon saudumm! – – – *hier!*

VORGESETZTER: Was hier!? Was schrei'n Sie denn hier? Wie heissen denn Sie? [– – –] *Peter Hindelang!*

VORGESETZTER: Ja, wer hat denn von einem Peter Hindelang g'redt!? I hab g'sagt, dös is saudumm, dass wir zwei Meier Josef dabei haben. – – –

HINDELANG: Und i hab' verstanden, Sie hab'n g'sagt: Peter Hindelang.

VORGESETZTER: Saudumm's Zeug, wir können uns doch net aufhalten mit so was! Also weiter! – – – *hier!*

VORGESETZTER: Ja Herrgott Sapprament, was is denn dös heut! Wie heissen denn Sie? – – – *Weider Max!*

VORGESETZTER: So, also es soll nur derjenige »hier« schrei'n, den ich ruf! – – – *hier!*

VORGESETZTER: Ja Kruzitürken nocheinmal, jetzt werd i do schon bald fuchti! Jetzt schreit der in der Mitt drin wieder hier! Lassen's Ihnen doch Zeit, bis ich Sie ruf! – – – *hier!*

VORGESETZTER: Warten solln's!!! Bis ich Sie ruf!!!

RUF: I hoass ja Ruf!

VORGESETZTER: So, Sie hoassen Ruf?

RUF: Jawohl, – Ruf Daniel!

Vorgesetzter: A so, Sie hoassen Ruf! Dös is a Zufall! – Dass ma fei koaner jetzt »hier« schreit, denn »Zufall« werd doch koaner hoassen! – – – Ofenberger Emil – – – hier! – – – Past Theodor – – – hier! – – – Prlbsmitzky Iwan – – – *hürr sins mich!* – – – Schaffei Antonius! – – – hier! – – – Steinhacker Karl – – – hier! – – – Trollmann Philipp – – – hier! – – – und als Letzter: Zimmermann Bernhard – – – hier! – – – Ist noch Jemand da, den ich nicht aufgerufen habe? – – – Ist noch Jemand da, den ich nicht aufgerufen habe? – Niemand mehr? – Stillgestanden! – Abtreten! – – –

(Hierauf Stiefelgetrampel, welches allmählich verschwindet).

Politische Ansichten

Von Karl Valentin 1940.

V.: Liebes Fräulein, meine Meinung ist, dass der, der nichts von der Politik versteht, die Finger davon lassen soll.

K.: Von dieser Äusserung dürfen Sie sich selbst aber nicht im Geringsten betroffen fühlen, denn Ihre politischen Ansichten waren von jeher unbestreitbar, fast auch unbegreifbar. Es wäre furchtbar interessant, wenn Sie sich zur heutigen politischen Lage äussern würden.

V.: Tja! – Gerne will ich Ihnen einige Punkte erklären, die vielleicht gerade jetzt von Bedeutung sind.

K.: Das wäre?

V.: Obwohl man Amerika mit A und Portugal mit P schreibt, ist es geradezu verblüffend, dass sensible Regierungsformularitäten in eigener Anschauung ein überall sich selbst überschlagendes Echo derselben Ansichten gezeitigt hat. Wider aller Erscheinungen angekämpfter Errungenschaften stellt die Lage derzeitiger Meinungen ein klares Verhältnis zwischen Sein und Nichtsein. Klar ist es auch jedem Laien, dass eine Vertrauenssache, nicht von Ländern in einer Zeit des Imperialismusses angezweifelt werden kann.

K.: Das ist mir auch verständlich, denn wie im Kleinen, so auch im Grossen! Länder, Staaten, ja ganze Völker, deren gegenseitiges Interesse schon in vergangenen Jahrhunderten ein Kapitel für sich bedeutete, haben ihre Lehren daraus gezogen, denn schliesslich und endlich waren sie sich alle der Tragweite unbewusst bewusst, eine solche Sache kurzerhand in die Länge zu ziehen.

V.: Ja, ganz meine Meinung! Es ist das schwer auszudrücken, ich meine, es ist dasselbe, von China abgesehen, eigentlich an der ganzen wirtschaftlichen Lage, welche es ja nur der Verbindung mehrerer Staaten zu verdanken hat. Eine soziale internationale Abmachung würde in diesem Falle in Europa, das greift natürlich schon weit zurück, eine Verlegung, vielmehr eine Entspannung herbeiführen, wenn auf das Einverständnis von Resignationen zu rechnen ist.

K.: Ja ja, das ist mir klar, daran habe ich ja auch nicht gezweifelt; ich verstehe nur das eine nicht, warum ein Kompromiss zustande kam, wenn doch alle einer Meinung waren.

V.: Eben darum! Der Kompromiss war ja nur die Überbrükkung, um einer Verschleierung der europäischen Lage entgegenzutreten.

K.: Ja, und Guatemala?

V.: Guatemala steht auf demselben Standpunkt; denn solange in Bonjaluka, – – ich kann natürlich nicht einen Vergleich ziehen zwischen vertraglich gebundenen Ländern, – aber immerhin könnte im Falle einer Internalisation eine friedliche Lage geschaffen werden.

K.: Ja erlauben Sie mal, da haben Sie aber wirklich eine eigenartige politische Ansicht! Eine Verbindung ehemaliger Verträge eines Nichteinmischungs-Paktes würde ja gerade das Gegenteil bewirken!

V.: Reden Sie doch keinen solchen Unsinn! Sie brauchen doch nur einmal die Landkarte in die Hand nehmen und dann deuten Sie mit einem Zeigefinger auf Ägypten und mit dem andern Zeigefinger auf Augsburg, dann wird Ihnen vieles klar werden.

K.: Natürlich ist das nicht zu unterschätzen, aber das sind nur Phrasen, an deren Ausführung nie zu denken ist.

V.: Unsinn! Sie haben doch den deutlichsten Beweis an der Insel Ceylon. Wer hätte das geahnt, dass Ceylon ....

K.: Ja ja, aber Ceylon ....

V.: Lassen Sie mich doch ausreden!

K.: Bitte ....

V.: Wer hätte das geahnt, dass Ceylon ....

K.: Ja – Ceylon – ....

V.: So lassen Sie mich bitte zuerst doch ausreden! Wer hätte das geahnt, dass Ceylon wie es heute dasteht, – na!

K.: Ja, das hat allerdings Niemand vermutet!

V.: Na sehen Sie! – Versteh' ich was von Politik?

K.: Ja, Sie reden schon so g'scheit daher! .... Ihnen könnte man – sekundenlang zuhören!

Des Freundes Brief

Von Karl Valentin 1940.

MANN: So – Cäcilie – wir werden diesem sauberen Herrn einen Brief schreiben, der sich gewaschen hat! – – Nimm einen Briefbogen! – Hier ist die Tinte – und schreibe, was ich Dir diktiere!

FRAU: Was ham mir denn heut für an Datum?

MANN: Nix Datum, der is ja gar koan Datum wert!

FRAU: Was soll ich schreiben?

MANN: Datum: den so und so vielten ....

FRAU: Also, ich schreib: »Sehr geehrter Herr« [.]

MANN: Nix geehrter Herr, geehrter weglassen ....

FRAU: Na hoasst's ja bloss »Sehr Herr«[.]

MANN: Dös is wurscht – – – Schreib jetzt: Es ist schon kaum unglaublich, dass Sie sich erdreisteten, einen Freund, wie wir zu Ihnen sind, vielmehr waren, in so einer unverschä ...., na so könna ma net schreib'n – – – nimm an neuen Briefbogen!

FRAU: Dieselbe Überschrift?

MANN: Ja – schreib: Wenn Sie mir binnen – – wenn Sie mir binnen – –, hast Du's g'schrieb'n?

FRAU: Ja –

MANN: Na – so könna ma a net schreib'n; »Binnen« ist eine ganz alte Schreibart. – Nimm an neuen Briefbog'n! – Hast'n? Schreib: Nix, gar keine Überschrift. – Hinsichtlich Ihres gegen uns erzeugten Benehmens Ihrerseits, wo es sich um Familieneinmischungsdifferenzen handelte, – handel*ten*, werden Sie zukünftigerseits gegenseitiges Erachtens – Intriguen ignoriert – –, keinesfalls – – –, na, da kennt er sich net aus – nimm an neuen Briefbogen!

FRAU: Ja mei, mir ham fei blos mehr a paar Dutzend Briefbogen daheim!

MANN: Die reichen schon – – – schreib: »Glauben denn Sie, Sie hundsgemeiner Sauhund, dass Sie .... [«]

FRAU: Um Himmelswillen, Oskar, so dürf ma ihm net schreib'n, der verklagt Di ja sofort wegen Beleidigung!

MANN: Stimmt – ja – dös is etwas zu derb! – Nimm an neuen Briefbog'n!

FRAU: Dös is jetzt schon der 5. Briefbog'n, den mir wegen dem Dreckkerl verpatzt ham!

MANN: No no no, Cäcilie, tu Dich etwas mässigen in Deinen Ausdrücken, schliesslich sind wir ja bessere Leute! – Wir müssen ihm so schreiben, dass er sich sagt: nach dem Brief nach zu schliessen, können das keine gewöhnlichen Menschen sein.

FRAU: Ja – ganz richtig! Schöne Zeilen sollen wir ihm servieren, denn schliesslich war er ja doch Dein ehemaliger Freund und Du hast schon schöne Stunden mit ihm verlebt.

MANN: *(in weinerlichem Ton)* Ja, o mei, da derf i gar net drandenken, da könnt i glei weinen ....

FRAU: Na na Oskar, vergiss Dich nicht!!!

MANN: Schreib: Mein lieber, guter, alter Freund! Die Wunde, die mir das so jäh zerrissene Freundschaftsband, welches sich einst um uns geschlungen hat, verursacht hat, blutet heute noch. Auch Du, lieber alter Freund, wirst es nie vergessen, als wir in lauer Sommernacht im Hofbräuhauskeller unter duftenden Kastanienbäumen unsere Massen schlürften, und wir dann in der Sternennacht schwer beladen, aber selig, heimtorkelten. Ein Strauss himmelblauer Vergissmeinnicht sollen das Zeichen unserer Freundschaft wieder ....halt, halt, halt, na na nix, ja dös war ja der reinste Liebesbrief! –

FRAU: Ja dös hab i mir a grad denkt!

MANN: Zerreiss sofort den Schmarrn!

FRAU: *(Zerreisst den Brief).* Jetzt wird's aber bald Zeit, dass Du Dich entschliesst, was mir ihm eigentlich schreib'n. I hab ja noch a andere Arbeit auch.

MANN: Jetzt weiss ich, was ich ihm schreib: – kurz und bündig! Nimm an neuen Briefbog'n und schreib: »Geehrter Herr! Ich beschliesse nun mein Schreiben und erachte die ganze Angelegenheit für erledigt. – Hochachtungsvoll![«]

Telefon-Schmerzen [Buchbinder Wanninger]

Von Karl Valentin 1940.

Handlung: [(]Der Buchbindermeister Wanninger hat auf Bestellung der Baufirma Meisel & Co., 12 Bücher frisch eingebunden und bevor er dieselben liefert, frägt er telefonisch an, wohin er die Bücher bringen soll und ob und wann er die Rechnung einkassieren darf. Er geht in seiner Werkstätte ans Telefon und wählt eine Nummer, wobei man das Geräusch der Wählerscheibe hört). Nachdem der Anschluss hergestellt ist:

BAUFIRMA MEISEL, PORTIER: Hier Baufirma Meisel & Co.

BUCHB. MEISTER: Hier ist Buchbinder Wanninger. Ich möchte nur der Fa. Meisel mitteilen, dass ich die Bücher fertig habe und ob ich die Bücher hinschicken soll und ob ich die Rechnung auch mitschicken soll – bitte!

PORTIER: Einen Moment!

SEKRETARIAT: Hier Meisel & Co., Sekretariat!

BUCHBD. MEISTER: Hier ist Buchbinder Wanninger. Ich möchte Ihnen nur mitteilen, dass ich die Bücher fertig habe und ob ich die Bücher hinschicken soll und ob ich die Rechnung auch mitschicken soll – bitte!

SEKRETARIAT: Einen Moment, bitte!

DIREKTION: Direktion der Fa. Meisel & Co. hier!

BUCHBD. MEISTER: Hier ist Buchbinder Wanninger. Ich möchte der Fa. Meisel nur mitteilen, dass ich die Bücher fertig habe und ob ich die Bücher hinschicken soll und ob ich die Rechnung auch mitschicken soll – bitte!

DIREKTION: Ich verbinde Sie mit der Verwaltung, einen Moment mal!

VERWALTUNG: Hier Baufirma Meisel & Co., Verwaltung!

BUCHBD. MEISTER: Hier ist Buchbinder Wanninger. Ich möchte Ihnen nur mitteilen, dass ich die Bücher fertig habe und ob ich die Bücher hinschicken soll und ob ich die Rechnung auch mitschicken soll – bitte!

VERWALTUNG: Rufen Sie doch bitte Nebenstelle 33 an. Sie können gleich weiterwählen. – *(Geräusch der Wählscheibe)*

NEBENSTELLE 33: Hier Baufirma Meisel & Co.

BUCHBD. MEISTER: Hier ist Buchbinder Wanninger. Ich möchte der Fa. Meisel mitteilen, dass ich die Bücher fertig habe und ob ich die Bücher hinschicken soll und ob ich die Rechnung auch mitschicken soll – bitte!

NEBENSTELLE 33: Einen Moment mal! Ich verbinde Sie mit Herrn Ingenieur Plaschek.

ING. [PLASCHEK]: Hier Ingenieur [Plaschek]!

BUCHBD. MEISTER: Hier ist Buchbinder Wanninger. Ich möchte nur dem Herrn Ingenieur mitteilen, dass ich die Bücher fertig habe und ob ich die Bücher hinschicken soll und ob ich die Rechnung auch mitschicken soll – bitte!

ING. [PLASCHEK]: Da weiss ich nichts davon. Fragen Sie doch mal bei Herrn Architekt Klotz an. Einen Moment mal!

ARCHIT. KLOTZ: Hier Architekt Klotz!

BUCHBD. MEISTER: Hier ist Buchbinder Wanninger. Ich möchte nur dem Herrn Architekt mitteilen, dass ich die Bücher fertig habe und ob ich die Bücher hinschicken soll und ob ich die Rechnung auch mitschicken soll – bitte!

ARCHIT. KLOTZ: Da fragen Sie am besten Herrn Direktor selbst. Er ist jetzt nicht in der Fabrik. Ich verbinde Sie gleich mit der Wohnung.

WOHNUNG: Hier Direktor Hartmann!

BUCHBD. MEISTER: Hier ist Buchbinder Wanninger. Ich möchte dem Herrn Direktor nur mitteilen, dass ich die Bücher fertig habe und ob ich die Bücher hinschicken soll und ob ich die Rechnung auch mitschicken soll – bitte, Herr Direktor!

WOHNUNG, DIR.: Ich kümmere mich nicht um diese Sachen. Vielleicht weiss die Abteilung III Bescheid; ich schalte in die Firma zurück.

ABTLG. III: Baufirma Meisel, Abteilung III.

Buchbd. Meister: Hier ist Buchbinder Wanninger. Ich möchte nur der Fa. Meisel mitteilen, dass ich die Bücher fertig habe und ob ich die Bücher hinschicken soll und ob ich die Rechnung auch mitschicken soll – bitte.

Abtlg. III: Einen Moment bitte, ich verbinde mit der Buchhaltung.

Buchhaltung: Fa. Meisel & Co., Buchhaltung!

Buchbd. Meister: Hier ist Buchbinder Wanninger. Ich möchte nur der Fa. Meisel mitteilen, dass ich die Bücher fertig habe und ob ich die Bücher hinschicken soll und ob ich die Rechnung auch mitschicken soll – bitte!

Buchhaltung: So, sind die Bücher endlich fertig – hören Sie zu, dann können Sie ja dieselben [–] Rufen Sie bitte morgen wieder an, wir haben jetzt Büroschluss!

Buchbd. Meister: Jawohl – danke – entschuldigen Sie vielmals bitte.

Haben Sie Zeit, gehns mit

(Text von Karl Valentin)

Herr B. So, heut hätt'ns Zeit? Also gehns mit.

Valentin. Wohin?

B. Irgend wohin!

V. Ja, da war i scho amal!

B. So?

V. Ja!

B. So, da warn si schon amal?

V. Ja, öfters scho!

B. Ja, dann hats keinen Sinn, i hab g'meint, sie warn überhaupt noch nicht dort!

V. Na! Na! überhaupt scho glei gar net!

B. Da müssns scho entschuldigen, des hab i net gwusst!

V. Selbstverständlich, des habens ja nicht wissen können!

B. No, des will i grad net sagn, – – da Peter war ja a no net drüben!

V. Da Peter a no net?

B. Na!

V. Vom Peter hätt i des net vermutet. – So, der war a no net dort?

B. Ja – – i kanns net mit S[ic]herheit sagn, – vielleicht war er vorher scho amal dort!

V. Das kann a sein!

B. Der Peter is [e]ben so a Mensch, wenn der s[a]gt, er geht da und da hin, dann geht er auch hin!

V. I bin genau so, i hätt schon oft, irgend wohin gehn solln und im letzten Moment hab i mir dann denkt, a was, gehst doch hin!

B. Sans dann hinganga?

V. Ja – –, bin aber net lang dort blibn!

B. Dös is lang gnua!

V. Dös sag i a – – was hab i denn davon? – – Is schad um d Zeit!

B. Des stimmt! – – – Zeit is Geld!

V. Na, – – des stimmt net – – Zeit hab i gnua, aber kein Geld! – – Wenn i so viel Geld hätt wie Zeit, dann hätt i mehr Geld wie Zeit!

Herr B. Dann hättn sie keine Zeit mehr, dass mit mir wohin gehen!

V. Dann nicht aber heut hätt ich noch Zeit! *(Wieder von vorne beginnen) geht 2 bis 3 mal durch – und dann unterbrechen[:]* jetzt müss ma aufhörn sonst merkens die Hörer[,] daß des immer wieder von vorn ogeht.

Die Fremden

PROFESSOR: So! – Wir haben also in der letzten Unterrichtsstunde über die Filzpantoffel gesprochen und behandeln heute das Hemd. Wer von euch weiß zufällig einen Reim auf »Hemd«?

VALENTIN: Auf Hemd reimt sich »fremd«.

PROF.: Sehr gut! Und wie heißt die Mehrzahl von »fremd«?

VAL.: Die Fremden.

PROF.: Jawohl, die Fremden. – Und aus was bestehen die Fremden?

VAL.: Aus »fremd« und aus »den«.

PROF.: Sehr gut! – – Und was ist ein »Fremder«?

VAL.: Fleisch – Gemüse – Mehlspeisen – Obst usw.

PROF.: Nein! – Nein! – Nicht was er ißt, sondern was er tut.

VAL.: Er reist ab.

PROF.: Sehr richtig! – Er kommt aber auch an – und ist dann ein Fremder. – Bleibt er dann für immer ein Fremder?

VAL.: Nein! – Ein Fremder bleibt nicht immer ein Fremder.

PROF.: Wieso?

VAL.: Fremd ist der Fremde nur in der Fremde.

PROF.: Das ist nicht unrichtig. – Und warum fühlt sich ein Fremder nur in der Fremde fremd?

VAL.: Weil jeder Fremde, der sich fremd fühlt, ein Fremder ist, und zwar solange, bis er sich nicht mehr fremd fühlt – dann ist er kein Fremder mehr.

PROF.: Ausgezeichnet! – Wenn aber ein Fremder schon lange in der Fremde ist, – ist das dann auch ein Fremder? Oder ist das ein Nichtmehrfremder?

VAL.: Jawohl, das ist ein Nichtmehrfremder; aber es kann diesem Nichtmehrfremden – unbewußt – doch noch einiges fremd sein.

PROF.: Was zum Beispiel?

VAL.: Den meisten Münchnern z. B. ist das Hofbräuhaus nicht fremd – hingegen ihnen die meisten Museen fremd sind.

PROF.: Sehr richtig! – Dann kann also der Einheimische in seiner eigenen Vaterstadt zugleich noch ein Fremder sein. – Es gibt aber auch Fremde unter Fremden! Wie verstehen Sie das?

VAL.: Fremde unter Fremden sind – so wie ich mir das vorstelle –, wenn Fremde mit dem Zug über eine Brücke fahren und ein anderer Eisenbahnzug mit Fremden unter derselben durchfährt, so sind die durchfahrenden Fremden – Fremde unter Fremden, was Sie, Herr Professor, wahrscheinlich nicht so schnell begreifen werden.

PROF.: Leicht fällt es mir nicht! Aber nun wieder zum Thema. – Und was sind »Einheimische«?

VAL.: Einheimische sind das Gegenteil von Fremde. Aber dem Einheimischen sind die fremdesten Fremden nicht fremd, – er kennt zwar den Fremden persönlich nicht, merkt aber sofort, daß es sich um einen Fremden handelt, bzw. um Fremde handelt; zumal, wenn diese Fremden in einem Fremdenomnibus durch die Stadt fahren.

PROF.: Wie ist es nun, wenn ein Fremder von einem Fremden eine Auskunft will?

VAL.: Sehr einfach. – Frägt ein Fremder in einer fremden Stadt einen Fremden um irgend etwas, was ihm fremd ist, so sagt der Fremde zu dem Fremden: »Das ist mir leider fremd, ich bin hier nämlich selber fremd.[«]

PROF.: Das Gegenteil von fremd ist bekannt. Ist Ihnen das klar?

VAL.: Eigentlich ja! Denn, wenn z. B. ein Fremder einen Bekannten hat, so muß ihm dieser Bekannte zuerst fremd gewesen sein, – aber durch das gegenseitige Bekanntwerden sind sich die beiden nicht mehr fremd. Wenn aber diese beiden Bekannten zusammen in eine fremde Stadt reisen, so sind diese zwei Bekannten dort für die Einheimischen wieder Fremde geworden. – Sollten sich diese beiden Bekannten hundert Jahre in dieser fremden Stadt aufhalten, so sind sie auch dort den Einheimischen nicht mehr fremd.

Ein Interview mit Karl Valentin

Text von Karl Valentin. Geschrieben am 26. September 1945.

Sie hören heute ein Gespräch *(Interview)* zwischen unserem Funkreporter und Karl Valentin.

ANS. Wir danken Ihnen Herr Valentin im voraus, dass Sie unserer Einladung Folge geleistet haben und wir bitten Sie uns einiges über Ihr Leben und Treiben zu erzählen z. B. Ihrer Jugendzeit, Ihrer Geburt.

VAL. Geboren wurde ich im Jahre 1881.

ANS. Also 1881 ist Ihr Geburtsjahr.

VAL. Nein, da war ich noch nicht da, denn ich bin erst ein Jahr später auf die Welt gekommen.

ANS. Also 1882.

VAL. Ganz richtig.

ANS. Was hatten Sie gleich nach der Geburt für einen Eindruck von der Welt.

VAL. Als ich die Hebamme sah, die mich empfing, war ich sprachlos. – Ich habe diese Frau in meinem ganzen Leben noch nicht gesehen.

ANS. Waren Sie das einzige Kind Ihrer Eltern?

VAL. Nein – wir waren fast mehrere, ich hatte neben meinen Eltern auch noch Geschwister.

ANS. Wieviel, wenn ich Sie fragen darf?

VAL. Eine riesige Menge – wir waren 3 Brüder und 5 Geschwister – wenn ich meine Mutter und meinen Vater dazurechne, waren wir 10 Stück Personen.

ANS. Wo sind Sie geboren, sind Sie in München geboren?

VAL. Nein, in der Sonnenstr., im Postscheckamt.

ANS. Wie – im Postscheckamt – das ist doch ein Witz?

VAL. Nein, nein – das Postscheckamt war 1882 das Gebärhaus, in welchem ständig geboren wurde.

ANS. Waren Sie mit der Herstellung *(Verzeihung ich korrigiere)* mit der Erziehung Ihrer Eltern zufrieden?

VAL. Ach Gott, was heisst Herstellung *(Verzeihung ich korrigiere ebenfalls)* Erziehung. Man wächst eben so heran – das ist ein Naturgesetz, denn wenn man nicht wächst, wird man ja ein Liliputaner – darauf hatte ich keine Lust. Ein Liliputaner wollte ich nicht werden, ich wollte Frauenarzt werden, wollte viel sehen in der Welt.

ANS. Wie sind Sie denn eigentlich zu Ihren Beruf gekommen? Sie sind doch Komiker.

VAL. Ich habe immer dummes Zeug geschwätzt und da meinte mein Vater ich müsste eigentlich Komiker werden.

ANS. Nach Ansicht Ihres Vaters müsste es aber dann viele Komiker geben. Was sagen Sie eigentlich zur jetzigen Lage Herr Valentin – zur Besetzung Deutschlands?

VAL. Da ist mir vieles noch nicht klar. Besonders das Wort »besetzt«.

ANS. Wieso?

VAL. Besetzt kommt vom sitzen – ich sitze – ich besitze – ich bin im Besitz. – Sitzen z. B. zwei Freunde beisammen, plötzlich streiten sie mitsammen, jeder setzt sich wo anders hin, so ist das eine Auseinandersetzung – aus Freunde wurden Feinde. – Aber nicht blos Menschen und Tiere können sich setzen, sondern auch Schriften, denn es gibt auch Schriftsetzereien.

ANS. Aber für das Wort »besetzt« könnte ich mir kein anderes Wort denken.

VAL. Doch »Platz genommen«. Man sagt doch bei einer Einladung auch z. B. »Bitte nehmen Sie Platz[«].

ANS. Richtig – das geht im Zivilleben, aber Deutschland hätte doch nicht zu den Allierten sagen können: »Bitte nehmen Sie Platz, machen Sie sichs bequem, tun Sie so als wenn Sie zu Hause wären.«

VAL. Das Wörtchen »bitte« wäre ja im letzteren Falle nicht notwendig gewesen, denn die Allierten hätten auch ohne Bitte Platz genommen.

ANS. Das haben sie ja auch getan und haben dann Europa besetzt.

VAL. Ja und gerade über dieses Wort »besetzt« machen sich viele, so auch ich – Gedanken – wie im Grossen so auch im Kleinen. Sitzt z.B. jemand in einem kleinen Raum und ein anderer, dem es pressiert, will auch schnell in den kleinen Raum hinein, so schreit der drinnen raus »besetzt«. – Der heraus Wartende weiss nun, dass er solange warten muss, bis der drinnen den Raum wieder verlässt, dann erst kann der andere hinein.

ANS. Mit dem kleinen Raum meinen Sie natürlich –

VAL. Ja, ja W.C. In einem solch kleinen Raum dauert natürlich so eine Besetzung normal 5 bis 10 Minuten. Ist diese Zeit überschritten, wird der Wartende ungeduldig und schreit hinein wie lange bleibt denn der Raum noch besetzt – würde der drinnen herausschreien 10 bis 20 Jahre so würde der heraus Wartende hineinschreien solange kann ich nicht warten.

ANS. Wie ist das nun mit der Besetzung eines grossen Raumes sagen wir die Besetzung Deutschlands.

VAL. Da kann man schwer einen Vergleich ziehen. Erstens sitzt die Besatz[u]ng nicht – zum grössten Teil fährt dieselbe mit Autos, was bei der Besetzung des kleinen Raumes W.C. technisch nicht möglich ist.

ANS. Eine weitere Frage Herr Valentin – wie ist Ihr Gesundheitszustand?

VAL. Könnte besser sein. – Zur Zeit leide ich, wie die meisten Menschen an Mageneinschrumpfung, aber ich lasse meinen Magen ruhig einschrumpfen, denn für unsere knappe Nahrungsmittelversorgung ist eine Magenschrumpfung von grossem Vorteil. Der Magen wird ganz klein, es geht nicht mehr viel hinein – und so soll es ja sein.

ANS. Wie steht es mit der Zukunft Herr Valentin? Gedenken Sie wieder in München persönlich aufzutreten?

VAL. Ja.

ANS. Das ist aber erfreulich, da werden viele Münchner sich an Ihren lustigen Darbietungen erfreuen.

VAL. Das wäre aber pietätlos von den Münchnern.

ANS. Wieso?

VAL. Ich habe die Militärregierung um Genehmigung einer Freilichtbühne gebeten, mitten auf dem Marienplatz.

ANS. Und was wollen Sie da zur Aufführung bringen?

VAL. Ein Trauerspiel – – – »Sodomma und Gomorha«. Die Kulissen rings um die Freilichtbühne haben wir bereits.

Nein

Von Karl Valentin

V.: Kennen Sie meinen Schwager?
B.: Nein!
V.: Den *kennen* Sie nicht?
B.: Nein.
V.: So. Ich hab' geglaubt, Sie kennen ihn?
B.: Nein.
V.: Überhaupt nicht?
B.: Nein.
V.: Gesehen haben Sie ihn auch nicht?
B.: Nein.
V.: Aber Sie wissen doch, daß ich einen Schwager hab'?
B.: Nein.
V.: Ja, was is dös!
B.: Nein.
V.: *Was,* nein – möchten Sie meinen Schwager kennen lernen?
B. Nein.
V.: Meine Schwägerin auch nicht?
B.: Nein.
V.: Haben Sie auch einen Schwager?

B.: Nein.
V.: Schwägerin auch nicht?
B.: Nein.
V.: Geschwister auch nicht?
B.: Nein.
V.: Zwillinge?
B.: Nein, nein.
V.: Haben *Sie* Kinder?
B.: Nein.
V.: Wie viele?
B.: Nein.
V.: Sie haben ja gar nichts?
B.: Nein.
V.: Kein Haus auch nicht?
B.: Nein.
V.: Haben Sie kein Geld auch nicht?
B.: Nein.
V.: Wenn S' *kein* Geld *nicht* haben, dann haben Sie ja eins!
B.: Nein.
V.: Sagen Sie zu allem nein?
B.: Nein.
V.: *Ja* sagen Sie überhaupt nicht?
B.: Nein.
V.: Aber, daß der Krieg aus ist, das freut Sie schon?
B.: Nein.
V.: Was? Dann sind Sie ja Kriegsgewinnler?
B.: Nein.
V.: Dös san S' a net?
B.: Nein.
V.: Ja, irgend was müssen S' doch sein?
B.: Nein.
V.: Ein Neinsager sind Sie doch auf jeden Fall?
B.: Nein.
V.: Ein Mensch, der zu allem Ja sagt, sind Sie aber auch nicht?
B.: Nein.

V.: Ja, dann sind Sie ja ein Depp!
B.: Nein.
V.: A net?
B.: Nein.
V.: Jetzt werd mir Ihre Nein-Sagerei zu dumm – einmal *müssen* Sie »ja« sagen. – Nun stell ich an Sie noch zwei Fragen: Sind Sie Pg.?
B.: Nein.
V.: Haben Sie alle Ihre Fragebögen gewissenhaft ausgefüllt?
B.: Selbstverständlich!
V.: Moana Sie der hätt' »Ja« g'sagt? – »Auf Wiedersehn« hat er g'sagt und is ganga!

Die Atombombe

Ein tiefsinniges Gespräch, belauscht von Karl Valentin

Fr. Huber: Na Frau Maier, was sagn jetzt Sie über die neue Atombombe?
Fr. Maier: Ja – dö soll ja furchtbar sein.
Huberin: Furchtbar? Dö soll nicht nur furchtbar sein, das soll das Katastrophalste sein, was je erfunden wurde.
Maierin: So, das Katrophalste, wie ham S' gsagt?
Huberin: Das Ka-ta-stroh-stroh-fall-steh, das is schwer zum Ausdrücken.
Maierin: Was is denn eigentlich so ein Katastrophal?
Huberin: Ein Katastrophal ist eine Art Energie, und wenn die exeplidiert, dann gehts los, dann is dö ganze Welt hi.
Maierin: Geht dann die Atombombe los oder die Energie?, wie Sie vorhin gsagt ham.

HUBERIN: Na, na, der Kern geht los, net der Amtom selber.

MAIERIN: So, so, nur der Kern. – Wo is der?

HUBERIN: Der is innen drin im Amtom, genau wia bei de Zwetschgn, da is aa der Kern innen drin.

MAIERIN: Ja stimmt, dös is erst kurz in der Zeitung gstandn von dieser Amtombombenkernzertrümmerung.

HUBERIN: Ja, ja, des is des, stellns Ihna vor, so ein Amtomkern is so klein, daß man net amoi mit dem größtn Fernrohr siecht, und wenn der Kern zertrümmert werd, entstehen daraus lauter noch kleinere Molikühle, – de san um aa Drionstel mal kleiner, als wia der winzigste Amtomkern selber.

MAIERIN: Ja was is dös, – da muaß aber der Arbeiter, der den winzig klona Amtomkern mit 'm Hammer zertrümmert, no guate Augn ham.

HUBERIN: O mei, Frau Meier, in der Philophiserie lassn Sie hübsch zu wünschn übrig, Sie stelln eahna diese Zertrümmerung so kindisch vor! Die zertrümmert sich ja selbst, wenn die Amtombombe vom Flugzeug aus hinabwärts auf den Boden fällt.

MAIERIN: Wenns aber auf an woachn Boden fällt, in an sogenannten Lettn oder Batz, oder gar ins Wasser, was nacha?

HUBERIN: Dann aa.

MAIERIN: Aa nacha, wenns naß werd? Löschts da net aus?

HUBERIN: A woher, die Amtombombe is ja wasserdicht, de werd überhaupts net naß, bis de naß werd, gehts ja scho los, da is ja die Katastrophe schon exeplodiert.

MAIERIN: Ja wia Sie dös alles wissn.

HUBERIN: Kunststück – i bin immer auf dem laufenden und noch dazu sehr belesen.

MAIERIN: Und was is nacha mit den kleinen Maniküren, wie Sie vorher gsagt habn.

HUBERIN: Maiküren? – Sie meinen die Molikühlen – dö zreißts aa.

MAIERIN: Einesteils könnt man sich ärgern, weils solche Sachen erfinden, aber für an gwöhnlichen Kartharr, da gibts no nix.

Huberin: Ja, ja Frau Maier, Sie dürfen auch an Kartharr net mit der Amtombombe in Einklang bringen.

Maierin: Na, na, des steht mir fern, i moan ja nur.

Huberin: Schaugns, wenn diese Amtomenergiekernzertrümmerungsmethode einmal zu nützlichen Sachen Verwendung findet, dann ist das doch ein wahrer Segen für uns und für die ganze Menschheit.

Maierin: Ja ja, schon, aber wenn doch vor der nützlichen Verwendung die schädliche Verwendung angewandt wird, dann ist doch nach meiner Ansicht die nützliche Verwendung nicht mehr anwendbar, weil mir doch scho alle hi san.

Huberin: Na, so gfährli werds net wern. Im Krieg hats ja auch gheißn, jede Kugel trifft net, und da ists dasselbe, denn so genau als wia mit einem Gwehr oder einer Kanone könnas' mit der Amtombombe niemals zielen.

Maierin: Ja, i hab ja von all den neuen Erfindungen sehr wenig Kenntnisse, aber i muaß grad so staunen, daß Sie des alles so wissn, Frau Huaber.

Huberin: Mei, Frau Meier, von Ihnen kann man das auch gar nicht verlangen, und wie gsagt, bin ich sehr belesen und außerdem hat mi unser Zimmerherr, der Herr Lorenz, über vieles Technische aufgeklärt. Der Herr Lorenz is nämlich Möbelpacker bei der Speditionsfirma Fey und Falk und außerdem is er ein tüchtiger Bastler. Der hat vorige Woch einen Hasnstall gmacht aus lauter alte Kistnbrettln, entzückend, sag ich Eahna. Ja, jetzt muaß i aber geh, vor lauter Ratschn kriag i sonst koa Milli mehr.

Maierin: Ja, i muaß aa geh, aber interessant war des heit, hoch- und wissenschaftlich, Eahna is grad guat zuzhörn, Frau Huber, de andern Weiber redn nur allaweil, was soll i denn heit kocha, und vielleicht kriag i doch no an Bezugschein und so weiter.

Huberin: Ja mei, Frau Meier, es gibt halt solche und Gott sei Dank andere aa. Also pfia Gott, Frau Maier.

Maierin: Pfia Gott, Frau Huber!

Bei Schaja

VERK.: Sie wünschen?
VAL.: Eine Leika.
VERK.: Zurzeit haben wir leider keine da.
VAL.: Wann bekommen Sie wieder welche?
VERK.: Schauen Sie in vierzehn Tagen wieder her.
VAL.: Her schauen? Ich seh so schlecht! Ausserdem wohne ich in Planegg, 15 km von München entfernt, und so weit sehe ich nicht!
VERK. Ich meine, Kommen Sie in vierzehn Tagen wieder her!
VAL. Kommen ja. Und da haben Sie Leikas bekommen?
VERK. Vielleicht!
VAL. Vielleicht? Ich kann ja auch nicht »vielleicht« kommen, ich komme bestimmt.
VERK. Bestimmt? Ich kann natürlich nicht garantieren, ob in vierzehn Tagen bestimmt Leikas eingetroffen sind.
VAL. Dann ist es auch nicht nötig, dass ich in vierzehn Tagen kommen soll.
VERK. Sie können ja auch später kommen.
VAL. Um wie viel Uhr?
VERK. Ich meine – acht Tage später kommen.
VAL. Also in drei Wochen?
VERK. Ja! Sie können ja auch früher kommen.
VAL. Wer? Ich –?
VERK. Nein – die Leikas.
VAL. Und ich erst in drei Wochen?
VERK. Nein! Wenn die Leikas früher eintreffen, dann können Sie früher eine haben, wenn wir welche haben.
VAL. Wenn ich aber auch früher komme und Sie haben noch keine, soll ich dann etwas später kommen?
VERK. Selbstverständlich.
VAL. Wann?

VERK. Das ist unbestimmt.

VAL. Und wann wäre es dann bestimmt?

VERK. Sobald welche da sind.

VAL. Momentan haben Sie also keine da?

VERK. Nein!

VAL. Am liebsten wäre es mir, ich hätte jetzt gleich eine haben können, dann bräucht ich überhaupt nicht mehr zu kommen.

VERK. Das wäre mir auch das Liebste, wenn Sie nicht mehr kommen würden.

VAL. Ich soll nicht mehr kommen?

VERK. Freilich können Sie kommen, aber doch erst, wenn wir wieder Leikas haben.

VAL. Und wann haben Sie welche?

VERK. Ich sagte Ihnen ja schon, schauen Sie in vierzehn Tagen wieder her!

VAL.: Her schauen? Ich seh' so schlecht! Ausserdem wohne ich in Planegg, 15 km von München entfernt, und so weit sehe ich nicht!

--- Und so weiter und so fort ---!

V

Stücke

Theater in der Vorstadt

Komödie in zwei Akten

I. Akt

Dekoration »Bühne auf der Bühne« mit primitivster Ausstattung, Vorhang und Souffleurkasten
Valentin und Musiker treten auf, setzen sich an ihre Plätze, richten ihre Noten her.

MUSIKER: Ist unser Kapellmeister noch nicht da?
VALENTIN: Nein, bis jetzt noch nicht, vielleicht kommt er später?
MUSIKER: Bei uns schimpft er gleich, wenn einer einmal zu spät kommt, aber er darf sichs ja erlauben, der alte Aff.
VALENTIN: Der sitzt höchstens wieder drüben in der Wirtschaft und sauft eine Maß nach der andern, der besoffene Uhu –
MUSIKER: Könna tut er auch nichts, der alte Depp, der kennt ja nicht einmal die Noten, ich kann überhaupt nicht verstehen, wie der da herein in das Theater als Kapellmeister gekommen ist.
VALENTIN: Durch Projektion – sonst haben sie ihn nirgends brauchen können, den alten Grantlhauer, weil er von der Musik ja gar nichts versteht.
KAPELLMEISTER *(tritt unbemerkt auf, hört ruhig zu).*
MUSIKER: Ja, mir wenns amal zu dumm wird, dann kann er etwas erleben, der spinnate Kerl. Der ist ja sowieso schon sechs Jahre narrisch.
VALENTIN: Nein, das reicht nicht mehr, der ist schon sechzig Jahr narrisch.
MUSIKER *(dreht sich um, sieht den Kapellmeister, grüßt leise):* Guten Abend – *(zu Valentin, schnell):* Komm, richt' endlich Deine Noten her und red nicht immer so viel, sonst wenn

der Herr Kapellmeister kommt, bist wieder nicht fertig, dann muß er sich gleich wieder ärgern, der Herr Kapellmeister.

VALENTIN: Seit wann sagst Du Herr Kapellmeister?

MUSIKER: Ich habe noch nie anders g'sagt wie Herr Kapellmeister –

VALENTIN: Jetzt schau einen solchen Konditor an, Herr Kapellmeister sagt er auf einmal, und sonst schimpft er die ganze Zeit über ihn.

MUSIKER: Das ist nicht wahr, ich hab noch nie über unsern Herrn Kapellmeister etwas gesagt, Du hast g'rad g'sagt, daß er sechs Jahr narrisch ist.

VALENTIN: Ich hab g'sagt sechzig Jahr –

MUSIKER *(hustet verlegen).*

VALENTIN: Was hast Du denn auf einmal, warum sprichst denn nichts mehr? *(Zu den andern):* Was schaut Ihr denn so blöd? Habt Ihr mir wieder was naufg'hängt? *(Dreht sich um. Sieht den Kapellmeister).*

KAPELLMEISTER: Jetzt horch ich Ihnen bereits fünf Minuten lang zu –

VALENTIN: So lang schon?

KAPELLMEISTER: Wen haben Sie denn da gemeint mit dem alten Aff?

VALENTIN: Meinen Bruder.

KAPELLMEISTER: So, Ihren Bruder – – Sie haben doch einmal zu mir gesagt, Sie haben gar keinen Bruder –

VALENTIN: Nein –

KAPELLMEISTER: Wen haben Sie dann gemeint?

VALENTIN: Meine Schwester.

KAPELLMEISTER: Zuerst Ihren Bruder und dann die Schwester?

VALENTIN: Jawohl –

KAPELLMEISTER: Und ich bin so dumm und glaub' das gleich –

VALENTIN: Jawohl –

KAPELLMEISTER: Nein, absolut nicht – Sie, da wenn ich Ihnen drauf komme, wen Sie da gemeint haben, aber dann spukts.

VALENTIN: Da kommens nicht drauf.

KAPELLMEISTER: Das wird auch gut sein – da hört sich doch alles auf! – Guten Abend, meine Herrn –

ALLE MUSIKER: Guten Abend, Herr Kapellmeister.

KAPELLMEISTER: Es ist ganz gut, wenn man auf eine solche Art und Weise seine Leute richtig kennen lernt, da tut er mir immer so schön ins Gesicht, und wenn ich nicht da bin, dann schimpft er über mich. Der falsche Kerl – – !!!!

VALENTIN: Das kann ich doch nicht wissen, daß Sie hinter mir stehen.

KAPELLMEISTER: Sie habens notwendig, Sie sind der Allerschlechteste unter allen.

VALENTIN: Die andern auch –

KAPELLMEISTER: Sind die Noten schon aufgeschlagen? Der erste Marsch kommt –

VALENTIN: M – – – arsch – – – !

KAPELLMEISTER: Was sagen Sie?

VALENTIN: Wissen Sie einen Reim auf Marsch?

KAPELLMEISTER: Nein.

VALENTIN: WWWWWarsch – – – WWarschau – Abgekürzt –

KAPELLMEISTER: Unterlassen Sie die Witze – sind S' nicht ungezogen – jetzt fangen wir an –

VALENTIN: Pause????

KAPELLMEISTER: Was Pause – Wie kommen denn Sie jetzt auf Pause – Wer hat denn jetzt ein Wort von einer Pause gesagt?

VALENTIN: Haben nicht Sie grad Pause gesagt?

KAPELLMEISTER: Ich – – Ich hab ja gar nicht dran gedacht an eine Pause – Sie haben grad g'sagt Pause –

VALENTIN: Ich hab's g'sagt?

KAPELLMEISTER: Natürlich – grad im Moment haben Sie's g'sagt –

VALENTIN: Drum, ich habs ja ghört!!!

KAPELLMEISTER: Das würde Ihnen so passen, gleich am Anfang eine Pause machen, da wird nichts daraus, jetzt gehts los. *(Klopft ab.)*

VALENTIN: Halt – husten muß ich zuerst noch –

KAPELLMEISTER: Jetzt hätten Sie so lange Zeit gehabt zum Husten, im letzten Moment fällt es ihm ein, also husten Sie noch schnell, dann warte ich – vorwärts – was ist denn?

(Alle warten und sehen ihn an.)

VALENTIN: Jetzt muß ich nicht –

KAPELLMEISTER *(klopft ab):* Folies-Bergères-Marsch wird gespielt. *(Valentin bläst einmal falsch, deutet auf den anderen Trompeter und bläst zum Schluß einen Takt nach.)*

KAPELLMEISTER: Was blasens denn da noch nach, wir sind doch schon fertig!

VALENTIN: Ich hab ja später angfangt auch.

KAPELLMEISTER: Die Sängerin kommt jetzt dran, die Dame müssen Sie mit Streichmusik begleiten, die Trompete ist zu laut.

VALENTIN *(nimmt die Trompete und Geige in die Hand).*

KAPELLMEISTER: Streichmusik hab ich gesagt, schaun Sie sich doch an.

VALENTIN *(richtet sein Vorhemd, wischt sich ein Loch von der Hose weg und meint* – mit Benzin gehts schon raus – *nimmt dann die Trompete und den Geigenbogen – endlich die Geige und den Bogen, denselben aber verkehrt haltend).*

KAPELLMEISTER: Wieder verkehrt, ich glaub Sie sind heut besoffen?

VALENTIN: Jetzt noch nicht.

KAPELLMEISTER: Also fertig, die Sängerin will doch singen.

VALENTIN: Wegen uns brauchts nicht singen.

KAPELLMEISTER: Wegen Ihnen singts auch nicht, wegen dem Publikum.

(Glockenzeichen – einen Tusch – Der Vorhang geht aber nicht auf.)

THEATERMEISTER *(kommt auf die Bühne):* Herr Kapellmeister, ich bring den Vorhang nicht auf, der ist kaputt.

KAPELLMEISTER: Warum richten Sie dann den Vorhang nicht?

THEATERMEISTER: Ich kann ihn nicht richten.

KAPELLMEISTER: Auf der ganzen Welt wird sich doch einer finden, der den Vorhang richten kann.

VALENTIN: Ein Richter!

KAPELLMEISTER: Da muß man eben einen Tapezierer haben, gehen Sie einmal zum Tapezierer und holen Sie ihn.

THEATERMEISTER: Ich weiß nicht, wo der Tapezierer wohnt.

VALENTIN: Das ist doch gleich, wo der wohnt.

KAPELLMEISTER: Das ist nicht gleich, wo der wohnt, das muß man doch wissen.

VALENTIN: Der Tapezierer wirds doch selber wissen, wo er wohnt. Den braucht er doch nur fragen.

KAPELLMEISTER: Wie kann er denn das, wenn er nicht weiß, wo er ihn finden kann.

VALENTIN: Den wird er schon einmal treffen auf der Straße.

KAPELLMEISTER: Das ist ja ein Unsinn, also wer weiß, wo der Tapezierer wohnt.

VALENTIN: Einen weiß ich schon, der wohnt Ecke Theresienwiese und Kaufingerstraße.

KAPELLMEISTER: Also, da gehen Sie hin. Sagen Sie eine Empfehlung von mir, unser Vorhang hat sich verhängt, wenn er einmal Zeit hat, soll er rüber kommen bei Gelegenheit.

THEATERMEISTER *(geht ab).*

KAPELLMEISTER *(Läßt den Vorhang ein Stück weiter aufziehen):* Aha die Sängerin ist auch schon da, die hab ich noch gar nicht bemerkt.

SÄNGERIN: Ein Lied: »Das verlorene Glück«.

VALENTIN: Was hats verlorn?

KAPELLMEISTER: Ihr Glück hats verlorn.

VALENTIN: Inserieren lassen.

SÄNGERIN *(singt):*

So oft der Frühling durch das offne Fenster
am Sonntagmorgen uns hat angelacht,
da zogen wir durch Hain und grüne Felder.
Sag Liebchen hat dein Herz daran gedacht.

VALENTIN *(spielt ganz falsch auf der Geige dazu. Kapellmeister schimpft – Darauf stimmt er die Geige – Kapellmeister schimpft wieder).*

SÄNGERIN *(immer weiter singend):*

Wenn abends wir die Schritte heimwärts lenkten,
dein Händchen ruhte sanft in meinem Arm,
so oft der Weiden Rauschen dich erschreckte,
da hielt ich dich so fest, so innig warm.

(Theatermeister und Tapezierer kommen mit Leiter und Werkzeug auf die Bühne durch den Zuschauerraum.)

SÄNGERIN: Zu jener Zeit wie liebt ich dich, mein Leben,
ich hätt' geküßt die Spur von deinem Tritt,
hätt' gerne alles für dich hingegeben
und dennoch du – du hast mich nie geliebt.

(Während dieser Zeit hat der Tapezierer mit der Reparatur begonnen. Der Theatermeister zeigt ihm alles – lautes Klopfen.)

SÄNGERIN *(singt unbekümmert weiter):*

Stets sorgenlos mit Wenigem zufrieden,
begabt mit leichtem Mut und frohem Sinn,
so saßen wir am kalten Winterabend
und wärmten uns am traulichen Kamin –
Wir schwärmten nur von Liebeslust und Wonne,
dein Haupt, es ruhte sanft auf meinem Knie,
dein Auge über mir war meine Sonne,
des Feuers Knistern süße Harmonie.
Zu jener Zeit, wie liebt ich dich, mein Leben,
Ich hätt' geküßt die Spur von deinem Tritt,
hätt' gerne alles für dich hingegeben
und dennoch du – du hast mich nie geliebt.

(Valentin ist während der zweiten Strophe auf die Bühne gestiegen, der Kapellmeister auch. Valentin sieht dem Tapezierer zu, spielt aber immer auf seiner Geige weiter. Fährt zum Schlusse der Sängerin mit dem Geigenbogen in die Haare, reißt ihr den Schopf aus. Dann tritt er dem Souffleur auf die Hand. Der Tapezierer hat seine Arbeit vollendet, die Sängerin zu Ende gesungen, alles geht ab von der Bühne, nur Valentin und Kapellmeister unterhalten sich noch. Aus dem Souffleurkasten kommt ein jämmerliches Geschrei: Au – Au – Au –.)

Kapellmeister: Wer schreit denn da so? *(Bemerkt den Souffleur.)* Sie, Sie stehen ja dem Souffleur auf der Hand, gehens doch runter.

Valentin *(ist ganz erstaunt, hebt seinen Fuß auf und schaut den Souffleur an).*

Kapellmeister: Gehens auf Ihren Platz hinunter. Das kann ich nicht verstehn, steigt er dem Souffleur auf die Hand. Ja, ham denn Sie das nicht g'spürt.

Valentin: Er hats g'spürt.

Souffleur *(schreit immer weiter).*

Valentin: Jammert er recht?

Kapellmeister: Natürlich muß er jammern, wenn Sie ihm auf d'Finger hinauf steigen, meinens, das tut so wohl, lassen Sie sich einmal auf die Finger hinauftreten, dann werden Sie 's schon sehen. Wenns an Anstand hätten, würden Sie sich entschuldigen.

Valentin: Hab keinen.

Kapellmeister: Aber die Sängerin ist gut, meine Herrn.

Valentin: Die hat eine Genie.

Kapellmeister: Man sagt nicht, die hat ein Genie, sondern die Dame ist ein Genie.

Valentin: Nein ich mein, die hat eine Genie – eine schenie Stimme.

Kapellmeister: Das ist doch etwas ganz anderes. Übrigens fällt mit grade noch etwas ein. Gell, wenn Sie mich wieder einmal sehn auf der Straße, dann sind Sie auch so freundlich und grüßen Sie mich. Das gehört sich, das erfordert Ihr Anstand.

Musiker *(zu Valentin):* Warum, ham Sie ihn wo gsehn?

Valentin: Gestern auf der Post, da hat er sich angestellt.

Kapellmeister: Gell, Sie haben mich gesehn, warum haben Sie mich dann nicht gegrüßt?

Valentin: Weil Sie so weit hinten gestanden sind – ich kann doch nicht so hinter grüßen! Da warn viel Leut dort – Menschen, Publikum, Passanten, Volk – alles durcheinander –.

Sie – der Frau, die vor Ihnen gestanden ist, ist das Handtäscherl gestohlen worden.

KAPELLMEISTER: Ja, wie meinen Sie das? Ha? Sie bringen das ja fast so heraus, als ob ich der Frau das Handtäscherl gestohlen hätte.

VALENTIN: Ja, gewiß weiß ich's nicht.

KAPELLMEISTER: Behaupten sollen Sie's auch noch! Das verbitte ich mir. Das kann schon sein, daß einer Frau eine Handtasche gestohlen worden ist, das war höchstens ein Taschendieb.

VALENTIN: Freilich kein Kellerdieb.

KAPELLMEISTER: Die Frau hätte eben besser Obacht geben müssen auf ihr Täscherl, dann wärs ihr nicht gestohlen worden.

VALENTIN: Da wars aber schon zu spät, weils da schon weg war.

KAPELLMEISTER: Ja, hernach hats freilich keinen Wert mehr, vorher hätte sie Obacht geben sollen.

VALENTIN: Vorher hat sie 's doch nicht gewußt, daß 's ihr gestohlen wird.

KAPELLMEISTER: Wenn sie Obacht gegeben hätte, wärs ihr doch nicht gestohlen worden, wenn sie immer aufs Täscherl geschaut hätte.

VALENTIN: Die Frau kann doch nicht immer auf ihr Täscherl Obacht geben.

KAPELLMEISTER: Ach lassens mir meine Ruhe, was geht denn mich die Frau an, wenn die Frau so dumm ist, daß sie nicht einmal auf ihr Täscherl Obacht geben kann, dann soll sie zuhaus bleiben und nicht hingehn ans Postamt.

VALENTIN: Dann kriegts keine Briefmarken.

KAPELLMEISTER: Ach was – ich mein doch so im allgemeinen, wenn man sich in einem Gedränge befindet, dann muß man eben auf seine Sachen Obacht geben, daß einem nichts wegkommt.

VALENTIN: Ja, mir ists auch einmal so gegangen beim Oktoberfest, da bin ich auch mitten im Gedränge gestanden, direkt bei der »Siebener Bahn«. *(Valentin macht mit der Hand eine Bewegung.)*

Kapellmeister: Was »Siebner Bahn«? Die heißt doch Achterbahn.

Valentin: Das weiß ich schon, da wars ja noch nicht ganz fertig. Ja, da wärs mir auch bald so gegangen. Da bin ich an der Kasse ins Gedränge hineingekommen, und da hättens mir beinah meine schöne goldene Uhr gestohlen. Die schöne Uhr mit dem Hupfdeckel.

Kapellmeister: A–A–A–A–! Da werden Sie aber erschrocken sein?

Valentin: Ja, das können Sie sich denken, – – – Gut, daß ichs daheim lassen hab an dem Tag.

Kapellmeister: Erzählns mir heut nichts mehr, ich will nichts mehr wissen. Einen Tusch in C!!! *(Vorhang auf.)*

Kapellmeister *steigt auf die Bühne:* Hochgeschätzter Zuschauerraum! Ich erlaube mir, Ihnen hier den weltberühmten Kunstradfahrer, Herrn Mister Hempftnyuempftn, vorzuführen.

(Kunstradfahrer erscheint auf der Bühne.)

Er ist geboren im Jahre Neunzehnhundert soundsoviel, absolvierte die Volksschule in Chicago und wandte sich, nachdem er zwei Jahre beim hiesigen Straßenbauamte als Teereingießer tätig war, dem Artistentume zu. Durch seine bereits absolvierten Gastspiele in Nordwestindien, Gleißental im Allgäu, Stuttgart, Kempten, Berlin, Ostern, Pfingsten, Meran usw. wird es ihm ein Leichtes sein, sich auch die Gunst des hiesigen Publikums zu erringen. Herr Mister H. teilt seine Radfahrnummer in fünf Abteilungen ein. Und zwar:

1. Eine Kreisfahrt auf seinem Originaldreirad ohne Freilauf und Rücktrittbremse.
2. Eine Kreisfahrt auf demselben Rade mit Glockengeläute.
3. Ausblasen einer brennenden Flamme während der Fahrt.
4. Eine Kreisfahrt auf der Bühne mit verbundenen Augen und zum Schluß die grauenerregende Todesfahrt durch Nacht und Nebel. *(Tusch.)*

Kapellmeister: In seiner ersten Abteilung eine Kreisfahrt auf seinem Original-Dreirad ohne Freilauf und Rücktrittbremse.

(Musik spielt den Donauwellen-Walzer.)
(Radfahrer fährt zweimal im Kreis, dann ab – Tusch).

KAPELLMEISTER: In seiner zweiten Abteilung Ausblasen einer brennenden Flamme während der Fahrt. *(Radfahrer kann zweimal die Kerze nicht auslöschen, Kapellmeister hält sie ihm ganz nahe an den Mund, dann bläst er sie aus. Tusch.)*

MUSIKER: Was wird denn der Kunstradfahrer Gage haben, wissen Sie es?

VALENTIN: Der hat hundert Mark.

MUSIKER: Im Tag?

VALENTIN: Nein, im Jahr.

MUSIKER: Das ist aber auch nicht viel.

VALENTIN: Einteilen muß er sichs halt.

KAPELLMEISTER: In seiner dritten Abteilung, eine Kreisfahrt auf der Bühne mit Glockengeläute. *(Gibt dem Radfahrer eine Glocke in die Hand, derselbe fährt und läutet dazu.) (Tusch.)*

VALENTIN: Wie alt wird denn der Kunstradfahrer sein?

MUSIKER: Ich denke so 20 Jahre –

VALENTIN: Ohne Rad?

KAPELLMEISTER: In seiner vierten Abteilung eine Fahrt auf der Bühne mit verbundenen Augen. *(Verbindet dem Radfahrer die Augen mit einem ganz schmalen Tuch, sodaß derselbe heraussieht.)*

VALENTIN: Der lurt.

KAPELLMEISTER: Der kann doch nichts sehen – oder sehen Sie was?

RADFAHRER: Nein.

KAPELLMEISTER: Also, er sagts doch selbst, daß er nichts sieht. *(Der Radfahrer fährt und fällt mit dem Rad absichtlich um.)*

VALENTIN UND ALLE MUSIKER *(stellen sich auf die Stühle und schreien):* Jetzt ist er gestürzt.

KAPELLMEISTER: Schreien Sie doch nicht so, kein Mensch hätt's gemerkt, daß er heruntergefallen ist.

VALENTIN: Ist am Rad etwas passiert?

KAPELLMEISTER: Am Rad, das wär das wenigste, die Hauptsache ist, daß ihm nichts passiert ist. Oder haben Sie sich wehe getan?

RADFAHRER: Nein, im Gegenteil.

VALENTIN: Wo, im Hinterteil?

KAPELLMEISTER: Nein, im Gegenteil hat er gesagt.

VALENTIN: Am Gegenteil?

KAPELLMEISTER: Nein, am Hinterteil, ach ich werde selber noch ganz blöd – – –

(Alle Musiker spielen am Stuhl oben weiter.)

KAPELLMEISTER: So gehn Sie doch runter – da bleiben sie jetzt alle am Stuhl oben –, gehns doch herunter.

VALENTIN: Wenn er aber nochmal stürzt?

KAPELLMEISTER: Dann könnens immer wieder naufsteigen. In seiner Schlußabteilung die grauenerregende Todesfahrt durch Nacht und Nebel. *(Er holt eine Stellage, auf der ein Papierstreifen klebt mit der Aufschrift*

»Durch Nacht und Nebel«[)]

(Musiker macht einen Trommelwirbel – Radfahrer fährt mit Gewalt durch das Papier – Tusch – Theatermeister bringt einen alten verwelkten Lorbeerkranz auf die Bühne, hängt ihn dem Radfahrer um den Hals. Vorhang fällt. Die Musiker machen hierauf einen kräftigen Tusch und wiederholen ihn immer wieder.)

KAPELLMEISTER *(schreit):* Halt, wie oft denn noch?

VALENTIN: Der hats aber auch verdient.

KAPELLMEISTER: Der Kunstradfahrer ist auch gut, das verstehen Sie nicht.

VALENTIN: Der wird erst noch gut, wenn er noch zwanzig bis dreißig Jahre fährt. Das kann man nicht lernen, das ist angeboren, das liegt bei diesen Artisten schon so im Blut, im Artistenblut, in der Familie, im Familienblut, im Artistenfamilienblut. Im artistischen Familienblut.

KAPELLMEISTER: Na ja, das ist eben das Künstlertum, das steckt in diesen Leuten so drin.

VALENTIN: Dem sein Vater war sicher auch so etwas Ähnliches.

KAPELLMEISTER: Das kann schon sein, auch ein Rennfahrer oder ein großer Artist.

VALENTIN: Oder ein roter Radler.

KAPELLMEISTER: So leicht ist das nicht, wie das aussieht – diese artistischen Darbietungen sind immer mit Gefahr verbunden – Sie haben schon gesehn wie er beinahe unterm Fallen gestürzt wäre. Ich behaupte, daß das eine direkte Todesnummer ist.

VALENTIN: Ja, das stimmt auch, weil der nie weiß, ob er nicht vom Publikum einmal erschlagen wird.

KAPELLMEISTER: Jetzt sprechen wir von was anderem. Jetzt machen wir das neue Stück, das ich gestern geschrieben habe – das Ding, wie heißts denn gleich?

VALENTIN: Dös hamm ma aber noch nie gespielt, gleich ohne Probe?

KAPELLMEISTER: Zu so etwas braucht man keine Probe, das muß auch so gehen.

VALENTIN: Wenn aber ein Fehler in den Noten drin ist, dann spieln wir den Fehler auch mit.

KAPELLMEISTER: Da ist kein Fehler drin, die Noten hab ich selbst geschrieben.

VALENTIN: Drum mein ich ja –

KAPELLMEISTER: Sie, erlauben Sie sich nicht so viel.

VALENTIN: Uns ists gleich, wir spieln halt so, wie 's dasteht.

KAPELLMEISTER: Ganz richtig, Sie brauchen nicht weniger spieln und auch nicht mehr.

VALENTIN: Ja, mehr auf keinen Fall.

KAPELLMEISTER *(klopft ab. Sämtliche Musiker spielen nun immer die gleichen vier Takte bis zum Wiederholungszeichen. Solange, bis der Kapellmeister wütend abklopft und schreit):* Ja was ist denn das, warum wird denn da nicht weiter gespielt.

VALENTIN UND MUSIKER: Geht nicht, ist ja ein Wiederholungszeichen beim vierten Takt.

KAPELLMEISTER: Das ist unmöglich, da gibt es kein Wiederholungszeichen, Sie könnten ja gleich a ganze Stund lang so weiter spielen.

VALENTIN: Jahrelang geht das so fort.

KAPELLMEISTER: Also wo ist da ein Wiederholungszeichen? Zeigns mirs einmal.

VALENTIN *(deutet):* Da!

KAPELLMEISTER: Gehns mir weg, ich such mirs schon selbst. Wo ist das?

VALENTIN: Mir ists beim drittenmal schon aufgfalln. *(Deutet nochmal auf die Noten.)*

KAPELLMEISTER: Sie solln nicht immer daher deuten, gehns mir weg. *(Schlägt nun mit seinem Taktstock Valentin auf den Fiedelbogen. Valentin schlägt wieder zurück auf den Taktstock und allmählich entspinnt sich ein Duell. Valentin sticht den Kapellmeister in den Bauch. Derselbe ist entrüstet über die Frechheit und schreit)*: Noch einmal!

(Valentin stößt noch einmal nach dem Bauch des Kapellmeisters wie ihm befohlen, nimmt Kampfesstellung ein, steckt den »Degen« ein und setzt sich nieder.)

KAPELLMEISTER: Da hört sich doch alles auf, schämen Sie sich.

VALENTIN: Ich hab ja gsagt, wir spieln das, was dasteht.

KAPELLMEISTER: Eine solche Blamage vor dem Publikum, was glauben denn Sie, was sich da das Publikum denkt.

VALENTIN: Das ist mir wurst.

KAPELLMEISTER: Das ist ja das Traurige, daß Sie keinen Funken Ehrgeiz besitzen.

VALENTIN: Die andern auch nicht.

KAPELLMEISTER: Zu euch sagt auch kein Mensch was, an mir geht es hinaus.

VALENTIN: Gemerkt hats ja niemand.

KAPELLMEISTER: Glaubns die Leut sitzen auf den Ohren?

VALENTIN: Im Gegenteil.

Nach dem Musikstück Pause.

Vorhang auf, Stimmen der Instrumente.

KAPELLMEISTER *(klopft ab):* Die Soubrette kommt dran. *(Valentin bringt den Zug der Posaune nicht hinein.)*

KAPELLMEISTER: Was ist denn, sind Sie schon wieder einmal nicht fertig? *(Hinter der Bühne wird immer ein Glockenzeichen gegeben.)* Beeilen Sie sich doch, es hat schon dreimal geschellt.

VALENTIN: Nein, zweimal war es.

KAPELLMEISTER: Das ist egal, jetzt schaun Sie, daß Sie fertig werden. *(Glockenzeichen.)*

VALENTIN: Jetzt wars 's drittemal. – Wissen Sie, das ist nämlich nicht so einfach, da muß ich mit zwei Zügen zu gleicher Zeit hinein.

KAPELLMEISTER: Vorwärts– – –

VALENTIN: Da gehts mir wie daheim beim Winterfenstereinhängen, wenn man oben drin ist, rutscht man unten wieder heraus.

KAPELLMEISTER: Jetzt fangen wir ohne Sie an. *(Vorspiel.)*

SOUBRETTE *(tritt auf):*

Potz Blitz und Element, so tönt es rings im Saal
und lauter Jubel schallt durchs Haus,
ein jeder ruft, die ist doch wirklich kolossal,
ja, diese Kleine, die hat 's raus.
In meinen Adern rollt ganz heiß Theaterblut,
und schnell und schneller schlägt das Herz.
Ich hab' ja immer frohen, frischen, freien Mut
und schwärme für Gesang und Scherz.
Ein jeder ruft Hipp hipp hurra,
die fesche Mizzi, sie ist da und Jubel schallt durchs ganze Haus,
ein jeder spendet mir Applaus, ein jeder ruft Hipp hipp hurra, die fesche Mizzi, sie ist da und Jubel schallt durchs ganze Haus,

ein jeder spendet mir Applaus.

(Während des Refrains marschiert sie über die Bühne.)

(Zwischenspiel.)

SOUBRETTE: Ich liebe ... *(singt nur diese zwei Wörter als Anfang der zweiten Strophe und bleibt stecken).*

KAPELLMEISTER Singens doch weiter –

SOUBRETTE: Ich kann nicht weiter.

KAPELLMEISTER *(klopft ab. Die Musik hört auf, bis auf Valentin, der allein mit der Posaune die ganze Strophe zu Ende bläst und dann ganz verwundert auf den Kapellmeister schaut).*

KAPELLMEISTER: Haben Sie das gar nicht bemerkt, daß wir schon längst aufgehört haben?

VALENTIN: Ich habe ja noch ein ganzes Stück zu blasen.

KAPELLMEISTER: Da sieht man wieder, wie gedankenlos Sie dahinblasen, vollkommen zerstreut.

VALENTIN: Warum, was ist denn los?

KAPELLMEISTER: Was wird denn sein? Die Soubrette ist stecken geblieben, sie weiß keinen Text mehr. Ja, Fräulein, wie ham mas denn da, warum lernen denn Sie Ihren Text nicht?

SOUBRETTE: Ich hab ihn ja gelernt.

KAPELLMEISTER: Das kann schon sein, dann haben Sie ihn halt wieder vergessen.

SOUBRETTE: Das kann jedem einmal passieren.

KAPELLMEISTER: Haltens Ihr Maul, wenns mit mir sprechen, da schau her, nichts können und frech sein, das ist die Hauptsache heutzutage.

VALENTIN: Die ist mies beinander, die Schuah von der schauns an.

SOUBRETTE: Bitte, das sind meine Bühnenschuhe.

VALENTIN: Da möcht ich erst Ihre Hausschuhe sehn.

KAPELLMEISTER: Ja, Fräulein, und wie sieht denn Ihr Kostüm aus, da hängen Ihnen hint und vorne die Fetzen runter, so geht man doch nicht auf eine Bühne.

SOUBRETTE: Wenn Ihnen mein Kostüm nicht gefällt, können Sie mir ruhig ein neues kaufen.

KAPELLMEISTER: Ich werde mich beherrschen können, da können Sie sich schon einen Dümmeren suchen wie ich bin.

VALENTIN: Noch dümmer? – – – Die kommt mir überhaupt sehr bekannt vor.

SOUBRETTE: Sie werden mich kaum kennen.

VALENTIN: Freilich ists die – der haben wir doch erst vorige Woche Bananen abgekauft.

SOUBRETTE: Ah, so eine Gemeinheit, ich kenne Sie doch gar nicht. *(Besinnt sich.)* Ja richtig, jetzt fällts mir ein, natürlich kennen wir uns von Ding – wie heißts denn gleich –, von Stadelheim *(Gefängnis)*, da haben wir uns doch öfters im Garten gesehen.

KAPELLMEISTER: Ist das wirklich wahr, waren Sie schon in Stadelheim?

VALENTIN: Ich war Wärter dort, aber sie war eingenäht.

SOUBRETTE: Herr Kapellmeister, ich lasse mich nicht von Ihren Musikanten beleidigen.

KAPELLMEISTER: Das sind keine Musikanten meine Herrn, das sind Tonkünstler.

SOUBRETTE: Und ich bin eine erstklassige Soubrette.

VALENTIN: Ja, das sieht man.

SOUBRETTE: Herr Kapellmeister, ich bin jetzt so aufgeregt, mir fällt die zweite Strophe nicht mehr ein, wissen Sie vielleicht den Anfang davon?

KAPELLMEISTER: Ich habe doch gar kein Interesse an Ihrem Text.

VALENTIN: An Text könnten wir nie mitspieln.

SOUBRETTE: Kann ich vielleicht etwas anderes singen?

KAPELLMEISTER: Könnens noch was anderes?

SOUBRETTE: Natürlich, vielleicht gleich das nächste, Nummer 2 in meinem Buch.

KAPELLMEISTER: Sie haben ja nur zwei Sachen – und das ist doch kein Buch – das sind ja Fetzen. Also, meine Herrn, Nummer 2 – – – Aber wenn Sie mir da wieder stecken bleiben, dann schmeiß ich Sie hinaus.

(Vorspiel.)

SOUBRETTE *(singt):*

Ich kenne einen schönen Mann,
den ich nicht mehr vergessen kann;
doch hat er, ach Herjemine,
von mir noch gar keine Idee.
Und darum will ichs nicht verhehln
und Ihnen alles klar erzähln:
Er ist dahier in unsrer Mitt –
für den mein Herz erglüht.
Ach du lieber – süßer – guter – braver Mann
Hast mir solche Liebesschmerzen angetan.
Schenk mir Liebe – Treue – und noch einen Kuß,
Weil ich sonst vor lauter Sehnsucht sterben muß.

(Umarmt dabei den Kapellmeister.)

FRAU KAPELLMEISTER *(kommt in den Saal und schreit auf die Bühne):* So, hab ich Dich jetzt endlich einmal erwischt, du scheinheiliger Tropf. Daheim tut er immer, als wenn er nicht bis Fünfe zähln könnt und hier poussiert er mit die Soubretten umeinander.

KAPELLMEISTER: Ruhe im Zuschauerraum, was ist das für ein Lärm?

VALENTIN: Ihre Frau ist da – Grüß Gott, Frau Kapellmeister.

KAPELLMEISTER: Was, meine Frau – ja tatsächlich – Grüß Dich Gott.

SOUBRETTE: Ja, Herr Kapellmeister, haben denn Sie eine Frau?

KAPELLMEISTER: Nein, meine Zimmerfrau –

FRAU: Dir geb ich dann gleich eine Zimmerfrau.

SOUBRETTE: Das hab ich ja gar nicht gewußt, daß Sie verheiratet sind; gestern wie Sie mich nach Grünwald hinauf geführt haben, da haben Sie zu mir gesagt, Sie sind noch ledig.

FRAU: So, in Grünwald warst Du gestern, zu mir hast Du gesagt, Du hast Probe.

KAPELLMEISTER: Ja, da haben wir Probe gehabt, der Wirt hat in seinem Nebenzimmer ein Klavier drin stehn, und da hab ich dem Fräulein etwas einstudiert, nicht wahr, Fräulein?

SOUBRETTE: Natürlich haben wir Probe gehabt – Gott sei Dank!!!!!

FRAU: Sind Sie ruhig, Sie freches Frauenzimmer, schämen Sie sich, mit an alten verheirateten Mann poussieren, finden Sie denn keinen andern mehr, Sie Flitscherl, Sie?

SOUBRETTE: Sie, ich lasse mich nicht von Ihnen beleidigen, ich werde mich bei der Direktion beschweren, Sie alte Schachtel, Sie.

FRAU: Ja, was glauben denn Sie eigentlich, schaun Sie sich doch an wie Sie ausschaun, Sie angemalnes Theaterflitscherl, Sie, gute Lust hab ich und geh nauf und hol Sie runter – und Du – Du alter Hanswurst – Du kommst jetzt sofort heraus, ich hab Dir etwas zu sagen. Das kann ich Dir vor den Leuten hier nicht sagen – aber sofort.

VALENTIN: Aber sind Sie doch vernünftig, Frau Rohrnudel, oder wie heißts?

FRAU: Mit Ihnen spreche ich nicht, Sie ausgehungerter Musikant.

VALENTIN: Sie, das wenn ich gehört hätte.

FRAU: Mischen Sie sich nicht darein, ich spreche mit meinem Mann. Und Du machst jetzt sofort, daß Du herauskommst.

KAPELLMEISTER: Ja – ja – ich komme schon. Lauft die da herein, das verstehe ich nicht – aber Sie sind schuld – hättens einen andern angesungen und mir meine Ruhe gelassen.

FRAU: Wirds jetzt bald *(schreit immer zur Ausgangstüre herein).*

KAPELLMEISTER: Ja, ich komme schon – was meinen denn Sie, meine Herrn, soll ich rausgehn?

VALENTIN: Ratsam ist 's nicht.

FRAU: Jetzt wart ich aber nicht mehr lange.

KAPELLMEISTER: Ja, ich komme schon – jetzt geh' ich aber 'naus – was ich sagen will: Vielleicht sind die Herrn so liebenswürdig und kommen a kleins bisserl mit raus – gehns mit?

VALENTIN: Wir haben kein Interesse dran.

FRAU: Jetzt wirds mir aber zu dumm – meinst, ich warte noch lange, jetzt hol ich Dich – Du kommst mir grade recht.

KAPELLMEISTER: Ich komm doch schon, bleib nur grad draußen, da bin ich ja. Jetzt geh' ich aber 'naus – die glaubt vielleicht, ich fürchte mich vor ihr – der werde ich einmal meine Meinung sagen. Also, was ist los, was willst denn von mir, jetzt bin ich da. *(Geht hinaus – im selben Moment hört man von draußen Radau, Streiten und Ohrfeigen.)*

VALENTIN: Also, bei uns gehts zua –

KAPELLMEISTER *(kommt weinend herein, die Wange mit dem Taschentuch haltend, spricht triumphierend zu den Musikern):* Der hab ich aber jetzt ein paar hineingehaut.

VALENTIN: Dann haltens aber das verkehrte Gesicht.

KAPELLMEISTER: Lassens mir mei Ruh – singens zu! *(Musik).*

SOUBRETTE:

Ach, du lieber – süßer – guter – braver Mann
hast mir solche Liebesschmerzen angetan.
Schenk mir Liebe – Treue und noch einen Kuß,
weil ich sonst vor lauter Sehnsucht sterben muß.

(Geht ab – Vorhang zu.)

KAPELLMEISTER *(fühlt seine Zähne – die wackeln – wütend):* Mit der Musik bin ich gar nicht mehr zufrieden, meine Herrn, von euch spielt jeder dahin wie er grad will.

VALENTIN: Auweh, jetzt müssens wir büßen –

KAPELLMEISTER: Keiner paßt auf, keiner richtet sich nach mir, für was bin denn ich überhaupt da?

VALENTIN: Das haben wir uns auch schon oft gedacht.

KAPELLMEISTER: Wenn auch ein Marsch nicht mehr recht modern ist, das macht gar nichts, man kann in die ältesten Noten etwas hineinmachen – etwas hineinlegen. Man muß halt einen gewissen Ding hineinbringen, wie heißt er denn gleich – der Rhythmus gehört hinein, das ist die Hauptsache, der fehlt euch.

VALENTIN: Den kennen wir nicht, der war noch nie bei uns.

KAPELLMEISTER: Ich spreche doch vom Rhythmus.

VALENTIN: Kennst Du an Rhythmus, Anderl? – Nein, der kennt ihn auch nicht. Seinen Bruder kenn' ich schon.

KAPELLMEISTER: So ists recht, der kennt an Rhythmus sein Bruder. – Wie sieht denn der aus, den möchte ich auch kennen lernen.

VALENTIN: So ein kleiner Dicker mit einem Spitzbart.

KAPELLMEISTER: Der Rhythmus?????

VALENTIN: Nein, Reisberger heißt er – jetzt fällts mir ein.

KAPELLMEISTER: Da haben Sie sich wieder einmal richtig blamiert, nicht einmal die einfachsten musikalischen Ausdrücke wissen Sie. – Woher kommt das? Weil Sie nicht auf der Musikschule waren, Sie sind ja bloß in die Suppenschule gegangen.

VALENTIN: Da hab ich auch blasen müssen. – – – Sie 's Krawattl ist Ihnen heruntergerutscht –

KAPELLMEISTER: Wo ist ein Krawattl heruntergerutscht?

VALENTIN: Ihnen.

KAPELLMEISTER: Wo innen?

VALENTIN: Ihnnnen – außen – da.

KAPELLMEISTER: Ach so, außen – da sagt er innen, der Depp – ich weiß schon, das ist mir heut schon ein paarmal herunter gerutscht, weil mir das Kragenknöpferl abgebrochen ist, die ganze Mechanik ist kaputt, deshalb stehts immer auf.

VALENTIN: In der Früah?

KAPELLMEISTER: Ach was – ich bräuchte bloß ein anderes Kragenknöpferl, dann wär gleich a Ruh – hat niemand von den Herrn ein Kragenknöpferl da, bitte, schauns amal nach!

(Alle Musiker schauen nach.)

VALENTIN: Der Sedlmeier hat eins, der hat immer eins dabei.

KAPELLMEISTER: Sedlmeier, bitte schön – wo ist denn der?

VALENTIN: Der ist heut nicht da!

KAPELLMEISTER: Dann nützt es mich doch nichts.

VALENTIN: Aber er tät eins haben.

KAPELLMEISTER: Das hat doch für mich keinen Wert, wenn er nicht da ist.

VALENTIN: Ja, ich hätte schon eins, wenn Ihnen das genügt?

KAPELLMEISTER: Sie haben eins? Dann leihn Sie mirs bitte, Sie kriegens hernach.

VALENTIN: Ach, wegen dem Kriegen – aber wenn ich das raustu, dann rutscht halt mir der Kragen raus.

KAPELLMEISTER: Das verlangt doch kein Mensch von Ihnen, ich hab gemeint, ob nicht einer ein Reserveknöpferl hat.

VALENTIN: Ja, woher denn –

KAPELLMEISTER: Na ja, es wird so auch gehen, jetzt hält es schon.

VALENTIN: Ist schon wieder herausgegangen.

KAPELLMEISTER: Ich weiß es schon, hörns nur einmal auf, ich kann mich doch nicht aufhängen deshalb.

VALENTIN: Warum nicht?

KAPELLMEISTER: Das tät Ihnen so passen. – Also, jetzt fangen wir an – ich erkläre Ihnen nochmal, der Marsch muß jetzt so gespielt werden, wie ich dirigiere.

VALENTIN: So können wir nicht spieln wie Sie dirigieren, da kriegen wir fünf Jahr wegen groben Unfug.

KAPELLMEISTER: Das werden wir schon sehen, der Marsch muß genau so gespielt werden, wie ich es haben will – jetzt fangen wir einmal an, und wenns nichts ist, dann hören wir wieder auf.

VALENTIN: Hörn wir gleich auf.

KAPELLMEISTER: Hier sind Ihre Noten. *(Legt ihm die Noten waagrecht auf das Pult.)*

VALENTIN: Also, jetzt blasen wir genau so, wie er dirigiert, das gibt a Gaudi.

KAPELLMEISTER *(klopft ab – Wien bleibt Wien-Marsch wird gespielt).*

VALENTIN: *[(]Liegt schief am Stuhl–[)]*

KAPELLMEISTER *(unterbricht):* Was ist denn das für eine Stellage da – wollen Sie sich gleich anständig hinsetzen wie die andern Herrn!

VALENTIN: Ja, Sie haben meine Noten so hergelegt.

KAPELLMEISTER: *(Fängt wieder mit Marsch an – Valentin pfeift –.)*

KAPELLMEISTER: Wie können Sie denn da unterbrechen – was fällt Ihnen ein?

VALENTIN: Pst – Pst –

KAPELLMEISTER: Was ist denn los?

VALENTIN: Sinds doch einen Moment still *(horcht)*. Naa, hab mich getäuscht.

KAPELLMEISTER: Schrecklich ist das *(fängt wieder mit dem Marsch an)*.

VALENTIN: *(Pfeift und winkt wieder ab.)*

KAPELLMEISTER: Was ist denn los?

VALENTIN: Gell, daß ich mich nicht getäuscht hab – der Hosenträger ist mir abgrissen.

KAPELLMEISTER: Wegen sei'm alten Hosenträger unterbricht er schon zweimal das Konzert – da hört sich doch alles auf. *(Musik fängt an – Zuerst trommelt einer nach.)*

VALENTIN: So was Leichtsinniges hab ich noch net gsehn.

KAPELLMEISTER: Das geht Sie gar nichts an –, passen nur Sie auf, daß Sie nicht hineinpatzen, das kann Ihnen auch passieren.

VALENTIN: Ihnen auch – aber bei Ihnen hört man nichts. *(Weiter.)* So was Narrisches hab ich noch nie gesehn. *(Musik spielt weiter. Bei der nächsten Pause murmelt Valentin in die Trompete unverständliche Worte hinein.)*

KAPELLMEISTER: Was wollen Sie – ich verstehe Sie nicht – *(Valentin murmelt)*. Ich verstehe kein Wort *(Valentin murmelt)*. Tuns doch das Ding da weg –

VALENTIN: 's Krawattl ist Ihnen wieder herunter gerutscht.

KAPELLMEISTER: Das ist doch gleich *(weiter)*.

VALENTIN *schreit:* Auuuuuu!!!!

KAPELLMEISTER: Was ist denn schon wieder?

VALENTIN: Angstoßen hab ich mich ans Trompetenmundstück, weils immer so reißen.

KAPELLMEISTER: Dann gebens Obacht *(dirigiert weiter)*.

VALENTIN *(bläst einen Ton dazwischen – schreit):* Der ist mir auskommen.

(Marsch ist zu Ende – Valentin bläst verschiedene Töne nach.)

KAPELLMEISTER: Wo steht denn das, was Sie da nachgeblasen haben? Zeigns mirs einmal –

VALENTIN: Die hab ich zuerst ausgelassen.

KAPELLMEISTER *(wirft ihm das Notenblatt ins Gesicht):* Ich mag mich gar nicht mehr ärgern mit Ihnen. Zum Schluß kommt jetzt die Ouvertüre dran – »Dichter und Bauer« –.

VALENTIN: Die können wir heut nicht machen, weil der Trommler nicht da ist.

KAPELLMEISTER: Das seh ich auch, daß der nicht da ist.

VALENTIN: Nein, der ist nicht da.

KAPELLMEISTER: Das seh ich doch selbst, daß er nicht da ist.

VALENTIN: Wie kann man denn einen sehn, wenn er nicht da ist.

KAPELLMEISTER: Wer sieht ihn denn?

VALENTIN: Sie!!!

KAPELLMEISTER: Nein, ich hab gsagt, ich seh, daß er nicht da ist. Ich kann ihn doch nicht sehn, wenn er nicht da ist.

VALENTIN: No ja, das mein ich ja.

KAPELLMEISTER: No also – – Oder sehn ihn Sie?

VALENTIN: Ahhhh –

KAPELLMEISTER: Der kommt auch heute nicht, der hat heute Ausgang, drum müssen Sie jetzt trommeln.

VALENTIN: Ich kann ja nicht, weil ich die Trompete in der Hand habe.

KAPELLMEISTER: Dann legen Sie s' weg. Jetzt weiß er nicht, wo ers hinlegen soll – solls ich Ihnen vielleicht halten?

VALENTIN: Ja, da –

KAPELLMEISTER: Das können Sie sich denken – jetzt marsch – holen Sie sich rasch die Pauke herüber –

VALENTIN: Die kann ich aber nicht allein tragen.

KAPELLMEISTER: Lassen Sie sich helfen, ersuchen Sie einen Kollegen, da hilft Ihnen schon einer.

VALENTIN: Anderl, helfen!

KAPELLMEISTER: Nur recht ungebildet sein – Anderl, Sie müssen helfen.

ANDERL *(geht zu ihm):* Um was handelt sichs denn?

VALENTIN: Der Zuber soll da hinüber kommen.
ANDERL: Wann denn?
VALENTIN: Der Anderl läßt fragen, wann?
KAPELLMEISTER: Augenblicklich –
VALENTIN: Oder magst lieber da tragen? *(wechseln Platz).*
ANDERL: Lieber wärs mir aber schon dort gewesen, weil ich da besser tragen könnte, weil ich links bin.
VALENTIN: Du bist links? – Machst du alles links – Essen – Trinken – Schlafen – Husten –?
ANDERL *(sagt zu allem ja).*
KAPELLMEISTER: Was ist denn das für eine Privatunterhaltung?
VALENTIN: Der Anderl erzählt mir grad, daß er links ist, der macht alles links.
KAPELLMEISTER: Ach der – der spinnt ja.
VALENTIN: Auch links?
KAPELLMEISTER: Das interessiert doch keinen Menschen, was der für Untugenden hat.
VALENTIN: Nein, mir hat ers eben erzählt und ich war ganz überrascht davon.
KAPELLMEISTER: Das ist ja zu interessant.
VALENTIN: Also, dann gehst hinüber *(wechseln Platz).*
KAPELLM: Ja, hört jetzt die Rumtanzerei noch nicht bald auf?
VALENTIN: Ja, der Anderl möcht eben lieber drenten tragen.
KAPELLMEISTER: Das ist doch gleich, wo man hier tragt – die Pauke ist doch rund.
VALENTIN: Es ist eben sein sehnlichster Wunsch.
KAPELLMEISTER: Dann soll er machen, daß er nüber kommt.
VALENTIN: Er will aber drenten tragen.
KAPELLMEISTER: Ist ja recht – kommen Sie rüber auf diese Seite und er soll hinüber gehen. Vorwärts – keine Widerrede mehr. *(Beide wechseln unwillig und zögernd Platz.)*
VALENTIN: Jetzt haben Sie uns doch mistverstanden – er will nämlich drenten tragen.
KAPELLMEISTER: Da war er ja grad – warum ist er denn dann hinüber gelaufen.

VALENTIN: Weil Sie ihn nübergeschickt haben.

KAPELLMEISTER: Sie haben gesagt, er will drenten tragen – und drenten ist meiner Ansicht nach drüben auf der andern Seite.

VALENTIN: Ja, von Ihnen aus ist drenten drüben – aber vom Anderl aus ist drenten herüben, außer er steht herenten, dann ist es umgekehrt.

KAPELLMEISTER: Das kann kein Mensch verstehen, drenten und herenten – sprechen Sie deutsch, daß man sich auskennt.

VALENTIN: Das ist ganz einfach – Sagen wir zum Beispiel – –

KAPELLMEISTER: Ich will gar nichts mehr wissen von Ihnen.

BEIDE *(heben die Pauke langsam vom Boden).*

KAPELLMEISTER: Ich werd Euch jetzt gleich helfen.

BEIDE *(stellen die Pauke wieder hin).*

KAPELLMEISTER: Was ist denn jetzt wieder?

VALENTIN: Weil Sie sagen, Sie wollen helfen.

KAPELLMEISTER: Ich helfe Euch dann hernach, wenn wir fertig sind. Vorwärts – schneller –!

VALENTIN: Der Anderl sieht nicht, wo er hingeht.

KAPELLMEISTER: Der soll seine Augen aufmachen, dann sieht er schon.

VALENTIN: Hint hat er doch keine Augen –. Geh nur zu, Anderl, ich sag Dirs schon, wenn D' wo anstoßt *(stoßen an),* jetzt – *(beide gehen wieder ein Stück zurück – Valentin dreht sich um und sagt):* Jetzt laß sie nunter – halt – jetzt bist mir in den Schuh neikommen – *(stellen die Pauke auf den Boden).*

VALENTIN *leise:* Jetzt ham mirs wieder.

KAPELLMEISTER: Ich verstehe Sie nicht – Sprechens lauter.

VALENTIN: Ich sag, jetzt ham mas wieder.

KAPELLMEISTER: Anderl, Sie sind fertig – gehns doch auf Ihren Platz – der schläft mir direkt im Stehen ein.

VALENTIN: Das ist ein langweiliger Tropf.

KAPELLMEISTER: Ist nur gut, daß Sie so flink sind – sonst wärs überhaupt nichts. So, jetzt rasch die Pauke stimmen – halt was hat denn die für einen Ton???

VALENTIN: Einen gräußlichen –

Kapellmeister: Wie kommt denn das?

Valentin: Vielleicht machts das aus, weil die Tschinelle drauf liegt?

Kapellmeister: Ja, natürlich, das ist doch ganz klar.

Valentin *(stimmt jetzt und horcht am Schlegel).*

Kapellmeister *(muß auch horchen und sagt):* Jetzt ists besser – So da sind Ihre Noten, zählen Sie gut mit und haun Sie ja nicht zu früh hinein, am Anfang haben Sie acht Takt Pause.

Valentin: Acht Tag???

Kapellmeister: Acht Takt hab ich gesagt – der möchte gleich acht Tag Pause machen. Übrigens, was seh ich denn da, Sie haben ja gar keine Gläser in Ihre Augengläser drin.

Valentin: Seit fünf Jahren schon nimmer – die sind mir einmal zerbrochen, weil ich draufgetreten bin – und seit der Zeit hab ichs nicht mehr, weil ichs da ganz heraus geschlagen hab.

Kapellmeister: Was setzen Sie dann das leere Gestell auf, das hat doch gar keinen Zweck?

Valentin: Besser ist's doch wie gar nichts.

Kapellmeister: Sie haben immer eine gute Ausrede –. So, jetzt fangen wir an.

Valentin: Hats Ihnen der Anderl schon erzählt?

Kapellmeister: Warum, was will er denn noch?

Valentin: Nein, wir zwei haben gestern einen Zufall erlebt. Ich und er sind gestern in der Kaufingerstraße gegangen und haben von einem Radfahrer gesprochen und im selben Moment, wo wir von dem Radfahrer gesprochen haben, ist einer dahergekommen, Zufall –.

Kapellm: Was war das alles – das hab ich jetzt nicht verstanden.

Valentin: Wir sind in der Kaufingerstraße gegangen und haben von einem Radfahrer gesprochen und im selben Moment ist einer dahergekommen.

Kapellmeister: Ja, weiter, was war dann mit dem Radfahrer – was hat denn der getan?

Valentin: Nichts weiter, gefahren ist er – ich sag doch nur vom Zufall.

Kapellmeister: Aber das ist doch kein Zufall, wenn der sonst nichts getan hat – in der Kaufingerstraße ist das wirklich kein Zufall, wenn da ein Radfahrer kommt, da fahren doch im Tag ein paar tausend Radfahrer umeinander.

Valentin: Ach, tausend – – einer ist daher gekommen.

Kapellmeister: Auf einmal kommen freilich keine tausend Radfahrer daher, die kommen so nach und nach – alle Meter – alle Sekunden – jeden Moment kommt wieder ein anderer.

Valentin: Ja, aber nicht, wenn man davon redt – das ist der Zufall.

Kapellmeister: Das ist ganz egal, ob man da spricht oder nicht – in der Kaufingerstraße kommt immer wieder ein Radfahrer – das ist kein Zufall.

Valentin: Sie haben halt eigene Weltanschauungen.

Kapellmeister: Da hätten Sie schon von ganz etwas anderem reden müssen, wenn das ein Zufall sein soll. Von was Seltenerem, von was Interessanterem. Ja, wenn Sie statt von diesem Radfahrer von einem Flieger gesprochen hätten, das wär' was anderes.

Valentin: Ham wir nicht, wir haben nur von einem Radfahrer gesprochen.

Kapellmeister: Das weiß ich schon, ich meine, *wenn* Sie von einem Flieger gesprochen hätten, und im selben Moment wär' da oben einer dahergekommen, dann wärs eher ein Zufall gewesen.

Valentin: Naufgeschaut ham doch wir nicht, wir sind bloß so dahingangen.

Kapellmeister: Aber ich mein doch nur so zum Beispiel –, wenn Sie statt von einem Radfahrer von einem Flieger gesprochen hätten!

Valentin: Wieso???? Wie kann ich von einem Flieger sprechen, wenn ich von einem Radfahrer spreche?

Kapellmeister: Ich mein doch nur – genau so gut, wie Sie von diesem Radfahrer gesprochen haben, genau so gut hätten Sie doch auch von einem Flieger sprechen können.

VALENTIN: Ausgeschlossen?!

KAPELLMEISTER: Ja, haben Sie noch nie in Ihrem Leben von einem Flieger gesprochen?

VALENTIN: Schon oft, aber da nicht, da ham wir nur von einem Radfahrer gredt.

KAPELLMEISTER: Ach, meinetwegen reden Sie, von was Sie wolln – erzählns mir nichts mehr, dann brauch' ich mich nicht mehr zu ärgern.

VALENTIN: Also morgen gehn wir wieder spazieren, dann reden wir von einem Flieger. Aber – wehe –, wenn dann ein Radfahrer daher kommt.

Ouvertüre wird gespielt – beim letzten Paukenschlag »Vorhang«.

Schau- & Sturzflüge im Lokal

Auf der Bühne steht der Flugapparat, Vorhang geht auf, Impresario und Flieger kommen auf die Bühne.

IMPRESARIO: Damen und Herren! Sie haben heute das seltene Vergnügen, den Lokalschauflügen des bekannten Meisterfliegers, Herrn Lorenz Fischer beiwohnen zu können. Schauflüge auf freien Plätzen a la Pegoud, Udeth u. s. w. sind heute keine Seltenheit mehr; ganz anders aber verhält es sich bei den Schauflügen des Herrn Lorenz Fischer. Dieser ist imstande durch die Erfindung seines Elektro-Liliput-Eindeckers nach System »Fokker« im kleinsten Saale Rund- und Sturzflüge zu veranstalten, ohne dem werten Puplikum zu garantieren für etwaige Unfälle. Bei seinen bereits absolvierten Gastspielen in Hannover, Hannau, Halle, Holland, Heilbronn, Hellabrunn u. s. w., wurde Herr Lorenz Fischer mit der Goldenen Medaille prämiert. –

FLIEGER: *(zeigt überall seine Medaillen her)*

IMPRESARIO: Herr Lorenz Fischer wird nun sogleich seinen Apparat in Bewegung setzen und seine Vorführungen beginnen. Die Schauflüge bestehen:

1. Senkrechter Kurvenflug im horizontalen Kreisdreieck
2. Geometrisch achtwinkelige Sturz-Saltomortale in achtzigprozentig verdrängendem Luftkegel.

Zum Schluss der grauenerregende Adlerflug mit 150 km Geschwindigkeit. –

FLIEGER: *(hat sich an den Propeller gelehnt, rutscht ab, weiss nicht, wo er die Hand hintun soll, steckt sie in den Fäustling)*

IMPRESARIO: Während seinen sämtlichen Flügen wird Herr Lorenz Fischer sich mit der Londoner Oper drahtlos in Verbindung setzen und die Herrschaften haben also heute Abend schon Gelegenheit, die Londoner Opernaufführung mittels Lautsprecher zu hören. Auf dem heutigen Londoner Opernprogramm steht Müller und sein Kind.

Erfahrungsgemäss und laut polizeilicher Verordnung werden die Herrschaften dringend ersucht, während den Flügen ruhig und ohne Angst sitzen zu bleiben und die verehrlichen anwesenden Damen werden gebeten, ihre Hüte abnehmen zu wollen. Herr Lorenz Fischer bezahlt jedem Aviatiker eine Prämie von 100–200 Mark, der imstande ist,

FLIEGER: *(sagt ein)*

IMPRESARIO: .. Bis *drei*hundert Mark sogar, der imstande ist, auf diesem Apparat hier auch nur den geringsten Flug zu unternehmen. Bitte los: –

FLIEGER *(zieht Fäustlinge an, trinkt aus Masskrug, der im Flugzeug steht)*

IMPRESARIO: Das ist ja furchtbar. –

FLIEGER: Wo ist denn der Scheinwerfermann?

IMPRESARIO: Beleuchter kommen Sie raus, Sie müssen den Saal dunkel machen und die Lampen höher hängen.

FLIEGER: Ja, und immer vorausleuchten wo ich hinfliegen will – also immer vorher verfolgen mit dem Licht.

BELEUCHTER *(schaltet den Scheinwerfer ein)*

FLIEGER: Schneller, lauter!

IMPRESARIO: Greller, stärker – so ist's recht.

FLIEGER: Jetzt werfn's an – *(es geht nicht) spricht:* Was ist denn los?–

IMPRESARIO: *(treibt Propeller an – es geht nicht – spricht:[)]* Was ist denn los? –

FLIEGER: Ich weiss auch nicht, vor 8 Jahr ist er so gut gangen[.]

IMPRESARIO: *(treibt wieder an)*

FLIEGER: Weil er immer im Hausgang drauss' steht, da spiel'n immer die Hundsbuam damit[.]

IMPRESARIO: *(treibt wieder an).*

FLIEGER: *(pumpt auf)* Er leucht' scho net gscheit' umananda auch[.]

IMPRESARIO: Warum kümmern Sie sich nicht um Ihren Apparat? Das macht man doch vorher! –

FLIEGER: Vorher hab' ich doch nicht gewusst, dass er net geht. – *(sieht nach)* Wir brauchen halt amal a neue Kommunion – Firmungs – a – Zündkerz'n[.]

IMPRES: Was ist denn?

FLIEGER: Samstag[.]

IMPR: *(zum Puplikum):* Einen Moment bitte[.]

FLIEGER: Mir ist ja selber [pe]inlich – Mein Gott, die Trambahn ist auch schon manchmal net gangen –

IMPR: Ich mach vorher mordsgrosse Sprüche und nun gehts nicht –

FLIEGER: Das soll man eben vorher *nie* tun – jetzt treibens nochmal an!

IMPR: *(treibt wieder an)*

FLIEGER: Ah, die grosse Mutter ist rausgangen *(schreit):* Mutter!

IMPR: Schrein's doch nicht so, wo ist denn unser Werkzeugkasten?

FLIEGER: Wir haben doch keinen Werkzeugkasten[!]

IMPR: Natürlich, der steht doch im Fliegerschuppen[!]

FLIEGER: Wir haben doch keinen Fliegerschuppen[!]

IMPR: Ach was, *(treibt wieder an)* Motor läuft. – *(Pfeifensignal)* Alles sitzen bleiben *(winkt zur Abfahrt).*

DIREKTOR: *(kommt durch den Saal, lärmend und schimpfend![)]* Halt, nicht fliegen, stellen Sie ab, das geht nicht, abstellen, aufhören!

IMPR: So gehen Sie doch weg, Sie stören ja da[!]

FLIEGER: Ich kann doch nicht starten –

DIREKTOR: Sie sollen abstellen und aufhören[!]

IMPR: Ich verstehe kein Wort[!]

FLIEGER: *(lässt immer wieder den Motor laufen).*

IMPR: So stellen Sie endlich den Apparat ab, ich weiss doch nicht um was sich's handelt. –

FLIEGER: Ist ja abgestellt, da ist halt noch ein Funken drinn[.]

DIREKTOR: Dann tun Sie ihn raus, den Funken[!]

FLIEGER: Freilich, wegen Ihnen werd' ich mir die Pratzen verbrennen.

DIREKTOR: Was fällt Ihnen ein, hier im Theater mit einem Benzinmotor zu fliegen, sind Sie denn von Sinnen?

FLIEGER: Nein, von hier[.]

DIREKTOR: Ich habe geglaubt, das ist eine ganz ungefährliche Sache, nun kommen Sie da mit diesem Benzinmotor daher.

FLIEGER: Ja, mit'n Kartoffelsalat kann ma net fliegen.

DIREKTOR: Stellen Sie sich vor, wenn da ein Tropfen Benzin heruntertropft; die Damen haben alle elegante Kleider an.

FLIEGER: Ist net so g'fährlich[.]

DIREKTOR: *So, frech* sind Sie auch noch?

FLIEGER: Ja –

DIREKTOR: Wenn ein Kleid kaput geht, bezahlen Sie den Schaden?

FLIEGER: Nein –

DIREKTOR: Also, dann wird auf keinen Fall geflogen.

IMPR: Es kann nichts passieren, wir haben ja ein Netz da – bringens das Netz heraus. – *(es bringt jemand das Netz)* So, das wird jetzt übers Puplikum gespannt, dann ist das ganze Puplikum überspannt.

FLIEGER: Ja, machens Sie's überall mit Reisnägel an[.]

DIREKTOR: Was wollen Sie denn mit diesem Netz, da können Maikäfer fangen damit.

FLIEGER: Im Winter gibt's keine Maikäfer.

IMPR: Also tun Sie's wieder weg, wenn das auch nichts ist. –

DIREKTOR: Das Netz ist doch viel zu dünn, da fallen Sie doch durch.

FLIEGER: No ja, besser ist's doch wie gar nichts.

DIREKTOR: Aber wenn Sie mit Ihrem schweren Apparat durch das Netz stürzen, da sind ja mindestens 10 Personen kaput.

FLIEGER: Übertreibens nicht alles so, 10 Personen? 2 oder 3 kann schon sein vielleicht, wenn alles runter – – –

DIREKTOR: *(zum Impresario):* Schuld sind aber Sie! Sie sind doch der Impresario?

IMPR: Ha?

DIREKTOR: Sie sind doch der Impresario? Sie haben mir die Sache als vollkommen gefahrlos erklärt, wie sind Sie dazu gekommen? Geben Sie mir doch Antwort!

DIREKT. *zu Flieger:* Sie, ist das Ihr Impresario?

FLIEGER: Der da – sehr angenehm[.]

DIREKTOR: Das ist ja ein Idiot?

FLIEGER: Leider, – den hat einmal der Propeller gestreift, seit der Zeit ist er damisch[.]

DIREKTOR: Da ist einer blöder wie der andere. Also weg, mit dem Apparat, geflogen wird hier nicht. Verlassen Sie die Bühne! Glauben Sie wir lassen uns unsere sämtlichen Lampen und Lüster zerschlagen, also vorwärts, machen Sie, dass Sie rauskommen, sonst fliegen Sie raus! *(ab).*

FLIEGER: Wir dürfen ja net fliegen.

IMPR: So, jetzt ham mirs. –

FLIEGER: Jetzt steh'n wir da wie's Kind vorm Flugzeug; ich hab' mirs aber glei denkt wie er reinkommen ist, dass der koppt.

IMPR: Ich kann auch nichts dafür, ich habe auch gemeint, dass vielleicht –

FLIEGER: Ja, gemeint? – Und geflogen ist zweierlei! –

IMPR: Wissen Sie, gar so unrecht hat er nicht g'habt, es ist schon ziemlich klein da herin, zu klein, das wäre direkt kleinlich, wenn man da herin umananda fliegen würde.

FLIEGER: Es ist zu furchtbar klein, angwandelt wärn mir auf jeden Fall[.]

IMPR: Ich sag, es wär vielleicht doch etwas passiert, wenn wir g'flogn wör'n.

FLIEGER: Weil – Sicher –

IMPR: So etwas gehört auch im Freien vorgeführt und nicht im Theater, sondern draussen auf freiem Felde, auf der Oktoberwiese …

FLIEGER: Sie können aber nicht verlangen, dass die Leut' jetzt mit un[s] auf d'Wies'n nausgehen sollen. – Dann entschuldigens Ihnen, sagen Sie, wir hätten fliegen wollen, aber der Direktor ist gekommen.

IMPR: Das brauch' ich doch nicht sagen, das hat doch jeder Mensch gehört.

FLIEGER: Vielleicht ist grad' einer drauss' gewesen. –

IMPR: Hochgeehrte Damen –

FLIEGER: Sagens einfach die Herrschaften

IMPR: Ich weiss doch selbst, was ich zu sagen habe. »Hochgeehrte Damen und Herren – [«]

FLIEGER: *(Lässt Motor laufen)*

IMPR: *(läuft zur Seite)*

FLIEGER: *(hält den Motor) (zu Impresario:)* Lauft er davon der Aff, wenn ich ihn nicht grad' noch erwisch, dann ist's gefehlt, wenn hinten die Tür auf ist, dann ham man g'sehn!

IMPR: Hochgeehrte Damen und ..

FLIEGER: *(lässt wieder Motor laufen)*

IMPR: Das ist ja ein Leichtsinn sondergleichen, ich steh in der Mitte vorm Apparat, was glauben Sie, was da für ein Unglück passieren könnte. – Ich danke schön!

FLIEGER: Bitte, bitte!

IMPR: *(will reden, schaut um und erschrickt, Flieger hüpft mit ihm weg.)*

IMPR: Also hinter mir muss unbedingt Ruhe herrschen, sonst kann ich nicht sprechen.

FLIEGER: Für die Ruhe hinter Ihnen müssens schon selber sorgen.

IMPR: Ich bin jetzt ganz nervös geworden. Hochgeehrte Damen und Herren! Sie haben unseren guten Willen gesehen, wir wollten doch absolut fliegen, aber die Direktion hat es uns soeben ausdrücklich verboten; mir tut es natürlich unendlich leid, Ihnen wird es ebenso leid tun?

FLIEGER: Alle Leut' tuts leid!

IMPR: Aber wie gesagt, meine Wenigkeit kann natürlich da auch nichts mehr dagegen machen. Ich bitte die verehrten Anwesenden vielmals um Verzeihung, Sie sehen ja, wir wollten fliegen, aber wir dürfen nicht.

FLIEGER: Wir dürfen schon – ab Morgen ...

DIREKTOR: *(von hinten):* Nein, Sie dürfen auf keinen Fall, machen Sie, dass Sie hinauskommen.

IMPR: Da, jetzt kommt er wieder daher, kommen Sie, wir gehen jetzt.

FLIEGER: Das werden wir schon sehen, vielleicht sind Sie noch einmal froh um solche Schaunummern. Wir wollten schon in ganz andere Lokale fliegen, da ist's uns auch verboten worden.

IMPR: Kommen Sie, regen Sie sich nicht auf.

FLIEGER: Wir lassen uns das nicht gefallen, Sie sind auf uns nicht angewiesen, aber wir auf Sie, das müssen Sie sich merken!

Vorhang.

Der Firmling

Originalscene von Karl Valentin u. Liesl Karlstadt.

Die Szene spielt in einem feinen Weinrestaurant. – Auftrittsmusik spielt »schön ist die Jugend bei frohen Zeiten, schön ist die Jugend, sie kommt nicht mehr usw.« bis Valentin und Karlstadt auftreten.

VATER UND PEPPERL: *(kommen durchs Lokal, suchen einen Platz, finden keinen. Kellner zeigt ihnen die Weinterasse – beide gehen auf die Bühne. Pepperl rennt den ersten Sessel um.[)]*

VATER: No, Dep – – –

PEPPERL: *(rennt den zweiten Stuhl um, lacht).*

VATER: *(wirft Tisch und Stuhl um; verwickelt sich mit Schirm, Stuhl und Tisch – Carambolage)*

PEPPERL: *(lacht)*

VATER: Lach net so saudumm, dummer Bua!

BEIDE: *(setzen sich nieder, schauen sich nach dem Kellner um und pfeifen .. .[)]* He, Kellnerin, 2 Halbe[!]

KELLNER: *(kommt auf die Bühne)* Was wünschen die Herrschaften?

VATER: Zwei Halbe Bier und etliche Brot[.]

KELLNER: Bedaure, Bier wird bei uns nicht verschenkt.

VATER: Mir wolln's ja net g'schenkt, mir zahlns ja – – –

KELLNER: Ich meine, wir führen kein Bier, hier gibt's nur Wein – wir haben Weinzwang.

VATER: Na bringst zwei Halbe Weinzwang[.]

KELLNER: Ich bring ihnen die Weinkarte *(ab)*

PEPPERL: *(lacht, schaut immer auf seine Uhr)*

KELLNER: Bitte, hier ist die Wein= und die Speisenkarte *(ab)*

VATER: Was magst'n Pepperl, weilst dich heut so schön firmen hast lassen, darfst du dir heut was feines raussuchen. Was magst denn? Red' – oder red' – – was magst denn?

PEPPERL: An Emmenthaler – –

VATER: Ja hast du Hunger?

PEPPERL: Ja – – –

VATER: An Emmenthaler werd'ns da herin net hab'n *(schaut in die Weinkarte)* Ja hams scho oan, aber da hoasst er anders, da hoasst er Affenthaler *(pfeift).*

KELLNER: Bitte haben die Herrschaften schon gewählt?

VATER: Bringst an Pepperl a Stück Affenthaler und Pfeffer und Salz – – –

PEPPERL: Ja und zwoa Bretz'n.

KELLNER: Sie meinen eine Flasche Affenthaler?

PEPPERL: Nein, ein Stück Affenthaler – – –

KELLNER: Es gibt doch nur eine Flasche Affenthaler.

VATER: Wieso a Flasch'n? Ja habts denn ihr an Kas in der Flasch'n drin?

KELLNER: Affenthaler ist immer in der Flasche.

VATER: Seit wann denn?

KELLNER: Seit es einen Affenthaler gibt – – –

VATER: Ja wie bringen wir denn den raus? Wir können doch net an Käs mit'n Stopselzieher rausziehen!

PEPPERL: *(lacht)*

VATER: Jetzt hörst amal dei saudumms Gelächter auf *(haut ihm eine runter)*

PEPPERL: *(weint)*

VATER: So macht er mirs heut schon den ganzen Tag, in einer Tour grinst er, der dumme Bua.

PEPPERL: *(lacht wieder)*

VATER: Da sehns sie's jetzt, der dumme Bua, ich kunnt'n direkt daschlag'n.

KELLNER: Mein Gott, er freut sich halt weil er jung ist!

VATER: Ja, ich war doch a amal jung, vielleicht jünger wie er.

KELLNER: Also wollen sie dann einen Affenthaler trinken?

VATER: Wieso trinken?

KELLNER: Affenthaler ist nur zum trinken.
VATER: So weich ist der?
KELLNER: Ach – der Kleine vielleicht eine Limonade?
PEPPERL: Ja …
VATER: Eine rote – a recht a süsse bringst ihm.
KELLNER: Und sie auch eine Limonade?
VATER: Mir wars ja gnua, mir bringst an Schnaps!
KELLNER: Was für einen darf ich bringen? *(liest die Likörkarte ab)* Allasch, Kirschwasser, Zwetschgenwasser, Rum, Cognak, Magenbitter, Kräuter ….
VATER: Net so viel, einen ……
KELLNER: Goldwasser, Macholl, St. Emmeran
VATER: An Macholl habts aa, ja den mag ich ….
KELLNER: Also eine Limonade und ein Gläschen Schnaps.
VATER: Was a Gläschen? A Flaschen möcht ich, a Glasl is bei mir schon leer wenn ichs anschaug, bring a Flasch'n!
KELLNER: Eine ganze Flasche wird Ihnen wahrscheinlich zu teuer sein.
VATER: Das geht ihnen an Dreck o!
KELLNER: Und was speisen die Herrschaften? *(Liest die Speisenkarte ab)* Maccaroni mit Schinken sind noch da!
PEPPERL: Ja –
VATER: Magst solche – *(zum Kellner)* – na bringst oa!
KELLNER: Bitte sehr – also zweimal Maccaroni mit Schinken –
VATER: Nein, einmal ……
KELLNER: So, nur einmal ….
PEPPERL: Ja, für an jeden – eine –
KELLNER: Also, dann doch zwei Portionen –
VATER: Nein, eine – aber für zwei[.]
KELLNER: Ja wollen Sie jetzt eine oder zwei?
PEPPERL: Nein, ich möcht nur eine –
KELLNER: Ja, dann wollen sie doch zwei ……
VATER: Nein, eine für uns zwei.
KELLNER: Sie meinen eine Doppelportion.
VATER: Ja, eine einfache Doppelportion.

Kellner: Zum Donnerwetter, soll ich jetzt eine oder zwei Portionen bringen?

Vater: Jetzt bringst oane und schwingst dich, sonst kann sein ...

Kellner: Ich bring ihnen jetzt eine Portion *(geht schimpfend ab)* das ist eine nette Bagage, die wissen nicht was sie wollen, die sollen doch wo anders hingehen in eine Bauernwirtschaft, das ist ja furchtbar.

Vater: Nur net nachbrummeln, da hinten. Tua fei ja net launenhaft sein, sonst zieh ich dich raus aus deim Cheviot. – – Ja mei Pepperl was sagst denn, haben die an Käs in der Flasch'n drin, drum soll ma so wo net rei gehn in eine Tiele *(Diele)*. Tiele hoass'n sie's jetzt, früher hat ma Weinbeizen g'sagt. – Lauter so moderne Krampf ham's da – *(will schnupfen)*

Pepperl: *(stösst ihm Tabak herunter)*.

Vater: No, stess, Aff – überall bauns jetzt eine Diele hinein, i bin nur neugierig, wie in zehn Jahren s'Hofbräuhaus ausschaugt *(will schnupfen)*

Pepperl: Jetzt wird er so gleich wieder reinkommen *(stösst wieder)*

Vater: Jetzt haut er mir scho' die zweite Pyramide runter; glei' schlag ich dich auch runter. *(schnupft sehr laut)*.

Kellner: *(bringt Getränke)* Hier bitte die Limonade für den Kleinen, hier ihr Likör, wohl bekomms.

Vater: Bist da Herzerl! *(haut Kellner hinten hinauf)*.

Kellner: Was erlauben sie sich?

Vater: Oha, jetzt hab ich glaubt i bin im Hofbräuhaus bei der Marie – –

Kellner: *(ab)*.

Vater: So, Pepperl, jetzt lass dirs recht schmecken, heut ham mir so schon so viel herumgesoffen. – –

Pepperl: Prost Vater – ah heut is zünftig! Da schau her, Vater – a dös is a Gaudi!

Vater: Ja was tuast denn?

Pepperl: Seifenblasen ...

Vater: Dir tua i dann glei Seifa blasen mit der teuren Limonad –

dös Stöckerl ghört doch zum umrührn. *(Rührt um, bricht das Röhrl ab).*

Pepperl: So, jetzt hast du's brochen, uh, der wenn reinkommt.

Vater: Lauter Glump hams scho a da herin, mir sagn einfach das war schon – –

Pepperl: Ja das sagn ma, na spannt ers net. Prost Vater, ah heut is zünftig.

Vater: Prost Pepperl – so jetzt derfst dei erste Zigarrn rauchen *(pfeift)*

Kellner: Bitte sehr!

Vater: A Zigarr'n fürn Buam, a ganz a leichte – weil er noch nie graucht hat!

Kellner: Bitte sofort *(ab)*

Vater: Die Mutter wenn uns jetzt sehen könnt', dö hätt a Freud. Hats allweil gsagt, den Tag möcht ich noch derleben, aber leider ist sie heimgegangen in den grossen Heimgarten. – –

Kellner: *(bringt Zigarre)* Bitte sehr! Hier eine Zigarre!

Vater: Zünd's an Buam glei an, so Pepperl, zieg nur fest – – moanst net, *(zum Ober)* dass'n dö z'reisst?

Kellner: Na, wir werden ja sehen?

Vater: Ja, wenn wir's schon amal sehn, na ist's schon zu spät.

Kellner: *(ab)*

Vater: Inhalier nur fest, dass'[d] a gsunde Farb kriagst. Du musst dir denken, heut is der schönste Tag in deinem Leben – die Jugendzeit kommt nur einmal, dös derfst mir glauben *(singt: Schön ist die Jugend bei frohen Zeiten, schön ist die Jugend, sie kommt nicht mehr).*

Pepperl: Ja das kenn ich auch, den alten Schmarr'n *(singt mit)* – dann Prost Vater, heut is zünftig.

Vater: Das musst du dir merken, die Jugendzeit kommt nur einmal im Leben ...

Pepperl: *(singt)* Drum sag ich's nocheinmal ....

Vater: Was sagst Pepperl?

Pepperl: Na, ich hab blos gsungen, drum sag ichs noch einmal ....

VATER: Da hast du recht, das kann ma net oft gnua sagen *(stösst mit der Nase in die Zahnstocher)* Au – au!

PEPPERL: *(zieht sie ihm heraus)*

VATER: Wie kannst denn du die Zahnstocher da herstellen; wenn ich Blutvergiftung krieg und wird mir die Nase weggeschnitten, mit was schneuz ich mich dann?

PEPPERL: Da kann ich nichts dafür, für was musst du dei Nasen überall drinn haben!

VATER: *(reibt Nase mit Schnaps ein)* Jessas, brennt dös!

PEPPERL: Ja eben – drum sag ich's noch einmal ....

VATER: *(wirft ihn über den Stuhl hinunter)* Fangt er immer wieder an, mit seiner saudummen Jugendzeit!

PEPPERL: Ah geh, bis i amal windi werd – – –

VATER: Setz di her da – setzt di glei her? – – Du Hundling.

PEPPERL: Tua fei ja net köppeln!

VATER: Halts Maul!

PEPPERL: Brauchst mi a net glei nunterwerfen, i ha[b] di a net nunterg'schmiss'n.

VATER: Dös kommt schon noch – setz di her.

PEPPERL: Ja, gel wenn die neue Uhr bricht, dann ham mas – i glaub i hab so schon die Feder abdraht.

VATER: Dei Gurgel drah i dir no ab – – dass du's weisst. – – Denk liebe[r] an dei' Zukunft, woasst heut no net was du amal werd'n willst.

PEPPERL: Das werden wir nachher schon sehen.

VATER: Heut, woasst no net, was du amal wirst. Pepperl, Pepperl denke dran, was aus dir noch werden kann.

PEPPERL: Ja, da bin ich selber neugierig. – –

VATER: Aber siegst, dös gfreut mich heut noch, dass es mir gelungen ist, den heutigen Tag noch zu erleben.

PEPPERL: Ja mi auch, wär schad, wenn ihn mir zwei nimmer erlebt hätten.

VATER: Niemand auf der Welt hätt dir dein Firmpat g'macht, wenn ich mich nicht deiner erbarmt hätte.

PEPPERL: Ja, wennst'n du net gmacht häst, dann könnt ich heut mit meiner Kerze allein rumharpfen.

VATER: Alle hams dir versprochen, a jeder hat g'sagt, dein Buam mach i an Firmpat und wie's dann drum und dran ankomma is, hat sich a jeder druckt. Merk dir das – Pepperl – Freunde in der Not, gehn zehne auf ein Butterbrot. Gell der Onkel *(so und so)* hat dir's so sicher versprochen und jetzt hat er dir was gehustet. Warum hat er denn dein Firmpat nicht gemacht? – Weil er kein Flins drauf hat, weil er dir koa Uhr hätt' kaufen können. Ich hab dein Firmpat g'macht, ich hab mei Wort g'halten. Ich war da wia da Zoaga.

PFPPERL: Ja, das ist wahr. –

VATER: Was hast denn g'habt vor der Firmung?

PEPPERL: Nichts!

VATER: Net amal an Anzug hast g'habt, nackert hättst gehn müssen.

PEPPERL: Na hätt i halt mei Badehosen anzog'n.

VATER: Koan Anzug hast g'habt, koa Hemdknöpferl, koane Socken, koa Hemd, koan Charakter, nichts hast g'habt wie dein saudumma Kopf.

PEPPERL: Ja und den hab i von dir kriegt.

VATER: Ich kann mich noch gut erinnern wie i rumglaufen bin um an Anzug für den Buam. Was i da für a Lauferei g'habt hab, das ist der Bua gar net wert. In sämtliche Kleidererziehungsanstalten war ich in München, beim Isidor Bach, beim Knagge und Peitz, beim Peitz und Knagge, beim Isidor Kustermann, beim Heilmann und Littmann, nirgends hab ich einen Kommunionanzug auftrieben.

PEPPERL: *(raucht Zigarre, es wird ihm schlecht, er geht ab).*

KELLNER: *(kommt sofort herein und serviert Geräuchertes, ab).*

VATER: *(allein)* Und da wo ich ein auftrieben hätt, kostet ein Kommunionanzug heute 65.– – Reichsmark, ja, ja, mir wars ja gnua, das kann mir ich als Mittelstandler nicht erlauben, dass ich für den Buam 65.– RM am Tisch hinleg – ich bin koaner von der Bourgeoisie, i muss mir mei Geld mit der Hände Fleiss verdienen, na hab i mir denkt, koan neuen konnst net kaufen, kauf dir halt oan von Herrschaften abgelegten Kommunionanzug, zu alle Tändler bin i, in meine sämtlichen Stammkneipen hab ichs rumerzählt, nichts wars, die ganze Hoffnung hab ich schon aufgegeben. Derweil schleicht sich ein Zufall ein. Kommt der Erlacher Franzi zu mir, ein alter Spezl, ein Kriegskamerad von mir, wir sind anno 70 miteinander z'Deisenhofen g'standen, Mann an Mann, Brust an Brust, direkt am Isarufer wo's so feucht war, der hat das erfahren, dass ich an Kommunionanzug kaufen will. Dös g'freut mi Franzel hab i gsagt, sag i, aber es is net gsagt, sag i, aber es is net g'sagt, dass des, wos dein Hundsbuam passt, mein Knaben a passt – Kurze Rede langer Sinn, der Erlacher Franzi bringt den Anzug, der Pepperl ziagt'n o und passt hat er. *(haut auf den Tisch)*. Hätt ja ich im Leben nicht denkt, dass dem Pepperl der Anzug passt, wo er an Buam gar net kennt – – kennt an Buam gar net – aber wia gsagt, der Erlacher Franzi bringt den Anzug, der Pepperl ziagt'n o und passt hat er. *(haut auf den Tisch)* No ja, die Ärmel waren zu lang, das stimmt, dö hat d'Mutter dahoam abg'schnitten und dö Sach war erledigt, aber so ist doch die ganze Sache furchtbar interessant. Und noch dazu will er mir den Anzug schenken – na sag i, Franze, dös gibts net, es gfreut mi ja über alle Massen, dass du mir diesen Anzug kredenzst – aber so sehr mich dein Antrag würdigt, so hat die Sache einen ganz anderen Haken, denn du bist selber a armer Teufi und wenn du mir schon den Anzug gibst, dann wollen wir die Sache finaziell regeln. In dieser Beziehung bin ich ein Ehrenmann, da lass ich mir nichts nachsagen. Aber wie gesagt, er bringt den Anzug, mein Pepperl zieht ihn an und passt hat er, das ist ja das Horrende an der Angelegenheit. Man muss doch bedenken, dass er mei'n Buam noch mit keinem Auge erspähet hat! Kennt der an Buam net, sei Bua is vielleicht a Missgeburt, aber mei Pepperl is g'wachsen wie a Hyazinthe. Aber wie gesagt, der Erlacher Franzi bringt den Anzug, der Pepperl ziegt'n o und passt hat er. *(Haut auf den Tisch, fällt damit zu Boden)* Oha, jetzt hats mi abidraht wo er an Buam gar net kennt – – – das ist ja das Frappante – – – ja was is denn dös *(rutscht beim Aufstehen immer mit den hinteren Füssen aus)* Muss i in meine alten Tag noch S'Radlfahren auch lernen.

PEPPERL: *(kommt weinend)* Vater, mir is so schlecht!

VATER: Mir auch!

PEPPERL: Vater, ich möcht heimgehen.

VATER: Ich auch.

PEPPERL: Mach, steh halt auf!

VATER: Wenn ich können tät schon.

PEPPERL: Was hast denn?

VATER: A Hepfa!

PEPPERL: Der legt sich gleich am Boden hin, der faule Kerl. *(hängt Hut am Kleiderständer – hebt den Vater auf).*

VATER: *(fällt immer wieder hin)*

PEPPERL: *(ihn stets aufhebend)* Mach, steh doch auf, mir is ja selber so schlecht.

VATER: *(singt)*: Auf der grünen Wiese, da spielt ....

PEPPERL: Halt doch dei Mäu!

VATER: *(fällt wieder hin)*

PEPPERL: *(schimpft)* Geh, sei doch net so ekelhaft.

VATER: Ich hab gekämft für König und Vaterland!

PEPPERL: Ja, dös is ja jetzt wurscht ...

VATER: *(fällt hin)*

PEPPERL: Jetzt wird's mir bald z'dumm werd'n, s'nächste Mal kannst alloa in d'Firmung geh ....

VATER: *(fällt hin)*

PEPPERL: Dann setzt dich halt auf einen Stuhl wennst nimmer stehn kannst.

VATER: *(fällt mit Stuhl um)*

PEPPERL: Jetzt werd' i bald narrisch werd'n.

KELLNER: *(kommt mit Speisen herein)* Ja um Gotteswillen, wie sieht es denn hier aus, was ist denn das für ein Benehmen!

PEPPERL: Ich bins ja net, das war ja er.

KELLNER: Das ist ganz egal, sie gehören beide nicht in dieses feine Lokal, das ist ja furchtbar.

PEPPERL: Weil er immer so viel sauft, der alte Aff!

Vater: *(zum Kellner)* Ich bin ein Ehrenmann, das merkst dir!

Kellner: *(hebt alles auf, stellt Speisen am Tisch)* So jetzt essen sie ihre Maccaroni und dann machen Sie so schnell wie möglich, dass Sie fortkommen. Das geht doch nicht, wie sie sich hier aufführen. *(Zum Vater)* Nicht wahr, das müssen Sie doch selbst einsehen, dass das hier nicht geht.

Pepperl: Ja, dös hört der nimmer.

Vater: *(singt).*

Kellner: *(nachdem er den Tisch in Ordnung gebracht hat)* Also bleiben Sie endlich sitzen und verhalten sich ruhig, sonst lasse ich sie rauswerfen. *(ab).*

Pepperl: So jetzt hast es, jetzt werden wir noch rausgeschmissen auch; grad heut an mein Firmungstag. Jetzt bleibst amal sitzen, du bsuffana Uhu.

Beide: *(fangen zu essen an).*

Pepperl: *(mit Kerze, haut Vater Nudeln hinunter)*

Vater: Musst denn du immer beim Fressen die damische Kerz'n ham *(nimmt sie ihm aus der Hand, isst jetzt mit der Kerze, wickelt Nudeln herüber, steckt die Kerze in die Westentasche, fährt Pepperl damit beim Essen in den Mund hinein).*

Pepperl: *(schreit)*

Vater: *(wirft Nudeln hinunter, der Tisch fällt um; steckt alle Nudeln in die Tasche)*

Pepperl: *(hat eine Nudel im Mund)*

Vater: *(zieht diese heraus)*

Pepperl: Wo ist mein Hut, komm laf ma davon!

Vater: Ja dann brauch' ma nichts zahlen.

Beide: *(nehmen Hut vom Kleiderständer, werfen ihn um und laufen davon)*

Kellner: *(kommt)* Halt, zahlen zahlen!

Vorhang.

Raubritter vor München

Historische Gaudi in 2 Akten von Karl Valentin u. Liesl Karlstadt,

Dauer: Beide Akte mit einer Minute Zwischenpause I Stunde

PERSONEN:

Joseph Kratzer,	Hauptmann der Bürgerwehr und Malermeister, ungefähr 50 Jahre alt, gemütlich.
Georg Bergmeister,	Korporal der Bürgerwehr und Schustermeister, gemütlich, dumm.
Aktuar Hinterberger	feiner Beamter, mittlerer Jahre.
Bene,	der Wachtposten, Bader und Trompeter der Bürgerwehr, unbeholfener Mensch, Karl Valentin.
Michl, der T[r]ommelbua	16 Jahre alt, listig, frech, Liesl Karlstadt.
Nachtwächter	ganz alt, mit Bassstimme.
Polizeidiener	mittel, grantig.
Metzger	20–30 Jahre alt.
Fuhrmann	alt, Bauer.

Soldaten und Musiker der Bürgerwehr.

Spielt in der guten alten Zeit.
Ort: Alt=München, hinter der Stadtmauer beim Isartor.

I. AKT.

(Bühne halbdunkel, Laterne brennt – Glockengeläute sämtlicher Kirchenglocken (Lautsprecher) – während des Läntens geht Vorhang langsam hoch, wenn er oben ist, bricht Glockenläuten ab und es schlägt 6 Uhr – darauf Auftrittsgesang des Nachtwächters:[)]

I. Scene:

»Hört Ihr Leut und lasst's Euch sag'n, die Glocken vom Turm hat 6 Uhr g'schlag'n, stets's auf, geht's in d'Arbat, 's is 6 Uhr vorbei, denn Morgenstund hat Gold im Mai, hat Gold im Mai!« *(Kommt zur brennenden Laterne) Spricht:*

Da hab'ns wieder a Latern brennen lass'n, die muss i glei auslöschen. *(bläst zweimal hin, beim drittenmal zum Licht hinspucken, welches sofort verlöscht – singend ab!)*

II. Scene.

(Wache, bestehend aus Korporal, Trommelbua und 2 Soldaten treten auf)

KORPORAL: Wache halt, Ablösung vor! *(geht zum Schilderhaus)*

MICHL: *(trommelt)*

KORPORAL: *(sieht ins Schilderhaus hinein)* Ja, i glaub glei gar, der Bene schlaft. Wieviel Uhr is denn eigentlich?

MICHL: Jetzt is 6 Uhr.

KORPORAL: Der Bene wird doch erst um 7 Uhr abgelöst.

MICHL: Freilich wird er erst um 7 Uhr abgelöst, das hab ich schon g'wusst, dass ma um a Stund z'früh rausgsaust san!

KORPORAL: Warum hast denn dann nichts g'sagt?

MICHL: Ja ich hab glaubt, du wirst scho selber draufkommen.

KORPORAL: Dummer Bua, gel das lasst aber fei 's nächstemal bleib'n, sonst nimm ich dich bei deine Löffel, sprengt uns der a Stund z'früh raus! *(Wache schimpfend ab)*

III. Scene:

MICHL: *(schaut ins Schilderhaus)* Ja der schlaft wirklich der Bene. Du Bene, – Bene – he – ja gibts denn dös a – *(klopft ans Häusl)*

BENE: Herein!

MICHL: Was herein, was willst denn, hast Du allein kein Platz in der Hundshüttn. Mach geh raus *(zieht ihn heraus)*

BENE: *(im Stehen weiter schlafend)* Wer da?

MICHL: Ja i bin da – 6 Uhr is!

BENE: Was – 6 Uhr is – i werd ja erst um 7 Uhr abglöst *(will wieder ins Schilderhaus)*

MICHL: Ja bleib nur da, sei froh dass ich Dich aufgweckt hab.

BENE: Ja, ich hab jetzt grad einen Traum g'habt, einen ganz exotischen Traum. Mir hat nämlich träumt, i bin a Ent'n g'we'sn und bin in an Weiher umeinand g'schwommen und wie ich so umeinandschwimm, seh ich am Rand draussen einen ganz langen, gelben Wurm, der war mindestens so gelb, i bin glei auf ihn hing'schwommen und grad wie i an Schnabel aufreiss'n will und will den Wurm fress'n, im selben Moment hast Du mich aufg'weckt.

MICHL: Das ist aber schad. Wenn ich da eine Ahnung g'habt hätt, dann hätt ich Dir den Wurm zuerst fressen lassen, aber das kann ich doch net schmecken, dass Du um 6 Uhr noch träumst.

BENE: Ja und ich kann doch net zu Dir sag'n, weck mi net auf, weil i träum!

MICHL: Nun ja, es ist ja gleich, ein schöner Traum war's doch net.

BENE: Ja für a Ent'n scho –

MICHL: Ja für a Ent'n, aber Du bist ja koa Ent'n!

BENE: Ja, aber im Traum war ich eine Ent'n; überhaupt für solche Träume bist Du noch z'jung.

MICHL: Du darfst mir ja dankbar sein, dass ich Dich aufgeweckt hab, denn wenn ich Dir den Wurm fress'n hätt lassen, dann wär Dir jetzt höchstens recht schlecht.

BENE: Einer Ent'n wird doch net schlecht von einem Wurm, verstehst Du denn das nicht. Das weiss überhaupt kein Mensch, ob eine Ent'n wirklich träumt, das weiss niemand, das wäre eine zoologische Berechnung und wann's einer Ent'n wirklich träumt, dann kann sie's nicht sagen, weil's net reden kann! Bei einem Papagei wär das was anders, weil der reden kann.

MICHL: Du musst Dir doch denken, das war doch nur ein Traum und Träume sind Schäume.

BENE: Das war kein Schaum, das war ein Wurm und jetzt holst an Kaffee, da hast 15 Kreuzer, Pfennig hats seinerzeit noch keine geb'n, also oan Kaffee, oan für mi und oan für Di – und oan für uns zwoa – im ganzen 5 Kaffee.

MICHL: Ja soll i da mei Trommel mitnehmen oder soll ich's da lassen?

BENE: Entweder Du nimmst es mit, oder Du lasst es da, keinen goldenen Mittelweg gibts da net.

MICHL: Soll ich's na mitnehmen?

BENE: Ja –

MICHL: oder soll ich's da lassen?

BENE: Dös is doch wurscht, jetzt nimmst as z'erst mit und dann lasst as da.

MICHL: Aaa, dann lass ichs schon lieber glei da, dann brauch ich's überhaupt nicht mitnehmen. *(ab)*

IV. Scene.

GIRGL: *(Metzgerbursche kommt pfeifend und trägt auf der Schulter eine Fleischmulde mit Würsten, einige sichtbar herunterhängend. Sieht Bene nicht, geht sofort zum Fliederstrauch und riecht daran)* Spricht: Ah, der schöne Holler, da werd i mir oan runterreissen.

BENE: Dir werd ich dann glei ein runterreissen, weisst denn Du net, dass ma in der Früh net stehlen darf? *(zieht dem Girgl die Würste von der Fleischmulde runter und versteckt sie hinter seinem Rücken).*

GIRGL: So, dann pfeif i Dir drauf, wennst mir keinen schenkst, dann reiss i halt von da drentn ein runter. Unser Herrgott hat ja Gott sei Dank noch mehr Hollerbäum wachsen lassen.

BENE: Gut, dann reisst Du ihn vom Herrgott sein Baum runter und den mein lasst stehn.

GIRGL: Du kannst mi gern hab'n, Du Neidhammel Du neidiga. *(stösst im Abgehen mit dem auftretenden Michl zusammen, der eben mit 2 Milchhaferln und Broten kommt).*

V. Scene.

MICHL: No Aff, kannst net obacht geb'n?

GIRGL: Schau halt auf, dumma Bua! *(Girgl ab)*

MICHL: Tua ja net frech werd'n, sonst hau i Dir a paar runter!

BENE: Geh lass ihn doch stehn, reg Dich net auf.

MICHL: So jetzt bin ich wieder da. Kaffee gibts heut noch keinen, weil d'Wirtin später aufg'stand'n is. Jetzt hab ich einfach a Milch g'nommen. Das macht doch nichts, das ist doch wurscht.

BENE: Wieso Wurscht? Hast Du g'sehgn, dass i a Wurscht gstohln hab?

MICHL: Hast Du Würscht g'stohln?

BENE: Da Metzger war grod da und hätt mir an Flieder runterreissen wolln und da hab ich ihm dann aus Dankbarkeit die Würst g'stohln.

MICHL: Wieviel hast'n gstohln?

BENE: Ja eine hätt i stehln wolln und da san die andern dann alle dran hängen blieb'n.

MICHL: Wo hast Du sie denn hingetan? Hast es schon gessen? Nein?

BENE: Ja! So was hebt man doch net auf.

MICHL: Ich glaub, Du lügst mich an! Tu mal Deine Hand vor! Die andere auch! Jetzt alle zwei, jetzt hebst alle 2 Füss in d'Höh!

BENE: Ja freilich! Dass ich am Arsch hinfalle. *(Hat die Würste zwischen den Beinen eingeklemmt).*

MICHL: So dumm bin ich net, jetzt dreh Dich amal um, dann

werden wir's gleich sehen. *(packt Bene, dreht ihn um und sieht hinten die herunterhängenden Würste). Schreit:* Ah, die vielen Würscht *(nimmt sie zu sich)* Die essen wir jetzt! Wenn Du mir die Hälfte davon schenkst, dann sag i niemand was, dass Du's g'stohlen hast.

BENE: Ja die Hälfte kannst haben. *(nimmt den Säbel und will von einer Wurst die Hälfte weg schneiden)*

MICHL: Na, na, net von einer Wurst, sondern die Hälfte von alle Würst!

BENE: Also gut, teilen wir! *(von ferne Pferdegetrappel und Peitschenknallen)* Jetzt kommt einer!

MICHL: Versteck schnell die Würst! *(will die Würste an allen möglichen Plätzen verstecken und schiebt zum Schluss die Würste in das Kanonenrohr hinein. Beide nehmen schnell ihre Milchhaferln und fangen zu essen an.[)]*

VI. Scene.

Vorige – Fuhrmann.

FUHRMANN: Ja, ich kann Euch gar nicht verstehen, Ihr trinkt da in aller Gemütsruhe an Kaffee und eine Stunde ausserhalb München ist alles in grösster Aufregung. D'Raubritter stehn vor der Stadt in Berg am Laim.

BENE: Und?!

FUHRMANN: Was – und?

BENE: Ja – und?

FUHRMANN: Und woll'n heut no die Stadt überfall'n!

BENE: Was für a Stadt?

MICHL: Ja unser Stadt halt!

BENE: Die g'hört ja gar net uns!

MICHL: Dir allein freili net!

FUHRMANN: Ja redts doch net gar so saudumm daher. Ich mein, Du als Posten musst jetzt sofort die nötigen Massregeln ergreifen. Ihr habts ja gar keine Ahnung, wie's da draussen in Berg am Laim ausschaut.

BENE: Ja, wir warn auch net draussen.

FUHRMANN: Also Leut', ich sag Euch, zugehn tuts da draussen, net zum Beschreiben. Wie ich heut in der Früh um ½ 4 Uhr in Ramersdorf meine Ross einspann, seh ich schon, dass alle Häuser brennen und d'Felder und d'Wälder in Flammen steh'n. Menschen sind umeinander g'laufen und schreien mir zu: – »in Berg am Laim sind Raubritter, die stehlen, morden, rauben, plündern, bringen alle Leut um und wie ich in Berg am L[a]im neinfahre, hab ich die Raubritter selber g'sehn. Das sind ganz unheimliche G'sell'n, alle haben so blecherne G'wander und an blechern Hut auf und so grosse Bärt hams und d'Augen stehen ihnen so weit raus, also direkt zum Fürchten. Ja und das Vieh lauft frei umanand, das kennt sich gar nimmer aus.

BENE: Aah – – – – – – –

FUHRMANN: Und an Bürgermeister von Berg am Laim soll'ns scho' aufghängt ham.

BENE: Aah – – –

FUHRMANN: Also, ich sag Euch, Ihr dürft mir glauben, ich bin halt grad noch mit'n nackaten Leben davon kommen.

MICHL: Ja, warst Du nackat in Berg am Laim?

FUHRMANN: Nein, aber erwischt hättens mich bald. Wie mich d'Raubritter g'sehgn hab'n, da wärn's auf meine Ross zua, ich hab aber sofort meine Peitsch'n g'nomma, hab auszog'n, hab neig'haut – – – *(lässt die Peitsche knallen, trifft den Michel; Michl stösst den Bene so dass Bene seine Milch verschüttet)*

FUHRMANN: Also Posten *(haut ihm mit der Hand auf das Haferl)*

MICHL: Der war schuld[.]

FUHRMANN: In der Aufregung kommt sowas schon vor. Also Posten, tu gleich Alarm blasen, trommel die ganzen Soldaten heraus, sperr die Stadttore zu; kümmer Dich um Alles, g'sagt hab ich's Dir!

BENE: Ja, dös is alles ganz recht, aber ich darf in der Angelegenheit gar nichts unternehmen.

FUHRMANN: Wieso!

MICHL: Der Bene meint, ohne dass der Hauptmann etwas anschafft, darf er nichts unternehmen.

FUHRMANN: Das ist ja ein Schmarrn, wer soll's den sonst zusperrn, Du hast doch den Schlüssel als Posten!

MICHL: Ja zusperrn tut scho der Bene, aber erst um 9 Uhr abends.

FUHRMANN: Ja, da ist es aber schon zu spät, bis dahin sind ja die Raubritter schon da!

MICHL: Dö soll'n halt langsamer gehn.

FUHRMANN: Ja, seid's Ihr denn narrisch!

BENE: Das wissen wir nicht!

FUHRMANN: Für was stehst denn Du auf Wachtposten?

BENE: Ich geh halt mit mein Säbel auf und ab, wenns regnet gehe ich ins Schilderhäusl nein und auf d'Nacht um 9 Uhr sperr i zua – und was muass ich noch toa?

MICHL: Und wenns schön ist, geht er wieder raus aus'm Häusl!

FUHRMANN: *(zu Michl)* Was tust denn nachher Du?

MICHL: Ja ich muss dem Bene das Sach holn! Und manchmal muass ich auch trommeln, wanns brennt!

BENE: Wenns brennt, dös sieht der Turmwächter, der schreits uns runter mit'n Sprachrohr, dann trommelt der Michl, dann komma d'Leut und frag'n wo's brennt und dann sag'n[s] eahna wir und dann löschens – – wenns no brennt!

MICHL: Ja und ich muass aber no was toa, i muass immer schauen, wenn eine Hofequipage kommt oder ein General vorbeigeht, dann muss ich es dem Bene sag'n, damit der Bene die Wach rausläutet, weil er meistens schlaft.

BENE: Ja, das ist das einzige, was in meiner Macht steht, die Wach rausläuten, das kann ich Dir zeigen. *(geht zur Glocke und zieht an. a tempo kommt die Wache heraus mit der Musik.[)]*

KORPORAL: *(kommandiert)* »Stillgestanden Präsentiert das Gewehr!« *(Musik spielt dann Präsentiermarsch)*

KORPORAL: *(kommandiert):* Gewehr bei Fuss. – Ab Tritt! 1. *mal.*

(Wache zieht wieder ab)

FUHRMANN: Ja, das ist ja ganz recht und schön. Du musst doch eine militärische Aktion treffen. Das hat doch gar keinen Wert wenn da die Musik rauskommt und spielt da Täterätätä.

MICHL: Ah! D'Musik, hast Du d'Soldaten gar net g'sehgn? Geh, zieh nochmal an! *(Bene zieht an! Wache zieht zum 2. Mal auf. – Bei Wache trommelt Michl jedesmal mit und einer kommt mit Fahne heraus.[)]*

FUHRMANN: Ja was nützt denn dös, wenn de da rauslaufen, da muss doch jetzt was unternommen werden.

MICHL: Ja, das hat der Bene nur g'macht, weil Du g'meint hast der Bene hat sonst koa Macht. An der Glocken darf nur der Bene anziehn.

BENE: Natürlich, da kann ich läuten so oft ich will, die Wach muss raus und wenn ich hundertmal anziehe. Pass auf! *(zieht an der Glocke. Wache kommt zum, 3. mal heraus wie oben.[)]*

FUHRMANN: Ihr seid doch die 2 grössten Rindviecher, die ich g'sehn hab. Von mir aus fressen Euch die Raubritter mit Haut und Haar. Ich hab meine Pflicht getan, jetzt gehts mich nichts mehr an.

BENE: Und ich hab auch mein Möglichstes getan und mehr wie da anziehn kann ich net. *(zieht wieder an. Wache kommt zum 4. Male. Korporal stösst Fuhrmann beiseite. Fuhrmann schimpfend ab. Peitschengeknall und Pferdegetrappel. – Wache geht ebenso schimpfend ab; Korporal bleibt da)*

KORPORAL: Was ist denn dös für a damische Läuterei, da is ja gscheider, mir bleib'n glei heraus? Wer war denn da?

BENE: Der Milchmann war da!

KORPORAL: So – und wegen dem läutst uns Du raus, da hört sich doch alles auf. Noch einmal wenn mir das vorkommt.

BENE: Ich kann anziehn so oft ich mag und wenn ich anziehe, dann müsst ihr rauskommen.

KORPORAL: Ja, aber nur wenn eine Obrigkeit kommt, sonst nicht. So eine Frechheit, wenn's wieder vorkommt, sag ich's dem Hauptmann. So a Lauferei in aller Früh, in nüchtern Mag'n nei, is a so so ungesund. *(Verärgert ab).*

VII. Scene.

Bene und Michl (setzen sich auf die Bank)

MICHL: Du Bene, glaubst Du das, was jetzt der Fuhrmann g'sagt hat von die Raubritter?

BENE: Ah woher, der möcht uns blos Angst machen. Raubritter gibts ja gar keine mehr. Keine Raubritter gibts, kein Osterhasen, kein Christkindl und kein Storch.

MICHL: Ja, dös weiss ich auch!

BENE: Na, Raubritter gibts net und noch dazu solche wie der Fuhrmann g'sagt hat, mit an eisern G'wand und solche Bärt schon glei gar net. Ja, im Nationalmuseum gibts solche, aber die san innen hohl! Ja, böse Menschen gibt's, die wo andere überfall'n, dös san d'Raubritter.

MICHL: Ja, dann gibts ja Raubritter.

BENE: Freilich gibt's Raubritter, aber keine solchen wie der Fuhrmann g'sagt hat.

MICHL: Aber bestimmt kann mans doch net sagen, vielleicht sind no a paar übrig bliebn, von früher her.

BENE: No ja, gwiss weiss mans net.

MICHL: Bene sag amal, wenn solchene Raubritter geben tät, tatst Du dich dann fürchten?

BENE: Ich – fürchten? Ich net – ausgeschlossen! Ausserdem sie täten kommen, dann schon!

MICHL: Ja, da tät ich mich auch fürchten, wenns kommen täten, da tät ich einfach davonlaufen, mi tätens auch net erwischen, weil i gleich so sausen kann ... aber unsern Korporal gings schlecht, der kann net laufen, wegen sein dicken Bauch.

BENE: Heut hat er sich scho' g'ärgert, weil er scho' 4 mal rauslaufen hat müssen, jetzt ziehg i extra nochmal an, dass er sich recht ärgert.

BENE: *(läutet) [(]Wache kommt, zieht schimpfend ab!)*

(Korporal bleibt da)

KORPORAL: Wer war denn schon wieder da?

MICHL: Der Milchmann!

KORPORAL: Der war doch vorher schon da?!

MICHL: Ja, das ist ihm jetzt nochmal eing'fall'n.

KORPORAL: Jetzt wird's mir aber zu dumm, so eine Gemeinheit, uns andauernd umsonst rausz'läutn.

BENE: *(greift zur Glocke).*

KORPORAL: Bene, ich warn Dich, tu die Finger weg! So a Frechheit, so jetzt sag ich's dem Hauptmann. Einmal nei, einmal raus, da werd ma ja narrisch. Sapprament! Sapprament! *(wütend ab)*

MICHL UND BENE *(lachen)*

MICHL: Ah ... jetzt stinkt er ihm! Gestern hab ich ihn auch g[']ärgert, weisst da hab ich ihm bei uns daheim in der Schusterwerkstatt auf's Butterbrot einen Schusterpapp naufg'schmiert und dann hab ich ihm d'Augengläser versteckt, dass er's net gsehen hat. Und wie er da ins Butterbrot neibissen hat, ist ihm das Maul zusammenpappt.

BENE: *(lacht)* Weisst Michl, Du musst ihm einmal auf den Schusterstuhl an Schusterpapp hinschmiern. *(Während dieses Gesprächs ist von beiden unbemerkt der Aktuar aufgetreten. Der Michl bemerkt beim letzten Satz plötzlich denselben und stösst Bene an, bis ihn auch Bene bemerkt, aufsteht, seinen Säbel zieht und auf- und abpatroulliert.[)]*

VIII. Scene.

Vorige – Aktuar.

AKTUAR: Schönen guten Morgen, meine Lieben.

BEIDE: Guten Morgen, Herr Aktuar!

AKTUAR: Ei der Teufel, was ist denn heute in aller Frühe schon los? Trommel Musik, Radau? Was hat denn das zu bedeuten?

MICHL: Uih .... Ja wissen Sie denn noch gar nix, Herr Aktuar? Der Fuhrmann war grad da und hat uns erzählt, dass d'Raubritter d'Stadt überfall'n wolln.

BENE: Die Raubritter sind draussen in Berg am Laim und bringen alles um.

AKTUAR: Das ist ja furchtbar, erzählt mir gleich!

MICHL: Also der Fuhrmann fahrt alle Tag in der Früh nach Berg am Laim und wie er heut nauskommen ist, hat er g'sehn, dass alles ganz schwarz war in Berg am Laim.

BENE: Ja und der Sturmwind hat g'heult vor lauter Schmerzen hat er g'sagt und das Feuer hat gebrunst und der Himmel war blutgrün und der König Herodes war draussen mit den sieben Geisslein.

MICHL: Wie der Fuhrmann das g'sehn hat, dann hat er Angst kriegt und wollt davon, aber d'Räuber sind ihm dann nachgelaufen und ham eahm sei G'wand auszogn und auf einmal war er ganz nackig.

AKTUAR: Weiter! Weiter!

MICHL: Dann hab'n ihm die Raubritter seine ganze Milch austrunkn und hätten ihn umbringen wollen, aber er hat sich dann hinter einen Baum versteckt und da is er dann eine'schlafn und auf einmal hat ihm träumt, dass er eine Ente war und dass er einen so langen Wurm g'fressen hat.

BENE: Das von der Ent'n und dem Wurm hat ja mir träumt.

MICHL: Ach ja, bin ich dumm, das hab ich jetzt verwechselt, *der* hat an Wurm g'fressn.

AKTUAR: Aber was hat denn der Wurm mit den Raubrittern zu tun?

BENE: Ah, nichts. Das ist ja eine ganz andere Abteilung.

AKTUAR: Also, erzähl weiter.

MICHL: Ja also, wie der Fuhrmann nochmal umg'schaut hat, hat er g'sehn dass scho alle Häuser brennt hab'n und die ganzen Ochsen und Rindviecher von Berg am Laim laufen im Freien umeinander und kennen sich gar nicht mehr aus!

AKTUAR: Schrecklich, weiter!

MICHL: Und Niemand traut sich mehr auf die Strassen naus, weils schon alle tot sind.

AKTUAR: Genug, genug, das ist ja furchbar. Sperrt nur gleich alle Stadttore zu, alamiert die Bürgerwehr und geht sofort an Eure Arbeit!

BENE: Ja, Herr Aktuar, in dem Fall dürfen wir eigentlich gar nichts unternehmen, das haben wir dem Fuhrmann schon erklärt.

AKTUAR: Aber Er kann doch zum Hauptmann gehen und kann ihm die Sache unterbreiten.

BENE: Ja, ich darf doch nicht weggehen von meinem Posten. Da kann um mich vorkommen was will, ich darf meinen Posten nicht verlassen, net amal bei an Hochwasser, ausser es schwoabt mi *weg*.

AKTUAR: Dann schick Er doch den Kleinen zum Hauptmann.

BENE: Der muss mir doch 's Sach hol'n.

AKTUAR: Wann kommt denn der Hauptmann?

BENE: Da kann's 1/2 11 oder 11 Uhr werden bis der kommt.

AKTUAR: Bis dahin kann es aber zu spät werden.

BENE: Es kommt halt drauf an, wer z'erst kommt, die Raubritter oder der Hauptmann.

AKTUAR: Aber das hat doch gar keinen Wert, da muss doch etwas unternommen werden, die Raubritter können ja in einer Stunde schon da sein!

BENE: Leicht!

AKTUAR: Ja, aber wenn unserer Vaterstadt eine solche Gefahr droht! Die Raubritter können jeden Augenblick kommen!

Michl: Ja, die kommen sicher, weil sie's dem Fuhrmann versprochen haben.

Bene: Ja, das einzige was wir tun können, das ist die Wach rausläuten, das haben wir dem Fuhrmann schon zeigt. *(läutet)*

(Wache zieht auf und geht wieder ab)

(Alle wollen schimpfen, sehen Aktuar und gehen still ab)

Aktuar: Ihr seid doch die 2 grössten Rindviecher, dass Ihr's wisst.

Michl: Das hat der Fuhrmann auch g'sagt zu uns.

Aktuar: Stellt Euch doch einmal vor ...

Michl und Bene: *[(]machen zwei Schritte vorwärts)*

Aktuar: Ihr sollt Euch vorstellen ....

Michl und Bene *treten wieder vor[.]*

Aktuar: Im Geiste sollt Ihr Euch vorstellen ....

Bene und Michl: haben wir keinen!

Aktuar: Wenn die Raubritter kommen, die werden rauben, plündern, stehlen!

Bene: Ja uns is ja selber unangenehm!

Aktuar: Folglich muss doch was unternommen werden, die Raubritter nehmen keine Rücksicht, die schrecken vor gar nichts zurück, die nehmen sogar Weib und Kind mit.

Bene: Ah, das wär das wenigste!

Aktuar: Wo is denn zur Zeit der Hauptmann?

Bene: Im Faberbräu drüben, da muss er an Hausgang ausweissen.

Aktuar: Wisst Ihr was, dann gehe ich persönlich zum Hauptmann und melde ihm die Sache *(Aktuar ab)*

(Man hört von ferne Volksgemurmel/ Lautsprecher/ und die Handglocke des Polizeidieners.)

IX. Scene.

(Polizeidiener, Volk und Wache tritt auf. Gemurmel »Was ist denn los« etc.)

Polizeidiener: Das werd's jetzt gleich hörn! *(läutet)*

Bekanntmachung.

Der hochlöbliche Magistrat gibt kund und zu wissen, dass eine Raubritterbande von Ramersdorf her im Anzuge ist. Dessenthalben gibt der Stadtrat, der wie immer um das leibliche Wohl seiner Mitbürger besorgt ist, folgende Massregeln kund:
(läutet): I. Gemäss Pharagraph 333 1/3 des herzoglichen Bürgerschutzgesetzes sind von heute ab die Stadttore um den Glockenschlag ½ 9 Uhr auf der Nacht zu schliessen. *(läutet)*
II. Ein jeder Bürger soll, was er an Wehr und Waffen hat für alle Fälle bereit halten. *(läutet)*
III. Bürger, die wo Posten stehen, sollen fest nach dem Feinde auslugen.
Eigenhändig vorgelesen und publiziert, Josef Winterhuber, Polizeidiener im Namen des hochlöbl. Magistrats München.
(Volk und Wache geht links und rechts mit Gemurmel ab)

POLIZEIDIENER: Trommelbua, Du gehst jetzt gleich mit mir zum Sendlingertor und tust trommeln.

BENE: Der bleibt da, den brauch ich!

POLIZEIDIENER: Nein, den muss ich haben, der geht mit mir! *Beide ab.*

Bene und Korporal allein.

BENE: Glaubst das jetzt, Korporal, dass das wahr ist mit die Raubritter? Was da Polizeidiener einmal amtlich vorliest, das ist kein Spass, das ist Ernst! *(es erfolgt ein Kanonenschlag hinter der Scene) (Beide erschrecken)*

KORPORAL: Was war jetzt das?

BENE: Ein Kanonenschuss. So, jetzt war seit dem 30 jährigen Krieg a Ruh und jetzt müssens wieder anfangen, jetzt, weil ich jung verheirat bin und an Kramerl[ad'n] gründt hab. *(der Hintergrund wird rot beleuchtet)*

KORPORAL: Ja und i kann Dir a net helfen, weil i jetzt hoam muass zum Stiefeldoppeln.

MICHL: *(tritt auf)* Uih, i woass was, schaugts amal um!

KORPORAL UND BENE: Was ist denn los? Sind's schon da?

MICHL: Ja schaugts doch amal um, da hint is alles ganz feuerrot, i glaub da brennts schon. *(Korporal und Bene schauen um)*

BENE: Auweh, auweh, das Morgenrot! Weisst Du, was das Morgenrot für uns Soldaten bedeutet?

KORPORAL: Nein!

BENE: Du bist a trauriger Soldat. Morgenrot bedeutet: »heute tot, morgen rot.«

KORPORAL: Ich muss jetzt geh, i muss Abschied nehmen von meiner Familie. Bene, pfüat di Gott, bleib g'sund, wann Dir was passiert.

(Korporal schluchzend ab)

(Bene und Michl allein; Bene nimmt Zugharmonika aus dem Schilderhaus und Beide setzen sich auf die Bank.)

MICHL: So, jetzt mag ich mei Milch auch nimmer.

BENE: Morgenrot, pfüat di Gott.

(Bene fängt mit der Ziehharmonika zu spielen an, beginnt mit einigen Akkorden bis ein Schuss fällt). (Beide erschrecken)

Dann folgt der Gesang:

Morgenrot, Morgenrot
leuchtest mir zum frühen Tod
Bald wird die Trompete blasen,
dann muss ich mein Leben lassen
ich und mancher Kamerad.

II.

Ach wie bald, ach wie bald
schwindet Schönheit und Gestalt
heute noch auf stolzen Rossen
morgen durch die Brust geschossen
übermorgen in das kühle ....
Grab.

(Vorhang)
I Minute Zwischenpause, dann 2. Akt.

II. AKT

I. Scene.

Musik besteht aus:
1. Klarinette
2. Trompete
3. Posaune
4. Bombardon
5. Schlagzeug.

Bühne ganz hell!! Bene steht vor dem Schilderhaus. Mit dem Einsetzen der Musik öffnet sich der Vorhang rasch. Unter den Klängen des Hohenfriedberger Marsches zieht die ganze Truppe auf, voran der Hauptmann, dann der Trommelbub, hinter demselben die Musik, dann Korporal und hinten nach Fahnenträger und die übrige Wachmannschaft. Alle ziehen an Bene vorbei, der dem Hauptmann beim Vorbeigehen desselben die Hand reicht und marschieren einmal um die Bühne herum. Bis zum Kommando des Korporals:

KORPORAL: Das Ganze halt! Gewehr bei Fuss! Rührt Euch!

Die Truppe steht jetzt folgendermassen: Längs der Mauer in der Bühnenmitte steht die Musikabteilung mit Trommelbub. Links der Bühne beim Wacheingang seitlich steht die Wache mit Fahnenträger. Hauptmann in der Bühnenmitte. (siehe Situationsplan) Korporal geht auf den Hauptmann zu[.]

KORPORAL: Grüss Dich Gott, Hauptmann. Wie gehts Dir denn immer?

HAUPTMANN: Grüss Dich Gott, Korporal, No ja, es muss schon tun. A bissl viel Arbeit gibts halt. Zuhaus ist auch immer was los. Mei Alte hat sich gestern an Zahn reissen lassen, jetzt ist sie heut saugrantig.

KORPORAL: Übrigens Hauptmann, was sagst denn zu meine Leut, schaug Dir's einmal an!

HAUPTMANN: Bravo, bravo, stramm sans beinander, das lasst

sich hören. Das ist ja a wahre Freid, wenn mans so anschaut. Wie gehts Euch denn Leut?

SOLDATEN: Gut, Herr Hauptmann!

HAUPTMANN: *(geht zu einem Soldaten – Kollmannsberger)* Nun Meier, meine Gratulation zum freudigen Familienereignis, habs scho g'hört. Was is denn? A Madl oder ein Bub?

SOLDAT MEIER: Ein Bub, Herr Hauptmann!

HAUPTMANN: Das lässt sich hören. Der 5. Bub, gell Meier?

SOLDAT MEIER: Der 9. Herr Hauptmann!

HAUPTMANN: Bravo! Das lässt sich hören, ja ich sags ja, der Meier lasst nicht aus. – Was ich sagen will, wer steht denn heut auf Posten?

KORPORAL: Der Bene.

(Bene und Michl haben sich die ganze Zeit unterhalten und hören nicht auf den Korporal.)

KORPORAL: *(lauter)* Der Bene!! *(schreit)* Der Bene!!!

BENE: *(bemerkt schli[e]sslich, dass es sich um ihn handelt und geht schnell am Schilderhaus auf und ab mit grotesker Komik)*

HAUPTMANN: *(nachdem er eine Zeitlang zugesehen)* No, hör nur mal wieder auf. Rennst denn Du den ganzen Tag so auf und ab?

BENE: Nein, nur wenn Du kommst!

HAUPTMANN: Hör nur amal wieder auf! Grüss Dich Gott! *(gibt ihm die Hand)*

BENE: Grüss Gott, Hauptmann! *(streckt ihm statt der Hand den Säbel hin)*

HAUPTMANN: Au, au, da schneidt man sich ja, pass doch auf! Hast mir sonst was zum sagen?

BENE: Ja, wegen einem kleinen Öferl hätt ich Dich amal fragen wollen. Weisst, weils im Schildwachhäusl immer so kalt ist, wenn schlecht Wetter ist und da hätt ich halt fragen wolln obst net a so a kleins Öferl ins Häusel reinmachen lassen möchst, weisst so ein kleins Öferl.

HAUPTMANN: Ja, ja, ich versteh Dich schon, a kleins Öferl meinst halt. Muss man halt schaugen, dass man eins kriegt.

KORPORAL: Ich hab eins am Speicher drobn, das kann man ihm reinmachen.

HAUPTMANN: Ja Korporal, schau einmal nach. Ah, was ich sagen will, wie macht sich denn eigentlich der Kleine, der Trommelbub?

BENE: Recht frech ist er immer.

MICHL: Ja heut in der Früh um 6 Uhr hab i an Bene aufg'weckt, weil er g'schlafn hat.

BENE: *(stösst den Michel, während der Korporal auffallend laut zu lachen beginnt.)*

HAUPTMANN: No, was habts denn narrisch, was ist denn eigentlich?

BENE: Nein, ich mein, a ganz kloans Öferl wenns war!

HAUPTMANN: Jetzt hör mir einmal auf mit Deinem Öferl, das wird einem ja ganz fad! Der redt andauernd vom Öferl und d'Raubritter san in der Nähe. Das erste ist jetzt gleich, dass einer auf den Turm naufsteigt und nach dem Feind ausschaugt. *(Alle wechseln Platz – Trompeter geht ab)*

KORPORAL: Bene, geh Du gleich nauf am Turm!

BENE: Dös kannst Dir denken! Der Vinzenz soll naufgehen.

HAUPTMANN: Also Vinzenz, nachher gehst Du nauf und wennst was Verdächtiges siehst, dann gibst gleich ein Signal!

VINZENZ: Ja, ist schon recht, wenn i aber nichts siech?

BENE: Dös siegst dann scho, ob'sd nichts siehgst.

VINZENZ: Am Turm oben brauch i aber koa G'wehr. *(lehnt es an Bene hin und geht beim Turm in der Türe ab)*

BENE: *(lehnt es an den Korporal an)*

KORPORAL: *(lehnt es an den Hauptmann an)*

HAUPTMANN: *(lehnt es an den Korporal zurück)*

KORPORAL: *(lehnt es wieder zu Bene)*

BENE: *(lehnt es an den Hauptmann)*

HAUPTMANN: Was lehnst denn das Gewehr alleweil an mich hin? *(lehnt es wieder an Bene)*

Bene: Ja, ich kanns doch net in d'Luft hinlehnen, da fällts ja um. *(stellt das Gewehr frei hin, welches umfällt)*

Hauptmann: Tragt jetzt einmal einer das Gwehr naus!

Korporal: Geh, trags do glei selber naus.

Hauptmann: *(hebt das Gewehr auf und trägt es weg)* Dös is zum Kotzen mit dene Brüda. So jetzt kümmerts Euch um Eure Kanonen, dass net wieder alle eingrosst sind und schauts, dass auch sonst Alles ordentlich imstand ist.

Vinzenz: *(Ist währenddessen oben auf dem Turm sichtbar geworden, hat ausgesehen und gibt ein Signal auf der Trompete)*

Alle: *(hinaufschauend)* Was ist denn los?

Vinzenz: Ganz draussen am Gasteigberg seh ich sie schon daherkommen. Es ist ein ganz grosser schwarzer Haufen, ich glaub, das sind d'Raubritter!

Michl: Gelt, dann gibts doch Raubritter, weil der Bene g'sagt hat, es gibt keine Raubritter mehr, dann gibts auch einen Osterhasen und a Christkindl und alles.

Hauptmann: Jetzt fangt der dumme Bub mit dem Osterhasen an, wenn d'Raubritter kommen. Also, alle Männer an die Schiessscharten und Kanonen auswischen.

Bene: Ja, die können wir nicht auswischen, weil wir keinen Wischer haben; der Korporal hat ihn dem Kaminkehrer g'liehn.

Michl: Ja, ich hab alleweil g'sagt, den darf man nicht herleihn, aber er, der alte Aff hat ihn hergeb'n.

Hauptmann: Ah, das ist eine Schlamperei. Aber es sind doch soviel ich weiss 2 Wischer da. Wo ist denn der Zweite?

Bene: Ja, der steckt in der Kanone drin, da wird Dir keiner nübersteig'n, wo die schon herbledern.

Hauptmann: Da wird sich doch einer finden der nübersteigt?! Korporal, zeig Du die Leut, dass Du a Schneid hast, steig Du nüber.

Korporal: Gel, jetzt darf ich wieder einen Deppen machen. *(schickt sich an, auf die Bank zu steigen, kehrt dann nach einer kleinen Pause wieder um)* Hauptmann, geh schick doch lieber einen andern nüber, i mein dös is besser.

Bene: Ah, jetzt hat er keine Schneid.

Michl: Ah, jetzt traut er sich net nübersteigt['n], der Hosenscheisser, jetzt hat er schon Angst.

Hauptmann: Korporal, jetzt geb ich Dir einen dienstlichen Befehl, Du steigst jetzt nüber.

Korporal: Ausgerechnet ich muss da nübersteig'n. *(steigt auf die Bank von Bene und Michl unterstützt. In dem Moment da sein Kopf auf der Mauerkante sichtbar ist, fällt ein Schuss. Korporal schreit)* Au, au! *(steigt wieder runter und lässt eine schwere eiserne Kanonenkugel auf den Boden fallen)*

M: Ah, direkt aufs Hirn nauf, da musst jetzt ganz damisch sein!

Korporal: Das war ich vorher schon.

Bene: Du, das ist eine Raubritterkugel. Die is no ganz warm.

Michl: Die heben wir uns auf, die tun wir in eine Schachtel nein. Die geben wir nimmer her.

Bene: Nein, damit gründen wir einen Kegelklub. *(schiebt die Kugel hinaus)* Juchhe! Alle Neune!!!

Hauptmann: Ich geb Dir gleich alle Neune! Was ist's jetzt eigentlich mit dem Kanonenwischer?

Bene: Ich hab eine Idee, wir ziehen einfach die Kanone aus dem Loch raus, dann haben wir den Wischer.

Michl: Ja, das machen wir.

(Beide ziehen die Kanone umständlich aus der Mauer. Bene kommt mit dem Fuss unter die Räder, schimpft den Michl recht und Beide stellen dann die Kanone in Richtimg Puplikum auf die Bühne).

Hauptmann: So .... lasst Euch nur recht Zeit. Also, Du Korporal, stellst Dich jetzt vor das Loch hin wo die Kanone drin war, damit bei dem Mauerloch kein Wind rein kann.

Korporal: So jetzt kann keiner mehr rein. *(in diesem, Moment fällt wieder ein Schuss)* Au! au! *(lässt aus seinen nach hinten gehaltenen Händen eine schwere, eiserne Kugel fallen)* Au! au! *(weint und schreit jämmerlich – setzt sich auf die Bank und schreit:)* Jetzt kann ich mich nicht mehr hinsetzen auch. *(jammert weiter)*

Michl: Tuat dös so weh?

Korporal: Nein, wohl tut's, dummer Bub!

Bene: Ah, der ist schon recht wehleidig auch.

Hauptmann: Also, was ist's jetzt mit dem Kanonenloch auswischen? Michl, geh weiter, schick Dich a bisserl!

Michl: *(wischt umständlich und langsam das Kanonenloch aus)*

Hauptmann: Was is? – Schick Di besser – Michl!

Michl: Ja, i kann mi a net darenna weg'n de damischen Ritter!

II. Scene.

(Girgl tritt auf mit Polizeidiener)

Girgl: Da ist er ja, der Bene.

Polizeidiener: Du Bene, der Girgl da behauptet, Du hättest ihm heute in der Früh einen ganzen Haufen Knackwürst g'stohln, beruht jetzt das auf Wahrheit oder beruht das auf keiner Wahrheit?

Bene: Ja.

Polizeidiener: Was ja?

Bene: Das beruht auf keiner Wahrheit.

Polizeidiener: Wenn aber der Girgl behaupt, Du hast die Würst g'stohln, dann hast es entweder g'stohln oder der Girgl lügt.

Bene: Ja der lügt und wer lügt, der stiehlt.

Girgl: Was, ich kann doch nicht meine eigenen Würst stehlen. Du hast es g'stohln! *(will auf Bene losgehen, Polizeidiener hält den Girgl zurück).*

Bene: *(zieht den Kanonenwischer raus und will sich damit gegen Girgl verteidigen, trifft aber dabei den hinter ihm stehenden Korporal auf den Kopf)* Lassts mir jetzt meine Ruhe! *(fährt mit dem Kanonenwischer ins Kanonenloch und stösst die darin befindlichen Würste heraus)*

Girgl: *(stürzt auf die Würste hin und nimmt sie zu sich, sie dem Polizeidiener zeigend):* Da schau her, Polizeidiener, da sind ja die Würst!

Polizeidiener: *(zu Bene, der verblüfft dasteht)* Du Bene, wie können denn da vorne Würst rauskommen?

Bene: Wenn man hinten neinfahrt.

Polizeidiener: Nein, ich möcht wissen, wie die Würst da hinten reinkommen können?

Girgl: Wie's neinkommen sind, das kann ich Dir sagen: wie ich heut in der Früh da vorbei gangen bin, da hab ich den Holler ang'schaut ...

Bene: Ang'schaut ...... stehln hättst Du ihn wollen, weisst Polizeidiener, das war so: heut in der Früh ist doch ein starker Westwind gangen und wie da der Girgl mit seiner Mulden so vorbeigeht, hat der Wind auf einmal die Würst runterg'weht und da war grad der Schuber von der Kanon auf und da hat der Wind die Würst pfeilgrad da neing'weht. Der Michl hats g'sehn, der war dabei, gel Michl!

Michl: Ja, so wars, ganz genau so, weil ichs selber g'sehn hab und weil er noch g'sagt hat auch, wenn ich nicht[s] sag, krieg ich auch die Hälfte.

Polizeidiener: Von was kriegst die Hälfte?

Bene: Vom Wind.

Polizeidiener: Da müsst ich ja auf die Weise an Wind verhaften.

Bene: Den wirst aber Du net erwischen.

Vinzenz: *(bläst Signal, alle schauen hinauf)*

Alle: Was ist denn lo[s]?

Vinzenz: Die Raubritter kommen immer näher und näher und einen ganzen Haufen Kanonen hams dabei.

Polizeidiener: Was, d'Raubritter kommen? Da muss ich aber gleich schauen, dass ich heimkomm'. *(läuft: mit langen Schritten über die Bühne ab)*

Girgl: Und ich geh auch, sonst fressen mir die Raubritter meine Würst' z'samm. *(läuft auch ab)*

Michl und Korporal: *schieben Kanone in das Mauerloch hinein.*

III. Scene.

Vorige.

HAUPTMANN: Also Kinder, seids tapfer, der Feind naht. Jetzt schiessen wir unsere Kanonen ein, damit beim Überfall der Raubritter alles richtig funktioniert.

Gesang:

I.

Ach es ist doch wirklich schwer
bei der Münchner Bürgerwehr.
Unser Dienst ist nicht beliebt,
weils da keine Würstl'n gibt.
B'sonders bei der Artillerie
's ist die grösste Ironie.
Weg'n der g'ringsten Kleinigkeit
sind wir schon salutbereit.

Refrain: Tararara *bum* halloh
die Artillerie ist da
Tararara bum halloh
die Artillerie ist da!

(Michl ladet die Kanone und schiesst bei jedem Refrain. – Bei jedem 1. Bum des Refrains folgt ein starker Kanonenschuss mit aufsteigenden Rauchwolken, durch elektrische Pulverentzündung in einer Eisenpfanne)

II.

Ist wo eine Fahnenweih'
ist d'Kanone auch dabei,
sogar beim Oktoberfest

san ma jed's Jahr draussen g'west.
Ist das Pferderennen g'wen,
taten wir am Berg drob'n steh'n,
Wie d'Kanonen bum ham to
Ging das Pferderennats o:
Refrain: Tararara *bum* hallo etc.

III.

Wenn der König kriegt ein Kind
schiessen wir Salut geschwind.
Auch bei jeder Prozession
schiessen wir mit der Kanon.
Kurz bei jeder Viecherei
ist d'Kanone auch dabei.
Dö Kanone ist famos,
blos im Krieg, da gehts net los.
Refrain: Tararara *bum* hallo etc.

(Nach Schluss der 3. Strophe ertönt ein Signal vom Vinzenz)

ALLE: Was ist denn das?

BENE: Das Echo[.]

VINZENZ: Nein, das ist kein Echo, das war schon ich. Höchste Gefahr ist! D'Raubritter kommen immer näher und näher und immer mehr Kanonen hams dabei. Allerhöchste Gefahr!

(Alles läuft aufgeregt umeinander, Musik ab)

MICHL: *(nimmt Trommel und Wiesenteppich und schreit:)* I hab scho alles!

BENE: Du hast ja d'Wiesen mitg'nommen!

MICHL: Dö hab i in der Angst ausgriss'n.

HAUPTMANN: Seid doch nicht gar so aufgeregt, Leut, nur den Kopf nicht verlieren, immer die Ruhe bewahren. Du Korporal übernimmst die I. Batterie, Du Michl die II. Du Bene übernimmst den Sanitäterdienst, im Fall dass grad einem schlecht wird und ihr tut's bei die Schiesschart'n nausfeuern was nur grad 's Zeug halt.

(Michl bedient die beiden Kanonen, schiebt Kugeln ein und zieht bei jedem Kommando 1. oder 2. Batterie bum) (Bei Bum erfolgt jedesmal ein Kanonenschlag mit aufsteigenden Rauchwolken – man hört nun auch von ferne Lärm und Abschüsse, noch etwas schwach)

KORPORAL: *(gibt nun mit Michl abwechslungsweise Kommando zum Abschuss, bald bei der einen, dann bei der anderen Kanone bis zum Schluss. Unterbrechen nur bei jeweiligen Sprechdialogen zwischen Bene und Hauptmann. Dem Michl fallen aus der 2. Kanone alle Kugeln wieder nach vorne heraus.[)]*

BENE: *(sieht einen verwundeten Soldaten am Laternenpfahl lehnen, nimmt aus seiner Sanitätstasche die er sich mittlerweile umgehängt hat eine breite Binde und verbindet den Kopf des Soldaten, so, dass auch der Laternenpfahl mit umwickelt wird, sowie Helm und Gewehr.[)]*

HAUPTMANN: *(Schiesst abwechslungsweise aus seiner Pistole über die Mauer, gibt dazwi[s]chen hinein Kommandos.)*

Die übrigen Soldaten schiessen durch die Schiesscharten, der Riese schiesst über die Mauer, das Gewehr auf derselben aufgelegt.

EIN 2. SOLDAT: *(fällt um, von einer Kanonenkugel getroffen, die in seinem Uniformrock steckt. Bene und Michl holen eine Tragbahre mit Decke ohne Boden und beginnen den am Boden liegenden Soldaten auf die Bahre zu legen. Michl nimmt die Kanonenkugel aus dem Rock desselben. Heben die Bahre auf und gehen mit der leeren Bahre ab, da der Soldat zwischen durchgerutscht und am Boden liegen geblieben ist.)*

BENE U. MICHL: *(kommen wieder auf die Scene).*

HAUPTMANN: *(bemerkt den noch auf dem Boden liegenden Soldaten, zu Bene):* Was ist's denn eigentlich mit dem Mann da, wollt Ihr jetzt den gleich hinaustragen!

BENE: Den haben wir grad naustragen.

HAUPTMANN: Das gibts ja gar nicht, der liegt ja noch da!

BENE: Recht eigensinnig ist er. *(holt eine andere Bahre, diesmal eine richtige herein und legen den Soldaten hinauf. Es ergeben sich grosse Umständlichkeiten, indem bald Bene, bald Michl verkehrt an der Bahre stehen, dann wieder rutscht der Soldat bald seitlich, bald vorn, bald hinten von der Bahre. Bis es Bene zu dumm wird und den Soldaten so auf die Bahre legt, dass er zwischen Bene und Tragbahre zu Fuss aus der Scene geht. Der Lärm wird nun immer grösser, die Schüsse stärker. Der Zuschauerraum wird plötzlich hell. Es fliegen nun Stoffballons als feindliche Kanonenkugeln über die Mauer ins Puplikum und die Raubritter erscheinen auf der Mauer mit starkem Lärmen und Schreien. Ein Raubritter in Rüstung erscheint auf der Bühne und bohrt dem dicken Korporal seinen Spiess, der verschiebbar ist, in den Bauch, sodass am Rücken die Spitze herausschaut.*

BENE: *(kommt mit weissem Fähnlein aus dem Schilderhaus)*

MICHL: *(Wirft Kanonenkugeln in das Publikum)*

Ende.

Das Brilliantfeuerwerk

1. Akt

Freie Anlage mit einer Bank und einem Wegweiser: Zur Rosenau.

PERSONEN:
Soldat Karl (Bayerischer Schwerer Reiter), das Kindermädchen Liesl.

KARL *(geht stumm über die Bühne von links nach rechts – bleibt zehn Sekunden hinter der Bühne und kommt wieder denselben Weg zurück. Wartet wieder kurze Zeit und geht dann am Horizont entlang, wieder nach rechts, kommt vor, geht auf den Hintergrund zu, kehrt wieder um und geht schnurgerade auf den Souffleurkasten zu, frägt den Souffleur)*: Wo geht's denn da zur Rosenau? – *(Kehrt wieder um und sieht den Wegweiser, geht auf denselben zu, betrachtet ihn kopfschüttelnd und geht weiter rechts ab. Fragt hinten)*: Wo gehts da zur Rosenau?

PASSANT: Da müssen S' da 'nüber, immer gradaus.

KARL: Da komm ich ja her.

PASSANT: Ja, da müssen S' nüber.

KARL: So –! *(Geht wieder über die Bühne, bleibt in der Mitte beim Wegweiser stehen und sagt:)* Da ghört aa so a Hand her! *(Geht links ab, kommt aber sofort wieder zurück, schreit zurück:)* Da ist ja a Bach, da kann man nicht nüber.

PASSANT *(von drüben):* Ja über den Bach geht doch a Brücken, und über dö müssen S' nüber gehn.

KARL: So! – *(Dreht sich um und geht wieder links ab, frägt hinten.)* Sie, Fräulein, wo gehts denn da in d'Rosenau?

LIESL: Da müssen S' da nüber gehn in d'Rosenau.

KARL: Da hat mich aber einer da rüber gschickt in d'Rosenau.

LIESL *(tritt auf, zieht Kinderwagen herein):* Da müssen S' nüber gehn, immer grad aus, dann kommen S' direkt hin.

KARL: Ja, aber der hat gsagt, ich soll über den Bach nübergehn, der da herüben ist.

LIESL: Ja, das stimmt schon, der Bach ist da herüben auf der Seite.

KARL: Ja, und die Brücke?

LIESL: Die ist drüben auf der andern Seite.

KARL: Das gibts doch net, daß der Bach da ist und die Brücken da drüben.

LIESL: Ja, das kommt mir auch a bissl dumm vor.

KARL: Das ist schon saudumm.

LIESL: Ja, wissen S', es ist schon da drüben auch a Bach.

KARL: Das waarn ja dann zwoa Bach.

LIESL: Ja, ich glaub, daß des da drüben der gleiche Bach ist, wie der da herüben.

KARL: Wie gibts denn dös, der kann doch net zu gleicher Zeit da drüben und da herüben sein.

Liesl: Dös woaß i aa net, vielleicht schlangelt er sich so umanander.

Karl: Ja des teans gern die Bach.

Liesl: Da ham S' recht, – aber Sie wolln doch in d'Rosenau.

Karl: Jawohl –

Liesl: Ja, da gehts schon da nüber, denn wenn Sie da nunter g[e]nga, komma Sie nia in d'Rosenau, da kommen's immer weiter weg davon.

Karl: Das stimmt.

Liesl: Sehng S', da ist aa so a Taferl.

Karl: Da kennt ma sich aber net aus.

Liesl: Ja, ja wissen muaß ma halt an *Weg* – Sie wollen wahrscheinlich heut zu dem Brilliantfeuerwerk, das soll ja wunderbar werden.

Karl: Ich habs no net gsehn.

Liesl: Ja, da müssen S' da nunter gehn, das ist leicht zum finden.

Karl: Für mich net.

Liesl: Ja, weil S' no nia dort warn, – ich wüßt ja an Weg *gnat*, weil i schon a paarmal drunt war, aber heut kann i net, weil i 's Kind dabei hab. – Aber da finden S' schon hin, den Weg kann Ihna ja jeder kloane Bua sagn.

Karl: Wenn aber koaner kommt?

Liesl: Dann kommt vielleicht a großer – jetzt genga S' amal immer gradaus bis zu dem Bach, dann nüber über die Brücken – dann kommt der Baum mit de vielen Äst und dann genga S' links nei in dös Gaßl –

Karl: Merse, danke! *(Macht die Honneurs.)*

Liesl: Immer gradaus, dann links, dann über die Wiesen, wo die Blumen san, da, – wo vorigen Sonntag der Schmetterling g'flogn ist.

Karl: Dann find ichs schon. *(Geht ab.)*

Liesl: Und nach der Wiesen sehn S' so gleich das große Schild »Zur Rosenau«, und wenn S' Ihna nicht mehr auskenna, dann fragn S' noch amal, und wenn niemand kommt, dann kehrn S' nochmal um und fragns mich nochmal – jetzt hört er mich doch [n]immer. *(Geht zur Bank, zum Kind.)* So Butzerl, jetzt hast as g'hört, der Soldat geht jetzt in d'Rosenau nunter zum Brilliantfeuerwerk – Brilliantfeuerwerk – das hoaßt auf lateinisch Pyrotechnisches Experement. – Siegst, jetzt wenn du auch schon groß waarst und waarst auch a Soldat, dann kannten wir zwei auch zum Feuerwerk gehn, aber du bist ja koa Soldat, du bist ja bloß a Drecksau, weilst schon wieder alles naß gmacht hast. Das is a Kreuz mit dir, *(Haut das Kind mit dem Kopf an.)* O Verzeihung, ist ja wahr auch, nichts wie ärgern muß ma sich mit dir. Hast's net gsehn, was das für ein strammer Soldat war, der hätt mich sicher mitgnomma, aber mit dir kommt man ja nirgends hin. Wieviel Soldaten hätt ich schon kenna glernt, wenn du net wärst. Du hast mir noch jeden Sonntag verpatzt – du bist das einzige Hindernis auf meinem Liebespfade – so jetz schlaf und laß mir mei Ruah, – *(Setzt sich auf die Bank und strickt.)* – Der wird wohl nunterfinden in d'Rosenau – ja ich denk schon, der is net so dumm – ich habs eahm ja ganz deutlich erklärt – das war ein netter Kerl – ganz mei G'schmackerl – und noch dazua a Schwerer Reiter – dö Schweren Reiter san von alle dö feschesten Soldaten, die man sich denken kann – jetzt d'Artilleristen gfalln ma zwar aa ganz guat, und d'Jäger san schneidig, da hab i amal oan kennt – d'Schwaolischö – die san schö – aber treu bleibn tut oan halt koaner – da genga s' oamal oder zwoamal mit oan fort und dann lassen s' oan wieder laufa. Und ich möcht halt so gern verheirat sein – so eine Schwere Reiterehe muaß was Herrlichs sein. Ach ja – wia hoaßt das Lied – Schatz, mein Schatz reise nicht so weit von hier – im Rosengarten sollst meiner warten, im grünen Klee, juhee, im weißen Schnee .... Weißer Schnee ist a Schmarrn, als obs an schwarzen Schnee auch gebn tat.

(Karl tritt auf.)

Liesl: Ja, wer kommt denn da? Sann Sie schon wieder da von der Rosenau?

Karl: Sie ham mich schön angschwindelt mit dem Schmetterling, d'Augn hätt ich mir bald rausgschaut – ich hab koan fliagn sehngn.

LIESL: Ja Sie san guat, mit Eahna kunnt i glei so viel lacha, *vorigen* Sonntag hab' ich den Schmetterling gsehn, moana S', daß der wega Eahna acht Tag auf oan Platz umanander fliagt. Ja, ham S' denn gar nicht hingfunden?

KARL: Naa, Überhaupts net.

LIESL: Sie wollen doch zu dem Feuerwerk, ham S' gsagt – no ja, da hams ja noch Zeit – das ist ja erst auf d'Nacht – beim Tag ist ja nia a Feuerwerk, da braucha S' Ihna net so darenna – da sann S' ja in 10 Minuten drunt, da könnten S' leicht no a bisserl bei mir da bleibn. Setzen S' Ihna her da –

KARL: Wenn S' gestatten! *(Setzt sich.)*

LIESL: Da brauch ich doch nichts gestatten, ich bin ja froh, wenn ich a bißl a Unterhaltung hab.

KARL: Das Kinderwagl ist aa net billig gwesen?

LIESL: Naaa – gell Sie san a Schwerer Reiter?

KARL: Ja, aber mehra Reiter wia schwer.

LIESL: Sie sann guat, mit Eahna kunnt ich so viel lacha – Sie san fei a strammer Soldat.

KARL: Passiert schon – lieb Vaterland magst ruhig sein, wenigstens so lang als ich dabei bin.

LIESL: Sann S' scho lang beim Militär?

KARL: Zwoa Jahr – jetzt bin ich ja bei einem Major als Bedienter. Das ist aber a Schmarrn, denn wenn ich ihn bediena muaß, ist eigentlich er der Bediente.

LIESL: Hat der a Frau aa der Major?

KARL: Freili, dö Gnädige.

LIESL: Wia ist denn dö?

KARL: Windi –

LIESL: Wie schaut s' denn aus?

KARL: Grimmi –

LIESL: Naa, i moan, ob s' a Alte oder a Junge ist?

KARL: A kloane – dicke – a recht a langs G'stemm. Kenna Sie s' net?

LIESL: Naa, Gott sei Dank – no ja, vielleicht siech ich s' amal.

KARL: Da sehns scho no was aa. *(Das Kind schreit.)*

LIESL: Jetzt fangt der aa wieder an. Glei, Butzerl, ich komm schon. Sehn S', so gehts mir allaweil. Ja, ich hab mirs ja denkt, jetzt hat er mir wieder s' ganze Wagl voll gmacht.

KARL: Da geht noch mehra nei.

LIESL *(nimmt das Kind und die Betten heraus):* Geh, möchten S' net a bißl halten, nehma S' 'n da um d'Mitten, aber lassen S' 'n ja net fallen.

KARL: Der ist ja net stad, ich leg'n daweil da nein. Wo ist er denn – Kuckuck dadadada. *(Hat Kind am Boden hingelegt und sticht ihm mit Säbel in den Bauch hinein.)*

LIESL: Ja, um Gotteswillen was treiben S' denn – Ja, Butzerl – *(nimmt das Kind wieder.)*

KARL: Der ist aber wehleidig.

LIESL: Das könna S' mit dem net machen, das ist ein empfindlicher Kerl, den wenn ma a bißl mitn Säbel in Bauch neisticht, dann fangt er glei zum Bläcken an. So jetzt schlaf wieder.

KARL: A Fliagn sitzt auf seiner Nasen. *(Schlägt mit der Mütze auf das Kind.)*

LIESL: Ja, was fallt denn Ihnen ein, der haut ihn glei mitn Kappe ins Gesicht nei.

KARL: Ist gut, daß ich heut an Helm net aufghabt hab.

LIESL: Sie waarn a saubere Kindsmagd, Ihna kannt ma net braucha dazua, das hab ich schon gspannt.

KARL *(faßt ihr den Busen an):* Da san S' staubig, das muaß ma wegwischen.

LIESL: Sie, tean S' fei ja net frech werden, das mag ich net. – Ja, ja, das ist net so leicht, gel, Butzerl, das woaßt du am besten, ja jetzt lacht er ja schon wieder – gelln S' das ist doch a netter Bua.

KARL: Und jung ist er.

LIESL: Und dö roten Backerln, die er hat. Jetzt ist er auch wieder gsund. Aber vor vier Wochen hätten S' 'n sehn solln, da hat er schlecht ausgschaut, da hätten S' 'n gar nimmer kennt.

KARL: Ja, was ist dös?

LIESL: Da war er schwer krank, da hat er die ersten Zähn kriegt.

KARL: Mei Gnädige hats vor 14 Tag kriegt.

LIESL: Ach Sie, dö werd erst dö ersten Zähn kriagt ham.

KARL: Die dritten hats schon kriagt, weils ich selber gholt hab.

LIESL: Das ist ja ganz was anders, – aber was moana S', was der Bua ausg'standen hat, Tag und Nacht hat er g'schrien.

KARL: Warum?

LIESL: Wega de Zähn!

KARL: Hat er Angst ghabt, daß er koa kriegt?

LIESL: Naa, so weh hats eahm to, der hat ja gleich soviel Fieber ghabt.

KARL: Ja, was ist des?

LIESL: Er hat mich selber so viel erbarmt. Zum Doktor hab ich ihn auch fahren müssen, weil er net amal mehr a Mehlmus vertragn hat könna.

KARL: Aber dös hätt er scho beißen könna.

LIESL: Bloß mehr an Haferschleim ham ma ihm gebn dürfen.

KARL: Den mag mei Schimmel auch, das heißt an Schleim weniger, aber an Hafer.

LIESL: Ja, und dann hat er d'Fraisen noch dazuakriegt, da ist er ganz blau worn, und umanandaghaut hat er dabei mit de Händ und mit de Füß.

KARL: Ja, das macht mein Schimmel auch, erst kurz hat er wieder d'Kehl ghabt, – da war er vor 8 Tag da hinten ganz offen.

LIESL: Und er vor 4 Wochen.

KARL: Ja, Kinder kriegens meistens früher. Da hat ma gar net hinkommen dürfen, – so ist er im Stall drinn gstanden – so ghört er nei, aber so war er drinn gstanden, und wia man angrührt hat, hat er ausghaut mit de Haxen. *(Schlägt mit dem Fuß den Wagen um.)*

LIESL: Jessas Maria, mein Kind – ja Butzerl – wo ist er denn – sei nur grad stad, ich tu dir ja alles – hast dir weh weh to – Butzi, Butzi – geh red halt, moana S', daß er sterbn muaß?

KARL: Das sehn S' schon, ob er alt werd.

LIESL: Mein Gott, bin ich jetzt derschrocken, wenns die Gnädige wissen tat, ich trauet mir nimmer hoam. Glei derfst wieder in das Betterl nei! *(Will den Kinderwagen aufheben, kanns nicht.) (Karl schaut zu.)*

LIESL: Geh, helfen S' halt a bisserl mit. *(Legt das Kind in den Wagen.) Karl hilft – verwickelt sich mit dem Säbel ins Strickzeug – – schneidet die Wolle ab – sticht mit Säbel in den Wagen – haut sich den Ellbogen an.*

LIESL: Mein Gott, san Sie a Mannsbild, Sie arbeiten ja rum wie a Narrischer. Das geht doch net. Auf so a kloans Kind muaß ma doch Rücksicht nehmen.

KARL *(schleicht auf den Zehen am Wagen vorbei):* Malheur ghabt.

LIESL: Ja – jetzt werd ich schön langsam wieder heimfahren.

KARL: Und ich werd mich schleunigst verduften.

LIESL: Sie san ja fein heraus – Sie dürfen jetzt bei dem schönen Wetter in d'Rosenau nuntergehn.

KARL: Ja – hoffentlich find ich nunter. Also dann adje –

LIESL: Schad daß S' schon genga – jetzt waars eigentli erst schön worn.

KARL: Jawohl!

LIESL: Dann wünsch ich Ihnen halt recht viel Vergnügen.

KARL: O bitte.

LIESL: Treffen Sie jemand?

KARL: Nein – leider – höchstens meine Kompagniespezeln, und da hat jeder a Gschöpf dabei.

LIESL: Und Sie san ganz alloa?

KARL: Ja mei.

LIESL: Bräuchten S' halt aa a bißl a Ansprach. – Wissen S', ich möcht ja furchtbar gern zum Feuerwerk gehn, weil ich noch nia oans gsehn hab.

KARL: So, so ……

LIESL: Natürlich hängt das von Ihnen ab, – aufdrängen will ich mich nicht.

VALENTIN: Ja, ich auch nicht.

LIESL: Mitganga waar i ganz gern.
KARL: Das moan ja ich. Genga S' halt mit.
LIESL: Ist's wahr, mögn S'? Dös geht leider net, weil i 's Kind dabei hab.
KARL: Dös können S' doch da stehn lassn.
LIESL: Was fallt denn Ihna ein, naa naa, den fahr ich jetzt hoam, und Sie warten ma da auf der Bank.
KARL: Mir wars gnua, dös kenn i scho, mi versetzen, dös is mir scho z'oft passiert.
LIESL: Naa, i versetz Eahna net, in 10 Minuten bin i wieder da, mein Ehrenwort.
KARL: Naa, auf dös laß i mi net ei' – da geh i scho lieber mit.
LIESL: Sie könna doch net als Soldat mit'n Kinderwagl mitlaufen, da müssen S' Eahna ja schama.
KARL: Lieber schämen, als wie daß i da 10 Minuten wart.
LIESL: Also, na genga S' mit.
KARL: Wo wohnt denn Eahna Herrschaft?
LIESL: Glei da vorn in der Ludwigstraße.
KARL: In der Ludwigstraße? Das ist guat.
LIESL: Warum?
KARL: Ich hab an Freund – der hoaßt auch Ludwig.
LIESL: Also genga S' mit und warten mir unten a paar Minuten, nur derfen S' Ihna net direkt vors Haustor hinstelln, sonst sieht uns wer. Vielleicht vis a vis in a Eckerl nei.
KARL: Versteh schon – raffiniert halt.
LIESL: Dann, wann ich runterkomm, gehn wir gleich miteinander die Theresienstraße nunter, dann sann ma so glei in der Schleißheimerstraß.
KARL: Mir könna aa an kloan Umweg machen, durch den Englischen Garten, daweil wirds schön langsam dunkel, und zum Feuerwerk komma ma noch früah gnua.

(Er nimmt sie um die Mitte und beide gehen ab.)

(Ende des 1. Aktes.)

2. *Akt*

Alter Biergarten zur Rosenau – im Hintergrund wird das Feuerwerk aufgestellt – im Vordergrund werden Lampions aufgehängt – lange Tische und Bänke – Schenke – wunderbarer Sommernachmittag

Wirt – Hausl – Wally – Hausierer – Feuerwerker, später Soldaten, Karl und Liesl.

WIRT: Also los, schickts euch, Lampions aufhängen. *(Spricht so lange, bis Hausierer kommt.)* An blauen, an roten, an grünen, – habts denn gar koan G'schmack? Italienische Nacht – das Wort alloa sagt schon, daß ma net lauter gleiche an oan Draht hinhängt.

HAUSIERER *(tritt auf)*: Zigarrn, Zigaretten, Virginia, Feuerzeig, Zigarren, Zigaretten gefällig! *(Geht an alle leeren Tische und dann monoton sprechend wieder ab.)*

WIRT: Anzapfen, viere ists bald, habts d' Kerzen schon neigsteckt? Die Tische müssen besser abgeputzt werden. *(Man hört anzapfen.)*

1. SOLDAT *(mit Mädchen)*: Kellnerin, a Maß! *(Ißt aus einem Paket.)*

KELLNERIN: Prost.

WIRT: Ah, Grüaß Gott beinand, wia gehts, wia stehts, bleim ma heut auch da beim Brilliantfeuerwerk? Sehn S', das ist der Herr Feuerwerker, der richt grad alles her, und steckt alles auf, fürs Brilliantfeuerwerk mit bengalischer Beleuchtung – a wunderbares Wetterl ham ma heut dada.

1. SOLDAT: Aber nimmer lang, heut halts net aus.

WIRT: Waar net übel – heut ist doch ein herrlicher Tag.

1. SOLDAT: Aber regnen tuts heut noch, das woaß i gwiß, denn wie ich heut mein Herrn sein Hund spaziern gführt hab, da hat er a Gras gfressen, und wenn a Hund a Gras frißt, das ist das sicherste Zeichen, daß auf d'Nacht noch regnt.

WIRT: Waar net übel, das waar so a Schlag für mich, das Feuerwerk kostet mich 300 Mark. Da taat ichs na scho glei lieber nächsten Sonntag abhalten. Sie, Herr Feuerwerker, was moana denn Sie? Grad sagt mir der Herr Soldat, daß heut 's Wetter wahrscheinlich net aushalten tuat.

FEUERWERKER: Aaa – Papperlapapp – heute bei dem klaren blauen Himmel, kann es doch nicht regnen, wie kommen Sie denn auf so einen Unsinn?

WIRT: Ja, also der Soldat hat nämlich einen Herrn, und der Herr hat heut a Gras gfressen – nein – der Hund hat an Herrn gfressen – nein – der Soldat hat an Hund gfressen – nein – an Hund hat er spaziern gführt, und da hat der Hund a Gras gfressen, und er sagt, wenn a Hund a Gras frißt, dann regnts auf d'Nacht.

FEUERWERKER: Das glaube ich kaum. Ich halte es für ausgeschlossen, daß es heute regnet. – Das heißt, gehört hab ich das allerdings auch schon oft, daß, wenn ein Hund ein Stück Gras frißt, daß es dann bestimmt regnet.

WIRT: Gel, Sie hams auch schon ghört?

FEUERWERKER: Das wäre natürlich furchtbar unangenehm, wenn im letzten Moment ein Regenwetter käme – ja, ich mache Ihnen den Vorschlag – Wir verschieben das Feuerwerk auf nächsten Sonntag – ich bin allerdings mit meiner Arbeit schon fast fertig, aber wenn Sie wollen, dann nehme ich das *ganze* Feuerwerk wieder herunter.

WIRT: Runter ......

FEUERWERKER: Pack Ihnen alles ein!

WIRT: ein ......

FEUERWERKER: Sie heben die Kiste gut auf!

WIRT: auf ......

FEUERWERKER: Und wir brennen das Feuerwerk nächsten Sonntag ab!

WIRT: ab – ......

FEUERWERKER: Ich will Ihnen natürlich nichts dreinreden, aber es wäre ewig schade, wenn's alles verregnen würde. Ihre schönen Ballone werden naß, – das packen wir alles ein, und Sie heben die Kiste gut auf.

WIRT: Ja, dö stelln ma dann in d'Küch nei.

FEUERWERKER: Um Gotteswillen nur nicht in die Küche, zum Ofen – das sind alles Explosivkörper – die Kiste stellen Sie am besten in den Eiskasten.

WIRT: Naa, naa, dö Raketen schaun so ähnlich aus wie d'Würst, und mei Alte, das Rindvieh verwechselts und legts in d'Pfanna nei und Bumm –

FEUERWERKER: Na, so dumm wird Ihre Frau Gemahlin doch nicht sein.

WIRT: Wally, teats die Ballon wieder runter, ich trau dem Wetter nicht recht, wir halten das Feuerwerk nächsten Sonntag ab. *(Alles wird abgenommen und eingepackt.)*

FEUERWERKER: Ich packe gerne alles ein, wegen der Arbeit ist es mir nicht, denn nächsten Sonntag haben wir dann die Garantie, daß es schön Wetter wird. *(Wirt läuft immer an der Kiste herum,.)*

FEUERWERKER: Sie mit Ihrer brennenden Zigarre, kommen Sie mir ja nicht so nahe an die Kiste.

2. *Soldat setzt sich, bestellt sich Bier.*

WIRT: Grüß Gott beinand, wia gehts, wia stehts, heut hätt ma a wunderbares Brilliantfeuerwerk ghabt, auf d'Nacht, aber ich trau mir leider nicht, weils Wetter net aushalt dada.

2. SOLDAT: Wer sagt denn das?

WIRT: Der Ding sagts – den sein Hund hat a Gras gfressen, und da sagt er, regnts auf d'Nacht bestimmt noch.

2. SOLDAT: Ah, Schmarrn, heut halts aus, schaun S', wir ham an Laubfrosch dahoam, und der sitzt schon seit acht Tagen ganz z'höchst oben auf der Leiter drobn, und das ist das sicherste Zeichen, daß schön Wetter bleibt.

WIRT: Ja, ghört hab ich das schon oft, Sappramentr –

FEUERWERKER: So, Herr Wirt, jetzt bin ich fertig – also nächsten Sonntag komm ich wieder – vielleicht so um dieselbe Zeit wie heute, und da brennen wir unser Feuerwerk ab. Auf Wiedersehen. *(Will abgehen.)*

WIRT: Jaaaaaa – Herr Feuerwerker, könnt ich Sie noch einen Moment sprechen.

FEUERWERKER: Gewiß, haben Sie mir noch was zu sagen, haben Sie noch einen Wunsch?

WIRT: Jetzt sagt mir grad der Soldat, eben im Moment, daß heut auf d'Nacht doch schön Wetter bleibt.

FEUERWERKER: Ja, was ist das?

WIRT: Er sagt, er hat einen Laubfrosch und der sitzt in an Glasl drin, ganz hoch auf der Leiter drobn, und das, sagt er, ist das sicherste Zeichen, daß schön Wetter bleibt.

FEUERWERKER: Lassen Sie sich doch nicht beeinflussen, Herr Wirt!

WIRT: Ja, das ist eben ein Fehler von mir.

FEUERWERKER: Ich meine, das ist doch ein Ding der Unmöglichkeit, daß an ein und demselben Tag ein Hund ein Gras frißt und ein Laubfrosch oben auf der Leiter sitzt.

WIRT: Ja – das ist mir auch das Auffällige.

FEUERWERKER: Kein Mensch kanns vorher sagen, wie das Wetter wird.

WIRT: Ja, weils eben kein Mensch sagen kann, drum braucht man eben diese Viecher.

FEUERWERKER: Ja, gehört hab ich das auch schon, daß der Laubfrosch der sicherste Wetterprophet sein soll – das lernt man doch schon in der Schule. Ich glaube selbst schon bald, daß der Laubfrosch recht hat – denn ich will Ihnen was sagen – warum hat der Hund a Gras gfressen?

WIRT: Das woaß i net.

FEUERWERKER: Ganz einfach – weil er Hunger gehabt hat. Hätte der Soldat seinem Hund eine Wurst gegeben, dann hätte derselbe nie Gras gefressen.

WIRT: Natürlich – ja – wenn a Hund a Wurst frißt, dann wirds ja net schlecht Wetter.

FEUERWERKER: Wissen Sie was – wir brennen das Feuerwerk doch heute ab – ich packe Ihnen wieder alles aus und Sie hängen Ihre Lampions wieder auf.

WIRT: Wally – Hausl – hängts d' Lampions wieder nauf, das Feuerwerk findet heute statt. *(Beide hängen Lampions auf.)*

FEUERWERKER: Es ist wirklich besser, wenn wir das Feuerwerk heute abbrennen, wer weiß, wie nächsten Sonntag das Wetter wird – da kann es vielleicht noch viel mehr regnen wie heute.

WIRT: Ja, regnts denn heut?

FEUERWERKER: Das weiß ich nicht – aber gehn Sie mir bitte mit Ihrer brennenden Zigarre weg! *(Packt wieder alles aus.)*

3. SOLDAT: Ich möcht drei Quartl und an saubern Teller. *(Schneidet einen mitgebrachten Rettich auf.)*

WIRT: Aaa, san ma heut auch komma zum Brilliantfeuerwerk?

3. SOLDAT: Was ist heut? A Brilliantfeuerwerk? Wann?

WIRT: Wenns finster ist, weil man's beim Tag net siecht – sehn S', jetzt richtets der Feuerwerker schon her – das wird kein gewöhnliches Feuerwerk, sondern ein Brilliantfeuerwerk, mit Raketen und Speibteufeln. Wenn dö da naufsausen!

3. SOLDAT: Das wirds Eahna schön dawaschen, denn daß heut auf d'Nacht noch regnt, da wett ich meinen Kopf.

WIRT: Waar net übi, heut ist doch ein herrlicher Tag.

3. SOLDAT. Aber regna tuats heut no, denn wia ich heut in der Fruah meine Roß putzt hab, sann d'Fliagn so am Stallfenster umananda gsummt, und wenn d'Fliagn so am Stallfenster umandersummen SSSSS, das ist das sicherste Zeichen, daß auf d'Nacht regnt.

WIRT: Jetzt kenn i mi gar nimmer aus. *(Geht weg, für sich.)* Der Hund frißt a Gras, der Laubfrosch sitzt am Stangl drobn, und d'Fliagn sann bös – ja was ist dös. Sie, Herr Feuerwerker, genga S' amal her.

FEUERWERKER: Und was ist los, Herr Wirt?

WIRT: Jetzt sagt mir der Schwere Reiter grad, daß wenn d'Fliagn am Fenster umanander summa, daß da bestimmt an dem Tag auf d'Nacht no regnt.

FEUERWERKER: Das ist doch schrecklich mit Ihnen, jetzt hätte alles schön geklappt, jetzt lassen Sie sich wieder beeinflussen. Ich kann Sie gar nicht verstehen – von jedem Deppen lassen Sie sich was erzählen.

3. SOLDAT: Was Depp – ich gib Eahna na glei an Deppen …

FEUERWERKER: Beruhigen Sie sich doch – Sie sind doch gar nicht gemeint damit, ich meine doch Sie, Herr Wirt.

WIRT: Mich hat er doch gemeint.

FEUERWERKER: Auch mit Recht, weil Sie nie wissen, was Sie wollen. Denn wegen dem seine drei oder vier Fliegen, die da am Fenster …

WIRT: Ah – drei oder vier – wieviel warns?

3. SOLDAT: A ganzer Haufen, a paar Hundert.

WIRT: Na also – a paar Hundert Fliagn sann mir doch maßgebender als wia dem sein einzelner saudummer Laubfrosch.

FEUERWERKER: Ja, gehört hab ich das allerdings auch schon. Es wäre natürlich sehr unangenehm, wenns im letzten Moment alles verregnen würde. Ich will Ihnen aber in keiner Weise dreinreden – aber wie gesagt, wenn Sie sich nicht traun, dann ist es besser, wir verschieben das Feuerwerk. Denn stellen Sie sich vor, wenn im letzten Moment ein Wetter kommt. – Alle Gäste laufen Ihnen weg, alles wird naß …

WIRT: Ja, mein Bier. –

FEUERWERKER: Ach, das Bier kann ja naß werden.

WIRT: Nein, überbleiben tut es mir.

FEUERWERKER: No ja, das wäre nicht so schlimm, Sie können Ihr übrig gebliebenes Bier selber trinken, aber ich kann mein Feuerwerk nicht fressen. Ich pack Ihnen wieder alles ein –

WIRT: Wally – Hausl – das Feuerwerk findet heute nicht statt, ich trau mir net; jetzt wieder alles einpacken – warten S', ich hilf a bisserl.

FEUERWERKER: Jetzt sind Sie schon wieder da mit der Zigarre, wie oft muß ichs denn noch sagen?

WIRT *(läßt die Zigarre fallen)*: Sie, Herr Feuerwerker, mei brennende Zigarre ist in die Kiste gefallen.

FEUERWERKER: Wo, hier – um Gotteswillen! *(Macht den Deckel zu, Explosion!) Wirt steht zitternd oben am Tisch.*

FEUERWERKER: Jetzt hat man die Bescherung! Das war ja ein Leichtsinn, sondergleichen, – dreimal habe ich Sie gewarnt.

WIRT: Und einmal ist's bloß explodiert.

FEUERWERKER: Das ist noch gut abgelaufen, die Kiste hätte in die Luft fliegen können, – da schauen Sie her, was Sie angestellt haben. Jetzt gehen Sie mir aber nicht mehr her. Jetzt ham ma den Salat.

4. SOLDAT: Herrgott, ham ma heut a schöns Wetter. Grad a Freud is, weil Sonntag is! *(Setzt sich.)*

WIRT: Ist's erlaubt? Grüß Gott.

FEUERWERKER: Halt! Machen Sie, daß Sie wegkommen, Sie reden ja doch bloß wieder vom Wetter, was anderes wissen Sie nicht, sonst geht's wieder an! *(Zieht den Wirt weg.)*

4. SOLDAT: Herrgott, ham ma heut a schöns Wetter, grad a Freud ist's – jetzt bleibt's aa mindestens 14 Tag so schön. – Da g'freut einem der Ausgang nochmal so, wenn's gar so schön Wetter ist, so sollen alle Sonntag sein, und d' Schwalberln fliagn ganz hoch droben und zwitschern – und der Rauch steigt kerzengrad in 'd Höh – da kanns überhaupt net regna, dann muaß ja schö Wetter bleibn.

WIRT *(hat aufmerksam zugehört und schreit):* Herr Feuerwerker …

FEUERWERKER: Weiß schon, weiß schon, Ballon aufhängen, Feuerwerk auspacken, das ist ja zum verrückt werden. Jetzt wird es mir zu dumm, einmal heißt es auspacken, dann wieder einpacken, ich mache nicht mehr mit. Zum letzten Mal pack ich's Ihnen jetzt wieder aus, aber dabei muß es nun bleiben.

WIRT: Da wird nichts mehr g'redt – Herr bin i! Das Feuerwerk findet heute unter allen Umständen statt.

FEUERWERKER: Ich glaub' Ihnen nicht mehr, braucht bloß jemand wieder sagen, es regnet, dann sprechen Sie wieder anders.

WIRT: Was? – Oana soll mir heut noch kommen und bloß das Wort Regen sagen, den hau ich mit mein Bratschlegl nieder wie an Stier … *(Haut mit Holzschlegel auf den Tisch.)*

Karl kommt mit Liesl herein.

4. SOLDAT: Grüß Gott, Fräulein.

LIESL: Grüß Gott.

Karl: Servus, Kamerad! *(Beide setzen sich zum 4. Soldat.)*
Kellnerin: Was is?
Karl: Sonntag is.
Kellnerin: Naa, was kriagen ma –, a Maß oder a Halbe?
Karl: Was magst denn?
Liesl: Entweder a Maß, oder a Halbe, das ist ja gleich.
Karl: Das ist gleich.
Kellnerin: Ja, was soll ich na bringen?
Karl: Bringen S' 2 Halbe in oan Maßkrug!
Kellnerin: Das ist ja a Maß – also na bring i a Maß.
Karl: Ja.
Liesl: Naa – dös is ja zvui, i mag überhaupt koa Bier, i mag höchstens a Schlückerl.
Karl: Also na bringen S' a Maß und a Schlückerl. *(Kellnerin ab.)*
Karl *(bricht eine Breze auseinander):* Der Bäcker lebt a nimmer, der wo die Brezn gebacken hat.
Kellnerin *(bringt eine Maß und ein[e] Halbe):* Gsundheit!
Liesl: Jetzt hat's do zvui bracht, so viel Geld hättst net ausgeben braucha.
Karl: Für di is mir nix zvui. Trink nur.
Liesl: Bittschön! *(Trinkt eine ganze Halbe aus.)*
Karl *(gibt das Glas der Kellnerin):* No a Schlückerl – da, trink derweil da, bis das andere kummt.
Liesl: Naa, dank schön – also i hab jetzt Durst ghabt.
Karl: Des ham ma scho gsehng. *(Kellnerin bringt Bier.)*
Karl: S'nächst mal bringen S' mir aber an Deckelkrug.
Kellnerin: Warum jetzt an Deckelkrug.
Karl: Weil da allweil der Dreck so neifallt.
Kellnerin: In der Rosenau gibts koan Deckel.
Karl: Aber an Dreck.
Liesl: Mir brauchan doch koan Deckel, i mag sogar die Gläser ohne Deckel viel lieber. Da braucht ma net lang an Deckel aufmacha, da kann ma schneller trinka.
Karl: Ja ja …

LIESL: Ja, und dö Arbeit mit der Putzerei, so an Deckel muaßt mit Zinnkraut putzen, da kannst glei zehn Minuten hinfummeln, bis er sauber is.

KARL: Du brauchst'n do net putzen!

LIESL: Ja, du aa net!

KARL: Arbeitn möchts nichts, faule Luder seids, denk an das Sprichwort, des ma scho in der Schule gelernt ham, »Sich segen bringt Regen« …

WIRT: Regen? Dir gib i glei an Regen! *(Haut ihm den Schlegel nauf. Allgemeiner Aufruhr. Alle halten den Wirt zurück und schimpfen.)*

4. SOLDAT: Da braucht ma oan do net glei an Schlegel auf's Dach naufhaun.

WIRT: Dir hab ich'n net naufghaut, also bist staad. Da woaß ma ja gar nimmer, wo man die Nerven hernehmen soll. *(Zu Karl.)* Herr Nachbar, werden S' schon entschuldigen, i hab nimmer g'wußt, was i tua, sann S' ma halt net bös, wenn i Eahna den Schlegel naufg'haut hab.

KARL: Was haben S'?

WIRT: An Schlegel hab i Eahna naufg'haut?

KARL: Wem?

WIRT: Ihnen.

KARL: Wann? Heut?

WIRT: Jetzt grad im Moment.

KARL: Mir?

WIRT: Freilich Ihnen doch, oder soll i mir 'n selbst naufg'haut haben?

LIESL: Ja, was hast denn du für an Kopf? Hast du des net g'spürt?

KARL: Naa, ich hab ja a Kappe aufg'habt.

WIRT: Dös müssen S' halt 's nächst mal aba tun, bei solcher Gelegenheit, sonst spürn Sie ewig nix, oder net so saudumm daherreden, und sagen vom Regen, wo i a schöns Wetter brauch, weil i heut a Feuerwerk abbrenna will.

LIESL: Ja, Sie, wann ist denn das Feuerwerk?

WIRT: Jetzt na, wenns finster wird.

LIESL: Jetzt is aber no lang net finster.

WIRT: Drum wird's aa jetzt no net abbrennt.

KARL: Wenn's aber heut net finster wird?

WIRT: Dös is mir wurscht, ob's finster wird oder net, abbrennt wird's auf alle Fälle.

KARL: Na kannst 's aa jetzt abbrenna, jetzt is ja no net finster.

WIRT: Jetzt is do no hell, dunkler muaß auf alle Fäll werden.

LIESL: Ja Sie, was taten S' denn da, wenn's heut ausnahmsweis net finster werden tat?

WIRT: Geh', reden S' do net so dumm daher, finster werd's do alle Tag auf d'Nacht!

KARL: Wenn's alle Tag finster werd, dann kannt' ma ja alle Tag a Feuerwerk abbrennen.

WIRT: Freili kannt' ma das, aber wenn ma alle Tag a Feuerwerk abbrennt, dann ist ja a Feuerwerk was ganz alltägliches, das hätt ja gar kein Sinn.

KARL: Na hätt ja des aa kein Sinn, wenn's alle Tag dunkel werd'.

WIRT: Das hat eben schon an Sinn, denn wenn's auf der Welt gar niemals mehr dunkel werden tat, dann könnt ma gar nia a Feuerwerk abbrenna.

KARL: Warum net – es hoaßt doch »Alles kann ma, wenn ma will!«

WIRT: Natürli kann ma … jetzt woaß i nimmer, was i sagen soll …

LIESL: Ja, Sie, wenn's aber dunkel is, und Sie zünden Ihr Feuerwerk net an, dann kann ma's ja auch net sehn?

WIRT: Das ist doch klar, daß ma im Finstern net sieht.

KARL: A Feuerwerk aa net?

WIRT: Jo, grad a Feuerwerk sieht ma im Finstern besser.

LIESL: Auch wenn's net ozunden is?

WIRT: Jessas, Jessas, die bringa mich direkt zur Verzweiflung. Jetzt laßt's mir mei Ruah und wartet's halt, bis finster is.

KARL: Ja, wir können do net bis morgen in der Früah da warten, bis des Feuerwerk angeht.

WIRT: Bis morgen in der Früah? Da is ja scho z'spät, da wird's ja scho wieder hell.

LIESL: Ja Sie, aber wenn …

WIRT: Jetzt laßt's ma mei Ruah, steigt's ma an Buckel nauf.

KARL: Ja, des is a guate Idee, von Eahnam Buckel aus, seh ich's Feuerwerk besser.

LIESL: Sag nichts mehr zu eahm, jetzt stinkt er ihm.

4. SOLDAT: Geh weiter, Musi, sing ma oans, bis 's Feuerwerk angeht.

(Kellnerin bringt Ziehharmonika.)

Karl spielt, alle Soldaten singen:

Des Morgens um a halbe viere ertönet der Trompetenschall,
Da heißt es, auf, ihr Kürassiere, und marsch hinunter in den Stall!
Und putzt das Rößlein sauber ab, und putzt das Rößlein sauber ab,
Woran ich meine, woran ich meine, woran ich meine Freude hab.
Am Sonntag gehn wir promenieren, hinunter in die Rosenau,
Da kann ma sich gut amüsieren, da gibt es oft an Mordsradau.
Da haust halt oan a paar herab … woran ich meine …

KARL: Ja, was ist jetzt mit dem Feuerwerk?

FEUERWERKER: So, meine Herrschaften, jetzt kann's losgehen, jetzt bin ich so weit! *(Alles geht nach hinten zum Zaun, Karl und Liesl nach vorne an die Rampe.)*

LIESL: Jetzt wird's glei scheppern, da hinten.

WIRT: Was ist denn mit euch zwoa, was stellt's euch denn daher?

KARL: Ja, 's Feuerwerk möchten mir anschaun.

WIRT: Dös is doch dahinten, sehgt's denn net, wo die andern Leut stehgn?

BEIDE: Aso! *(Gehen nach hinten.)*

LIESL: Is cho anganga?

ALLE: Naa, wir warten a scho drauf.

FEUERWERKER: Einen Moment, Herr Wirt, jetzt kann ich's nicht abbrenna, ich kann nicht anfangen, weil ich kein Zündholz hab.

WIRT: Jessas, Jessas, jetzt hat er wieder koa Zündholz, des is doch blöd, des is grad so dumm, als wenn a Kaminkehrer koan Kamin dabei hat.

FEUERWERKER: Das kann doch einmal vorkommen.

WIRT: Das derfat net vorkommen, Sie sann a trauriger Feuerwerker, hat denn niemand a Feuer?

KARL: Ja, in der Kuchel, da is Feuer gnua, brennt's es halt in der Kuchel ab.

FEUERWERKER: In der Kuchel kann ma do kein Feuerwerk abbrenna.

WIRT: Red's koan Schmarrn und gebt's ihm Streichhölzer.

3. SOLDAT: Da!

Feuerwerker ab.

ALLE: Wann geht's denn amal an? Wann werd's denn abbrennt?

FEUERWERKER *(kommt wieder, alles fragt, er bahnt sich den Weg durch die Leute):* Herr Wirt, tut mir leid, aber ich kann das Feuerwerk no net abbrenna.

WIRT: Warum denn? Was ist denn scho wieder?

FEUERWERKER: Es is noch viel zu hell –

WIRT: Jetzt machen S' mi aber bald narrisch, jetzt haben S' a schöns Wetter, haben S' Streichhölzer. Jetzt ist's Eahna auf einmal wieder zu hell, tean S' nur mir net traun.

ALLES *(lacht oder schimpft durcheinander):* Das ist ja a Schwindel, so a Bamberlfeuerwerk, der alte Tritschler usw. *(Setzen sich alle.)*

FEUERWERKER: Ich verbitte mir das, ich als Fachmann muß doch wissen, wann ich ein Feuerwerk abbrennen kann. Jetzt is doch noch hellichter Tag, und ich brauche eine tiefdunkle Nacht.

KARL: Brennen's Sie's doch im Keller drunt ab, da ist's dunkel.

FEUERWERKER: Im Keller, Unsinn. Haben Sie schon amal im Keller drunt a Feuerwerk gsehn.

KARL: Ich schon. Im Augustinerkeller war schon oft a Feuerwerk.

FEUERWERKER: Ja, im Augustinerkeller, aber net im Augustinerkeller-Keller, drum ich brauch eine stockdunkle, rabenschwarze Nacht.

KARL: Jetzt ist's aber schon ziemlich dunkel. *(Trinkt vom Bier.)*

FEUERWERKER: Das nutzt mir gar nichts. Ich kann mein Feuerwerk nicht ziemlich abbrennen, ich muß es ganz abbrenna.

LIESL: Jetzt braucht ma halt an Barometer, daß ma wissn taten, wie dunkel es ist.

(Karl spuckt Bier aus und lacht.)

LIESL: Da brauchst gar net so gschwolln lachen, wenn i was sag.

KARL: Du Rindvieh – du moanst ja an Thermometer.

LIESL: Du kannst ja gleich sagen an Kilometer.

WIRT: Oder gleich an Manometer, zum Dummheit messen.

FEUERWERKER: Das nützt mich alles nichts, ich brauch eine totale rabenschwarze Nacht.

WIRT: Ich weiß schon, eine rapide Finsternis.

KARL: Zu was Fensterkiß?

LIESL: A Finsternis hat er gsagt, a Dunkelnis. *(Es wird schnell dunkel.)*

FEUERWERKER: So, jetzt können wir anfangen.

LIESL: Im Dunkeln tut's Feuerwerk funkeln! *(Man hört im Dunkeln die Paare sich küssen, es folgt ein Schuß und wird einige Sekunden hell. Der Wirt sieht die küssenden Paare.)* Ah, is dös das Feuerwerk?

Das Feuerwerk beginnt mit Feuerrad, Christbaumkugeln, sekundenlanges Aufblitzen der Scheinwerfer, rot und grünes bengalisches Zündholz, Rauchkerzen, Schuß. Alles hat während der Szene »AAAA« *gerufen, zum Schluß klatschen alle* »Bravo! Bravo!« – *Bühne wird langsam hell, alle verlassen die Bühne.*

KARL UND LIESL *(schauen in die Richtung zum Feuerwerk):* Gute Nacht, schön war's.

WIRT: Halloh! Was ist denn mit Euch zwoa? Auf was wartet's denn noch?

KARL: Wann is denn das Feuerwerk aus?

WIRT: Jessas, Jessas, des sehgt's doch, daß schon aus is, sonst tat's doch noch was sehgn?
LIESL: Aber schön war des Feuerwerk!
KARL: Und kracht hat's oft!
LIESL: Aber stinken tut so ein Feuerwerk!
KARL: Ja, es riecht nicht alles gut, was kracht.
WIRT: Gute Nacht, macht's, daß weiter kommt's.
KARL: Hoffentlich finden ma hoam, weil's so finster is.
WIRT: Da habt's an Ballon, den schenk ich Euch!
(Beide raufen um den Ballon, zerreißen ihn.)
LIESL: Jetzt hast'n zerrissen, schade.
KARL: *Will ihn einsteckn.*
LIESL: Da brennst di ja.
WIRT: Der brennt net vor Dummheit. Gute Nacht!
LIESL: Sie, wann haben S' denn wieder amal so a schön's Feuerwerk?
WIRT: Nächsten Sonntag.
KARL: Da gehn ma wieder runter, *den* Sonntag, der jetzt kommt?
WIRT: Jawohl.
KARL: Ja, wenn's aber nächsten Sonntag regnet?
WIRT: Jetzt leckt's mi am A ....

Vorhang.

Rundfunk
[Im Senderaum]

Bühne mit Hintergrund – Leeres Zimmer oder Saal – An der Wand ist geschrieben: »Achtung, wenn rote Lampe brennt, dann Aufnahme – dann allergrößte Ruhe«. Tisch mit sämtlichen Requisiten – Mikrophon mit roter Lampe. Rote Lampe brennt.

KARLSTADT *(tritt auf):* Meine lieben, sehr verehrten Hörer und Hörerinnen – Nach dem wissenschaftlichen Vortrag über die Verwendung der Mistgabel als Zahnstocher lassen wir nun eine kleine Pause eintreten. Auf Wiederhören in drei Minuten *(rote Lampe aus).*

So, und jetzt kommt unser Hofschauspieler dran, aber wenn nur der Inspizient schon da wäre, in drei Minuten fängts an und heute gibt es so viel zu tun – ich allein kann doch die ganzen Geräusche nicht machen. Hoffentlich kommt er gleich.

VALENTIN *(kommt mit Zettel in der Hand).*

KARLSTADT: Sie wünschen?

VALENTIN: Ich möchte, bitt schön, 25 Meter Antennendraht.

KARLSTADT: Wie bitte?

VALENTIN: 25 Meter Antennendraht brauch ich.

KARLSTADT: Ja, erlauben Sie: wie kommen denn Sie in diesen Saal herein?

VALENTIN: Da – mein Schulkamerad schickt mich her.

KARLSTADT: Der wird Sie bestimmt wo anders hingeschickt haben – hier sind Sie falsch – hier ist der Senderaum vom Rundfunkhaus – bei uns gibt es keine 25 Meter Antennendraht.

VALENTIN: 20 Meter auch nicht?

KARLSTADT: Nein, wir haben nichts zu verkaufen.

VALENTIN: Ham Sie so Schräuferl?

KARLSTADT: Nein, bei uns wird nur Theater gespielt.

VALENTIN: Haben Sie Hörer?

KARLSTADT: Wie???

VALENTIN: Haben Sie Hööööörer?

KARLSTADT: Hörer – Sie haben eine komische Aussprache – Hörer haben wir nach den Tausenden.

VALENTIN: Einen bräucherte ich.

KARLSTADT: Ach so – Sie meinen einen Kopfhörer.

VALENTIN: Nein, einen schwarzen –

KARLSTADT: Sind Sie ein Schwarzhörer?

VALENTIN: Nein, einen schwarzen Kopfhörer mit zwei so Schachterln.

Karlstadt: Also doch einen Kopfhörer – das sind doch alles Radioartikel.

Valentin: Ja, wir bauen uns einen Radio aufs Hausdach nauf.

Karlstadt: Also, wie gesagt, das können Sie bei uns alles nicht haben – da müssen Sie in ein Radioartikelgeschäft gehen.

Valentin: Ich weiß aber kein solchernes.

Karlstadt: Da gibt es doch so viele – gleich da drüben ist eins –.

Valentin: Das schreib ich mir bitte auf.

Karlstadt: Das können Sie sich doch merken.

Valentin *(stellt seinen Fuß auf Sturmmaschine. Sturm).*

Karlstadt: Da müssen Sie schon besser aufpassen – das ist unsere Sturmmaschine, damit müssen wir unseren Wind machen.

Valentin: Brauchen Sie da extra a Maschin zum Windmachen?

Karlstadt: Natürlich, für hier – das ist unser Mikrophon.

Valentin: Sehr angenehm. – Also dann ham Sie keinen Antennendraht? *(sieht am Tisch einen Draht).* Da ist ja einer *(nimmt ihn).*

Karlstadt: Lassen Sie die Sachen hier liegen – den können Sie doch nicht brauchen.

Valentin: Das wär aber grad so ein länglicher Draht *(nimmt ihn).*

Karlstadt: Nein – das ist kein Antennendraht – unterstehen Sie sich ja nicht mehr und fassen denselben an. Und jetzt machen Sie endlich, daß Sie weiterkommen, Sie machen mich ja ganz nervös – wir müssen jetzt anfangen – gehn Sie nur in dieses Geschäft – Sie können gleich hier drüben rausgehn – machen Sie, daß Sie fort kommen *(geht ab).*

Valentin *(allein, schaut den Draht wieder an – dreht an der Dampfpfeife herum, diese geht plötzlich los – er erschrickt und will fortlaufen).*

Karlstadt *(kommt):* Wer hat denn hier gepfiffen?

Valentin: Das da *(deutet).*

Karlstadt: Unsinn – das kann doch unmöglich von alleine losgehen. Was haben Sie da getrieben?

VALENTIN: Nichts, ich hab nur da hingschaut und dann ists schon losganga.

KARLSTADT: Und ich bin so dumm und glaub das.

VALENTIN: Jawohl!

KARLSTADT: Das ist ausgeschlossen – da haben Sie irgendwo rumgedreht.

VALENTIN: Ja, aber nur ganz wenig.

KARLSTADT: Sie lügen mir direkt ins Gesicht. Das genügt ja auch – was glauben denn Sie, wenn das Mikrophon gelaufen wäre – das hätte man auf der ganzen Welt gehört, daß Sie hier pfeifen.

VALENTIN: So weit?

KARLSTADT: Da hört sich doch alles auf – und der Inspizient kommt auch nicht – es ist schrecklich – Sagen Sie, haben Sie eine halbe Stunde Zeit für mich? Vielleicht kann ich Ihnen dann doch noch einen Antennendraht besorgen, wenn Sie mir aushelfen würden. Es handelt sich darum, – unser Hofschauspieler kommt jetzt gleich herein und spricht in das Mikrophon einen Monolog hinein und dazu müssen wir immer die Geräusche machen. Und weil aber der Inspizient, der das machen soll, nicht kommt, – drum hätt ich Sie gebeten, ob Sie jetzt hier eine Kleinigkeit machen könnten?

VALENTIN *(schaut und lacht)* ......

KARLSTADT: Ist Ihnen das möglich?

VALENTIN: Nein –

KARLSTADT: Bitte, legen Sie Ihren Hut ab, dann erkläre ich Ihnen rasch alles. Das ist Ihre Rolle – sprechen tut nur der Schauspieler – Sie haben kein Wort zu sagen, aber alles das, was hier rot angestrichen ist, müssen Sie ausführen. Wenn der Schauspieler zum Beispiel sagt, es donnert, dann müssen Sie hier mit der Trommel den Donner machen, wenn er vom Sturmwind spricht, haben Sie hier die Sturmmaschine.

VALENTIN: Und zu was gehört das andere Sach?

KARLSTADT: Das kann ich Ihnen jetzt nicht mehr erklären, weil wir sofort anfangen müssen. – Das wichtigste aber ist das – wenn die rote Lampe brennt –

Valentin: Da wohnt a Hebamm –

Karlstadt: Nein – diese hier – das ist unsere Signallampe und wenn die brennt, dann läuft das Mikrophon.

Valentin: Wohin?

Karlstadt: Dann ist das Mikrophon eingeschaltet und von diesem Augenblick an hört man alles, was in diesem Raum vor sich geht.

Valentin: Ja, was ist das?

Karlstadt: Drum, wenn die rote Lampe brennt, dürfen Sie kein lautes Wort mehr sprechen, nicht husten, nicht schnaufen, gar nichts mehr – also jetzt geht es los *(geht ab)*. Jetzt bring ich den Schauspieler –

Valentin: *(allein, nimmt wieder den Draht)*.

Karlstadt *(kommt mit Schauspieler herein):* So, darf ich bitten, Herr Hofschauspieler.

Schauspieler: Wie lange muß ich denn noch warten, ich habe Eile, ich muß heute noch den Marquise Posa spielen.

Karlstadt: Es fängt sofort an, sehn Sie, das ist unser Schauspieler, jetzt passen Sie auf. *(Rote Lampe wird eingeschaltet, deutet hin, leise):* Sehn Sie?

Valentin: Ich siegs schon.

Karlstadt *(leise):* Still! Die rote Lampe brennt. Achtung! Achtung! Hier Rundfunksender München, Wellenlänge 485. Wir beginnen nun mit einigen Monologen von unseren großen deutschen Klassikern – gesprochen von Herrn Hofschauspieler Heperdepernepi.

Valentin: Darf man jetzt nichts mehr sagen?

Karlstadt *(packt ihn und dreht ihn um und will ihm die Schrift an der Wand zeigen – er fällt aber über den Eimer und stellt ihn dann geräuschvoll wieder hin)*.

Schauspieler: Meine lieben Hörer und Hörerinnen – Ich bringe Ihnen heute einige Fragmente von unseren großen deutschen Klassikern und beginne nun gleich mit der Rede des Altgesellen aus dem Lied von der Glocke.

Valentin *(läutet – große Aufregung)*.

Schauspieler:

Wohltätig ist des Feuers Macht,
Wenn sie der Mensch bezähmt, bewacht,
und was er bildet, was er schafft,
das dankt er dieser Himmelskraft.
Doch furchtbar wird die Himmelskraft
wenn sie der Fesseln sich entrafft,
einher tritt auf der eignen Spur,
die freie Tochter der Natur.
Wehe wenn sie losgelassen, *(Autohupe)*
wachsend ohne Widerstand
durch die volkbelebten Gassen *(Gemurmel)*
wälzt den ungeheuren Brand.
Denn die Elemente hassen
das Gebild von Menschenhand.
Aus der Wolke quillt der Segen,
strömt der Regen, *(macht Regen)*
aus der Wolke ohne Wahl
zuckt der Strahl *(macht immer wieder Trommelschlag und haut sich dann an die Glocke an).*
Hört ihr's wimmern hoch vom Turm? *(Lerchengezwitscher)*
Das ist Sturm. *(Windmaschine)*
Rot wie Blut ist der Himmel,
das ist nicht des Tages Glut,
welch' Getümmel! Straßen auf,
Dampf wallt auf,
flackernd steigt die Feuersäule
durch der Straßen lange Zeile
wächst sie fort mit Windeseile. *(Wind)*
Kochend wie aus Ofens Rachen *(nimmt Kochlöffel und rührt)*
glühn die Lüfte – Balken krachen *(bricht eine Latte ab)*
Pfosten stürzen *(wirft Balken)*
Fenster klirren *(macht Geklirr mit Messingteilen)*
Kinder jammern *(Mammaaaaaa)*
Mütter irren *(Drehtrommel)*

Tiere wimmern *(Hund heult)*
unter Trümmern – alles rennet, rettet, flüchtet,
taghell ist die Nacht gelichtet.
Durch der Hände lange Kette, um die Wette
fliegt der Eimer hoch im Bogen *(wirft zwei Eimer über die Bühne)*
Spritzen Quellen Wasserwogen. *(trinkt und spuckt das Wasser aus)*
Heulend kommt der Sturm geflogen *(schaltet Sirene ein).*

VALENTIN *(kann die Sirene nicht mehr ausschalten, Schauspieler spricht immer noch weiter und stürzt dann verzweifelt ab).*

KARLSTADT *(schreit)*: Ausschalten! *(deutet ihm an, auszuschalten. Große Aufregung, Sirene hört nicht auf, umsonst werden alle Hebel zugedreht.*
Valentin setzt sich auf die Sirene –
Karlstadt schaltet aus.
Valentin steht auf und verbeugt sich vorm Publikum – Sirene geht wieder los.
Er setzt sich das zweitemal darauf und Sirene hört auf. Im Abgehen nimmt er noch den Antennendraht mit.)

Im Photoatelier

Die Bühne ist ein kleines unmodernes Photoatelier mit Einrichtung. Verschiebbare Wolken – Bühnenhintergrund mit Türe und Oberlichtfenster seitliche Türe zur Dunkelkammer – Photographischer Hintergrund – 2 Tische

Fauteaul – Photoapparat. Requisiten.

PERSONEN

DER MEISTER	50 *Jahre alt – mit Spitzbart, echter Photographentyp – Streng*
PHOTOGEHILFE HEINRICH	Karl Valentin
PHOTOLEHRLING ALFONS	Liesl Karlstadt
FRAU MIT KIND	*ältere dicke unmoderne Frau mit altmodischer Unterwäsche*
SCHARFRICHTER	*grosser starker, furchtbar energischer Mann mit lauter Stimme.*
BRAUT	*(Zwerg) sehr kleine hässliche Frau oder Mann*
BRÄUTIGAM	(Riese) *Grösse über 2,10 mt. (Schauspieler)*

1 Helfer hinter der Bühne für Kindergeschrei, Ohrfeige, Balkenkrachen

Vorhang auf – MEISTER steht allein auf der Bühne und betrachtet eine Photoplatte – ruft: Heinrich komm heraus, was ist mit dieser Platte wieder los?

HEINRICH *(kommt – nimmt Platte – betrachtet sie)* Die is nicht ganz entwickelt, die hat der Fonse ausgewickelt – a entwikkelt.

MEISTER Fonse, da komm raus[!]

ALFONS Ha, was is denn?

MEISTER Was ist mit dieser Platte?

ALFONS Des geht ja mich nix an – des is ja net mei Arbeit *(z. Heinr.)* des hast ja du g'macht.

MEISTER Na, einer von Euch zwei muss sie doch gemacht haben[.]

HEINRICH Naa, oaner von uns drei hat's g'macht.

ALFONS Ah, des is ja de – de ham ma ja mitanander entwickelt. Da wars ganz schön, aber der spielt immer mit der Platten so *(wirft sie)* na is heut mittag in Kartoffelsalat neig'fall'n.

MEISTER Also nicht lange reden, die Platte muss nochmal gemacht werden[.]

HEINRICH Ja ob uns der halt nochmal hergeht, des glaub i kaum.

ALFONS Des glaub i a net, der war bei der Aufnahme schon so ekelhaft.

HEINRICH Ah, des is ja der Herr Ding, der braucht nimma kemma, den fotografier i auswendig.

MEISTER Da muss eben hingeschrieben werden, dann kommt er schon. Also und dass ihr wisst, ich fahre nun auf zwei Tage weg, habe eine geschäftliche Angelegenheit zu erledigen und in zwei Tagen bin ich wieder zurück.

HEINRICH Auf Wiedersehen!

MEISTER Dass ihr mir gut aufpasst, wenn ich nicht da bin, ich hoffe, dass ich mich auf euch verlassen kann. Das Material wisst ihr ja es ist alles draussen in der Dunkelkammer und seid vorsichtig mit dem Sublimat.

ALFONS Ja, des hat der scho amal g'suffa statt Limonad.

HEINRICH Hat mir aber gar nix g'macht.

MEISTER Ja Unkraut verdirbt nicht.

HEINRICH Oder soll'n wir die zwei Tage nicht lieber zusperrn?

MEISTER Das tät euch so passen, für was seid ihr denn da?

ALFONS Da san mir ja nimma da, wenn ma zusperrn.

MEISTER Wenn jemand kommt, dann habt ihr die Aufnahme zu machen.

HEINRICH Mir könna ja gar koane Aufnahmen machen, sie hab'n uns ja nia was machen lassen, mir ham ja bloss allweil mit dem Schachterl da entwickeln könna.

MEISTER Aber gesehn habt ihr's doch von mir, ihr seid ja lange genug da, ihr habt doch immer zugeschaut!

ALFONS J[a] da ham mir aber nia obacht geb'n.

HEINRICH Ja wenn aber recht viel Leut komma zum Photographieren?

ALFONS Zu uns kommt doch niemand[.]

MEISTER Warum soll da niemand kommen?

ALFONS Das müsst a Zufall sein.

HEINRICH Wenn aber a ganzer Gesangverein kommt, soll'n ma den a aufnehmen?

MEISTER Natürlich[!]

ALFONS Na, er moant ja, wenn gleich recht viel kommen – a paar tausend gleich –

MEISTER Ach, ein paar Tausend kommen nie[.]

HEINRICH Na – er meint ja nur, wenns komma taten.

MEISTER Na wir haben doch schon oft Gruppenbilder gemacht, ihr müsst einfach die Kundschaft anständig bedienen, schöne Posen stellen, damit es auch schöne Aufnahmen werden. Und dann noch was, dass ihr mir ja nicht raucht. Also, ich gehe jetzt, in zwei Tagen bin ich wieder zurück.

HEINRICH Auf Wiedersehen!

MEISTER Pressiert's Ihnen so?

ALFONS Der is manchmal gelungen.

MEISTER Ja, dir fehlt schon auch nichts. Also, dass mir alles klappt. Auf Wiedersehen.

ALFONS Ich mach schon zu, bitte.

MEISTER *(Ab)*

ALFONS Jetzt hörn mir aber glei s'arbeiten auf– was tean ma jetzt?

HEINRICH Nix mehr – deck ma glei d'Arbeit zua, dass mas nimmer sehn. Jetzt mach ma zwoa Tag Urlaub. Anrührn tean ma nix mehr, *(zündet sich eine Zigarette an und setzt sich auf den Stuhl)* So aufmachn tean ma von jetzt an überhaupt nimmer, bis er kommt, d'Hausmoasterin war heut scho da und sonst kommt ja neamand. Der Briefträger wirft sei Sach ins Briefkastel nei. Und du gehst nunter und lasst dir an Gramaphon leihen und Lampions häng ma auf, dann mach ma a italienische Nacht. Und i telefonier meiner Henna!

ALFONS Und wenn sich wer Photografieren lassen will, de solln einfach zu an and[ern] Photografen geh'n.

läutet

ALFONS Soll i aufmachen?

HEINRICH Net aufmacha! *(läutet)* Wer wird's denn sein? SSSSSS

(Es klopft)

HEINRICH Also ausg'schamte Leut gibt's[!]

MEISTER *(von aussen)* Heinrich – Alfons – warum macht ihr nicht auf?

ALFONS Ui der Alt *(macht schnell auf)*

MEISTER Ja was ist denn das? Warum macht ihr nicht auf – habt ihr denn das Läuten nicht gehört?

HEINRICH Wann – heut?

MEISTER Ja, jetzt im Moment.

ALFONS Na – mir habn nix g'hört, gar nix.

MEISTER So – und ich hab sechsmal hintereinander geläutet.

ALFONS Na – dreimal wars blos.

MEISTER Ah, da kommt ihr wieder auf.

HEINRICH *(winkt wegen dem Tischtuch)*

MEISTER Was soll denn das bedeuten?

ALFONS Zudeckt hab ich's, weil wie sie nausgangen sind, ist auf amal so a Wind gangen, hätt bald alles nunterg'weht.

MEISTER So auf einmal geht da herin ein Wind.

ALFONS Ja wir warn selber ganz baff. *(Schneidet dem Heinrich die Zigarette ab – der Stummel fällt auf den Boden und raucht weiter)*

MEISTER Was ist denn das?

ALFONS Ui, was is denn des?

HEINRICH A Glühwürmchen[.]

MEISTER Das raucht ja[!]

ALFONS Dann is a Rauchwürmchen[.]

MEISTER Wie kommt die Zigarette daher?

ALFONS Die Buben tuns immer zum Fenster reinwerfen, Schneeball'n, Stoana u. s. w.

MEISTER Wo ist da ein Fenster?

ALFONS Wer hat denn des Fenster zug'mauert?

HEINRICH Aber in unserem früheren Atelier war a Fenster.

MEISTER Das kann ja recht nett werden, die zwei Tage!

ALFONS Na, wenn mir g'wusst hätten, dass sie wärn, hätten mir glei aufg'macht.

HEINRICH *(gibt ihm einen Wurf)*

MEISTER So und wenn es eine Kundschaft gewesen wäre[?]

HEINRICH 's war ja koa Kundschaft, warn ja sie.

MEISTER Wenn's aber eine gewesen wäre?

HEINRICH Es war doch koane.

MEISTER Na es ist gut dass ich's weiss, zufälligerweise musste ich noch einmal zurück, weil ich meine Brieftasche vergessen habe.

HEINRICH Jn der Dunkelkammer liegt's drin.

ALFONS Ja 7 Mark fünfzig Pfennig san drin.

MEISTER So, habt ihr da auch schon wieder hineingeschaut?

HEINRICH Ich weniger oft, aber er.

ALFONS Ja weil ich g'meint hab, dass mei Brieftasch'n is, aber er hat mir erst hernach g'sagt, dass i gar koane hab.

MEISTER Da ist einer wie der Andere *(geht zur Dunkelkammer – schaut plötzlich um)*

HEINRICH *(Heinrich macht ihm ein Gesicht nach)*

MEISTER Was war denn das jetzt?

HEINRICH Ich kann mich nicht mehr erinnern.

MEISTER *(geht in die Dunkelkammer)*

ALFONS *(leise)* Sei Brieftasch'n hat er vergess'n.

MEISTER Also, jetzt geh ich, ich sage euch, dass ihr mir sofort aufmacht, wenn es läutet, das Geringste wenn ich hören muss wenn ich zurückkomme, dann könnt ihr was erleben.

ALFONS Kommen sie jetzt dann nochmal z'rück?

MEISTER Frag nicht so frech, sonst hau ich dir eine runter *(wirft ihm seine Koffer nach, dann ab.)*

HEINRICH So jetzt san mir richtig nei'tanzt.

ALFONS Du warst so g'scheidt, du hast g'sagt, mir solln net aufmachen, is er glei mit oaner italienischen Nacht daherkommen, i dank schö.

HEINRICH Am Läuten kennt mas doch net, wer's is, für eahm sollt halt a Extraglocken da sein – jetzt hat er's gspannt, dass mir nicht aufmachen.

ALFONS Ja, jetzt is scho z'spät, jetzt denk i mir nix mehr und jetzt brauchst a nimmer aufmachen, jetzt kommt er nimmer.

(es läutet)

ALFONS Scho wieder[!]
(es läutet)
HEINRICH *(achselzuckend)* Jetzt soll mas halt wissen.
Es klopft fest – –
MEISTER *(von aussen)* Heinrich – Alfons – was ist denn das?
ALFONS Ui – des is er wieder *(Macht auf)*
MEISTER Ja zum Donnerwetter, was ist denn das? Warum wird denn da wieder nicht aufgemacht?
ALFONS Ich war jetzt grad net da, ich war jetzt draussen in der Dunkelkammer.
HEINRICH Ich war draussen in der Dunkelkammer.
ALFONS I war drauss, lüag net a so *(wollen sich gegenseitig stossen und treffen den Meister)*
HEINRICH Ich werd wohl wissen, wo ich grad war.
ALFONS Na g'wiss war ich drauss, es kann ja möglich sein, dass er auch draussen war, da hab ihn halt net gsehn, weils so finster is.
MEISTER So und g'hört habt ihr auch nichts?
HEINRICH Wenns so finster is draussen.
MEISTER Wie stellt ihr euch denn das vor, wenn das nun eine Kundschaft gewesen wäre?
HEINRICH 's war ja keine, warn ja wieder sie.
MEISTER Wenns aber eine gewesen wäre?
HEINRICH Niemals!!!
MEISTER Was heisst niemals – das kann ja nett werden, es ist nur schade dass ich unbedingt fort muss, sonst würde ich euch auf der Stelle hinauswerfen, aber am Ersten fliegt ihr alle beide.
ALFONS *(schleicht sich leise hinaus)*
MEISTER Ja schleich dich nur hinaus, scheinheiliger Tropf.
HEINRICH Auf Wiedersehen!
MEISTER Bande[!] *(ab)*
HEINRICH *(schüttet ihm Fixierwasser nach)* Kommt der Zigeuner no amal daher[!]
ALFONS Mir san ja glei so dumm alle zwoa, des hätt ma uns doch denka könna, dass der no amal kommt. Der is ja so raffiniert, werst sehn, der kommt schon noch a paarmal.

HEINRICH Das kann scho sein, aber da garantier i dir, dass uns der nimmer drankriegt, weil in dem Moment wo es jetzt läut, ist die Tür auf, lieber mach i's scho vorher auf.

ALFONS Ja ich stell mich jetzt daher bis morg'n auf d'Nacht und wart bis er kommt und wenn's läut, reiss ich auf. *(Es läutet)*

ALFONS *(reisst mit Wucht die Tür auf, Heinrich steht mit Wanne daneben, Türe haut ihn fest auf den Kopf, er lässt die Wanne fallen – hinter der Bühne Ohfeigenimitation)*

FRAU *mit Kind kommt herein* .... *Alfons und Heinrich lachen*

FRAU Bin ich da recht beim Photografen?

HEINRICH Der is net da – warum – was wollns denn?

FRAU Mei Enkelkinderl möcht i Photografieren lassen.

HEINRICH Hams sie's dabei?

FRAU Daaa[.]

HEINRICH Des is noch z'jung zum photografieren.

FRAU Ja also wolln's des Kind photografieren?

HEINRICH Der Photograf is net da momentan.

FRAU No ja, dann wart i halt, bis er kommt *(setzt sich nieder)*

BEIDE *(schauen entrüstet)*

FRAU Kommt er bald der Photograf?

HEINRICH Ja, übermorgen in der Früh[.]

FRAU Was übermorgen – i kann doch net bis übermorgen da warten!

HEINRICH Warum hams ihnen dann hing'setzt?

FRAU Ja also, wolln's jetzt das Kind photografieren oder net?

HEINRICH Gengas doch zu an andern Photografen – der Ding in der N.N. Strass der macht wunderbare Bilder.

ALFONS Der is auch viel billiger als wie wir.

FRAU Da will ich aber nicht hingeh'n, denn ihr Geschäft ist mir gerade empfohlen worden.

HEINRICH Von wem denn?

FRAU Von an guten Bekannten.

HEINRICH Der soll sei Maul halten, s'Nächste mal.

ALFONS Des derfst doch net sag'n, de Frau sagt's unserm Alten, dann schmeist er uns no amal naus.

Frau Ja also was is jetzt?

Heinrich Ja machs doch du, wennst so g'scheidt bist.

Alfons Da is doch nix dabei, des photografiern mi[r] jetzt, des gibt a Gaudi

Heinrich So, de jungen Kinder san viel schwerer zum photografiern, wie de Alten.

Alfons Du bist a so a Schuaster – des geht scho – wo soll i's denn hinsetzen, des Kind – am Stuhl oder am Boden?

Heinrich Na in's Fell legt er's immer Nackert nei.

Alfons Jessasja – stimmt – Also Frau bitte ausziehen.

Frau Ausziehn???

Alfons Ja, nackert –

Heinrich Da tua a Platten einleg'n 13 × 17!

Alfons *(ab)*

Frau *(zieht sich aus) Alfons und Heinrich schauen ihr zu*

Heinrich Wia ham mas denn da? Was teans denn da?

Frau Ausziagn hams g'sagt.

Heinrich 's Kind solln's ausziegn.

Frau Jaso – 's Kind *(zieht das Kind aus)*

Heinrich Auf eahna san ma net scharf.

Alfons *(richtet das Kind hin) Kind schreit– (Imitation hinter der Scene)*

Heinrich Geh hör auf mit der Sirene[!]

Alfons *(zerrt Kind am Fuss)*

Heinrich *(richtet Kind mit Popo zum Puplikum)*

Alfons (» » » » » *Objektiv)*

Heinrich *(deckt Objektiv zu – geht zu Kind – haut es mit der Zeitung –)* Hör doch amal dei Plärrn auf, du wirst doch bloss photografiert das tut dir doch net weh, sei doch net so kindisch .... *(richtet mit der Stange die Wolken, haut zum Schluss der Frau den Hut herunter und knipst dann)*

Alfons *(richtet Apparat und sagt eben beim Knipsen zur Frau):* So Frau sie müssen jetzt weggehn, sonst kommens auch drauf.

Frau *(geht weg)*

Heinrich Ja solln sie net drauf kommen?

Frau Ja woher?

Heinrich Ich hab aber schon geknipst, i hab g'moant sie san d'Muatter[.]

Frau Ah woher, das soll doch a Überraschung wern, i bin ja d'Grossmuatter.

Heinrich Des is ja wurscht, wenn sie auch grösser san, deswegn hättens halt weggehn solln.

Frau Des kann doch i net wissen.

Alfons Ja, jetzt sans scho drauf[.]

Frau Na müassens halt noch amal a Aufnahme machen.

Heinrich Das kennas ihna denken, dass wir wegen dem Schratzen nochmal a Platten anpatzen.

Alfons Mir habn ihna gleich gsagt, sie solln zu an richtigen Photografen gehn. Da hams ihna Kind wieder, machens dass weiter kommen.

Frau Des is amal a saubers G'schäft, des wer ich mir aber merken, so eine Bruchbude, da hört sich doch alles auf, eine solche Unverschämtheit ist mir auch noch net passiert, no ja, euer G'schäft kann ma ja empfehl'n. *(ab)*

Heinrich Mir ham koa Eierg'schäft – sie brauchn uns net empfehl[n], mir san froh, wenn niemand kommt.

Alfons *(stellt sich vor die Tür hin)*

Heinrich De war ja guat, de Frau.

Scharfrichter *(reisst die Türe auf, stürzt herein – gibt Alfons einen Stoss)* Guten Tag – ein Bild will ich haben –

Heinrich Wer hat denn den da reing'schmissen?

Alfons Was wolln sie?

Scharfr. Ein Bild[.]

Alfons Ein Knie- oder Brustbild?

Scharfr. Das ist egal, schnell ein Bild.

Heinrich *(mischt die Bilder wie Karten und zeigt sie ihm)*

Scharfr. *(haut sie ihm aus der Hand)* Gehn sie weg mit ihrem Blödsinn – ein Bild muss ich haben – sie wissen scheinbar gar nicht, wer ich bin. – Mein Name ist Meier – Scharfrichter.

Beide Uuuuuuuuuu

ALFONS Da derfst scharf einstellen, bei dem.
HEINRICH *(fährt ihm mit dem Apparat in den Bauch)*
SCHARFR. Was erlauben sie sich?
ALFONS Tu ihn amal a bisserl hinrichten.
HEINRICH *(rührt ihn an)* Ich möcht sie hinrichten.
SCHARFR. Hinrichten tu ich, ich bin der Scharfrichter.
HEINRICH *(spuckt in die Hände und richtet den Bart)*
SCHARFR. Unapetittlicher Kerl, spuckt in die Hände und greift nach meinem Bart!
ALFONS Schau dass d'fertig wirst, dass man nausbringen.
HEINRICH Bitte darf ich sie freundlich ersuchen, recht freundlich zu Schauen?
ALFONS Ja, etwas lebhafter bitte[!]
SCHARFR. Das kann ich nicht[.]
HEINRICH A bisserl lächeln[!]
SCHARFR. Ich kann nicht und will nicht.
HEINRICH Ja das passt auch net zu sei'm Beruf – aber so könna mas net machen.
ALFONS So gehts net, so schauns aus wie a alter Seehund.
SCHARFR. Frecher Kerl!
ALFONS Jetzt lacht er gleich – 1 – 2 – 3 – Jetzt kommt s'Vogerl raus[!]
SCHARFR. Weg mit dem Unsinn[!]
HEINRICH Der reagiert net auf solchene Sachen *(nimmt Schepperl)* Lalalala – *(knipst)*
ALFONS Jetzt hat er g'lacht – danke – fertig.
SCHARFR. Bis wann kann ich die Bilder haben?
HEINRICH Bis in acht Tagen[.]
SCHARFR. Das ist mir zu spät[.]
HEINRICH In sieben Tagen[.]
SCHARFR. Noch zu spät – in zwei Tagen.
HEINRICH In einem Tag[.]
SCHARFR. Und dass mir die Bilder gut werden, dass sie sich Mühe geben.

HEINRICH Ja ja, bei ihnen b'sonders, weil wir net wissen, ob wir ihna net amal brauchen könna.

SCHARFR. Guten Tag *(ab)*

HEINRICH *(zur Tür hinaus)* An schöna Gruss an die Köpften[!]

ALFONS Geh, lass ihn doch stehn, sei froh, dass er draussen ist des war fei der Scharfrichter – dass des net kennt hast?

HEINRICH Ja mei – g'schäftlich hab ich mit eahm no nia was z'tun g'habt.

ALFONS Aber gell, heut geht a G'schäft, weil der Alt net da is? *läutet draussen – vor der Tür steht ein Brautpaar – vom Bräutigam ist der Kopf nicht zu sehn.*

HEINRICH Ah, der hat wahrscheinlich was vergessen *(macht die Tür auf – erschrickt – haut sie gleich wieder zu)* Jess Maria!

ALFONS Was is denn?

HEINRICH A Köpfter steht draussen[!]

ALFONS Wia lass'n sehn – *(schaut hinaus* – Ahhh[!] – *haut wieder zu)*

HEINRICH Gel weil wir g'frevelt habn, da steht oaner ohne Kopf draussen.

ALFONS Wia, schaun ma nomal hinaus *(schaut)* freili hat er an Kopf, aber ganz da drob'n *(macht die Türe auf)* Bitte gehn's rein.

BRÄUTIGAM Das geht ja nicht, die Türe ist zu klein.

ALFONS Ui, der kann net rein, weil er so lang ist.

HEINRICH Häng die Oberlichten aus *(hängt sie aus)*

BRÄUTIGAM Das geht ja noch nicht[.]

HEINRICH Halt, i hol d'Säg, na schneiden wir an Türstock durch. *(holt die Säge – sägt die Querlatte an der Tür ab)*

BRAUTPAAR *(kommt herein)*

HEINRICH Sie wünschen bitte?

BRÄUTIGAM Wir möchten Brau[t]bilder haben.

ALFONS *(zur Braut)* Sie auch?

HEINRICH Wieviel?

BRÄUTIGAM Ein halbes Dutzend bitte[.]

HEINRICH So viel wem ma gar net ham *(nimmt Bilder und zeigt sie her)*

BRÄUTIGAM Von uns wollen wir doch Bilder haben, das sind wir ja gar nicht.

HEINRICH A so, von eahna wollns welche ham, ja de müssten aber extra angefertigt werden.

BRÄUTIGAM Natürlich, das wollen wir ja[.]

HEINRICH Ja ja, aber de hättens halt billiger kriegt, weil die san net abg'holt worn, die flacka scho jahrelang bei uns umanander.

ALFONS Bitt schön, möchtens ihna aus dem Album was raussuchen?

HEINRICH Diese Firmlingsbilder wern sehr gern gekauft – oder soll's was in Uniform sein?

ALFONS *(zeigt das Album her)* das wären mehr so Massenaufnahmen.

BRÄUTIGAM Das ist nichts für mich, wir beide wollen uns doch bloss photografieren lassen.

ALFONS Na müsstens halt noch a paar Bekannte holen schliesslich.

HEINRICH Sehn's, das ist ein direktes Brautbild –

BRÄUTIGAM Ja – das möchten wir haben.

HEINRICH Werden ihnen de net z'teuer sein?

BRÄUTIGAM Warum, was kosten denn die?

HEINRICH Das weiss ich nicht – der Alt is net da und der hat uns in die Preis net eing'weiht.

ALFONS Des steht doch hinten drauf –

HEINRICH De kosteten 40 [.]

BRÄUTIGAM Was 40?

HEINRICH Ja des wiss ma eb'n net – entweder 40 Stück oder 40 Mark.

ALFONS Ich glaub 40 Stück eine Mark – nein das stimmt auch nicht.

HEINRICH *(legt das Bild halb zusammen)* Oder mach ma vielleicht die Hälfte?

Bräutigam Ja so – aber die andere Hälfte[.]

Heinrich Jetzt wissens was, wir machen jetzt amal die Aufnahme und an Preis könnens dann mit unsern Meister ausmachen wenn er kommt.

Alfons Na mach ma lieber die Kleinern, weil wenns dann nix wern, is net so viel Geld hin. Bitte stellen sie sich amal daher.

Heinrich *(richtet den Apparat)* weiter zurück, bitte –

Bräutigam Aber schöne moderne Bilder solln[s] werden.

Alfons Da könnens ihnen verlassen, des werden Prunkbilder *(zieht den Arm der Braut heraus, hängt Zylinder drauf – dann tut er Zylinder wieder weg und lässt die Braut mit dem Zeigefinger zum Bräutigam deuten)*

Heinrich *(geht mit dem Apparat über die Bühne hinunter in den Zuschauerraum, schreit)* den bring i net auf d'Platten nauf.

Bräutigam Was ist den los?

Alfons Er bringt sie net auf d'Platten drauf. sie san z'lang sagt er, wir haben keine so langen Platten.

Heinrich *(kommt mit dem Apparat)* muss der Kopf unbedingt drauf sein?

Bräutigam Was ist das für eine Frage? Natürlich muss der drauf sein.

Alfons Machst'n halt bis daher und dann an Kopf extra, den papp ma dann unten hin.

Bräutigam Ich glaube, sie können überhaupt nicht photografieren.

Heinrich Ich kann sie schon photografieren, aber da müssten sie sich niederknien – niederkniegeln.

Bräutigam Was niederknien – das habe ich aber noch nicht gesehen[!]

Heinrich Mir ham so an langhaxeten a no net g'sehn.

Bräutigam *(kniet sich nieder)*

Heinrich Jetzt ist aber sie zu gross, das ist nichts *(zur Braut)* knien sie sich auch nieder!

Braut *(kniet sich nieder)*

Heinrich G'fällt mir nicht.

Bräutigam Mir auch nicht.

Heinrich Warum hams 's denn g'heirat?

Bräutigam Die Stellung gefällt mir nicht.

Heinrich *(zum Bräutigam)* Setzen sie sich lieber nieder *(setzt sich am Boden) zur Braut:* Setz dich auch hin Herzerl. *(setzt sich)* So ist's gut. – einen Moment bitte *(knipst)* danke schön.

Beide *(stehen wieder auf)*

Heinrich Das ist eine seltene Aufnahme geworden.

Alfons Die ist wirklich gut geworden *(schaut in die Kasette)* Du Heinrich, mir ham kei Platte drin g'habt *(nimmt die Platte vom Tisch)*

Bräutigam Was ist denn los?

Heinrich Nichts, wir habn nur eine Kleinigkeit vergessen. Nochmal bitte schön.

Alfons *(bringt Schaukelpferd)* Setzen sie sich einmal da drauf, das wird eine Sportaufnahme.

Heinrich *(will Fuss vom Bräutigam in den Steigbügel stecken) Setzt ihn dann aufs Pferd, hängt ihm die Braut um die Schultern und sagt:* So sie hängen ihnen hint drauf, wie bei einem Motorradi. Hier wird auch Kunstlicht verwendet. *(knipst)* Danke!

Alfons So, das ist sicher etwas geworden, die werd ich gleich entwickeln dann könnens ihnen gleich anschaun *(geht in die Dunkelkammer) Pause …….. (lässt Platte fallen – Geräusch.) Kommt ganz kleinlaut heraus.*

Heinrich Depperter Depp, jetzt lasst er wieder die Platte fallen.

Bräutigam Jetzt wirds mir aber bald zu dumm – sie können scheints wirklich nicht photografieren, jetzt machen sie noch rasch ein Kniebild von meiner Braut und dann gehen wir. *(Braut setzt sich auf den Stuhl)*

Heinrich Ein Kniebild – ist recht. *(hebt den Rock der Braut auf)*

Bräutigam *(haut ihm mit Zylinder auf den Kopf – hinten Imi-*

tation) Was fällt ihnen ein, den Rock meiner Frau aufzuheben, das erlaub ich nicht.

HEINRICH Wie kann ich denn ein Kniebild machen, wenn der Rock drüber ist.

BRÄUTIGAM Das ist eine Gemeinheit von ihnen.

ALFONS Wenn er so ekelhaft ist, dann machst einfach a Brustbild von ihr.

HEINRICH Wie kann ich denn a Brustbild machen, wenns koa Brust hat.

BRÄUTIGAM *(schlägt ihm wieder mit Hut auf den Kopf)* Sie unverschämter Kerl.

HEINRICH Was glaubn denn sie eigentlich – mit ihnen tu i jetzt nicht lang rum, stellns ihnen mal da rüber, sie wackeln auch die ganze Zeit. *(gibt ihm Ständer) derselbe rutscht runter* – auweh, da is wieder die Schraubn kaput – geh halt'n sie selber das Stangl *(gibt ihm Stangl in die Hand)*

ALFONS Die Braut gehört doch auf die rechte Seit'n nüber, stellen ['s] ihna nüber *(legt Bräutigam noch Hand am Kopf)* – grad als ob's sagen täten, Herrgott bin i a Rindviech, dass i heut g'heirat hab. *(Nimmt Bukett, legt es Braut zu Füssen, steckt's dann Braut in das Kleid, dann in den Mund)* So ists gut – einen Moment ... *Alfons hat während dieser Zeit den richtigen Zylinderhut des Bräutigams vor das Objekti[v] gehängt. (knipsen)* Jessas jetzt hängt der Hut wieder da – jetzt is wieder nix.

BRÄUTIGAM Ihr seid ja zwei Idioten – da hört sich doch alles auf komm wir gehen jetzt.

HEINRICH Sie sind einfach zu lang zum photografieren, wegen ihnen braucht ma a Photoatelier wia de Kegelbahn.

BRÄUTIGAM Ach Unsinn, sie können beide nichts.

ALFONS Da können doch mir nichts dafür, dass sie so lang san, ausser wir machen eine Queraufnahme, wissens was, leg['n]s ihnen mal hin.

BRÄUTIGAM Was legen? *(legt sich hin)*

HEINRICH *(legt Photoapparat auch am Boden, legt sich dazu)*

ALFONS Das wird eine Queraufnahme – *(stellt Fuss von Brett auf Bräutigams Bauch hält ihre Hand in die Höhe mit Strauss, andere Hand aufs Herz.[)]* Einen Moment bitte …
MEISTER *(reisst Türe auf – fällt in Ohnmacht)* Allmächtiger Gott!

Vorhang.

Theaterbesuch

PERSONEN:
Der Mann / Die Frau / Nachbarin. Altmodisches, einfaches Zimmer mit Kommode, Tisch, 2 Stühle, kleines Tischerl, elektrische Hängelampe, Kleideraufhänger und Geschirr.

MANN sitzt und liest Zeitung.
FRAU *(kommt):* Du, Alter, denk dir nur, jetzt geh ich eben über d'Treppen rauf, da begegnet mir unsere Hausfrau und hat mir schon wieder was g'schenkt – rat amal, was mir g'schenkt hat?
MANN: Sei net kindisch – sags halt.
FRAU: Da schau her, zwei Theaterbilletten für'n Faust – was sagst denn du dazu?
MANN: Dank schön!
FRAU: Jetzt dürfen wir heut noch in's Theater gehn.
MANN: Wann geht denn dös an?
FRAU: Dös weiß i net – i geh nunter und frags nochamal.
MANN: Dös geht halt um ½ 8 Uhr an.
FRAU: Jetzt is ja schon ¾ 7 Uhr, da tät ma nimmer fertig werden! Aber die Theater gehn doch meistens erst später an – um 8 Uhr.
MANN: Naa, zwischen ½ 8 Uhr und 8 Uhr geh'ns an.
FRAU: Nein, vor 8 Uhr auf keinen Fall. Immer gehn die Theater

erst später an; weißt noch, vor vier Wochen war'n ma amal in an Frühschoppen, der ist erst um 10 Uhr angegangen.

MANN: Ja, was mach ma denn da?

FRAU: Überleg dir's halt net lang, komm!

MANN: Gegessen ham ma auch noch nicht.

FRAU: Das Essen ist fertig.

MANN: Ja, i werd scho fertig, gekämmt bin ich gleich.

FRAU: Das kannst hernach machen, jetzt eß' ma z'erst.

(Geht ab.) (Man nimmt Spiegel und stellt ihn auf den Tisch, dieser fällt immer um.)

FRAU *(kommt mit Essen):* So jetzt schaun ma, daß wir weiter kommen. Ja gibts denn dös auch – stell'n halt auf. *(Spiegel bleibt stehen, aber verkehrt.)*

MANN: Ich kann doch net sooo neinschau'n.

FRAU: Dreh ihn halt um.

(Mann dreht ihn um, fällt wieder um. – Frau stellt ihn richtig hin. – Mann kämmt sich Bart und Haare.)

FRAU: Jetzt möcht ich bloß wissen, was da zu kämmen gibt – da kannst doch keinen Scheitel mehr machen, aus der Mordstrumm-Platt'n.

MANN: Das bin ich noch so gewöhnt von früher her.

FRAU: Wie nur der Mensch so eitel sein kann – für wen richtst dich denn gar so schön z'samm, mir g'fallst und wem andern brauchst net gfallen.

MANN: Vielleicht sitzt im Theater ein sauberes Madl neben mir.

FRAU: Die wird dann grad dich anschauen, die schaut doch den Faust an!

MANN: I mein ja in der Pause ...

(Frau geht und bringt Essen – Schüssel mit Kraut und ein paar Würstchen.)

MANN: Eintopf!

FRAU: Bei uns hats doch noch nie was anderes geb'n. *(Jeder kriegt eine Wurst, er nimmt sie und vergleicht sie, gibt Frau die kleine, er behält die längere. – Beide fahren mit Gabeln ins Kraut, vergabeln sich, er schlägt die Gabeln mit Messer auseinander.)* Da, jetzt ist sie krumm, jetzt weiß ich wenigstens, wer unsere Gabeln immer so kaputt macht. Also eß ma schnell.

MANN: Schnell soll man nicht essen, das ist ungesund.

FRAU: Da hast a Kraut! *(Gibt es ihm.)*

MANN *(wirfts mit der Hand zurück):* Ich nimm mir mei Sach scho selber. *(Er schaut in den Spiegel hinein.)*

FRAU: Mach doch keine Geckerl, unter'm Essen braucht man doch nicht in den Spiegel schaun.

MANN: Gerade da – dann hat man zwei Portionen. *(Beide essen.)* Was mach ma denn mit unserem Buben, wenn er von der Arbeit heimkommt?

FRAU: Da hab ich schon drandenkt. – S'Essen müß ma ihm warm halten und bevor wir fortgehen, müß ma ihm an Zettel schreiben – iß nur du weiter, den schreib ich gleich. *(Holt aus der Kommode Papier und Tinte.)* Dann schreib ich, daß wir nicht daheim sind.

MANN: Dös brauchst ihm net schreiben, das sieht er ja selber – aber dös mußt ihm schreiben, daß wir fortgangen sind.

FRAU: Das mein ich ja! Ich schreibe ihm, daß wir nicht da sind, weil wir abwesend sind.

MANN: Schreibst: München, den – – –

FRAU: Nein, ich schreib: Lieber – – –

BEIDE: Ja, wie hoaßt jetzt der?

FRAU: Du als Vater wirst doch wissen, wie der Bub heißt –

MANN: Du als Mutter mußt es viel eher wissen.

FRAU: Weil man eben immer Bub zu ihm sagt, ja wie heißt er denn?

MANN: Wart – ich frag die Nachbarin.

FRAU: Naa – da wer'n ma doch selber drauf komma, Jeßmarandjoseph – ah Joseph heißt er – Also: Mein lieber Joseph – – –

MANN: Das kannst net schreiben, weil er mir auch g'hört.

FRAU: Dann schreib ich halt unser lieber Joseph, dass d'a Ruah gibst. – Unser lieber Joseph.

MANN: Sehr geehrter Herr, unser lieber Joseph –

FRAU: Dein Essen steht in der Küche am Ofen, mach es dir warm, weil es schon kalt ist …

MANN: Es ist bereits Dezember –

FRAU: Ich mein doch's Essen – – kalt ist und weil wir ins Theater gehen müssen.

MANN: Wenn ma net mögen, müß ma net …

FRAU: Dann schreib ich dürfen – können – wollen – sollen –

MANN: werden.

FRAU: Dann sind wir doch schon fort, wenn er den Zettel liest.

MANN: Dann schreibst: gegangen sind.

FRAU: Sollte das Theater aus werden, dann kommen wir sofort wieder nach Hause. Es grüßen dich

MANN: Hochachtungsvollst

FRAU: Deine fortgegangenen Eltern, nebst Mutter.

MANN: Bei die Eltern ist doch d'Mutter schon dabei!

F: Dann mach i halt an Punkt, sonst liest dös Rindviech weiter.

MANN: Jetzt schreib noch hin: Solltest du aber das Essen lieber kalt mögen – dann brauchst du es nicht warm zu machen.

FRAU: Weil es sonst zu heiß wird. So, den legen wir jetzt am Tisch her. Oder vielleicht sieht er ihn da net glei – er geht doch meistens bei der Tür herein, dann legen wir den Zettel am Boden her – – –

MANN: Dann tritt er drauf mit dö schmutzigen Stiefeln und kann ihn nicht mehr lesen. *(Stellt ihn auf das Seitentischerl mit Blumenvase.)*

FRAU: Das ist nichts, da, mit dem Blumenbukett da meint er ja, er hat Namenstag.

MANN: Er hat aber kein' Namenstag.

FRAU: Aber das irritiert ihn – also das ist nichts.

MANN: Das ist großartig, da schau her, jetzt wenn er kommt, stellt er sich daher, schaut in den Spiegel hinein und denkt sich, was ist denn das für ein Zettel? Dann sieht er ihn.

FRAU: Wir schauen freilich nein, weil wir wissen, daß da ein Zettel liegt – aber er hat ja keine Ahnung, jetzt wenn er nicht neinschaut?

MANN: Das ist Grundbedingung, daß er neinschaut.

FRAU: Wenn er aber net neischaut, dann hast den Zettel umsonst hing'stellt.

MANN: Jaso, halt, ich hab's – jetzt schreibst nochmal an Zettel: Wenn du heimkommst, schaue sofort in den Spiegel.

FRAU: Also: – Wenn du heimkommst, schaue sofort in den Spiegel hinein, dann siegst du was – schreib ich. Sooo – jetzt ham ma uns so lang mit der Schreiberei aufg'halten – jetzt gehts auf 7 Uhr – is gut daß das Theater erst um 8 Uhr angeht.

MANN: Um ½ 8 Uhr gehts an.

FRAU: Ich mein, abspülen tu ich erst morgen früh, sonst wird's zu spät. *(Serviert ab.)*

MANN *(sucht Kragenknöpferl):* Fanny, wo hast denn mei Kragenknöpferl?

FRAU: Jetzt geht wieder d'Suche nach dem Kragenknöpferl an, 100 000 Kragenknöpferl hab ich dir schon heim –

MANN: Dös is zuviel – oans brauch ich blos.

FRAU: Ich möcht bloß wissen, wo du die Kragenknöpferl immer hinbringst, ich glaub, du frist as direkt. *(Nimmt Knopfschachtel, beide rennen sich die Köpfe zusammen, er findet eins.)* Jetzt mach ich mich fertig – ah, in d'Küch muß ich nochmal. *(Ab.)*

MANN *(ruft):* Wo is denn mein Kragen?

FRAU: Wo'stn gestern hing'legt hast.

MANN *(kann den Kragen mit Knöpferl nicht einmachen):* Fanny, mach mir mein Kragen ein, bevor ich narrisch werd.

FRAU *(kommt mit der Brennschere im Haar):* Du mußt mir schon mei Ruh lassen, sonst werd ich auch nicht fertig – was soll ich denn tun?

MANN: Mein Kragen sollst mir einmachen, sonst wirf ich ihn hinter.

FRAU: Da, heb amal d'Scher!

MANN: Au – dumme Gans, gibts mir die heiße Scher so in d'Hand.

FRAU: Ja, wie soll ich dir's denn sonst geben, ich kann dir's doch net so geben! *(Brennt sich auch.)* Auh!

MANN *(wirft das Knöpferl hinter):* Jetzt hab ich mei Knöpferl hintergworfen. *(Er reißt ein paarmal die elektrische Lampe runter und stößt sich den Kopf an.)*

FRAU: Jetzt hat er wieder kein Knöpferl – also wenn'st so weiter machst, dann kommen wir zu spät, dös sag i dir glei. *(Sucht das Knöpferl.)* Vielleicht ist's unterm Diwan?

MANN: Der is ja hingemal'n, da unter dö Kommode is es hing'fall'n! *(Sie bückt sich suchend, er hebt die Kommode etwas auf, Geschirr fällt herunter. Frau schimpft.)*

MANN *(lacht):* Da is ja 's Knöpferl! Wo is denn mei Kragen – –?

FRAU: Jetzt hat er wieder koan Kragen – – – d[a] is er ja!

MANN: Nein, an Kragen, ja, da is er.

FRAU: Ich zieh mich jetzt an, dann is wenigstens eins fertig; soll ich das schwarze Kleid anzieh'n?

MANN: Ja –

FRAU: Oder das braune?

MANN: Ja –

FRAU: Ich kann doch net zwei Kleider anziehn!

MANN: Dann frierts dich net.

FRAU: Wenn man nur dich um was fragt – jetzt ziag i amal 's braune an – dann sehn ma's schon, 's schwarze kann i dann immer noch anzieh'n. *(Ab.)*

(Mann hat den Kragen und die Krawatte an, sucht seine Schuhe und schaut dabei hinauf, findet sie, stellt sie auf den Tisch und zieht sie an, ärgert sich über die Schuhbänder.)

FRAU *(kommt mit dem Kleid):* Geh, mach mir amal mei Kleid ein, das kann ich net allein.

MANN: Auweh – jetzt kommen wieder die 500 Hakerln alle.

FRAU: Nein, brauchst koa Angst ham, i hab ja an Reißverschluß hinmachen lassen.

(Mann macht Reißverschluß zu.)

FRAU: Dös war doch früher furchtbar; wenn man ein Hakerl zugemacht hat, dann is das andere wieder aufg'hupft und beim Ausziehen, wenn man eins aufgmacht hat, is dös ander wieder zug'hupft.

MANN: Jetzt red net lang, schau daß d' fertig wirst.

(Es reißt ihm das Schuhband ab, er schimpft.)

FRAU: Sei doch net so nervös! Ich weiß net, andere Leut gehn doch auch ins Theater.

MANN: Das sind auch keine Schuhbandl'n.

FRAU: Das nächstemal zieh ich dir a paar Drahtseil ein – aber die reißt du auch noch ab. *(Ab.)*

(Mann zieht Schuhe, Weste und Joppe an.)

FRAU: Ich weiß net, der Hut, find ich, paßt net recht zu dem braunen Kleid.

MANN: Setz an andern auf – schick dich! *(Er setzt Hut auf und ist fertig.)*

FRAU: Und der macht mich furchtbar frech –

MANN: Der hat mir noch nie g'fall'n.

FRAU: Ich setz das Theatertuch auf, das steht mir auch besser.

MANN: Das tust – aber geh – mach – wir kommen zu spät –. *(Wird nervös.)*

FRAU *(sucht Tascherl und Fächer)*: Jetzt muß ich noch a bisserl aufräumen.

MANN *(schimpft)*: Ja, d'Stieg'n tät ich noch putzen und d'Fenster putzen, langweiliges Frauenzimmer.

FRAU *(schimpft auch)*: Ja, sei nur net so grantig! Ich kann doch auch nichts dafür, daß i zwei Billetten gschenkt kriegt hab. –

MANN: Dös Mistviech soll 's nächstemal selber ins Theater gehn und andere Leut net damit belästigen. *(Streit.)*

FRAU: Ich darf mich nur amal auf was g'freun, bei uns is amal a so, zum Arbeiten bin i 's ganze Jahr guat g'nua, aber –

MANN: Und i zum Verdienen.

FRAU: Jetzt gehts scho wieder dahin, i kenn di schon, jetzt hörts wieder nimmer auf, jetzt wird an ganzen Weg g'stritten und im Theater drinn wird g'stritten und die halberte Nacht hernach wird aa noch g'stritten! Aber dös sag ich dir, auf a solches Vergnügen verzicht i von vorn herein. Da bleib i lieber daheim und du gehst allein ins Theater.

MANN: Wie kann ich denn mit zwei Billetten allein ins Theater gehn?

FRAU *(weint und setzt sich):* Ich kann doch schließlich nichts dafür, wenn mir wer zwei Billetten schenkt.

MANN: Auf das hab ich g'wart, marsch! Vorwärts ins Theater –

FRAU: Ich hab mich so aufg'regt, du weißt, ich kann die Anschreierei nicht vertragen, ich will nicht mehr fortgeh'n und ich kann nicht mehr fortgeh'n; meinetwegen gehst ins Theater, mit wem du magst? Ich zieh mich jetzt aus und geh ins Bett, ich hab so viel Kopfweh kriegt, jetzt – – –

MANN: Dann nimmst a Kopfwehpulver! *(Gibt ihr's.)*

FRAU: Da brauch ich dich net dazu, geh hin, wos d' magst, i geh ins Bett! *(Schluckt die Pille, ab.)*

MANN: Halt, hast as schon runtergschluckt? Schlucks rauf!

FRAU: Hast mir was Falsches geb'n?

MANN: Weilst aber auch alles nunterfrißt!

FRAU: Red, was hast mir denn geb'n?

MANN: Da – Peters Laxierpillen –

FRAU: Da hast ja jetzt was saubers angstellt, dös sind ja Peters Laxierpillen! Da stehts: Prompte Wirkung binnen einer Stunde! Jetzt is ½ 8 Uhr, da sitz ma dann grad im Theater um ½ 9 Uhr und da gehts dann los.

MANN: Um ½ 8 Uhr gehts los.

FRAU: Ich mein ja bei mir; aber dann genga ma halt jetzt, vielleicht sind wir bis dahin wieder daheim. Ich möcht bloß wissen, ob's bei andere Leut auch so zugeht, wenns fort gehn, wie bei uns.

MANN: Genau so!

FRAU: So kanns ja gar nirgends zugehn!

MANN: Dö sag'ns bloß net. Also gehn ma.

FRAU: Und g'schlampert bist wieder anzog'n, dös kann ma dir nimmer abg'wöhna, ja, was hast denn du für a Hemd an?

MANN: A Herrnhemd.

FRAU: Mit dem Hemd wirst doch net ins Theater gehn woll'n, das ist ja dein ältestes, dös hast ja schon 14 Tag an.

MANN: Dös sieht ma doch net!

FRAU: Nein, mit dem Hemd geh ich nicht fort, keinen Schritt, wenn dich da wer sieht, dö Leut meinen ja, ich bin a Drecksau.

MANN: Dös macht ja nichts.

FRAU: Nein – du ziehst jetzt ein anderes Hemd an! *(Holt eins.)*

MANN: Aber den Tag werd ich mir merken; nie mehr, nie mehr ins Theater.

FRAU: Komm, ich helf dir! *(Er zieht sich aus bis aufs Hemd, im selben Moment kommt die Nachbarin herein mit einer Tasse.)* *(Nachbarin schreit, läßt die Tasse fallen.)*

FRAU: Warum klopfen S' denn net an, und du stehst nackt da! – Geh ins Schlafzimmer! *(Er geht ab.)* Wir haben keine Zeit, wir gehen ins Theater.

NACHBARIN: Ah bittschön, a kleins bisserl, a Salatöl wenn S' mir leihen könnten.

FRAU: Sie kommen aber immer im ungünstigsten Augenblick daher, allaweil brauchen Sie was anders. *(Holt die Flasche.)* Also wieviel woll'n S' denn?

NACHBARIN: A kleins Tröpferl bloß.

Frau gibt ihr in die Tasse, er stößt sie dabei.

MANN: Wo hast denn mei Hemd?

FRAU *(das Öl rinnt auf ihr Kleid):* Jessas, das auch noch, das schöne Kleid, gleich weinen könnt ich.

NACHBARIN: Das ist mir aber peinlich.

FRAU: Da hab ja i nichts davon – das Kleid is kaputt – is guat, daß bloß a Öl ist, dös gibt wenigstens keine Flecken. Langt Ihnen das? Da! *(Gibt ihr die Tasse.)*

NACHBARIN: Dank schön – viel Vergnügen. *(Ab.)*

MANN: Wo ist denn mein Hemd?

FRAU: Da liegts doch auf dem Stuhl.

MANN *(sieht, daß es ein Kinderhemd ist):* Jessas, jessas.

FRAU: Das is ja an Buam sei Hemd, das ist das einzige, das in der Schublade war, du bist ein g'schlamperter Kerl, du weißt ganz genau, daß du bloß zwei Hemden hast – und dö reißt immer raus und sagst nichts davon, zieh halt a Brust an – da hast a frische Brust.

MANN: Die is ja zu lang.

FRAU: Dann reißt du sie ab! *(Tut es.)*

MANN: Schnell ½ 8 Uhr ist es! *(Er zieht sich an. Die Hemdenbrust, Krawatte, Uhr fallen hinunter, er steckt die Uhr in die Hose, da fällt sie durch das Bein, sie gibt ihm Weste, Joppe, Hut, Schirm und dann Überzieher – er fährt ins Futter und dann mit dem Schirm in den Ärmel; großes Durcheinander.)*

FRAU: Jetzt kommen wir zu spät, jetzt müssen wir mit der Straßenbahn fahren, dann steig'n mir aber gleich in den vorderen Wagen ein, daß wir früher hinkommen. Halt, den Operngucker haben wir noch nicht, den trägst du.

MANN *(läßt ihn fallen):* Der ist kaputt.

FRAU: Mir wärs schön g'nug. *(Macht das Etui auf.)* Ah gut, daß keiner drinn war, der wär hin gwesen. Also gehn ma jetzt – hast alles, die Schlüssel, die Geldbörse, a Taschentuch, dein Schnupftabak – hast im Schlafzimmer d'Fenster zugmacht, wenn ein Gewitter kommt? *(Schaut nach.)*

MANN: Komm, komm!

FRAU: Also mach's Licht aus und sperr zu!

MANN *(im Finstern):* Billetten hast du?

FRAU: Nein, die hast du!

MANN: Nein du – wart, mach a Licht.

FRAU: Das waar ja jetzt die Höhe, wenn wir jetzt keine Billetten hätten. *(Schaut in ihre Tasche hinein.)* Ich hab doch mei Tascher gar net aufg'macht. Da drüben bist g'sessen und da hab ich dir die Billetten in die Hand geben.

MANN: Vielleicht hast du's da rüber. *(Geht an die Kommode und legt seine Hand hin.)*

FRAU: Nein – ich weiß es ganz bestimmt. *(Haut die Schublade zu, sie zwickt ihm Finger ein.)*

MANN: Au – Au – *(Weint, lehnt sich an seine Frau.)*

FRAU: Ich kann dir nur sagen, daß mir vor dem Theatergehn schon bald graust! Wenn wir nur die Billetten hätten, denn ohne Billetten lassens uns ja nicht hinein.

MANN: Halt! *(Zieht sie aus der Hosentasche.)*

FRAU: Da sinds ja; jetzt tu ich's aber gleich in mei Tascherl nei sonst verlierst sie noch einmal, da schau, da hätt ma gleich draufschaun können, da stehts ja, wanns angeht: Anfang 8 Uhr – wer hat jetzt wieder amal recht g'habt – ich – die Frau ha immer recht – da stehts schwarz auf weiß – Anfang 8 Uhr.
MANN: Ja stimmt, Anfang 8 Uhr. Freitag, den 17. Juli.
FRAU: Wieso Freitag? Heut ist ja erst Donnerstag!!!
(Beide schauen sich dumm an und der Vorhang fällt.)

Ritter Unkenstein

ein Drama in zwei Akten von Karl Valentin

PERSONEN:
Ritter Unkenstein auf Burg Grünwald
Kunigunde seine Tochter
Recke Heinrich (ferner Trommler Pfeifer Scharfrichter)

Erster Akt:

Burgzimmer auf Grünwald.
Unkenstein und seine Tochter sitzen am Tisch.

UNKENSTEIN: Ja liebe Tochter, es hat sich viel verändert in Grünwald in der Zeit wo du fort warst. Der Rodensteiner auf seiner Burg Schwaneck, der macht mir die Hölle heiß! Dieser Lump!!!
KUNIGUNDE: Aber Vater! Das kann ich nicht glauben.
UNKENSTEIN: Doch liebe Tochter. Der Rodensteiner hat mir die Sache eingebrockt, mit dem Zoll und mit den Flössern. Da kann einem ja der Helm hochgehen!

KUNIGUNDE: Was war den da mit den Flößern?

UNKENSTEIN: Seit fünfzig Jahren verlangt der Rodensteiner auf seiner Burg Schwaneck den Zoll von den Flößern, und an meiner Burg Grünwald fließt doch die Isar zuerst vorbei, also hätte ich zuerst das Recht den Zoll zu verlangen, aber der Rodensteiner dieser Lump ist mir zuvorgekommen und ich kann jetzt durch die Finger schauen.

KUNIGUNDE: Ja Vater jetzt ist es zu spät, da hätte[t] ihr Euch früher rühren sollen!

UNKENSTEIN: Das verstehst du nicht mein Kind. Rühren, rühren – ich habe mich die ganze Zeit gerührt, aber was soll ich den machen, ich kann doch nicht die ganze Isar aussaufen oder zumauern lassen, nur wegen diesem Schurken dem Rodensteiner. Ich habe alles versucht, ich habe sogar eine Eingabe gemacht.

KUNIGUNDE: Hat sie etwas genützt Vater?

UNKENSTEIN: Sie wurde abgelehnt, und warum? Nur weil der Rodensteiner gegen mich hetzt. Alle Ritter im Isartal hat er gegen mich aufgehetzt. Die Großhesseloher, die Menterschwaiger, die Harlachinger, die Pullacher. Und was war vorigen Sonntag? Der Talkirchner reitet an mir vorbei wie wenn er mich gar nicht kennen würde. Nicht mal gegrüßt hat er mich und das habe ich alles dem Rodensteiner zu verdanken, diesem Halunken. Aber ich werde es ihnen schon zeigen wo der Bartl den Most holt!

(Zweite Szene)

(Recke Heinrich tritt auf und stellt sich hinter Unkenstein)

UNKENSTEIN: Was ist los?

HEINRICH: Nix! … i hab blos fragn woll'n *ob* was los ist!

UNKENSTEIN: Da fragst du mich? ich frage dich was du bisher getan hast.

HEINRICH: Net viel. Den Burghof hab ich zamkehrt und der

Köchin hab i a Milli g'holt, sonst weiß i nix! Ja und auf der Bärnjagd war ich.

UNKENSTEIN: Das ist doch Weiberarbeit. Ich möchte wissen ob du etwas erspäht hast.

HEINRICH: Na nix ... ja doch etwas hab i erspäht. Vor unserer Burg neben dem Weg liegen so Haufen herum.

UNKENSTEIN: Schweinerei! Das haben wieder diese Hunde getan.

HEINRICH: Keine Hund! Menschenhäufa sinds, direkte Menschenhäufa!

UNKENSTEIN: So das auch noch! Sofort wegräumen. Einen Besen und Schaufel, und wegräumen. Ich laß mir nicht nachsagen, das vor meiner Burg die Häufen u[m]herliegen, damit jeder dreinsteigt!

HEINRICH: De kann i doch net wegräumen, Menschenhäufn sind es doch!

UNKENSTEIN: Ja soll *ich* sie vielleicht wegräumen? das ist *Deine* Arbeit.

HEINRICH: De kann i allein net wegräumen ... Menschenhäufn ... a Hauf'n Menschen mein i doch, a ganzer Haufen Menschen sind vor der Burg.

UNKENSTEIN: Was!!! Volk vor meiner Burg?

HEINRICH: Ja, Volk, Gesindel, Wegelagerer oder Räuber!

UNKENSTEIN: So! hast du sie erkannt?

HEINRICH: A woher! i kenn doch kein so Gesindel!

UNKENSTEIN: Hast du irgend etwas gehört?

HEINRICH: Ja! g'hört hab i schon was. Da stimmts schon lang nimmer. Unlängst war ich im Maibräu und da sind die anderen Knappen und Recken beinand gwesen und da hab i so ghört wies g'red ha[m]. I habs net recht verstanden, habns vom Rotwein gredt oder vom Rodenstein!

UNKENSTEIN: Rodenstein! das ist es. Ich hab es ja gewußt, das da etwas nicht stimmt. *(zu seiner Tochter)* siehst du Liebe Tochter, ich hab es gewußt. Na ich werde mich persönlich überzeugen. Ich steige auf den höchsten Turm und luge in das Land.

Heinrich: Ja lugns nur, vielleicht derlugens was!

Unkenstein: Und du Recke Heinrich siehst in der Waffenkammer nach ob alles da ist.

Heinrich: O da schauts bös aus. A Haufa Lanzen sind abbroch'n, die Säbeln sind ganz verrostet und die Kanonenkugeln g'hörn a wieder amal abgstaubt, sunst wans wirklich aufgeht und mir schiaßn mit de Kugeln, sagt dann da Feind mir sind Drecksäu!

Unkenstein: Also das muß alles gerichtet werden, dann steigst du auf den kleinen Ostturm und spähst auch da hinunter und meldest mir jede Kleinigkeit verstanden. *(Zur Tochter)* Ängstige dich nicht mein Liebling ich komme gleich wieder *(küßt sie auf die Stirn) (zu Heinrich)* Na?

Heinrich: *(Zeigt ihm den Rücken)* Servus!

Unkenstein: *(Wütend)* Wie heißt das Kerl?

Heinrich: *(Steht stramm) Unkenstein geht ab .... 2. Bild – Unkenstein späht vom Thurm aus ins Isarthal.*

(Dritte Szene)

(Heinrich und Kunigunde allein)

Heinrich: Heut is er wieder grimmig, was hat er denn?

Kunigunde: Ich weiß es nicht, ich kenne mich nicht aus. Vom Zoll und den Flössern hat er etwas gesagt und vom Rodenstein. Kannst Du mir das nicht erklären Heinrich?

Heinrich: Ja mei Fräuln Kuni, das is schon a alte G'schicht. Ihr Vater ist bös, weil der Rodenstein den Zoll schon fuchzig Jahr verlangt und Ihr Vater hat nix, aber er stinkt eahm schon länger. Eahna Vater is einmal vorm Rodensteiner seiner Burg vorbeigeritt'n und da hat dem Rodensteiner sein Bua auf Ihren Vater sein nagelneuen Panzer an Schneeballn hingworfen, direkt mitten auf die Brust ...

Kunigunde: Aber Heinrich! Das kann ihm doch nicht weh getan haben?

HEINRICH: Weh net, aber prellt hat's ihn und desweg'n ärgert er sich heut noch. Seit sie weg war'n von Grünwald, is überhaupt nimmer auszuhalten mit Ihrem Vater. Die ganzen neun Monat wo sie weg war'n is er schon so grantig. – Des is jetzt a guat, dass sie grad *neun* Monat fort war'n. Unsere ganzen Knappen hab'n schon immer gred't deswegen, das is so komisch, hab'ns gsagt, daß sie grad neun Monat fort war ... net zehn Monat und net acht, grad neun Monat. Fort sind's wie a Blutorange und heimkommen sinds wie a unbachenes Laibl, wie a Pfund Kas! So bleich.

KUNIGUNDE: Ach Heinrich! Haben die nichts anderes zum reden gehabt?

HEINRICH: Wahrscheinlich net!

KUNIGUNDE: Und was denkst du darüber Heinrich?

HEINRICH: Dasselbe!

KUNIGUNDE: O Heinrich! Du kennst mich ja schon seit ich auf der Welt bin. Heinrich! Dir kann ich es ja verraten ... ich hab wirklich ein Kind!

HEINRICH: Jafreilich! ... is doch so!

KUNIGUNDE: Ich habe es auch noch dabei .. droben im großen Turm.

HEINRICH: So sie hab'ns dabei, ja wie hab'[n] sie den das in die Burg hereingebracht?

KUNIGUNDE: Deine Schlamperei hat mir geholfen, weil du vergessen hast die Zugbrücke hochzuziehen.

HEINRICH: Und jetzt hab'ns sie's am Turm oben ... auf unsern großen Turm? Ja da is ja feucht obn ... das wird eahna ja hin ... wann's das a paar Wochen da oben hab'n, fangt's eahna ja zum graweln an ... das kriegt ja an Hausschwamm!

KUNIGUNDE: Aber Heinrich rede doch nicht so dumm! ... Es ist nur schade dass das deine Frau nicht aufziehen kann!

HEINRICH: Mei Frau? Warum den net, die ziehts schon auf. Der geb'ns a paar Taler und die ziehts auf, de hat ja mi a aufzogn .. a na mi net!

KUNIGUNDE: Aber Heinrich! ... Deine Frau ist doch schon tot!!!

HEINRICH: Was ... mei Frau? .. Na ... !

KUNIGUNDE: Doch Heinrich! schon seit zehn Jahren ist Deine Frau tot!

HEINRICH: Was! mei Frau is tot? ... ja dass die mir nie was g'sagt hat davon? *Drum* hab i de schon solang nimmer g'sehn!!!

KUNIGUNDE: Ich weiß nicht wass ich nun machen soll.

HEINRICH: Ja wie is des ... in der Stadt drinn hab'ns das Kind gebor'n ....? ja und wer is der Bohrer? ... a da Vater wollt i sag'n?

KUNIGUNDE: Das ist es ja was ich nicht sagen kann! Das einzig nette ist, dass es ein Bub ist!

HEINRICH: A Bub is? aber da hat Ihr Vater die größte Freud!

KUNIGUNDE: Um Gotteswillen! Mein *Vater* darf es *überhaupt* nicht erfahren!

HEINRICH: Warum den net? Der hat die größte Freud, er hat doch immer g'sagt wenn nur mal mei Kuni heiraten tät, damit ein Erbe ins Haus käme, wenn i mal abkratz, das wer mei Burg übernimmt! ... Das muß ich ihm glei erzähln .... !

KUNIGUNDE: Hei[n]rich um Himmelswillen bleib da! Mein Vater darf das nicht erfahren überhaupt kein Mensch. Ich bin ja nicht verheiratet!

HEINRICH: Das is Wurscht!

KUNIGUNDE: Nein Heinrich, das ist nicht Wurst. Du darfst es keine[m] Menschen sagen ... verstanden!

HEINRICH: Ja und wer is jetzt eigentlich der Vater?

KUNIGUNDE: Das kann ich nicht sagen Heinrich!

HEINRICH: Mir können sie's schon sagen Fräuln Kunigunde ... kenn i ihn?

KUNIGUNDE: Freilich kennst Du ihn aber ich sag es nicht!

HEINRICH: *(Sinnt nach)* Wer kennt des jetzt sein? *(Nach einer Weile)* I bin's fei net .... aber i weiß schon wers is ... wie hat er den g'heißen ... von Ismaning .. der Ritter Lenz glaub i ... der mit dem roten Spitzbart .... is der?

KUNIGUNDE: Aber nein Heinrich, der ist es nicht!

HEINRICH: Der – ist – es – nicht? *(besinnend)* Hat's Kind an roten Spitzbart?

KUNIGUNDE: Aber Heinrich rede nicht so dumm, das erratest du nie … gieb mir lieber dein Ehrenwort, dass Du nichts verrätst!

HEINRICH: Das können's schon hab'n … Also wer is …?

KUNIGUNDE: Der Rodensteiner!!!

HEINRICH: Was! wie! der Rodensteiner … auf Burg Schwaneck? … Na das gibts net … Fräuln Kuni das kann net sein .. da täuschn's eahna!

KUNIGUNDE: Aber Heinrich! ich werde doch wissen wer der Vater ist!

HEINRICH: Der Rodensteiner? … O du mein lieber Meingott … ja was is das … Fräuln Kuni was hab'ns da g'macht … wie könnens sie sich so vergessen … der Rodensteiner … von eahnan Kind der Todfeind … von eahnan Todfeind das Kind *[(]u. s. w. verwechseln)* Wann das Ihr Vater erfahrt .. der laßt Sie dreimal Köpfen … der laßt Sie aufspießen wie an Stöckerlfisch … der laßt Sie in der Folterkammer strecken dass nur mehr in einer Kegelbahn übernachten können.

KUNIGUNDE: Sonst weißt du mir keinen Rat als das?

HEINRICH: Ja mei, was soll'n ma den da sag'n!

(Vierte Szene)

(Unkenstein kommt herein) zu Heinrich

UNKENSTEIN: Na! was stehst du hier noch rum? Deinen Rapport!

HEINRICH: Jafreilich! Interessiert eahna das?

UNKENSTEIN: Lache nicht! Antworte mir: Deinen Rapport will ich wissen.

HEINRICH: Zweimal glaub i!

UNKENSTEIN: Was soll das heißen Kerl?

HEINRICH: Ja i hab eahna net recht verstanden … was meinens?

UNKENSTEIN: Deinen Rapport will ich hören!

HEINRICH: Ach so! Rapport, das is was anders.

UNKENSTEIN: Ich meine ob du etwas erspäht hast.

Heinrich: Ja ich hab schon g'späht, aber es war schon z'späht zum spähn, drum hab [i] nix mehr erspäht ...... aber da herin hab i was erspäht!

Unkenstein: Hier herinnen ... was?

Heinrich: *(Erhält von Kunigunde einen Stoß)* Nix ... garnix!

Unkenstein: Eben sagtest du doch du hast etwas erspäht?

Heinrich: A woher, das war nur a Gspaß!

Unkenstein: Laß diese Witze, antworte mir *(sieht wie Kunigunde Heinrich heimlich zupft) (Zu Kunigunde)* Was soll das heißen, hat meine Tochter Heimlichkeiten vor mir?

Kunigunde: Aber nein lieber Vater! *(Folgt Szene mit Arm durchstecken und Nasenbohren von Heinrich)*

Unkenstein: *(Zu Heinrich)* Du steigst jetzt auf den Turm und spähst abermals. Führe meinen Auftrag genau aus sonst hole ich mir Deinen Kopf.

Heinrich: *(Heinrich geht brummend ab)* Da hab'ns schon was davon! *(Heinrich späht auf dem Thurm)*

(Fünfte Szene)

(Unkenstein und Kunigunde allein)

Unkenstein: Also ich möchte nicht erfahren, dass meine Tochter Heimlichkeiten hat hinter meinem Rücken ... sonst werde ich tückisch!

Kunigunde: Es ist wirklich nichts lieber Vater! Hast du etwas erspäht?

Unkenstein: Ja! Es sind Reiter vor meiner Burg. Aber die Kerle sind zu weit weg, ich kann sie nicht erkennen.

Kunigunde: Aber du siehst lieber Vater, der Rodensteiner ist bestimmt nicht dabei.

Unkenstein: Ach – dabei oder nicht dabei, auf jeden Fall ist er derjenige der hetzt. Aber diese Kerle sollen es nur wagen meine Burg anzugreifen. Mit blutenden Köpfen schicke ich sie von dannen.

(Sechste Szene)

(Heinrich kommt aufgeregt zurück)

HEINRICH: Sie! .. de kommen schon, a ganzer Haufen sind beinand, von alle Seiten kommens.

UNKENSTEIN: Sind sie bewaffnet?

HEINRICH: Freilich! Unzählige Lanzen hab'ns dabei ... ja fast noch mehr und Kanonen, mindestens zwanzig Stück ... ja was sag' i .. fast neunzehn ... und zwei Fasanerietro[m]peten und a paar Mundharmonikabläser.

UNKENSTEIN: Was! ... zwanzig Kanonen haben die?

HEINRICH: Ja! .. und mir hab'n nur eine ... und die ist kaput ... und dann ist von unserer Kanone, der Schlund nach vorn hingerichtet und de kommen aber von Arschlings!

UNKENSTEIN: Von Arschlings? ... das Dorf kenn ich ja garnicht, das liegt doch nicht im Isartal?

HEINRICH: Arschlings! das ist doch kein Dorf ... das ist doch ein Fachausdruck ... Arschlings heißt von hintenwärtsher! Von hintenherwärts.

UNKENSTEIN: Ach so! .. Die kommen von rückwärts! ... Dann muß die Kanone sofort umgedreht werden nach Dings ... nach ... Arschlings!

HEINRICH: Nacher brichts uns ganz zusammen ... das eine Radl ist schon ganz faul.

UNKENSTEIN: Also das muß auch sofort gemacht werden.

HEINRICH: Ja und im Rohr is a Schwalbennest drinn.

UNKENSTEIN: So ein Saustall!

HEINRICH: Na! ... kein Saustall ... a Schwalbennest!

UNKENSTEIN: Blödsinn! ... also sofort die Kanone richten, dann die Zugbrücke hochziehen, den Burggraben volllaufen lassen, einen Kessel voll Pech sieden, meinen Helm und mein Schwert .... Wiederholen!

HEINRICH: Was hab'ns g'sagt? .... das ist so schnell gangen, i bin net mitkommen!

UNKENSTEIN: Du sollst wiederholen!

HEINRICH: Wiederholen? ... was soll ich wiederholen .. i hab ja noch nix g'holt!

UNKENSTEIN: Meinen Befehl sollst du wiederholen, de[n] ich dir eben gegeben habe.

HEINRICH: *(Suchend)* Mir hab'ns an Befehl geb'n .. wo hab i denn den hingelegt?

UNKENSTEIN: Du Schafskopf du sollst meinen Auftrag wiederholen, wass du zu tun hast[!]

HEINRICH: Ja das kann i mir net alles aufeinmal merken.

UNKENSTEIN: Pass doch auf Kerl ... sind deine Ohren verstopft?

HEINRICH: I weiß net ... i seh net nein.

UNKENSTEIN: Mein Gott ist der Kerl blöd *(Wiederholt nochmals den ganzen Befehl)*

HEINRICH: *(Sagt alles ganz verkehrt nach)* .. i werd's schon richtig mach'n ... und an Helm soll i bringen ... welchen Helm ... den Feuerwehrhelm?

UNKENSTEIN: Meinen Streithelm!

HEINRICH: Achso diesen woll'ns .... weil da Dings .. da Wilhelm wäre a grad da ...

UNKENSTEIN: Raus!!! *(Heinrich geht eilig ab) holt in der Rüstkammer den Helm und das Schwert[.]*

(Siebente Szene)

(Unkenstein und Kunigunde allein)

UNKENSTEIN: Diese Halunken wagen es tatsächlich meine Burg anzugreifen. Na denen werde ich es zeigen. Ich werde einen genialen Schlachtplan entwerfen ... reiche mir die Landkarte liebe Tochter.

(*Achte Szene*)

(Während Kunigunde die Landkarte holt, tritt Heinrich herein mit Helm und Schwert und gibt es dem Ritter)

HEINRICH: So! .. da is s'Sach. Passens auf dass Ihnen keinen Schiefer einziehn. *(Gibt Unkenstein das Schwert und setzt ihm den Helm auf das Barett)*

UNKENSTEIN: Na was treibst du den da!

HEINRICH: Haltaus ... das geht ja net .. sie hab'n d' Pelzhaub'n noch auf *(Nimmt den Helm wieder runter und das Barett)* ... Sie, da sicht ma eahna Gummischnürl von eahnan Bart *(Setzt den Helm Unkenstein verkehrt auf)*

UNKENSTEIN: *(Zu seiner Tochter gewendet)* Nun liebe Tochter, jetzt werde ich dir zeigen wie man einen genialen Schlachtplan entwirft. *(Heinrich hat sich aber inzwischen schon über den Plan gebeugt und beginnt einen Plan zu entwerfen)*

HEINRICH: *(Mit beiden Händen auf den Plan gestützt)* Also mir werden das am besten so machen .... mir gehen her ...

UNKENSTEIN: *(Wütend)* Schweig!!!

HEINRICH: *(Läßt sich nicht stören und redet weiter)* mir gehen her und machen das so ... weil de anderen ... drumm müßen wir ...

UNKENSTEIN: *(Noch wütender)* Schweig!!!

HEINRICH: *(Blickt Unkenstein erstaunt an)* ... Menterschwaig? ... das liegt da ...

UNKENSTEIN: Du sollst schweigen Kerl!!!

HEINRICH: Sind Sie doch net so .. a anderer hat a eine gute Idee.

UNKENSTEIN: Du sollst dein ungewaschenes Maul halten .. verstanden ... ich entwerfe meinen Kriegsplan allein. *(Heinrich geht murrend beiseite)*

UNKENSTEIN: *(Zu seiner Tochter)* Hier liegt meine Burg Grünwald, hier ist Harlachin[g], die können durch den Wald nicht durch weil ... *(wird von Heinrich unterbrochen)*

HEINRICH: *(Zeigt mit dem Finger auf die Karte)* Wenn's a durch den Wald net durch können, aber über die Isar ... *(Unkenstein dazwischen)*

UNKENSTEIN: *(Haut mit der Hand auf den Tisch)* Du sollst dein Maul halten Kerl.

(Diese Szene wiederholt sich einigemale bis Unkenstein schreit) Hebe dich von Dannen ... sieh lieber nach was der Feind macht!

HEINRICH: *(Geht zum Fenster)* Gut .. mir is recht .. aber i bin fei net Schuld wenns schief geht. *(Nimmt das gemalene Glas trinkt und schaut zum Fenster raus, während Unkenstein seiner Tochter den Plan weiter erklärt. Plötzlich erschreckt zu Unkenstein)* Herr Ritter de kommen schon und an der Spitze ... wissen's wer an der Spitze der Heerscharen

UNKENSTEIN: *(Fällt ihm in die Rede)* Halt dein Maul! Störe mich nicht!

HEINRICH: *(Aufgeregt)* Ja aber an der Spitze, wissen's wer an der Spitze ...

UNKENSTEIN: *(Unterbricht immer)* Das ist mir Wurscht ... verstanden!

HEINRICH: *(Noch aufgeregter)* Das ist keine Wurscht ... wann's a Wurscht wär wär's eh gut .. aber es is doch da ....

UNKENSTEIN: *(Unterbricht wieder und tobt)* Donnerwetter Kerl laß mich zufrieden mit deinem Gepappel ... laß sie doch kommen diese Hunde ... ich freße sie einen wie den anderen!!!

HEINRICH: *(Erstaunt)* Achso! die soll'n kommen, ja das is was anderes. *(Zum Fenster raus)* Kommt's nur! Kommt's nur! Nur einer! kommts nur!

(Während Heinrich redet erklärt Unkenstein seiner Tochter weiter den Schlachtplan)

UNKENSTEIN: Und hier an dieser schmalen Stelle werden wir sie überraschen und vernichten. Hier beginnen wir den Kampf. *(Beginnt zu singen, Kunigunde und Heinrich singen mit)*

GESANG: Auf in den Kampf ihr Ritter, Stolz in der Brust, Siegesbewußt ....

(Ein Schuß ertönt, Fenster klirren, eine Kanonenkugel fliegt auf die Bühne. Alle erschrecken mächtig und fragen durcheinander was los ist.[)]

UNKENSTEIN: Was war das! Was ist geschehen!?

HEINRICH: *(Hebt die Kugel auf)* G'schossen hab'ns mit einer Kanonkugel ... da schaun's her ... *(wirft die Kugel von einer Hand in die andere und legt sie auf den Tisch)* die is noch ganz heiß ... bei der Tür habn's reing'schieß .. reingschossen ... die Sauhund!!! *(Zu Unkenstein wütend)* Wei's a alleweil s'Haustürl offen laßt's! Da tun sich de leicht, wenns gleich bei der Haustür reinschieß'n können. *(Nimmt die Kugel und riecht daran)* Das ist a Rodensteiner Kugel, das riech ich!

UNKENSTEIN: }
KUNIGUNDE: } *(Gleichzeitig)* Wieso vom Rodensteiner?

HEINRICH: Das kenn i an der Rundung ... das ist eine Rodensteinerkugel.

UNKENSTEIN: Kerl wieso ist das eine Rodensteinerkugel?

HEINRICH: Da Rodensteiner is ja an der Spitze der Heerscharen, aber sie haben mich ja net ausreden lassen ...

UNKENSTEIN: *(Stürz[t] zum Fenster) sieht den Feind* Tatsächlich da reitet er mein Todfeind. Ha-ha ha-ha!!! *(Dreht sich zu seiner Tochter die zu schluchzen begonnen hat)* Was schluchzest du liebe Tochter?

HEINRICH: Jetzt wird's g'scheckert!

UNKENSTEIN: Du brauchst nicht weinen liebe Tochter. Auch Rodenstein diesen Schurken werde ich vernichten und du als meine tapfere Tochter, ziehst mit mir gegen den Feind. Ich werde dir den Falben aus dem Stall holen und du reitest *(zeigt mit ausgestreckter Hand. Heinrich drückt ihm aber die Hand herunter. Dies einigemale wiederholen)*

UNKENSTEIN: *(Zu Heinrich) Zum* Teufel auch! Laß sie doch reiten!!! *(Wieder zu seiner Tochter)* du reitest an meiner Seite gegen meinen Feind, wie die Jungfrau von Orleans!

HEINRICH: *(Schadenfroh)* Ist ja keine mehr!

UNKENSTEIN: *(Erstaunt)* Was sagtest du da?

Kunigunde: *(Aufgeregt)* Vater ich bitte hört mich an ich muß Euch ein Geheimnis anvertrauen.

Unkenstein: Ein Geheimnis? ... Papperlapap! Ein Geheimnis wenn du es mir anvertraust ist kein Geheimnis mehr. Ich habe keine Zeit, ich muß in den Schlachthof ... in den Burghof wollt ich sagen – zur Schlacht[.]

Kunigunde: *(Flehend)* Vater ich muß es Euch anvertrauen hört mich an!

Unkenstein: Gut! Aber beeile dich liebe Tochter ich habe wenig Zeit!

Kunigunde: *(Niedergeschlagen)* Vater! ... ich habe ein Kind!!!

Unkenstein: *(Erschrickt gewaltig und bringt kein Wort heraus)*

Heinrich: So! ... jetzt ist heraußt ... zu[m] zweitenmal!!!

Unkenstein: *(Zu Heinrich)* Was war das? ... hat mich mein väterliches Ohr betrogen?

Heinrich: Na! Na! es stimmt schon!

Unkenstein: *(Zu seiner Tochter)* Was! ... meine Tochter hat ein Kind! .. Ein außereheliches Kind? Du bringst Schande über meine Burg *(Stützt sich auf den Tisch mit beiden Händen, die eine auf die heiße Kugel, schreit auf)*

Heinrich: I hab' s eahna aber gsagt, das die frisch ab'gschossen ist, oder meine[n] sie die schießen mit Eiskästen? *(Nimmt die Kugel und legt sie beiseite, immer von einer in die andere Hand werfend)*

Unkenstein: *(Stützt beide Hände auf den Tisch)* Diese Schande, das gibt zu verdauen[.]

Heinrich: *(Will Unkenstein etwas ins Ohr sagen, stößt sich aber an dessen Bart, wiederholt das einigemale, biegt dann den Bart zurück)* Aber es ist a Bub .. ein Bub ist es, ein Bub!!!

Unkenstein: Ein Knabe!

Heinrich: Ein Knabe ist ja ein Bub!!! Das war schon lange Ihr Wunsch, einen männlichen Erben .. na und jetzt habens einen! freuen solln Sie sich jetzt.

Unkenstein: Ja! ich habe mir schon immer einen Erben gewünscht!!! Gut ich will diesmal Gnade für Recht ergehen lassen .. wir sprechen später darüber.

HEINRICH: *(Inzwischen zu Kunigunde)* Na sehn's i hab's ja gewußt dass er a Freud hat eahna Vater, brauchens net traurig sein!

UNKENSTEIN: *(Zu Kunigunde)* Aber der Vater dieses Kindes?

HEINRICH: Jetzt wirds greußlich, i geh i kündige mir gleich selber, Pfü[a]t Gott!

UNKENSTEIN: Hierbleiben! Du harrest noch meiner Befehle *(Heinrich steht stramm) (Zu Kunigunde)* Der Vater des Kindes, ist das ein edler Ritter?

KUNIGUNDE: *(Schluchzend)* Ja Vater!

UNKENSTEIN: Gut hole ihn hieher!

HEINRICH: *(Zum Fenster deutend)* Er kommt so gleich!

UNKENSTEIN: So er kommt? ... das freut mich.

HEINRICH: Oha! ... das glaub i net!

UNKENSTEIN: Wenn er kommt, gebet ihm Salz und Brot und einen kühlen Trunk und saget ihm, er muß an meiner und ihrer Seite in die Schlacht ziehen, gegen meinen Todfeind ... gegen Rodensteiner!!!!

KUNIGUNDE: *(Stürzt auf die Knie)* Nein Vater! Verlange das nicht, das geht nicht!

HEINRICH: *(Ebenfalls aufgeregt)* Na das geht doch net!

UNKENSTEIN: *(Zornig)* Dann soll er reiten wenn er nicht gehen kann! Mein Schwiegersohn muß gegen meinen Feind ziehen!!!

KUNIGUNDE: *(Schreit)* Vater! Er ist ja bei den Feinden dabei!!!

UNKENSTEIN: *(Erstaunt)* Waaas? Mein Sch[w]iegersohn ist bei meinen Feinden???

HEINRICH: Ja! ... das ist ja das komische!

UNKENSTEIN: *(Zu Kunigunde)* Wie heißt dieser geruchlose?

KUNIGUNDE: *(Immer noch kniend schluchzt)* Ich kann es nicht sagen Vater!!!

UNKENSTEIN: Ich frage dich nochmals, wie heißt der Kerl? ... Weißt du es?

HEINRICH: *(Verschmitzt)* I wissert's schon!

UNKENSTEIN: Du weißt wie der Kerl heißt?

HEINRICH: Ja! … aber i sag's net!

UNKENSTEIN: *(Befehlend)* Nenne mir sofort seinen Namen!

HEINRICH: Ha! .. da werdens alt und schierlig, brauchens also nur mehr alt werden.

UNKENSTEIN: *(Geht langsam auf ihn zu und direkt Nase an Nase)*

HEINRICH: *(Nimmt die Brille ab, an der die Nase hängt)* Jetzt habens mir a Dulln eini g'macht in mei Nasen. *(Setzt die Nase wieder auf)* i sags net … auf keinen Fall.

UNKENSTEIN: *(Geht zurück)* So du willst es also nicht sagen? … gut … ich zähle bis drei!!!

HEINRICH: *(Schimpfend)* Sind's net so kindisch!!!

UNKENSTEIN: *(Zählt)* Eins! Zwei! Drei! *(Zieht das Schwert heraus und geht in Fechterstellung.)*

HEINRICH: *(Zieht zu gleicher Zeit sein um die Hälfte kürzeres Schwert und beginnt mit Unkenstein zu fechten, winkt plötzlich ab und mißt sein Schwert mit Unkensteins Schwert, deutet mit der Hand dass es zu kurz ist und Unkenstein solle mit ih[m] tauschen!)*

UNKENSTEIN: *(Hält ihm sein Schwert unter die Nase)* Hier dieses Schwertes Spitze, die stoß' ich dir in deinen mageren Leib …

HEINRICH: *(Unterbricht)* Jafreilich! Tun's das Ding weg, wie oft is schon was passiert durch so eine Dummheit!

UNKENSTEIN: Die stoß' ich di[r] in Deinen mageren Leib, dass Du dich in deinem Blute wälzst! ! !

HEINRICH: *(Entrüstet)* So! wo i so blutarm bin!!!

UNKENSTEIN: *(Setzt Hei[n]rich das Schwert an)* Wie heißt der Kerl?!

HEINRICH: *(Greift nach rückwärts ob das Schwert schon durch ist)* i kanns net sagen! *(Beginnt zu heulen wie ein Hund)*

UNKENSTEIN: *(Schreit)* Sag den Namen oder ich stoße zu!

HEINRICH: *(Heult nochmals und sagt)* Rodenstein!

UNKENSTEIN: *(Momentan ganz starr)* Waaaas? Rodenstein mein Todfeind??? *(Packt Heinrich an der Brust)* Kerl hast du mir auch die Wahrheit gesagt???

HEINRICH: *(Weinerlich)* Jawohl!

UNKENSTEIN: *(Spring[t] mit einem Schrei in die Höhe[.] Zweimal)*

HEINRICH: *(Wird durch den Sprung jedesmal in die Höhe geschleudert)*

UNKENSTEIN: *(Dreht sich zu Kunigunde um, die abseits an der Mauer lehnt und weint)* Du Schanddirne! Mit Rodenstein meinem Todfeind!!! *(Faßt sie und schleudert sie zu Heinrich hin, der sie auffängt!!!)*

HEINRICH: *(Beginnt gegen Unkenstein zu knurren und Zähnefletschen wie ein Hund während Unkenstein andauern[d] schimpft und Kunigunde schluchzt)*

UNKENSTEIN: Du Schandweib! Einmal hast du dich vergessen???

HEINRICH: O sind's doch net so! ... Einmal ist keinmal!

UNKENSTEIN: Recke Heinrich!!! Hieher!

HEINRICH: *(Zu Kunigunde die ihn zurückhalten will)* I komm gleich wieder Fräulein Kuni! *(Steht vor Unkenstein stramm)*

UNKENSTEIN: Recke Heinrich! Du bürgst mir mit deinem armseligen Kopf, dass du meine Befehle ausführst .... verstanden! ... Packe dieses Weib lege sie in Ketten ... packe sie ...!!!!

HEINRICH: *(Packt Kunigunde indem er klatschend seine Hand auf ihren Rücken legt[)]*

UNKENSTEIN: Werfe dieses Schandweib in den Kerker, lege sie in Eisen! ... i[m] zweiten Akt lasse ich sie hinrichten ......

KUNIGUNDE: *(Schreit fürchterlich auf und wird von Heinrich fortgeschleppt.![)]*

Vorhang (Ende des ersten Aktes[)]

Sofort Einsatz eines Fanfarenmarsches, der bleibt während des Umbaues.

Zweiter Akt

(Erste Szene)

(Glockengeläute, dann heulender Wind. Morgenstimmung im Burghof. Ritter Unkenstein allein)

UNKENSTEIN: Ha! ... der Wind pfeift durch die Zinnen meiner Burg ..... fürwahr ... ein schauriger Morgen bricht an .... *(Hinter der Bühne kräht zweimal ein Hahn)*

UNKENSTEIN: Und dennoch! Hier an dieser hundertjährigen Stätte, wo meine Tochter das Licht der Welt erblickte, soll sie ihr sündhaftes Leben verhauchen. Noch ehe die Sonne den neuen Tag verkündet, noch ehe die Fehde vor meiner Burg beginnt, will ich ihr Haupt zu meinen Füßen rollen sehen. *(Man hört fernen Trommelklang)* Ha! .. es naht schon der Henkerszug. Dumpfer Trommelwirbel dri[n]gt an mein Ohr ... wohlan heute muß diese Schmach gerochen werden.

(Zweite Szene)

(Aufmarsch des Henkerszuges. Recke Heinrich, Trommler, Pfeifer, Scharfrichter. Wenn Musik verstummt meldet Heinrich)

HEINRICH: *(Zu Unkenstein)* Melde gehorsamst, der Henkerszug ist eingetroffen!

UNKENSTEIN: *(Zu Heinrich)* Sage dem Scharfrichter, er möge seines Amtes walten!

HEINRICH: *(Macht kehrt) zum Scharfrichter* Du möchtest deines Amtes walten! *(Der Scharfrichter schüttelt den Kopf und redet leise auf Heinrich ein, dieser sagt immer erstaunt)* Na! Na! ja is das auch möglich?

UNKENSTEIN: *(Stoßt Heinrich mit dem Schwert in den Hintern)* Na was zögert ihr?

HEINRICH: *(Über die Schulter zu Unkenstein)* Moment! *(Macht dann kehrt und meldet Unkenstein)* Der Scharfrichter weigert sich, er kann die Fräuln Kunigunde net hinrichten!

UNKENSTEIN: Waaaas? der Kerl weigert sich????

HEINRICH: Ja! ... er sagt, er kennt die Kuni schon solang, schon als kleines Kind hat er sie kennt und er bringt es nicht über[s] Herz ..... i kanns a verstehn ... i kanns a verstehn ..... aber trotzdem is es feig *(Zum Scharfrichter)* Du feiger Hund du feiger! ... was bist den nacher a Scharfrichter worden, wannst keine Leut umbringen kannst, das hättest dir ja gleich denken können, dass Du keine Ameisen zertreten mußt, sondern Leut umbringen .... scham dich ... wärst a Schweinmetzger worden!!!!

UNKENSTEIN: Recke Heinrich! ... Jage diese Memme *(auf den Scharfrichter deutend)* von meiner Burg .... bespeie ihn!

HEINRICH: *(Packt den Scharfrichter und jagt i[h]n hinaus und spu[c]kt ihm nach)*

UNKENSTEIN: Und das will ein Scharfrichter sein?

HEINRICH: A Stumpfrichter is' Er.

UNKENSTEIN:
HEINRICH: } *(Beide marschieren auf und ab)*

HEINRICH: Jetzt hamas! ... jetzt haben wir keinen Scharfrichter mehr ... jetzt san ma extra um halberfünfe auf[g']standen umsonnst ..... und das Richtschwert hat er auch noch mitgenommen der Bazi .... jetzt könnens eahnan Kind den Kopf abbeissen!!!

UNKENSTEIN: Das kann mich nicht hindern!

HEINRICH: Net den Hintern ... den Kopf mein ich!

UNKENSTEIN: Dann laße ich meine Tochter in den Hungerturm werfen!

HEINRICH: Das geht net, da ist unsere ganze Proviant drinnen, die frißt sich ja deppert da drinnen.

UNKENSTEIN: Dann laße ich meine Tochter von der höchsten Zinne meiner Burg in die Tiefe stürzen!

HEINRICH: Das geht a net, da bleibts uns schließlich an einem Telefondraht hängen und dann kriegen wir's nimmer runter!

UNKENSTEIN: An was bleibt sie hängen?
HEINRICH: An an Telefondraht[.]
UNKENSTEIN: Telefondraht? was ist das?
HEINRICH: Na sie werden doch an Telefondraht kennen ... Telefondraht ... a haltaus den gibt es erst in fünfhundert Jahren ... der wird erst erfunden!
UNKENSTEIN: Verdammt! Heute geht überhaupt nichts!
TROMMLER: Dann laßt sie erschießen edler Herr!
HEINRICH: *(Zum Trommler)* Halt doch du dei Maul, er kann doch mit sein Kind machen was er will!
UNKENSTEIN: *(Zum Trommler)* Erschießen? .. Du Tropf! .. dieses Schandweib ist keinen Schuß Pulver wert!
HEINRICH: Dann gibts nichts anders und das wäre für eahna das einfachste und billigste und für sie das beste ..... begnadigen!
UNKENSTEIN: Waaas? begnadigen? ... du elender Wurrrrrrrm!
HEINRICH: *(Entrüstet)* Na na na na!
UNKENSTEIN: Ich will sie tot sehen ... ich werde sie hängen lassen .. an den Galgen mit ihr!!!
HEINRICH: Ja den Galgen haben wir auch nimmer, den hab'n ma letzten Winter zusammeng'schnitten wie's so kalt war, weil ma ka Brennholz g'habt habn[.]
UNKENSTEIN: Dann lasse ich sie erwürgen ... erdrosseln!
HEINRICH: Ja das geht! den Würgnagel haben wir noch, da sind schon hunderte drann ba[u]melt ... des geht ...... aber wer soll's machen, wenn ma keinen Scharfrichter haben???
UNKENSTEIN: Ich habe einen Scharfrichter .... Trommler!!!
HEINRICH: *(Auf den Trommler deutend)* A der? ... der scheißt schon vorher in die Hosen.
UNKENSTEIN: Trommler schlage einen Wirbel!!!
TROMMLER: *(Zittert und läßt einen Trommelstock fallen)*
HEINRICH: Na du alter Depp! ... kannst net amal die zwei Steckerln halten.
UNKENSTEIN: *(Zum Trommler)* Wenn mir das noch einmal vorkommt, laß ich dich fotzen! *[(]Zu Heinrich)* Heinrich trete vor ... hiermit ernenne ich dich zu meine[m] Scharfrichter!

HEINRICH: *(Momentan ganz verdutzt)* Na! und niemals nein! Das kann ich nicht! Das Fräulein Kunigunde hinrichten, die ich schon als kleines Kind kennt hab *(Fängt zu heulen an)* das kann ich net nein das net ... Ihnen jederzeit!

UNKENSTEIN: Waaas? Kerl! Wage das ja nicht mehr zu sagen ... du spielst mit Deinem Kopf verstanden! ... Ich befehle es dir du wirst meine Tochter hinrichten.

HEINRICH: *(Fleht weinerlich)* Das kann ich net, das dürfens nicht verlangen von mir, das kann ich net *(heult weiter)*

UNKENSTEIN: *(Zeigt Heinrich einen Beutel Gold)* Und wenn ich dir einen Beutel Gold dafür gebe????

HEINRICH: *(Plötzlich ganz sachlich)* Ja um Gold schon ... warum sagens den das net gleich ... um Gold jeder Zeit!

UNKENSTEIN: Dann hole sie.

(Heinrich geht ab, gleich darauf hört man die Tochter gellend schreien.

Beide kommen auf die Richtstätte.[)]

KUNIGUNDE: *(Fällt vor Unkenstein auf die Knie)* Ich will nicht sterben Vater! ich will leben ... Gnade .. Gnade ... !

UNKENSTEIN: *(Lacht hä[m]isch)* Gnade? ... die Peitsche! *(Der Trommler reicht Heinrich die Peitsche)*

UNKENSTEIN: Recke Heinrich! Gib ihr sechs Schläge!

HEINRICH: Ersparen sie ihr doch diese Qual!

UNKENSTEIN: Vorwärts! sechs Schläge sage ich!

HEINRICH: *(Streicht wie spielend über den Rücken von Kunigunde)*

UNKENSTEIN: *(Zornig)* Ja was den? hab ich gesagt du sollst sie kitzeln? Peitschen sollst du sie .. kräftige Hiebe ... vorwärts!

HEINRICH: *(Gibt Kunigunde mit aller Kraft fünf Hiebe) (Furchtbare Schreie)*

UNKENSTEIN: Das waren erst fünf!

HEINRICH: O das langt!

UNKENSTEIN: Soll ich den sechsten dir verabreichen lassen?

HEINRICH: Nein! .. da gieb ich ihn schon lieber der Kunigunde!

(Schlägt ihr noch einen über den Rücken. Kunigunde schreit natürlich bei jedem Schlag herzzerbrechend)

UNKENSTEIN: Recke Heinrich! sage dem Trommler er möge das Todesurteil verlesen!

H: *(Zum Trommler)* Du möchtest das Todesurteil verlesen[!]

(Der Trommler verliest das Urteil wobei Kunigunde wieder laut schluchzt)

HEINRICH: *(Der am ganzen Körper zittert, zu Kunigunde)* Sei stad Kuni, es is sowieso gleich vorbei!

(Nach der Urteilsverlesung)

UNKENSTEIN: *(Zu Heinrich)* Den Stab!

HEINRICH: *(Bringt den Stab, sagt aber vorher zu Unkenstein)* Ich bitte nochmals um Gnade für die Kunigunde! – es ist Ihr einziges Kind – edler Ritter!

UNKENSTEIN: Gib mir den Stab, sonst breche ich dich entzwei! *(Heinrich reicht den Stab und Unkenstein bricht ihn entzwei)* Hiermit breche ich den Stab über sie.

HEINRICH: *(Packt Kunigunde die noch immer am Boden kniet und schleppt sie an die Wand, legt ihr den Strick um den Hals. Kunigunde schreit laut. Heinrich ist fertig und schaut auf Unkenstein, der gibt das Zeichen zum erwürgen. Heinrich zieht die Schlinge zu, da schreit Unkenstein)*

UNKENSTEIN: Halt Gnade! Gnade!

HEINRICH: *(Läßt sofort den Strick locker, doch Kunigunde fällt leblos zu Boden)*

[(]alle schweigen einen Augenblick)

UNKENSTEIN: *(Niedergeschlagen)* Zu spät!!!

DAS VOLK: ZU spät!

HEINRICH: *(Reicht Unkenstein die Hand hin um sein Gold zu empfangen, dieser drückt ihm die Hand, Heinrich sagt)* Nein mein Gold will ich!

UNKENSTEIN: Gold? ... ach Deinen Lohn *(wirft den Beutel in Heinrichs Hand)* Hier! du Judas! .. Um Gold! um schnödes Gold! .. hast du das Liebste wass ich hatte, meine Tochter umgebracht ... da sieh sie dir an .. meine Tochter tot[!]

HEINRICH: Wer sagt den das? *(Beugt sich zu Kunigunde)* Fräulein Kuni stehns auf! *(Hilft Kunigunde aufstehen)*

UNKENSTEIN: Was meine Tochter lebt? ja bin ich von Sinnen?

HEINRICH: Nein von Grünwald!

UNKENSTEIN: Aber Recke Heinrich du hast sie doch erwürgt, erdrosselt?

HEINRICH: *(Lachend)* Ja aber mit einem Gummistrick *(Alle lachen)*

Vorhang

VI

Briefe

12.5.1936 an einen Jubilar

Karl *Valentin* München, den 12. Mai 1936
Telefon 25599 Mariannenpl. 4/II

Herrn
Gottweich *Färber*,
MÜNCHEN.
Arcisstr. 6

Soeben las ich schon vor einigen Tagen, dass Sie 40 Jahre alt geworden sind. Es ist kleinlich von Ihnen wenn Sie meinen, dass Sie das allein fertig gebracht haben so alt zu werden, da sind schon ganz andere als Sie 40 Jahre alt geworden. Denken Sie bitte an die 80 jährigen, die sind doppelt so alt als Sie. Was sind schon 40 Jahre! ! Vierzig Jahre, heisst es in der Bibel, sind das schönste Mannesalter, da bin ich anderer Meinung. Das Alter braucht nicht schön zu sein, der Mann soll schön sein, nicht das Alter. Glauben denn Sie, unter uns gesagt, dass Sie ein schöner Mann sind, Haha!! ein schlanker Mann ist niemals schön. Schön sind nur die männlichen Männer. Ich habe es ja nicht gerne mit Freunden verglichen zu werden, aber was Männlichkeit und Schönheit anbelangt, sind wir ja bekannterweise Doppelgänger.

Aber zur Sache: Wie kommen sie denn eigentlich dazu 40 Jahre alt zu werden, ist das Vererbung weil Ihr Herr Vater auch so alt geworden ist oder ist das eine Extraveranlagung von Ihnen. Ich habe Sie Beide viel älter geschätzt – man spricht sogar davon, nicht Ihr Vater, sondern Sie hätten den Krieg 1870/71 noch als Landsturmmann mitgemacht. Ein weiteres Gerücht zirkuliert in München, Ihr Vater sei nicht Ihr richtiger Vater, sondern Ihr Stief Vater und er sei zu Ihnen nur immer stief gewesen.

Nach Ihrem »liederlichen« Lebenswandel den Sie bis heute führten, müssten Sie eigentlich ein grosser Sänger sein. Zu Bedauern ist nur das eine an Ihnen, dass Sie als 200facher Hausbesitzer selbst nur in einem Haus wohnen können und so weit ich Sie und Ihre Familie kenne, sind Sie selbst bei Ihnen mit dem Mietpreis schon einige Monate im Rückstand, Pfui! Wann werden Sie zu Ihrem Gelde kommen? Glauben Sie mir, dass solche Sachen in der Arcisstrasse böses Blut machen.

Nochmals auf Ihren hochgeschätzten Geburtstag zurückgreifend, ziehe ich vor, statt Ihnen mit einem kleinen Geldbetrag unter die Achseln zu greifen, Sie mit einem Bildnis meiner Wenigkeit unter Weglassung der 3 üblichen Böllerschüsse zu übersenden zu wollen. Möge das kleine Geschenk bei Ihnen helle Freude der Tränen aus Ihren geschätzten Augen auslösen, möge das Bild ferner und in aller Zukunft das Glück und das stete Tagesgespräch in Ihrem teuern Heim sein. Zum Schluss aber will ich doch in allem Ernst Herrn Färber jun. alles Gute zu seinem Geburtstag wünschen. Ich habe es noch nicht vergessen, dass Sie mir, genau wie Ihr Herr Vater, schon einmal einen schönen Freundschaftdienst erwiesen haben und bin deshalb
heute noch
Ihr
dankbarer
Karl Valentin

Herzliche Grüsse an die ganze Familie *nebst* Köchin.

Juni 1936 an den Flughafendirektor Franz Hailer

Dem Geburtstags-Flieger!
Unter all den wenigen Gratulanten hatte bis heute keiner den Mut, dem Herrn Flieger Major *Hailer* die richtige Meinung zu sagen, als ich, der ich doch den Herrn bedeutend besser kenne

als er sich selbst. Dass Herr Major, wie es in den M. N. N. steht, der erste deutsche Flieger war, ist schon eine erbärmliche Lüge, denn jedes unerwachsene Kind weiss schon, dass der Schneider von Ulm es gewesen ist. Dass der seit 50 Jahren bestehende Major Hailer auf der Zugspitze gelandet sei, ist wiederum ein Schwindel, denn als genaue Untersuchungen eingeleitet wurden, hatte der Flieger nicht auf dem höchsten Berg unserer spitzigen Zugspitze, sondern auf dem Nockherberg im Salvatorkeller gelandet. Von einem schneidigen Flieger kann auch niemals die Rede sein, denn es gibt nur ein schneidiges Messer, einen schneidigen Säbel etc., aber niemals einen schneidigen Menschen, denn in diesem Falle wäre ja ein Mensch so dünn, dass er wie ein Säbel in einer Scheide Platz hätte. Es kommt ja sehr oft vor, dass ein Mann in einer Scheide Platz hat, aber das hat nichts mit Schneidigkeit zu tun.

Weiter steht in der Zeitung: »Major Hailer hatte auch im Krieg Beschäftigung gefunden«; hier ist wieder die M. N. N. sehr ungenau, denn die Zeitung berichtet nicht, war das im Weltkrieg 1914 oder im Krieg 1870/71. Im Krieg 1866 kann es nicht gewesen sein, da zu dieser Zeit die Fliegerei noch nicht in den Kinderschuhen gesteckt ist. Sehr lächerlich ist auch die Bemerkung der M. N. N., Major Hailer wäre das erstemal *über* die Alpen geflogen; solcher Mist gehört wirklich nicht in die Zeitung, denn jeder klar denkende Mensch weiss, dass nie ein Flieger *unter* den Alpen durchfliegen kann.

Dass Major Hailer 50 Jahre alt ist, ist nach seinem Aussehen ein Ding der Unmöglichkeit. Niemand sieht ihm dieses hohe Alter an. Jeder Münchner schätzt ihn höchstens auf 49 Jahre. Nächstes Jahr kann er evtl. 50 Jahre alt sein, aber dieses Jahr auf keinen Fall, ausserdem er müsste ein Jahr früher geboren worden sein.

Dass Major Hailer den Flugplatz gegründet hat, ist allerdings sein Verdienst; aber durch seine mangelhafte Erfahrung im Flugwesen, hat er den grossen technischen Fehler begangen, dass der Platz an einem falschen Platz ist. Der Flugplatz hätte nach der

Meinung der ganzen Bevölkerung Münchens unbedingt auf dem Karlsplatz erbaut werden sollen; statt dem Trambahnwartehäuschen hätte der Lufthansabau hingehört, der Nornenbrunnen hätte zugedeckt werden können, damit kein Flugzeug ins Wasser fällt.

Herr Major Hailer war nicht der passende Mann für unser Flugwesen; die damalige Regierung hat den Fliegerpiloten Herrn Karlvalendin vorgeschlagen, der aber wegen anderweitigen Verpflichtungen in Amerika und Pullach bei München ablehnte. Wenn Herr Major Hailer die nächsten 50 Jahre (vorausgesetzt dass er nicht pensioniert wird) der Lufthansa nicht bessere Dienste leistet wie bis heute, so ist mit einem Aufblühen der deutschen Fliegerei nur dann zu rechnen, wenn Herr Karlvalendin statt Major Hailer die Sache in die Hand nimmt.

Aber dem Geburtstag des Herrn Major Hailer wünscht von Herzen alles Gute
Nitnelav (bitte den Namen nicht von hinten nach vorn lesen)
Fünfer des Deutschen Reiches.
Karl Valentin

Dasselbe und noch viel Besseres wünscht
Liesl Karlstadt
Sechserin des Deutschen Reiches.

22.1.1937 an den Theaterdirektor Terofal

Karl *Valentin*
Telefon 255 99.

München, den 22 Januar 1937.
Mariannenplatz 4/II.

Mein lieber Freund *Terofal*!

Zu Deinem sehr geehrten Geburtstag übersende ich Dir einige gute Glückwünsche. Dass meine Gratulation zu spät kommt, daran bin ich selbst schuld; ich habe meine Schreibmaschine Jemand geliehen und der hat sie mir so lange nicht zurückgegeben und mit einer fremden Schreibmaschine wollte ich Dir nicht schreiben. Ich ersuche Dich, mir für meine an Dich gesandte Gratulation RM. 3.– einzusenden, da ich aus besonderen Gründen die »Gratis-Gratuliererei« seit Jahren schon eingestellt habe. Sollte ich Bienen 3 Tagen nicht im Besitze der 3.– Mark sein, wäre ich gezwungen, die ganze Angelegenheit meinem Rechtsamwald zu übergeben.

Mit lauwarmen Grüssen
Dein Kollege
Karl Valentin

22.7.1937 an Frau Hundeshagen

Karl *Valentin* — München, den 22. Juli 1937
Telefon 25 599 — Mariannenpl. 4/II

Liebe Frau ehemalige Direktorin!

Ich und wir gratulieren Ihnen zu Ihrem 60sten Geburtstage und wünschen Ihnen alles Gute. Anbei senden wir Ihnen [zu Ihrem hochwohlgeborenen Geburtstage] einen Blumenstock, derselbe gehört zum ansehen und zum riechen.

[D]amit die Blumen nicht welk werden, [anbei] eine junge Giesskanne voll Wasser. [Auf der Gießkanne klebt ein kleines Etikett: Vorsicht! Münchner Wasser nur *äußerlich*, nur zum Blumengießen.] (Bitte das Wasser nicht verdünnen). Der Blumenstock soll alle Tage früh Morgens 6 Uhr und Abends um 7 Uhr gegossen werden. Wenn das Wasser verbraucht ist, senden Sie mir bitte die leere Kanne wieder zurück, welche wieder gratis mit [Brunnen]wasser nachgefüllt wird.

Einige Grüße
Ihr
Karl Valentin

N.B. Liesl Karlstadt kann leider nicht unterschreiben, weil sie leider keinen so langen Bleistift hat, der von Wegscheid b/Lenggries bis nach München reicht. Adresse: L.K. Wegscheid b/Lenggries Haus Ostler.

Herbst 1940 an einen Anonymus

Sehr geehrter Freund!

Anbei sende ich Dir zu Deinem hochwohlgeborenen Geburtstag einen Blumenstock, damit die Blumen nicht welken, eine Giesskanne voll Münchner Brunnenwasser (Vorsicht, nur äusserlich! nicht trinken!!) Der Blumenstock soll alle Tage früh morgens und früh abends 8.61 Uhr, gegossen werden. (Bitte das Wasser nicht zu verdünnen!) Wenn des Wasser verbraucht ist, schicke mir die leere Kanne wieder zurück, weil ich dieselbe wieder gratis nachfüllen werde.

Einige Grüsse
Karl Valentin.

Um den 9. 2. 1941 an den Zeichner und Maler Eduard Thöny

München Nummer 1941

Sehr geehrter, mein lieber Herr Tönis!

Auch ich hätte Ihnen gerne gratuliert, wenn ich sicher wüsste, dass die Sache mit Ihrem 75sten Geburtstag auf Wahrheit beruht. – – –

Im heurigen Kalender 1941 ist Ihr Name »Thönis« *nicht* zu finden, wie ich auch Ihr Alter (75 Jahre) im Telephonbuch vergebens gesucht habe. – – – Es ist traurig von einem Mann wie Sie, der zu solchen falschen Geburtstagsankündigungen greifen muss, um Geschenke gratis zu erhaschen. – – Dass *ich* Ihnen keine Geschenke zu Ihrem werten (fingierten) Geburtstag schenke, beruht auf Gegenseitigkeit, denn Sie haben meiner damaligen Mutter, als *ich* geboren wurde auch nicht gratuliert, trotzdem dass wir uns zu jener Zeit persönlich noch nicht gekannt haben. – – –

Aber, wie dem es auch immerhin sei! – – – Mehr Kriege als drei, haben auch Sie nicht erlebt. Ohne auf Ihren angeblichen 75sten Geburtstag zurück zu kommen, muss ich zu meiner grössten Schande gestehen, dass Ihre Zeichnungen im Simplizissimuss von Minute zu Minute besser wurden, denn Sie haben, was Farbenmalerei betrifft den berühmten Caruso weit übertroffen.

Zum Schlusse wünsche ich Ihnen, ohne mich irgend einer Gratulationsmethode zu bedienen, in aller Ruhe ein weiters Wollwollen an den Tag zu legen; in der felsenfesten Begründung, Sie, der noch lange die Zuhörer der Zeitschrift Simplizissimuss in steter Erfreuung an der Ergötzung Ihrer nie versiegenden Kunst auch in vergangener Zukunft eine bleibende

Erinnerung finden soll. Dasselbe Ihrer werten Frau Gemahlin, die ich extra zu grüssen mir erbitte.
Niederverachtungsleer
Hochachtungsvoll in Freundschaft
unser Karl Valentin

Anbei: *Kein* Geschenk.
Wollte Ihnen trotzdem einen kleinen Blumengruss senden, zu einer Mark – war nicht möglich, da Blumenladen wegen Einberufung geschlossen wurde.

3.2.1932 an die Tochter Bertl

München, den 3. Februar 32.

Sehr geehrte Tochter!
Anlässlich unseres letzten Beisammenseins in München am 5. August 31 gestatte ich mir, jetzt die Rechnung für Deine Existenz gütigst zu übersenden und hoffe, dass Du mit den Preisen einverstanden bist.

Hebammenkosten, bezahlt am 21. Sept. 1910	RM.	20.--
1 kleine Blechbadewanne	» »	6.--
lauwarmes Wasser, 6 Jahre lang, täglich 10 Pfennig	» »	219.--
Schwammbenützung, 6 » » » 5 »	» »	108.50
1 Wickelkissen und Babyausstattung	» »	100.--
Täglich 1 Liter Milch, ca 6 Jahre lang, Semmel-	» »	
mus etc.	» »	438.--
Schmerzensgeld bei Geburt von Mutter billigst		
berechnet	» »	100.--
Schulzeit:	» »	
Einschreibegebühr	» »	2.20

Schultoiletten	» »	500.--
Schulbücher	» »	90.--
Pause Frühstück	» »	
Pause Nachmittagsstück m/ Berücksichtigung	» »	
von Samstag Nachmittag insgesamt 1386 Tage	» »	29.--
bis zu 21 Jahren täglich Mittag- u. Abendbrot à		
RM. 1.-	» »	6550.--
Täglich ab 10 Jahre ½ Liter Bier à 30 Pfg.	» »	1204.50
Taschengeld vom 7.-21. Jahr	» »	1000.--
5 mal photographieren lassen	» »	40.--
Ärztliche Behandlung und 16½ Warzen abätzen		
lassen (rechte Hand)	» »	120.--
Kirchensteuer	» »	200.--
Schulsteuer	» »	150.--
Täglich ⅕ Liter Kaffee à 15 Pfg.	» »	1120.--
Monatlich ½ Liter Wasser unberechnet	» »	--.--
Bubikopf schneiden	» »	5.--
Kopfwaschen 6 Jahre lang, wöchentlich à RM.3.-	» »	936.--
Barauslagen für Kino und Theaterbesuch, Bälle		
etc.	» »	3570.--
Kleidung vom 14.-21. Jahr, pro Jahr RM.500.-,	» »	
incl. Wäsche	» »	3500.--
Unterricht im Schauspiel, pro Stunde RM.12.-	» »	3144--
Unterricht französisch, englisch, Literatur	» »	540.--
Klavier- und Guitarreunterricht	» »	700.--
Reise nach Königsberg	» »	83.--
Briefmarken und Telefongespräche nach Königsberg	» »	150.--
Gesamtsumme:		RM. 24625.20

Bezugnehmend, dass Du mein eigenes Fleisch und Blut bist, habe ich 10 % Ermässigung zugestanden	» » 2462.50
	RM. 22 162.70

Binnen acht Tagen zahlbar, da ich sonst zu meinem Bedauern gezwungen wäre, gerichtliche Schritte zu unternehmen.
Mit vorzüglicher Hochachtung!
Karl Valentin

VII

Autobiographisches und Vermischtes

Karl Valentins Selbstbiographie

8. Februar 1935.

Karl Valentin, Münchner Komiker, Sohn eines Ehepaares.

Karl Valentin erlernte aus Gesundheitsrücksichten im Alter von 12 Jahren die Abnormität und zeigte nach reiflicher Überlegung Talent zum Zeitunglesen.

Sein Hang zur Musik ist alltäglich. Am liebsten hört er zu, wenn er selbst spielt. Seine Leidenschaft ist das Stehlen, welches er sich jedoch vorsichtshalber, ohne je einmal gestohlen zu haben, sofort wieder abgewöhnte.

Kaum den Kinderschuhen entwachsen, kauften ihm seine Eltern, größere. Im Winter trägt Karl Valentin absichtlich gern keine Strohhüte, trotzdem er durch jahrelanges Training in den Tropenländern dazu gezwungen war.

Karl Valentins Eigenheiten sind eigen.

Sein neuester, gedachter Trick, sich während einer Hungerkur satt zu essen, wurde von vielen nachgemacht, aber – Original bleibt Original! – Seine letzte Errungenschaft, die Herausgabe eines Buches: Kleiner Leitfaden zum zweimaligen Wiederkäuen der einmaligen Nahrungsaufnahme des Menschen, wodurch also jedem Menschen pro Tag zwei Mahlzeiten erspart geblieben wären, wurde Valentin vom Verbande Deutscher Lebensmittelhändler konfisziert.

Karl Valentin hat die ganze Welt bereist, mit Ausnahme von Amerika, Asien, Afrika, Europa und sämtlicher anderer Länder.

Auf seiner Orientreise, die er im Jahre 1992, vormittags zwischen halb und dreiviertel 9 Uhr zu machen gedenkt, wird er sich beim Sultan Nachfolger als 110jähriger Mann vorstellen. Mit den Vorbereitungen der Empfangsfeierlichkeiten soll schon in der kommenden Woche begonnen werden.

Etwas von den körperlichen Eigenschaften Karl Valentins zu

schreiben, ist am Platze. Sein Körpergewicht ist unwichtig, seine Größe – länglich; sein Gang – beweglich; sein Charakter charakteristisch; seine Haltung – lächerlich; und sein Hemd farbig.

Er lebt von der Unsinnfabrikation, wie die meisten seiner Mitmenschen, – – Reichstagsabgeordneter gedenkt er bei eventuellem Stellungswechsel immer werden zu können. Valentin leidet an Platzangst – er fürchtet die Angst vor Plätzen, zum Beispiel Kostplätzen für eventuelle ledige oder uneheliche Kinder – – –!

Finanziell will Karl Valentin seine Lage nicht schildern. Außer, vielleicht dem Finanzamt, und hier will er nichts verschweigen und nichts hinzufügen, so war ihm Gott helfe. Amen!

Wie ich Volkssänger wurde

Falk und Fey, Möbeltransportgeschäft in der Münchner Vorstadt Au, Entenbachstraße 63 im ersten Stock links, dort erblickte ich, Valentin Ludwig Fey, das Licht der Welt. Mit vier Jahren absolvierte ich den Kindergarten, mit sechs Jahren steckte man mich widerspenstig in die Volksschule an der Klenzestraße. Meine Schulzeit war für mich eine siebenjährige Zuchthausstrafe, so gern ging ich in die Schule. Hierauf kam ich in die Lehre, in die Möbelschreinerei von Jos. Hallhuber in Haidhausen, und hobelte, sägte, leimte, nagelte – bis ich Geselle wurde. Als solcher verdiente ich mir dann fünf Jahre lang wöchentlich 20 bis 25 Mark. Nachdem ich auch noch bei verschiedenen anderen Münchner Schreinermeistern Gastspiele gegeben habe, entwendete ich bei dem letzten Meister einen Nagel, schlug ihn in die Wand und hing an demselben das goldene Handwerk der Schreiner für immer auf.

Ich fabrizierte mir selbst ein großes Orchestrion mit fast zwanzig Musikinstrumenten aller Art, welche ich durch eigenen Mechanismus fast alle zu gleicher Zeit spielte. Mit diesem Musikapparat reiste ich in verschiedenen Städten Deutschlands und holte mir damit keine Lorbeeren. Arm wie eine Kirchenmaus kehrte ich mit meinem Musikapparat von der Fremde wieder heim und spielte im ehemaligen Esterhazykeller, ganz früher Hirschbräuhalle im Färbergraben allabendlich mit meinem Musikapparat und bekam dafür eine Gage von fünfzig Pfennig pro Abend. In einem Anfall von einem Löwenbräubierriesenrausch zerstörte ich mit einem Holzhackel meinen ganzen komplizierten Musikapparat.

Nach dem Tode meines Vaters mußte meine Mutter unser schönes Anwesen in der Au wegen Hypothekenlast so hergeben, daß uns beiden fast nichts mehr blieb. Sie übersiedelte in ihre Heimat nach Sachsen und ich stand als armer magerer Teufel allein in München, wohnte vier Jahre lang im Handwerksburschenkasino Gasthof Stubenvoll – Fremdenbett à 30 Pfennig pro Nacht.

Mein Brot verdiente ich mir während dieser Zeit mit Zitherspielen und Sonntags ging ich mit einer Komikergesellschaft hinaus in die Provinz. Im Jahre 1907 standelte ich, besser gesagt, ich durfte nach einer Volkssängervorstellung im ehemaligen Baderwirt an der Dachauer Straße ein Stegreifsolo machen, erzählte eine Geschichte von einem Aquarium, spielte Zugharmonika und hatte mit diesen eigenartigen Originalvorträgen einen nicht voraus geahnten Erfolg. Jetzt bekam ich sofort ein Engagement im Frankfurter Hof, Schillerstraße [...] und war dort mit meiner Originalnummer als Schwerer Reiter die Sensation. Meine wirtschaftliche Not hatte ein Ende. – Nach meinem Auftreten im Frankfurter Hof gastierte ich nebenbei noch im Simplizissimus, Serenissimus, Benz.

1911 lernte ich im Frankfurter Hof meine Partnerin Liesl Karlstadt kennen. Ich entdeckte ihr komisches Talent, und wie sie die ersten Jahre meine Schülerin war, so wurde sie später meine Mitarbeiterin und Mitverfasserin meiner Stücke. Mit ihr war es möglich, das bekannte Tirolerterzett »Alpenveilchen«

mit Valentin, Flemisch, Karlstadt herauszubringen, und alle, die es gesehen haben, werden sich gerne erinnern an das komische Bauerndeandl, das in höchst gschamiger Weise das Lied vom Edelweiß sang.

1915 übernahm ich die Direktion Wien-München im Hotel Wagner. Hier fabrizierte ich viele Einakter und Soloszenen, wie Theater in der Vorstadt, das lustige Tingel-Tangel usw .... Später folgten Engagements im Annenhof, Serenissimus, Kammerbrettl, Charivari (Hotel Germania) und Boccaccio, Benz, Monachia, 1922 wurde ich von den Münchner Kammerspielen zu Nachtvorstellungen verpflichtet.

Ein abendfüllendes Theaterstück »Die Raubritter vor München« war der Anlaß, daß ich auch von der Direktion des Schauspielhauses, des Münchner Theaters, des Kolosseums und zuletzt des Deutschen Theaters verpflichtet wurde. Auch nach Amerika sollte ich schon öfters. Aber ich klemme mich zu sehr an das Sprichwort: Komiker bleibe im Lande und nähre dich redlich. Max Reinhardt hat mich ebenfalls schon ein paarmal gerufen, aber i trau mi net. Nur nach Berlin getraute ich mich schon fünfmal, zuletzt im Winter 1929, zweimal war ich in Zürich, zweimal in Wien. Das Reisen habe ich nicht gern, denn ich habe eine große Angst vor jedem fremden Klima. Seit meinem zehnten Lebensjahr leide ich an Bronchialasthma. Schon eine Stunde in einem kleinen engen Eisenbahnabteil zu sitzen unter vielen Menschen, ist für mich furchtbar. Am liebsten würde ich in einem geräumigen Viehwagen, allein ohne jeden weiteren »Mitreisenden« fahren, denn da könnte ich dann ungeniert und pfundweise Asthmapulver inhalieren; und weil mich manche Leute sowieso ein »Viech« nennen, wäre der Raum nicht gar so wunderlich!

Heute mime ich im Kolosseum.

Im Jahre 1926 ist mir ein Antrag vom Nationaltheater München gemacht worden. Ich sollte den Frosch spielen in dem Stück »Die Fledermaus«. Aber ich habe diesen dankend abgelehnt, denn ein altes Sprichwort heißt: Je höher man steigt, desto tiefer fällt man herunter und das will ich vermeiden.

Meine Komplexe

Von Karl Valentin Berlin 1929.

Meinen Sie, ich habe keine Komplexe? Angefangen habe ich nicht als Schauspieler, ich wollt' ja gar nicht zur Bühne, sondern trat als Musikalclown mit einem von mir in dreijähriger Arbeit selbst konstruierten Orchestrion, auf welchem ich 30 Instrumente imitierte, in München vors Publikum. Ich spielte ein Schlachtenpotpourri mit Händen, Füßen, mit dem Mund, mit der großen Zeh, mit dem Gesäß; der Apparat verlangte nämlich die Ausnützung sämtlicher Körperteile. Er wog acht Zentner und hatte nur einen großen Nachteil: Das Publikum war entsetzt darüber, sonst war er gut. In einem Anfall von Bierrausch, wie er sich in meiner Jugendzeit öfters ereignet hat – heute trinke ich ja kein Bier mehr (höchstens Münchener) – zerschmetterte ich die Klamotte mit einer Axt.

Zweite Etappe: Ich wurde Zitherspieler in einem Teesalon in München und erhielt die Prominentengage von einer Rm. 1.– (einer Mark) täglich. 30 Pfennige davon gingen für das Bett ab, das ich in einem Handwerksburschenkasino bezog. Aber ich will ja gar nicht meine Biographie schreiben, das ist ja langweilig. Ich will nur sagen, daß ich damals glücklicher war als heute, weil ich noch keine Komplexe hatte, noch nicht nervös war, weil ich die Welt leichter genommen hab' als jetzt. Heute schätze ich die Welt nach meinem Befinden auf 7 Milliarden Zentner Schwere.

Plötzlich bin ich Schauspieler geworden, warum, weiß ich selbst nit; mir scheint, es hat mich einer »entdeckt«, und von dem Moment an begann auch das Lampenfieber. Ich habe nämlich immer Angst, ob ich nicht steckenbleiben werde. Die Ursache liegt nicht darin, daß ich Angst vor dem Erfolg habe, sondern daß ich nie einen Text lerne. Ich mache mir meine Sachen immer erst auf den Proben zurecht. Die ersten acht Aufführungen hindurch ginge es ja noch ganz gut. Da ist mir die Sache neu, fesselt mich, und ich kann mich deshalb darauf konzentrieren. Dann aber, wenn es in die höheren Aufführungsziffern geht, wird's mir wurscht (Weißwurscht, Blutwurscht oder Leberwurscht, je nachdem), dann ist mir alles egal, und ich fang' an zu »improvisieren«, das ist viel lustiger. Wenn ich nicht meine brave Liesl hätt', die auf alles eingeht, was sie noch nicht weiß, könnte jeden Tag das größte Malheur auf der Bühne passieren.

Außerdem habe ich noch einen lieblichen Angstkomplex. Wenn nämlich was auf der Bühne passiert, was nicht hingehört, wenn einem zum Beispiel eine Perücke herunterrutscht oder irgend was Menschliches passiert (schließlich, die Angst wirkt auf jeden Menschen verschieden), da muß ich so lachen, daß ich mich nicht zurückhalten kann, dann ist es aus mit mir, der sonst über nichts lachen kann. Ein erzählter Witz reizt meine Lachmuskeln nicht, aber so etwas Improvisiertes, da bin ich machtlos, selbst wenn ich auf der Bühne stehe, und muß lachen, daß die Fetzen fliegen und alle anderen mitlachen müssen. Davor fürchte ich mich. Das ist ein Komplex aus der Schule, da habe ich auch immer lachen müssen, wenn der Lehrer mich ernst angeschaut hat. Ein Glück, daß ich nicht zum Militär gekommen bin! Ich hätte herausbrüllen müssen, wenn ein Offizier zu mir gesagt hätte: »Was lachen Sie denn da?«

Vielleicht würden die Leute weniger über mich lachen, wenn sie wüßten, wie mies ich meist beieinander bin, teils durch mein Asthma, das mich quält, teils durch meine Zwangsvorstellungen; es ist eben die ewige G'schicht' vom »Lache, Bajazzo!«, die sich in meinem Leben abspielt. Auch sonst unterscheide ich mich von anderen Schauspielern in verschiedenster Beziehung: Wenn die z. B. wissen, daß ein Prominenter im Theater sitzt, treten bei ihnen oft Hemmungen ein; bei mir da gerade nicht, im Gegenteil! Einmal im Operettentheater am Schiffbauerdamm kam am Abend eines Gastspiels aufgeregt der Direktor zu mir in die Garderobe und sagte mir:

»Valentin – wer, glauben Sie, ist heute im Theater?«

Auf mein Achselzucken nannte er mir den berühmtesten Kritiker Berlins: »Wenn der nur fünf Zeilen gut über Sie schreibt, sind Sie ein gemachter Mann; wenn er Sie verreißt, sind Sie erledigt!«

Ich erwiderte: »Na ja, deswegen gebe ich mir auch nicht mehr Mühe!«

In meinem Kopf ging folgender Gedanke vor sich: Da ich doch so ungern auftrete, ist jetzt vielleicht der glückliche Moment gekommen, daß ich durch eine schlechte Kritik endlich gezwungen sein werde, mit der Schauspielerei aufzuhören. Dann fang' ich eben mein Möbelgeschäft wieder an, das ich früher mal betrieben habe. – Die Kritik fiel allerdings so aus, daß es nicht dazu kam.

Ein Schauspieler, der seine Rolle herunterspricht, zehnmal oder hundertmal, hat es viel leichter als ich; denn wenn er steckenbleibt, wird ihm einfach das vergessene Wort souffliert. Da ich aber meine Rolle jedesmal anders spiele und auch mit anderen Worten, so daß ich, wenn ich einmal schlecht aufgelegt bin, bestimmte Witze, die ich tags zuvor auf der Bühne gemacht habe, nicht mache, so ist es für die anderen ebenso schwer wie für mich, den Kontakt weiterzufinden. Weil ich keine Rolle studiere, kann ich auch nie einen Antrag annehmen, wie er mir erst vor einiger Zeit von Reinhardt wieder gestellt wurde, mich in ein fremdes Ensemble einzufügen. Ich habe schon geprobt wie andere Schauspieler. Aber da fällt mir immer nach einigen Malen was Besseres ein, was man sagen könnte, und dadurch komme ich nie zu einem Resultat. Ist das Theater leer, dann habe ich sonderbarerweise keine Komplexe (sprich: Hemmungen!). Ist es aber voll, dann muß ich immer denken, die Leute auf der Galerie würden den Text nicht verstehen, weil bei einem vollen Haus immer mehr Lärm herrscht. Auch fürchte ich, daß manche Leute die von mir beabsichtigte Wirkung nicht erfassen. So passierte es mir einmal während meines schon erwähnten Gastspiels am Operettentheater am Schiffbauerdamm, daß die Frau eines Berliner Gastwirts, die mich von München her kannte, zu mir in die Garderobe kam und mir sagte: »Wissen Sie, Herr Valentin, ich war heute in der Vorstellung, aber ich muß offen gestehen, es hat mir nicht gefallen. Sie spielen da ein Vorstadtvarieté. Aber ich weiß selbst genau, was Vorstadtvarieté ist, denn ich habe dort meinen Mann kennengelernt, und von den Athleten des Vorstadtvarietés werden immer bessere Sachen geboten, als Sie zeigen. Das ist doch nichts, daß Sie auf einem Dreirad fahren und dabei eine Kerze ausblasen! Und ihr Trompetenblasen hat mir auch nicht gefallen. Das darf Sie nicht beleidigen. Aber wenn man ein Abonnement auf die Oper hat, wie wir es uns glücklicherweise leisten können, da kann einem wirklich so was nicht mehr imponieren!«

Die gute Frau hat die absichtliche Stümperhaftigkeit der Darbietungen auf der Vorstadtbühne im Stück nicht begriffen. Ich war unglücklich darüber.

Etwas Ähnliches ist mir in München mal passiert. Da habe ich in dem einfachen Lokal, in dem ich auftrat, einen Schauflieger gespielt. Ein Flugapparat aus Pappe nahm die ganze, übrigens sehr kleine Bühne ein. Auf dem Programm hieß es:

»Sturzflüge im Zuschauerraum! Eine unerhörte Sensation, noch nie dagewesen!«

Wir mußten natürlich annehmen, es müsse sich jeder sagen, daß man mit diesem Pappeapparat in dem kleinen Saale, der kaum 150 Personen faßte, keine wirkliche Fliegerei durchführen könne. Ein fingierter Impresario stellte mich als Flugkünstler vor, schnallte mir den Fliegerhelm um, und ich wollte gerade das Pappeflugzeug besteigen, als ein ebenfalls fingierter Direktor mit einer aufgeklebten böhmischen Nase im Zuschauerraum aufsprang und nach der Bühne zu schrie: »Was glauben Sie denn? Sind Sie von Sinnen? Die Nummer ist mir doch von Ihnen als ganz gefahrlos geschildert worden, und nun wollen Sie in dem kleinen Zuschauerraum mit Ihrem Mordsapparat herumfliegen? Glauben Sie, ich lasse mir die ganzen Lüster herunterreißen? Vorhang zu!! Ich gestatte das auf keinen Fall!« Der Direktor war so komisch gekleidet und sprach so böhmisch, daß man sofort merken mußte, es war ein Spaß. Aber was wollen Sie, am anderen Tage besucht mich ein Herr in der Garderobe und erzählt mir folgenden Tatbestand: Er war nachmittags bei seinem Rechtsanwalt gewesen, und der hätte ihm berichtet, daß kurz vorher eine Klientin bei ihm gewesen sei, die gestern in meiner Vorstellung war. Sie erzählte dem Rechtsanwalt, daß sie gehört habe, der Direktor habe mir plötzlich das Schaufliegen verboten, und die Dame wollte ihn darüber konsultieren, ob ein Direktor wirklich das Recht habe, einem Artisten, der doch auf seinen Verdienst angewiesen war, die Vorführung seiner Nummer zu verbieten. Sie zahlte dem Rechtsanwalt sogar für die Konsultation! Übrigens war die Dame die Gattin eines Versicherungsdirektors ...

So weit geht die Primitivität des Publikums.

Ein anderes Mal trat ich mit Liesl Karlstadt und mit noch einem Schauspieler als komisches Terzett auf. Wir spielten so falsch, daß es durch Mark und Bein ging, und begaben uns dann, was die Hauptszene war, in den Zuschauerraum, mit einem riesigen Blechteller abzusammeln und dabei unsere Späße zu machen. Ein Schauspieler, der den Direktor spielte, hatte die Aufgabe, uns das in komischer Weise zu verbieten: »Sie haben Ihre feste Gage, und da brauchen Sie nicht abzusammeln bei mir!« Fast jedesmal entstand eine Erregung beim Publikum; die Leute erkannten den Jux einfach nicht und mischten sich aufgeregt dazwischen, wieso man den armen Künstlern diesen kleinen Nebenverdienst verbieten wolle.

Man weiß eben nie, wie man es dem Publikum recht macht.

Und da soll man keine Komplexe kriegen . . .

Anklage v. K. V.

München, den 25. Oktober 1940

Früher, und auch heute im dritten Reich hat jedermann das Recht, mich in der Presse lächerlich zu machen und mich in meinem Beruf als Komiker vor Millionen Lesern als talentlosen Humorkrüppel hinzustellen.

Alle Augenblicke erscheinen, seit ca. 20 Jahren, sogenannte Valentiniaden in den verschiedensten Zeitungen und Zeitschriften, teil[s] mit, teils ohne Bilder. Die idiotischsten Texte, noch dazu in einem haarsträubenden bayerischen Dialekt geschrieben, werden mir angedichtet und alle diese Anekdoten sind natürlich *»wahre Begebenheiten«*.

Seit Jahren sind alle Beschwerden *fruchtlos*. Die letzte Beschwerde ging durch Herrn Reichsleiter Amann, München, der mir in allen Lagen seinen Schutz angeboten hat. Er hat den Schriftleiter des Münchner Abendblattes, Herrn Fischer, der mich offen in der Zeitung *als Affe abgebildet* hatte, (siehe Pause) eine gehörige Rüge erteilt. Aber der Unfug geht ruhig weiter, und die Schriftleitung der Berliner Zeitung schrieb mir » .... aber im Allgemeinen hat eine Schriftleitung das Recht, *ohne Kontrolle* Artikel, in meinem Falle Valentiniaden, von wem sie auch eingeschickt seien, in ihrer Zeitung abzudrucken.« Gut – wenn jeder das Recht hat über einen anderen zu schreiben, dann habe ich auch das Recht und schreibe nun über bekannte Persönlichkeiten jeden Standes, aber im Gegensatz zu meinen, ganz harmlose Anekdoten, natürlich unwahre Geschichten, gleich dem Herrn Schriftleiter Dr. Wahl, der diese scheussliche Anekdote in der Stuttgarter Illustrierten abgedruckt hat.

Anekdote: Herr Schriftleiter Dr. Wahl kam eines Abends in seine Stammkneipe, Weinstube zur blauen Traube. Nach einem tüchtigen Weingelage entfernte er sich. Johlend ging es durch die Strassen Stuttgarts, da frug ein des Weges kommender den Herrn Schriftleiter »Sagen Sie mal Herr Dr. Wahl, ist das da oben die Sonne oder der Mond?« Das kann ich Ihnen nicht sagen, mein Lieber, ich bin hier selbst fremd.

[Komische Berufe]

Seidenraupendompteur
Wasserstoffzuschneider
Gewerbescheinheiliger
Nabelbruch-Kontrolleur
Erdbebensammler
Schlafpulverkanonier
Sauerkrautbetrachter
Himbeerinspektor
Schmetterlingfischer
Vitaminsortierer
Birnbaum-Gymnastiker
Regentropfenzähler
Lampenschirmbeobachter
dreifach.doppel tiefschwarz.
Plattfuss-Statist
Keuchhustenbezähmer
Kirchturmverleiher
Leistenbruchnäherin
Zeitfunkversäumer
Heiterkeitsapostel
Humorservierer
Witzentgegenschleuderer
Unterhaltungsadministrant
Fröhlichkeitsinhaber

Lustbesitzer
Andreas Papp, pensionierter Barfussgänger
Benedikt Whagh, Hundesteuerberater
Josef Nelke, Zuschauer
Korbinian Holzapfel, Passant
Sepp Schwarz, Fussgänger
Karl Mann, Mann ohne Bedeutung
Frau Josefine Gwand, geborene Anzug

Warum sind Optimisten die klügsten Leute

Wenn zur wissenschaftlichen Abhandlung von Opti- und Pessimismus ein nur geringer Abstand in ein, oder besser gesagt, vergleichswidrigen Weise einschneidende Bedingungen gezogen werden sollen, so könnte man in Verlegenheiten absoluter Eindeutigkeitsformen einen Vergleich von eminenten Störungen charakteristischer Persönlichkeiten geben, wie dieselben schon in Urformen geistiger Kapazitätskuriositäten mehr oder weniger Bedeutung zum Ausdruck gebracht haben, ohne eine Weltumsichtigkeitsparallele in vollem Einklang von Individualitätszirkulationen der Zentralstätte der menschlichen Gesinnungsprinzipien den Einschlag in höhere Dimensionen seitens der Struktur männlicher und weiblicher Wesen zu demitieren. Spinozza und Nietzsche waren schon der konträren Meinung, daß Strahlen der ausgedehnten Zellenstaathormone keinerlei Anhalt geben, die Gehirn- und Seelengleichheiten gleichgeschalteter Pygmäen von Spannungszentralen einer Wechselwirkung unterliegt, die bei Pessimisten und Optimisten zu Tage treten und eine Klugheit bei den einen wie bei den anderen Charakterindividuen in Erscheinung treten lassen, die die Wissenschaft von heute immer vor ein unlösliches Problem stellen.

Und so kann man nun ruhig annehmen, daß das Problem zur Erforschung, ob Optimismus die Schlußforderung zur Klugheit bindet, als gelöst und zwar als ungelöst erscheint.

Karl Valentin baut

Es liebt die Welt, das Strahlende zu schwärzen und das Erhabene in den Staub zu ziehn. Und recht hat er gehabt, der Schiller. Was ist man ohne Haus? Nichts! Nicht einmal ein Hausherr; darum gehe hin und lasse dir eins bauen! Aber wohin? – auf den Boden, versteht sich von selbst – auf deutschen Boden, versteht sich von noch viel selbster. Nach dem schönen Walzer von Fetras »Schlösser, die im Monde liegen« – möchte ich handeln. Mein Haus soll im Monde liegen, aber nur bei Nacht, am Tag nur in der Sonne, schon wegen der Bäder. Selbstverständlich würde ich mir statt einem Haus ein Schloß bauen – aber ein Schloß ist größer als ein Haus, braucht man auch mehr Baumaterial. Ich erkundigte mich beim Bauamt, und der Oberbaurat meinte: »Sie können Baumaterial haben, soviel Sie wollen, schon genehmigt, aber nur zu einem Luftschloß.« Aber Luftschlösser sind heute sehr gefährlich, wegen der vielen Flieger. Also Luftschloß kommt nicht in Frage, trotz Materialangebot. Also ein Haus – aber wo? – irgendwo halte ich es am passendsten. Nun ja, der Platz wird sich finden, vielleicht leichter als das Baumaterial. Ist Zement- und Ziegelnot, dann ein Holzhaus – ist Holznot, dann ein Lehmhaus, ist Lehmnot, dann nur kein Lebkuchenhaus wie die Besitzerin des Knusperhäuschens aus der Operette »Hänselein und Gretelein«. Nun ja, es ist ja auch ganz egal, aus was ein Haus gebaut ist, sondern aus wie es gebaut wird. *Modern!* Ich träume von einem zweistöckigen Wolkenkratzerchen, innen hohl, außen hoch, um den Wolkenkratzer herum einen

Garten, in den Garten nur Kaktusse, Disteln und Brennnesseln zur Ersparung eines Hofhundes. Und in unserem Garten soll es sonnig werden. Außer unseren Wehrpflanzen, wie Schwertlilien, Stechapfelkraut, Brennesseln, Dornen und Disteln zum Schutze gegen Einbrecher soll auch das Leben sprießen, und in den Garten stecken wir eine lange Stange, und auf der Stange befestigen wir ein Starenhäuschen. In das Häuschen bohren wir ein Loch, durch das Loch stecken wir Stroh ins Häuschen, eine kleine Sitzgelegenheit vor das Loch. Das ganze Anwesen wird nun so gedreht, daß das Loch gen Osten ist, oben ist ein kleiner Zettel: »Willkommen Braut und Bräutigam – fanget an!« Und ist das Starenpärchen fleißig, und bekommt das Starenmütterchen acht Junge, bekommt es von uns eine Belohnung in Form einer kleinen Kreuzspinne. Mein Ideal wäre ein Haus mit vier Sonnenseiten. Die Idee ist nicht neu, aber zu teuer. Ein Dresdener Architekt hat 1925 ein drehbares Glaskugelhaus erfunden, fünfstöckig, 1 Million teuer. Ich denke mir das meine viel, viel kleiner, so wie ein Jahrmarkskarussell, ringsum gebogenes Glas und statt der Holzpferde und -schwäne Zimmer, Küche, Bad und Kammer, in der Mitte statt der Drehorgel Zentralheizung. Das Haus müßte vor allen Gefahren geschützt werden. Vom Hochwasser, deshalb die Keller als Schiff gebaut (siehe Arche Noah), bei Erdbeben, Speicherräume sind aus Ballonstoff. Durch einen Druck werden 50 Flaschen Wasserstoff (Helium) in die Speicherräume geblasen, der Speicher füllt sich und hebt das Haus in die Luft, so lange, bis das Erdbeben vorüber ist. Gegen Feuer ist es durch Versicherung und Minimax geschützt. Man kann sein Haus gegen alles schützen – nur nicht gegen den *gefräßigen Eisensaurus.*

VIII

Filme und Filmprojekte

K-I-S-. (Katzenjammer-Impf-Serum)

Filmmanuskript von K. Valentin.
Wissenschaftlicher Lehrfilm.

Die Entstehung des Rausches. Dessen Bekämpfung. Öffentlicher Vortrag des Herrn Professors Karl Valentin und praktische Erklärung am eigenen Körper.

1. Bild.

Professor Karl Valentin steht an einem Rednerpult, hinter ihm eine Wasserleitung – rechts von ihm ein Tisch mit vollen Weinflaschen oder Bierkrügen – Tischglocke – Tintenzeug – Ein Glas Wasser. –.

Das Kinopublikum ist in diesem Falle also das Publikum in dem Vortragssaal. Professor Valentin beginnt seinen Vortrag, läutet zuerst mit der Handglocke.

Text – – – – –: Hochgeehreter Zuschauerraum!

Der Alkohol – lateinisch Alko, das Gift, hol, der menschliche Schädel – ist eine flüssige Substanz, welche in grossen Mengen eingenommen, das Hirn des Menschen zu einer verwirrten Masse umwandelt. Durch meine epochemachende Erfindung des »KIS« (Katzenjammer-Impf-Serum-) ist von nun an der übermässige Alkoholgenuss nicht mehr schädlich, denn der grösste Kanonenrausch kann durch eine einzige Jnjektion (Einspritzung in die Kopfhaut) behoben werden. Sie sehen z. B. gegenwärtig an mir einen ganz normal nüchternen Menschen. Beim Austrinken eines Glases reinen Brunnenwassers werden Sie an mir keinerlei Veränderungen wahrnehmen. Auch nicht beim 2, 3, 4, 5, 6, 7, 8, 9, 10 und 11. Glas, nicht einmal bei hektoliterweiser Einfüllung in den Magen. Dem Professor Valentin wird nun von der Wasserleitung aus ein Schlauch in den Mund geführt, aus dem das Wasser in ganz grossem Strom heraussprudelt, während Professor Valentin das Trinken markiert. Grossaufnahme der Augen allein. Die klaren Augen zeigen nach dem Genusse des Hochwassers nicht die geringste Alkoholvergiftung. – Nun meine Herrschaften folgt der Gegenbeweis. Ich führe Ihnen den schädlichen Alkoholgenuss am eigenen Körper wieder vor. Sie werden daraus die stufenweise Verblödung von Flasche zu Flasche selbst wahrnehmen. Im höchsten Stadium des Kanonenrausches, in welches ich mich nun selbst begeben werde, werden Sie Gelegenheit haben, die Katzenjammerbilder (sogenannte Rauschhallunzinationen) beobachten zu können. Der neueste Röntgenapparat, mittels dessen man im Stande ist, Träume, Gedanken, Zwangsvorstellungen im menschlichen Gehirn zu fotografieren, ist dabei von grosser Tragweite.

Grossaufnahme. – Kopf des Professor Valentin mit Röntgenstrahlen durchleuchtet. Das Gehirn wird durch lauter eingefüllte Därme dargestellt in einem grossen, dem Schädel ähnlichem Becken und ist beim Austrinken der ersten Flasche schon etwas beweglich. Bei der Zweiten noch beweglicher, bis bei der zehnten Flasche fällt Professor Valentin total besoffen unter den Tisch.

Grossaufnahme des Gehirns. Katzenjammerbilder. – 6 Teufeln arbeiten in der Gehirnmasse herum. Der eine meisselt von innen die Hirnschale durch, der zweite bohrt mit einem Korkzieher in der Gehirnmasse, der dritte sägt von aussen das Ohr ab, ein anderer Teufel schlägt mit einem Beil die Nase ab, u. s. w. . – –

Hierauf kommt ein zweiter Professor und spritzt dem besoffenen Professor Valentin das »KIS« ein. Nach einigen Sekunden erwacht der Professor aus seinem Alkoholdelirium, bekommt wieder ein klares Auge, und deutet sich stolz auf die Brust.

Meine Erfindung!!! »KIS« ist vorläufig in allen Apotheken noch nicht zu beziehen, – Interessenten und Herren Ärzte, welche sich für dieses Impfserum interessieren, möchten sich an nachstehende Adresse wenden. Bitte zu notieren:

Professor Karl Valentin
Tedhfesnme – Frjgsbejdisjklq – Ksjdhfznvkemy
Mdkaleizemhdwmhdmw.

Szenenbild zu »Auskunft auf der Landstrasse«

Auskunft auf der Landstrasse

»Valentiniade« – Kurztonfilm (100 Meter)

Ort der Handlung: eine Landstrasse.

Die Aufnahme kann direkt im Freien gemacht werden (Vogelgezwitscher). Der Film blendet auf, man sieht eine ganz lange, kerzengerade Landstrasse, auf beiden Seiten Allee-Bäume. Die Strasse wirkt natürlich unendlich perspektivisch. Solche kerzengeraden Landstrassen gibt es in der Nähe Münchens.

Der Film zeigt also ungefähr 10 bis 20 Sekunden diese riesenlange Landstrasse. Das Kinopublikum wartet nun, was da kommen mag und wenn sich nicht die Blätter der Bäume bewegen würden und Landschafts-Geräusche vernehmbar wären, könnte man meinen, man zeige dem Publikum nur eine Photographie. – Aber ganz in der Ferne, also am Ende der Landstrasse, die nur vom Himmel abgegrenzt ist, bemerkt man endlich einen Punkt, der sich bewegt und immer grösser wird. Es dauert wieder eine Zeit, da sieht man schon, dass der Punkt sich zu einer Gestalt entwickelt hat und zwar zu einer Person, die ganz langsam und gemütlich die Landstrasse dahertrottelt. Nun kann man schon unterscheiden, dass es eine männliche Gestalt ist; wenn nun der Mann immer näher und näher kommt, erkennt man, dass es Karl Valentin ist. Langsam, mit suchendem Blick nach vorne, trottelt er daher. Wenn er ganz vorne an der Leinwand erschienen ist, bleibt er an einer Strassenkreuzung stehen und schaut nach links und nach rechts, zieht eine alte Landkarte aus der Tasche, setzt seine Brille auf, muss sich schneuzen, holt am hellichten Tag bei Sonnenschein seine elektrische Lampe aus der Tasche, beleuchtet damit die Landkarte und treibt mit diesen Requisiten natürlich allerlei grotesken Unsinn. – Valentin weiss nun nicht, geht es nach rechts oder links weiter und deshalb frägt er einen gerade des Wegs daherkommenden Bauern:

VALENTIN: Sie, Herr Nachbar, können Sie mir sagen, wo das Dorf Hintergigging ist?

BAUER: Hintergigging? – Wenn Sie nach Hintergigging wollen, dann müassen Sie diese Landstrasse nunter geh'n, immer gradaus – dann komma Sie direkt nach Hintergigging!

VALENTIN: *(deutet)* Da hinunter?

BAUER: Ja, da nunter –

VALENTIN: Ja da komm' ich ja grad her! – Dank' schön!

Valentin geht nun wieder dieselbe Landstrasse zurück, und wenn der kleine Punkt verschwindet, der am Anfang des Films immer grösser wurde, dann ist der Film aus und das Kinopublikum wird sich denken: »Da hat uns der Valentin wieder einmal schön ausgeschmiert.«

Ende.

Kreuzworträtsel

Sparkassenfilm No 7 v. K. Valentin Mai 1943

K.: Also, in dem heutigen *Kreuz*worträtsel sind *Fragen* enthalten, die *kann* man nicht lösen! – Da heisst es: Beliebtes Staatsgebäude –

V.: Das kann nur das Finanzamt sein!

K.: Triumph der Technik *(Anton Zertrümmerung)*

V.: Semmelreibmaschine.

K.: Dann ein Fest der Freude *(Hochzeit – oder)*

Karl Valentin und Liesl Karlstadt in »Kreuworträtsel«

V.: Ehescheidung.
K.: Kaiser Neros Lieblingsspiel *(Schach)*.
V.: Schneider, leih' mir dei' Scher'.
K.: Eine Hafenstadt in Persien?
V.: Magdeburg.
K.: Ärgerniserregender Ort? – Dös bring i net raus! – *(Gerichtssaal)*
V.: Bezugscheinamt.
K.: Was ist eine Plantage?
V.: Wenn sich jemand blamiert.
K.: Eine Pferdeart, die nie ausstirbt?
V.: Der Amtsschimmel.
K.: Haus der Freude?
V.: Freudenhaus.
K.: Wer war die Königung der Keuschheit?
V.: Die Wirtin an der Lahn!
K.: Treuer Mann? Simpel der Ehe.
V.: Eunuche.
K.: Leicht erlernbares Musikinstrument?
V.: Schellenbaum.
K.: Wieso?
V.: Den braucht man nur tragen.
K.: Schwar[z]arbeit?
V.: Kaminkehrer.
K.: Eulenart? Uhu –
V.: Schwiegermutter.
K.: Kristallklares Gebilde?
V.: Nasentröpferl im Winter[.]
K.: Wässrige Substanz?
V.: Dümmbier[.]
K.: Trostloses Fahrzeug?
V.: Auto ohne Benzin.
K.: Gutmütiges Tier?
V.: Ein Schaukelpferd.
K.: Eine segensreiche Einrichtung?

V.: Ein Brausebad!
K.: Aus neun Buchstaben!
V.: Der Kuss.
K.: Nein! Das ist eine unhyginische Tätigkeit.
V.: Ich hab's! – – – Eisernes Sparen.
K.: Stimmt!

Ehrgeiz

Roman oder Film von Karl Valentin (Skizze) 1945.

Norbert ist das Kind einer armen Familie, schon mit 3 Jahren deutete er in alten Zeitschriften auf die schönen abgebildeten Autos. »Audi« stammelte er und zum Christfest schnitzte ihm der Vati aus einem Klumpen Holz ein kleines Auto bemalte es scheckig mit Oelfarbe, die grosse Freude wurde noch grösser als er es seinem ebenbürdigen Spielkameraden vorführte. Drei Tage nur dauerte dieser Kinderstolz, denn der kleine 7 jährige Rudi von der Villa des Barons Stöckl fuhr am Spielplatz vorbei mit einer kleinen Luxuslimousine. Rudi sass im Auto und fuhr ohne Ross und Benzin, er brauchte nur treten. Norbert verachtete seinen Wagen, liess denselben am Spielplatz stehen und lief weinend zur Mutti und erzählte ihr er möchte auch so ein Audi wie Rudi. Dieser Vorgan[g] legte bei dem kleinen Norbert nicht das schändliche Samenkörnchen des Neides sondern des Ehrgeizes in seine Seele und wucherte weiter wie ein böses Unkraut. Nach drei Jahrzehnten erblühte die Giftpflanze Ehrgeiz, die die Seele eines Menschen vernichten kann. Norbert war älter geworden, sein Autofimmel blieb bei ihm. »Was willst Du für einen Beruf ergreifen« frug man ihn als er aus der Schule kam. Natürl[ic]h nur Chauffeur. Des Menschen Wille ist sein Himmelreich. Er wurde es. »Herrschafts-Chauffeur (gelernter Automechaniker)« stand in der Zeitung. Bald stand Norbert an der Werkbank und war mit grosser Begeisterung stets bei der Sache; aber sein Arbeitskamerad neben ih[m] war leider geschickter, deshalb reparierte dieser die schönen Luxus-Limousinen und er nur alte Lieferwagen und dergleichen. Gekränkter Ehrgeiz. – So ging es in seinem Berufsleben immer weiter. Immer wenn er glaubte – Jetzt – kam es wieder anders. Es war gar nicht so, dass er selbst ein Herr sein sollte, nur Knecht, aber ein Chauffeur, der ein schönes Auto führen wollte. In der Chauffeurschule war er selbstverständlich, sein Wunsch, Fahrer eines grossen Luxusautos zu werden, wurde vom Lehrer der Fahrschule etwas spöttisch beantwortet. »Ein Chauffeur muss jeden Kraftwagen führen können und sei es ein Kehrrichtwagen«. Norbert sah sich aber immer im Geist in feiner Livree evtl. so[ga]r mit feinen Goldschnüren behängt, Chauffeur eines Fürsten oder noch höher, eines Königs oder gleich gar eines Kaisers. Träume sind ja erlaubt. Tatsächlich wurde irgendwo durch irgenswie eine Chauffeurstelle frei und zwar bei Universitätsprofessor von Glut. Norbert wurde sein Chauffeur, er stand vor dem Spiegel, seine Augen hatten Hochglanz angenommen und Norbert sagte bei sich: »Man muss nur Geduld haben«. Glüc[k] kennt er aber gar nicht, denn Glück und Glas wie leicht bricht das. Schon nach einigen Tagen berichteten die Zeitungen in Schlagzeilen den Ausbruch des Krieges. Norbert wurde militärverpflichtet, Kraftfahrabteilung. Statt mit einer schönen Luxuslimousine auf den neuen Autostrassen zu fahren musste er gefährliche Munitionsladungen an die Fronten fahren. Aber das Glüc[k] war ihm wieder hold. Er bekam eine neue Zustellung und durfte seinen Lastwagen mit dem schönen Wagen eines Generals vertauschen, bekam auch eine feinere Uniform und fuhr mit Stolz an den Nachschubkolonnen der Lastautochauffeure vorbei. Wieder dauerte es nur einige Wochen, der Feind rüc[k]te ins Deutsche Reich ein unsere Soldaten mussten zurück, immer weiter zurück, der Generalstab ebenfalls und auf der Flucht durch eine kleine Stadt, es war seine Heimatstadt, die er trotz der vom Terror verwüsteten Häuserruinen sofort erkannte. Er bat seinen General ob er einen kleinen Umweg fahren dürfte um zu sehen, ob sein Geburtshaus noch steht und seine Familie noch lebt und fuhr, als er die Bitte bejaht bekam, durch die Ruinen dorthin. Seine Nerven hatten seine gewohnte Fahrsicherheit in dieser Situation gestört, er blic[k]te scheu an die Häuserreihen und seine Augen suchten das Heimathaus. Da lief ihm von der linken Seite ein spielendes Kind direkt in den Wagen hinein. Ein Schrei einiger Passanten. Norbert stieg zitternd aus dem Wagen, zog das tote Kind aus den Rädern und mit dem Kind eine Schnur an welcher ein kleines aus Holz geschnitztes Auto hing. Es war dasselbe Auto, das Norbert als Kind zum Weihnachtsfeste bekommen hatte. Mit stierem Blick betrachtete Norbert das kleine Spielzeug. (Ende des Films).

Immer belegt

Kurztonfilmscene für die Wochenschau – gespielt von Karl Valentin und Liesl Karlstadt 1948

Auf einem kleinen Tischchen in einer Zimmerecke steht ein Telefonapparat.

Valentin sitzt schwitzend davor und wählt wie wahnsinnig an der Scheibe herum und spricht: das ist ja zum verzweifeln […] Liesl Karlstadt steht gemütlich daneben und redet ihm gut zu »Sei doch nicht so aufgeregt, nur alles mit Ruhe.[«]

V. schreit – Mit Ruhe – seit 2½ Jahren rufe ich die Nummer an – immer belegt – haut das Hörrohr auf den Apparat, daß es entzwei bricht.

K. Beruhige dich doch[.]

V. wählt nochmal aber greift in die Scheibe nur mit der Fingerspitze weil die Scheibe von dem vielen Drehen schon glüht und ruft und schreit – Endlich eine Verbindung – – – wer ist dort – Frau Meier Hebamme, – – – da bin ich falsch entbunden, a falsch verbunden – haut Hörer wieder auf den Apparat und schreit, das ist ja zum Haarausreissen reißt sich mit beiden Händen büschelweise die aufgeklebten Haare vom Kopf – versucht nochmal zu wählen aber der Apparat brennt schon in hellen Flammen.

K. [(] gemütlich lächelnd) Es brennt! es brennt! – ruf schnell die Feuerwehr an (liest aus Telefonbuch [)] – Feuerwehr Rufnummer 22 222

V. probiert zu wählen aber es geht nicht mehr[.]

K. Nur Ruhe – dann löschen wir eben selber (holt vom Fensterbrett ein kleines Gießkännchen welches neben den Blumentöpfen steht, geht zum bren[nen]den Ap[p]arat und gießt auf den bren[nen]den Apparat Wasser und sagt zu Valentin Siehst Du? Mit der Ruhe geht alles viel besser[.]

Bild von Valentin betrachtet mit stierem Blick die Katastrophe[.]

Bild wird langsam abgeblendet[.]

Ende

Der Flug zum Mond im Raketenschiff

Technische Bühnenneuheit

von

Karl Valentin und Liesl Karlstadt.

Entstanden: August 1928.

PERSONEN:

1. Pilot	Karl Valentin
2. "	Liesl Karlstadt
Bürgermeister	Rückert
Oberregierungsrat	Pfafferl
Schutzmann zu Pferd	Trösch
1. Photograph	Flemisch
2. "	Junker
Fliegerbraut	Pegory

Stadträte – Musiker – Zeitungsmann

Ort der Handlung: Oberwiesenfeld
Abends 6 Uhr.

II. Szene spielt im Film
III. " Absturz auf der Bühne.

Wind geht. Karlstadt kommt mit grosser Ölkanne und füllt ein. Valentin schmiert Propeller, Seitensteuer, Fernrohr, Globus, Fähnchen und Zigarettenetui. K. fängt einstweilen an einzupacken.

V. Horch nur grad, der Wind. Ausgerechnet weil wir starten wollen muss ein solchener Wind gehen.

K. Geh, du wirst dich doch vom Wind nicht abhalten lassen.

V. Müssen wir morgen fliegen[?]

K. Geh red kein Schmarrn, morgen kann auch ein Wind gehn.

V. Dann fliegen wir halt übermorgen.

K. Weisst du das so gewiss, dass übermorgen kein Wind geht?

V. Übermorgen geht selten ein Wind.

K. Jetzt mach und helfe mir einpacken, ich weiss nicht, du druckst immer so rum. Du tust grad, als ob wir bloss nach Grünwald nauf fliegen täten. Wir fliegen doch direkt ins Ungewisse.

V. Wohin[?]

K. Ins Ungewisse.

V. Die ganze Zeit hast gsagt wir fliegen zum Mond. Jetzt fliegt er auf einmal wo anders hin.

K. und V. packen mitsammen ein (Zwei Worte, Rauscher, Schlicht, Trinke Spaten, Grammophonplatten von Hieber, Schinken, Odol (Maggi)[,] Eckel Weine usw.)

V. Tu net alles hint nein, sonst schnackeln wir um.

Sie packen immer schneller ein.

K. Ja, wieviel willst denn noch mitnehmen. Es geht ja schon nichts mehr nei.

V. *(legt noch ein Paket hin)* Dös muss noch nei.

K. So, jetzt is aber Schluss. Für meine Füsse brauch ich doch au[ch] an Platz.

V. Geht gar nix mehr nei?

K. Na.

V. Saxendi auf des Packl gehts jetzt z'samm. *(Bringt ein ganz kleines Päckchen zum Vorschein.[)]*

K. Wenn ich dir sag, es geht nimmer nei, dös nehmen wir halt das nächstemal mit.

K. *(geht mit Kiste ab. – V. geht zum. Fernrohr und schaut hinein. – [)]*

K.. [(]kommt wieder.[)]

V. Ja, was is denn dös, ich seh kein Mond. Mit freiem Aug seh ich ihn schon aber im Rohr drinn net. Nicht einmal verschwommen.

K. Dann hast halt nicht richtig eingestellt; wennst richtig einstellst, brauchst bloss neinschaun.

V. Dann siehst nix.

K. Ja, da sieht man wirklich nix. Hast es kaputt gemacht?

V. Na. *(schaut wieder in das Fernrohr, während K. am anderen Ende herumschraubt, tut den Deckel runter.)*

K. Der lasst an Deckel drauf, da glaub ich freilich, dass d' nix siehst. Wenn Du herunt schon so dappi bist, möcht ich dich erst droben sehn.

V. Der ghört ja drauf. Wie wirs kauft haben, war er drauf, der ghört zum Schutz für das Glas.

K. Ja, aber wenn d' neinschaust doch net.

K. Vergessen hast ihn halt.

V. [S]iehst, so was ähnliches ist mir schon passiert, das ist genau so wie das, nur wieder anders. Da bin ich im Hofbräuhaus g'wesn und hab mir Weisswürscht kauft. Moanst ich hätts essen können? Ich hab's net nunterbracht.

K. Warum nicht? Warens z'hoass?

V. Na, aber ich hab vergessen, dass ich's Maul aufmach.

(K. nimmt das Dekorationstuch vom Flugzeug fort und räumt es auf. V. hat mittlerweile das Fernrohr umgedreht und schaut verkehrt hinein.)

V. Wie weit meinst du, dass der Mond weg ist?

K. Das weiss ich schon. 383000 km.

V. An Schmarrn. Wenn wir in der Sekunde 1000 km fliegen, dann sind wir in 10000 Jahr noch net droben, so weit ist der weg. Schaug nei, wennst es nicht glaubst.

K. *(schaut hinein)* Du schaugst ja verkehrt nei.

V. Meinst, dass das was ausmacht?

K. Freilich *(dreht es herum)* Jetzt musst neinschaun!

V. Ja, jetzt brauch ma nimmer nauffliegen, jetz ist er so wie so schon da. *(Geht hinters Fernrohr und zeigt mit der Hand, wo der Mond sich befindet.)*

(Wind geht)

K. Ja horch nur grad, der Wind.

V. Nach die Winde dürfen wir uns nie richten. Was hätt denn da der Globus getan, wie er nach Amerika nüber ist und hat Amerika entdeckt. Wie ihm seine 13 Brieftauben auskommen sind.

K. Wer?

V. No, der Christian Globus, der Amerika erfunden hat

K. Du spinnst ja, du meinst an Kolumbus.

V. Na, der hat Globus g'heissn, habn wir in der Schul g'lernt.

K. Ja, wo du in d' Schul gangen bist. Da schau hin *(deutet auf den Globus).* Diese runde Pappendeckelkugel ist der Globus und der wo Amerika entdeckt hat, war der Kolumbus.

V. *(deutet auf den Globus)* Dös is der Kolumbus.

K. *(geht und bringt Raketen.[)]*

V. Gib fein Obacht, der Feuerwerker Burg hat gsagt, die sind mit dem stärksten Pulver g'füllt. Da wenns eine z'reisst, sind von uns nicht einmal mehr Fäserl da, viel weniger Antome. Und dann hat er g'sagt, wir dürfen keine Zigarre, Zigarette hinbringen, also überhaupt kein Feuer, nicht reiben, stossen, nicht fallen lassen und nicht berühren.

K. Ja, berühren muss mans ja, wie willst du sie denn sonst einsetzen.

V. Das ist's ja eben.

K. Berühren darf man's schon, müss'n mir halt vorsichtig sein, da ziehn wir halt die Handschuh dazu an.

(Beide ziehen die Handschuhe an.)

K. Setzt du sie ein?

V. Ja. *(Dabei fällt ihm, die Zigarette in die Raketenkiste.[)]* Jessas!

(Beide werfen die Raketen raus und suchen die Zigarette.[)]

K. Da liegens jetzt.

V. Und wir waren auch bald dag'legen. Da wären wir aber weiter kommen als wie zum Mond, da wären wir direkt ins Jen[s]eits hinüber.

K. Mir halt er die ganze Zeit einen Vortrag und dabei lasst er die brennende Zigarette neinfallen.

V. Wennst mich du so saudumm fragst und da ist's mir halt rausg'fallen aus'm Mei.

K. *(wirft mit Wucht eine Rakete in die Kiste)* 's ist ja wahr, auch mich warnst immer und er lasst die Zigarette hineinfallen.

V. *(wirft ebenfalls eine hinein)* Deswegen brauchst auch net glei so umeinanderz'werfen.

(Beide legen in Zeitlupe die Raketen in die Kiste[)]

V. 9 Stück sind schon drin, wir brauchen nur noch 3.

K. Was willst mit 3. Da kommst höchstens nach Rosenheim.

V. Hast Du eine Ahnung vom Mondflug. Über Rosenheim kommen wir gar nicht. *(Legt die erste Rakete ein)* Noch eine.

K. *(stösst die dritte fest auf den Boden).*

V. So, so, hau nur fest hin, das machst net lang.

K. Horch, da ist ja kein Pulver drinn[.]

V. Die hat höchstens der Lehrbub gmacht. *(wirft sie weg. K. gibt ihm noch eine. Alle 3 schmiert V.)*

K. *(trägt die Kiste fort und kommt gleich wieder.[)]*

V. Weisst du, was mich wundert, ist dir noch nichts aufg'fallen.

K. Dass keine Leut da sind?

V. Ja, bei so einem wissenschaftlichen Werk kommt keine alte Sau. Bei einem Mondflug. Ein Maskenzug wenn ist, da stehen die Leut' schon um 5 Uhr früh am Marienplatz. Wir, wo unser ganzes Können eingesetzt haben und unser ganzes Vermögen, 600 Mark, neigeschustert haben, da kommt kei Mensch. Mei Braut ist auch nicht da.

K. Vielleicht haben's d'Leut net g'wusst.

V. Freilich, es ist ja überall ang'schlagen.

K. Das ist jetzt nur so dumm, wenn wir wegfliegen und wir kommen nimmer, weiss kein Mensch, wo wir sind.

V. Nacha kommen wir halt net in'd Illusterierte.

K. Weisst was, jetzt ist noch kein Mensch da, jetzt könnten wir einen Probeschuss abgeben, damit wir sehn, obs funktioniert.

V. Tat ich nicht! Tat ich nicht. Bedenk einmal, wir haben 12 Raketen, davon schiessen wir jetzt eine ab, dann haben wir noch, 12 weniger 1 ist 11, 11 Raketen. Jetzt sind wir vielleicht so weit vom Mond weg *(zeigt, wie weit)* und wir haben die 11 schon abg'schossen, jetzt brauchten wir die zwölfte, – schon flagg mer herunt.

K. Ach geh, die eine darf nichts ausmachen. Weisst ich mein, wenns den Apparat z'reisst, dann könnten wir noch g'schwind davonlaufen.

V. Ja, wenn du unbedingt meinst, so kannst ja einen Probeschuss abgeben. Ich muss sowieso noch was besorgen. *(Will gehen)*

K. So ein Feigling bist du. Zuerst hast g'sagt, willst allein fliegen, Und jetzt traut er sich kein Probeschuss abgeben.

V. Weisst, mir ist's ja nur wegen dem z'reissen.

K. Das bin ich auch noch net g'wohnt. Wir müssen halt vor allen Dingen das Flugzeug festhalten.

V. Ja, das wirst du derhalten können, wenn die Raketen naussaust.

K. Wir müssen halt d'Brems auch noch neintun. So und jetzt lass krachen.

V. Ich hab schon mehr Probeschiß als Probeschuß.

K. Jetzt halt Dir die Ohren zu – –

V. Wie kann ich die Ohren zuhalten, wenn ich einschalten muss.

K. Na machst halt d'Augen zu!

(Geben einen Schuss ab und laufen dabei nach vorwärts, als ob das Flugzeug schon starten wollte, während V. schimpft und beide das Flugzeug an den alten Platz schieben, reitet Schutzmann herein)

SCHUTZM.: Himmelsabrament, was ist da los? Wer hat da geschossen?

K. u. V.: Mir.

SCHUTZM.: Ja, san denn Sie d'Mondflieger und wollen da herhint starten, wo's doch g'heissen hat, der Start ist auf dem Flugplatz Schleissheim *vorm* Fliegerschuppen. No dazu warten Behörden und hunderttausend Menschen schon 3–4 Stund lang.

V. *(hat sich einstweilen dem Gaul genähert, streichelt ihn)* Ja, wo is er denn? *(Nimmt auch noch den Vorderfuss.)*

K. Ja, *vor* dem Schuppen können wir nicht starten.

SCHUTZM.: Warum denn nicht, erklärens mir das amal.

V. Vorm Fliegerschuppen gehts nicht, bedenkens amal, wenn da eine Rakete in den Schuppen saust, wo 100 Benzinfassl drinstehn. Da tät's uns alle dabreseln.

SCHUTZM.: Ja, so g'scheit bin ich schon selber[.] Aber dös ko doch koa Mensch net schmecka, dass Sie dahinten wegfliegen wollen, derf halt sofort nüberreiten auf die andere Seiten und Meldung machen, dass alles da rüberkommt. Wann wollens denn startend?

V. *(unterbricht)* Is mei Braut auch drüben?

SCHUTZM.: Was kümmert mich Ihre Braut. Ich möchte wissen wann sie eigentlich starten wollen.

K. In zehn Minuten.

SCHUTZM.: Was? In 10 Minuten. Da darf i aber schaun, dass ich nüberkomm.

V. u. K. *(schauen sich an)*

K. Dass doch bei uns gar nix klappt.

V. Ich kauf mir derweil a Mondhalbe, bis d'Leut kommen *(wollen, gehn[)]*

(Geschrei. Die Mauer schiebt sich über die Bühne, der Schutzm. V. u. K. drängen die Leute zurück und schimpfen.)

1. PHOTOGR. Verzeihen sie, sind sie die Piloten?

V. Ja. Mondpiloten – [V]ollmondpiloten.

1. PHOTOGR. Könnte ich Sie vielleicht Filmen?

K. Aber schnell muss gehn. Wir haben nimmer lang Zeit.

2. PHOTOGR. *(stellt sich vor den ersten. Beide streiten um den Platz.)*

SCHUTZM.: Halt, streits net lang, stellts euch nebeneinander hin.

1. PHOTOGR. So, jetzt bewegen Sie sich. Rauchen Sie eine Zigarette oder tun Sie sonst was. Nur nicht ruhig halten.

2. PHOTOGR. So, jetzt machen Sie eine schöne Pose und bitte ganz ruhig stehen bleiben.

1. PHOTOGR. Sie sind wohl verrückt. Kann ich nicht brauchen. Bewegen.

2. PHOTOGR. Ruhig halten.

1. PHOTOGR. Bewegen.

2. PHOTOGR. Ruhig halten.

V. Ja, was sollen wir jetzt tun, wir können uns doch nicht während dem ruhig halten bewegen. Machens halt sie z'erst und dann sie!

1. P. Achtung! Aufnahme! *(V. u. K. verrenken sich die Glieder)* Danke!

2. P. So und jetzt eine schöne Pose *(V. hält mit der Hand K. das Gesicht zu)* Nicht so. Jetzt ist's hübsch. 1, 2, 3 Dankeschön.

(Von hinten: Auto-Hupe, Hurra-Rufe. Musik und Behörden marschieren auf.[)]

SCHUTZM. *(drängt wieder die Menschenmauer zurück – Musik spielt weiter – Schutzmann reitet wieder vorbei. Das Pferd wird scheu, rennt die Leute um, wirft Kinoapparat um .. – Scherben – Musik aus. Begrüssung.)*

OBERB. Gestatten Sie: Oberbürgermeister, Herr Oberregierungsrat, Herr Vorderregierungsrat, Herr Hinterregierungsrat. Einen Moment bitte. *(Betritt Rednerpult):* Meine Herren Stadträte! Meine Hochwohlgeborenen Flieger und sehr geehrte Zuschauermassen! Und so beschliesse ich meine Rede mit den Worten: Den beiden tollkühnen Fliegern ein dreifaches Mond-Heil.

(Ein Tusch)

(Schutzmann reitet verkehrt vorbei und verliert Pferdeäpfel[)]

2. PHOTOGR. *(nimmt die Äpfel auf)* Man kann nie genug Bilder für die Illustrierte haben.

OBERB. Bitte Herr Oberregierungsrat, nehmen sie Besen und Schaufel und entfernen Sie hier diese störende Kleinigkeit.

OBERREG. *(kehrt zusammen und will gehen).*

V. Ha, Sie, da haben's oa vergess'n. *(Nimmt mit der Zange einen auf und legt ihn auf die Schaufel. Oberreg. legt Besen weg und legt einen mit der Hand auf die Schaufel.)*

OBERB. Bitte, meine Herren, wenn Sie so freundlich wären und uns einige Details über den geplanten Flug und über das Flugzeug selbst zum Besten geben wollten.

V. Ja, da wollen wir nichts sagen drüber, das ist ja sozusagen ein Geheimnis.

OBERB. Glauben Sie, dass der Flug gelingt.

K. Natürlich. Die Voraussetzungen sind ja alle da. Mir sind da – das Flugzeug ist da – der Mond ist da.

V. Das einzige Hindernis ist die Entfernung von der Erde zum Mond.

Oberb. Und haben Sie die Hoffnung, dass Sie wiederkommen.

K. Ja, die Hoffnung die müssen wir ja haben.

V. Die Hoffnung ist das Wichtigste. Wichtiger, wie die Raketen und das Flugzeug. Wir haben halt 12 Raketen und 1 Stück Hoffnung

Oberb. Sie glauben also mit Bestimmtheit, dass Sie hinaufkommen

V. Na, ja, ganz nauf will ich grad net sagen – runter kommen wir bestimmt, wenn wir naufkommen.

Oberb. Und dennoch möchte ich Sie gebeten haben, uns wenigstens einige Äusserlichkeiten vom Flugzeug zu erklären.

V. *(zögert)*

K. Erklär's ihm nur, der verstehts ja doch nicht.

Oberb. Wie bitte?

V. Er hat gemeint, es wird schwer zum verstehen sein. Also, das ist ein Ölkandl. Das ist die Seitensteuer – das ist die Einkommensteuer – na, das Höhensteuer. Das ist das Steuerrad. Also Sie sehen, wo man hinschaut, nix wie Steuern. Das ist der hintere Führersitz, das ist der vordere Führersitz. Der hintere Führer sitzt immer hintern vordern Führer, ausser, das Flugzeug ist verkehrt, dann sitzt der hintere Führer *(besinnt sich)* auch hint. Das sind die verschiedenen Manometer, – das is der oa, – das is der ander, des is der dritte und der, des wissen wir selber noch net, zu was der g'hört. Da müssen wir erst d'Gebrauchsanweisung lesen. Das ist die Antenne, mit der wir die Nachrichten von der Erde empfangen und das ist das Mikrophon. Mittels diesem können Sie alles hören, was uns im Äther begegnet. Wir sprechen alles hinein und auf jedem Flugzeugschuppen der ganzen Welt stehen grosse Lautsprecher, da können sie alles hören.

K. Wart, ich fürs ihm vor. Also ich schalte *(jetzt spricht Lautsprecher mit)* ein. Ich spreche Ihnen jetzt eine kleine Probe vor. Sehr geehrter Herr Bürgermeister. Wir werden jetzt zum Mond fliegen. Schluss *(Lautsprecher allein)* Gute Reise!

(Allgemeines Erstaunen)

V. Jetzt das is gut. Der red ja mehr, als ma neinred – – Ah, jetzt weiss ich's da wird von Gestern noch a Trumm Gespräch dring'wesen sein und das ist mit raus'grutscht.

Alle miteinander: Das ist ja grossartig, das ist fein usw.

V. Und dann sind wir noch ganz raffiniert ausgestattet. Sehen Sie hier haben wir die Raketen. Funktionieren die Raketen nicht, so fliegen wir mit dem Benzinmotor weiter. Funktioniert der Benzinmotor nicht, so fliegen wir mit den Raketen weiter. Gehn der Motor und die Raketen nicht, dann fliegen wir sowieso.

Oberb. Das ist ja ganz fein ausgedacht.

V. Sie sehen also, wir haben alles, was andere Mondflieger nicht haben.

Oberb. Andere Mondflieger?

V. Ja, so, wir sind ja die ersten.

Oberb. *(in Positur)* Die Stadt hat mich beauftragt, für die Kollossalen Verdienste im Flugwesen, Ihnen den Mondraketenflugzeugverdienstorden anzuheften.

V. Das ist noch zu früh, lassens uns erst naufkommen.

Oberb. Bitte, verderben Sie uns die Freude nicht. Wir sind ja froh, wenn wir losbringen. Also bitte. *(Musik-Tusch.)*

V. Nacha is was anders. *(Lässt sich photographieren)*

Oberb. *(zur K.)* Auch Ihnen ist ein solcher Orden zugedacht[.] *(Musik-Tusch)* Und meinen herzlichsten Glückwunsch.

V. Also jetzt müssen wir's packen. Jetzt dürfen wir nicht mehr lang rumdreckeln. *(Verabschiedet sich von allen Honoratioren, von den Photographen, von K.)*

K. Ich flieg ja mit.

(verabschiedet sich von Schutzmann und Souffleur, dann fängt er zu weinen an. K. tröstet ihn.)

Oberb. Gestatten Sie eine Frage. Warum ist Ihr Freund auf einmal so bedrückt.

K. Er wartet schon den ganzen Tag auf seine Braut und die ist immer noch nicht da. *(Zu V.)* Schau, vielleicht ist sie unter den Leuten.

V. *(Sucht unter der Menschenmauer und ruft)* Braut, Braut, Marie! *(Weinend kommt er zurück und steigt ins Flugzeug)*

Oberb. Gute Reise!

V. Was sagens?

Oberb. Gute Reise!

V. Ich versteh Ihna net.

Oberb. Gute Reise!

V. Ah So – – ja, ja *(lässt den Motor anlaufen.)*

Oberb. Halt! Halt! Sie können doch unmöglich in die Menschenmenge hineinfahren. Da sind 100 Personen tot.

V. Ach, übertreibens nur net. 10 oder 15 kanns ja derschlagen aber mehr net.

(treiben die Menschenmenge zurück.)

Währenddem kommt die Braut. Er macht ihr Vorwürfe. Sie herzt ihn und weint. Heult. Er weint auch.)

Braut: Schatzi, geh nicht fort von mir.

V. Ich geh ja nicht, ich flieg ja.

Braut: Denk doch an unsere Kinder! *(und weint)*

V. Bitte, Herr Oberregierungsrat, nehmens Ihnen um meine Braut an. *(Braut fällt Pfafferl um den Hals und heult laut auf.[)]*

V. Marie, Marie, sei vernünftig – – Sei ein Mann.

Oberb. Und jetzt meine verehrten Zuschauer, wenn Sie die Flugplatzsirenen zum drittenmal heulen hören, werden die beiden Tollkirschen, ah, tollkühnen Flieger schussartig den Erdball verlassen. Also los! *(Erstes Zeichen. Propeller läuft an, dann plötzlich abstellen.)*

V. *(steigt aus dem Flugzeug)*

Alle: Was ist denn los, ist was passiert?

V. Ich muss mich noch rasieren lassen.

(Zweites Zeichen)

(Braut fällt in Ohmnacht, K. erfrischt sie mit Ölkandl.)

Zeitungsmann: Das Neueste vom Neuen. Der S. S. P. eine totale Mondfinsternis!

(Propeller abstellen)

Bürgermeister *liest:* Heute den *(so und so vielten)* eine totale Mondfinsternis *(Zwischenrufe:* Das wäre ja heut) Ja da schauns nauf. Mond verfinstert sich. *(Allgemeiner Tumult. Sie können nicht fliegen usw. Braut freut sich.)*

V. Mir fliegen doch.

(Mond finster. Raketen krachen. – Musik: Muss i denn zum Städtele hinaus.)

Vorhang zu.

(Flugzeug wird abgeschoben.)

Vorhang auf und alles auf der Bühne geht ab.

Schreien alle: Mondheil – Auf Wiedersehen.

Vorhang zu. Raketenflugzeug. (Trickfilm[)] fliegt von der Erde weg und nähert sich dem Mond, stößt an.

Film. Absturz

Vorhang auf.

V. und K. kriechen unter den Trümmern heraus. Halten die Glieder[.]

K. nimmt Schinken.

Vorhang zu.

Vorhang auf.

Oberbürgermeister nimmt ihnen die Orden wieder.

Finis.

Notwendige Requisiten für den »Mondraketenflug« von Karl Valentin.

1 Flugzeug, bestehend aus:

Flugzeugrumpf
Flugzeuguntergestell mit 4 Gummirädern.
1 Raketenvorrichtung m. Akkumulator und Abschußschaltung
1 Flugzeugtragflächen-Verdeck mit Manometern und Wimpeln
1 Steuerrad – Höhensteuer
1 Motor für Propeller – 2 Propeller hiezu
1 " " Motorgeräusch eines Flugzeuges mit 2 Lederachsen,
2 Schlagbretter dazu
1 Benzintank unter dem Flugzeug
1 Benzinkanne
1 Ölkanne
1 Brennerzange
1 Raketenkiste mit 12 Raketen
1 Globus
1 Photo-Apparat
1 Kino-Aufnahme-Apparat
1 grosse Kiste mit verschiedenen Paketen zum Einladen, welche einseitig offen ist
1 Fernrohr mit Deckel
1 Redner-Antritt mit einer langen Fahnenstange und 2 kleinen Fähnchen, sowie Guirlanden
8 Stück Roßäpfel
1 Pferd mit Pferdeäpfelvorrichtung
2 Kokos-Schalen für Pferdegetrappel-Imitation
1 Besen und 1 Schaufel für Oberregierungsrat
1 Megaphon mit Schalltrichter
1 Mondbeleuchtungsvorrichtung
1 Mond, Sterne zum Aufstecken
1 schwarzer Hintergrund, sowie Seiten-Abdeckung
1 Anzahl von Zeitungen für Zeitungsmann
2 Orden zum Überreichen für Bürgermeister
1 Absturz-Vorrichtung

1 Pistole hiezu, Wassereimer zum Abschuss.
1 Anzahl gestrichener oder kaschierter Flugzeugtrümmer.
1 Deckel zur Mondverfin[st]erung.
1 Souffleurkasten,
1 weissblaues Fahnentuch.
2 Autohupen
1 Sirene.

Kostüme etc.

Schutzmann:	Rock, Helm, Handschuhe
Valentin:	Fliegeranzug, Zigaretten-Etui und Zigaretten
Karlstadt:	Fliegeranzug
Bürgermeister:	Gehrock, Zylinder, Orden.
Braut:	Blumenbuquet
Herren der Abordnung	Gehrock, Zylinder, Orden
Musiker:	Gehrock, Zylinder.
Zeitungsmann	Zeitung auf dem Hut, gut sichtbar.
Kino-Mensch	Sportanzug
Photograph	Strassenanzug.

Mo-zart!

Doppel Schallplattentext von Karl Valentin. Dezember 1942.

Schülerin läutet an der Wohnungstüre des Musikprofessors – kling kling –

FRAU PROF. *(öffnet)* Ah! Guten Tag, Frl. Liselotte – wie geht es, haben Sie fleissig geübet? Seit der letzten Unterrichtsstunde?

LISELOTTE Gewiss Frau Professor!

FRAU PRO. Nun, das lässt sich hören! Da wird sich am meisten der Herr Professor freuen, wenn Sie recht gute Fortschrit-

Szenenbild zu »Mo-zart!«

te machen. Der arme Mann ist seit gestern wieder so nervös, zum Zerspringen.

LISELOTTE Um Gotteswillen – noch nervöser, als in der letzten Stunde, da geh ich gleich wieder – und komme ein anderes Mal!

FRAU PRO. Um Himmelswillen, bleiben Sie da. Das würde ihn ja noch mehr erregen, wenn er Sie zum Unterricht erwartet und Sie kämen nicht. Denn an seiner ganzen Nervosität sind ja nur die Schüler und Schülerinnen schuld, weil niemand zuhause übt – sie sagen alle ja – und wenn sie ihm dann in der Musikstunde die Aufgaben vorspielen, können sie nichts. Und das macht den Herrn Profess noch ganz konfus! *(Es läutet)* Das ist er! Machen Sie ihre Sache gut, Frl. Liselotte.

PROFESS Guten Tag, Frl. Liselotte – verzeihen Sie meine kleine Verspätung, aber wir können sofort beginnen, haben Sie zuhause fleissig geübt?

LISELOTTE *(sehr zögernd und leise)* Ja, die Übungen waren sehr schwer, Herr Professor!

PROFESS Die leichten Übungen auch?

LISELOTT Auch sogar – aber die schwereren waren noch schwerer.

PROFESS Nun spielen Sie gleich die Übung von hier an ....

LISELOTTE *(spielt so, leise und zögernd[,] dass man kaum etwas hört 6 Takte[)]*

PROFESS Ich sehe zwar an Ihren Händen, dass Sie spielen, aber hören tue ich nichts! Darf ich um etwas mehr Forte bitten! Auf deutsch – mehr Lauterkeit.

LISELOTTE Ich traue mir nicht lauter spielen.

PROFESS Warum nicht, mein liebes Kind?

LISELOTTE Weil Sie sonst eventuell auch die Fehler hören würden, Herr Professor.

PROFESS Das Wort eventuell hasse ich genau so, als einen bereits bestehenden Fehler, aber ich erkenne schon an Ihrer ängstlichen Tasterei, dass Sie nicht geübt haben – das Lügen fällt Ihnen leichter als das Üben – gut, dann übergehen wir diese

Übung, und Sie lernen mir dieselbe bis zur nächsten Unterrichtsstunde.

LISELOTTE Jawohl, Herr Professor.

PROFESS Was sagen Sie? Jawohl? Sie lügen ja schon wieder für den nächsten Unterricht – wir gehen nun weiter und zwar nehmen wir hier diese sehr leichte aber wundervolle Übung von Mozart durch – ich spiele Ihnen die Übung vor *(spielt irgend eine ganz seriöse lyrische Mozartsache, vielleicht 12 Takte ...[)]* wiederholen Sie, bitte, was ich Ihnen vorgespielt habe – aber ganz zart, das sagt schon der Name Mozart!

LISELOTTE *(schlägt aber statt Pianissimo die ersten Töne der Mozartübung kräftig an, obwohl der Herr Professor soeben an »zart« erinnert hat).*

PROFESS *(gerä[t] darüber in Wut)* So Frl. spielen Sie die Übung nur kräftig und laut. *(Frl. Liselotte hält das für ernst und spielt noch lauter)* Noch lauter, Frl. – können Sie denn nicht lauter spielen? Nehmen Sie doch die Fäuste dazu. Kommen Sie her, ich helfe mit – so, die Ellenbogen sollen auch beschäftigt sein – so ist es recht – fortissimo – fortissimo-furioso *(Höllenlärm)* Mit dem Klavierhocker kann man auch noch spielen, das verstärkt die Musik.

FRAU PROF. *(kommt erschrocken in das Musikzimmer herein und schreit)* Um Gotteswillen, was ist denn das für ein Riesenskandal, was bedeutet denn dieser Höllenlärm, da fliegen ja die Klaviertasten im Zimmer herum. Was hat denn das alles zu bedeuten?

PROFESS Meine teure Gattin! Meine Schülerin kann Dir darüber Auskunft erteilen!

FRAU PROF *(vorwurfsvoll)* Ja Frl. Liselotte, was ist denn hier vorgefallen, mein Mann ist ja ganz ausser Rand und Band!

LISELOTTE *(ganz verstört und halb weinerlich)* Dem Herrn Professor kann man absolut nichts mehr recht machen –. Die erste Übung habe ich ihm zu leise gespielt – da hat er mich geschimpft.

FRAU PROF Ja, dann hätten Sie halt lauter gespielt, wenn er es schon haben wollte.

LISELOTTE Das habe ich ja auch gemacht, er wollte es aber immer noch lauter haben und dann hat er die ganzen Tasten mit dem Klavierhocker zerschlagen.

FRAU PROF Ja, Du bist ja ein Narr – du weisst ja nicht mehr, was Du willst, Dir kann es ja niemand mehr recht machen. Auf diese Art verlierst Du ja Deine ganzen Schüler und Schülerinnen. Da schau hin – Frl. Liselotte zieht sich an und geht *(Türschlag)*

PROFESS Stell Dir vor, diese junge Gans spielt Mozart mit hartem Anschlag, statt mit dem leisesten Pianissimo schlägt sie Forte.

FRAU PROF Aber Du als Lehrer hast doch schliesslich das Recht, ihr zu sagen: spielen Sie zart.

PROFESS Das habe ich ihr gesagt. Ich habe es ihr sogar vorgespielt.

FRAU PROF Mit den Schülern muss man eben Geduld haben und man muss sie immer wieder und wieder auf ihre Fehler aufmerksam machen[.]

PROFESS Nein! Die Geduld habe ich nicht mehr! Im Gegenteil, ich habe gesagt: Spielen Sie noch lauter und noch lauter, hauen Sie mit den Fäusten in das Klavier, dass die Fetzen fliegen, dann habe ich sogar mit dem Klavierhocker noch mitgespielt, aber die Tasten haben dem gewaltigem Fortissimo, furioso nicht mehr standgehalten tastiaturo – Instrumenti – marode-defekte-reparaturo ....

FRAU PROF So! Und Du bist schuld, hättest Du Deine Schülerin mit Ruhe und Geduld behandelt ... so ....

PROFESS Mit meinen Nerven ist mir das nicht möglich[.]

FRAU PROF Aber den teuren Flügel zu demolieren, das war Dir möglich.

PROFESS Jawohl! – Das bin ich Mozart schuldig!

ENDE.

Zum Mozartjahr

Vorsicht – Nervenhochspannung

Schallplattentext von Karl Valentin. Dezember 1941.

ER *(Karl Valentin) schreit und tobt im Zimmer herum:* Weib! Mach mich nicht wild, sonst werde ich zu einem wilden Tier, zu einer Bestie!

SIE *(Liesl Karlstadt)* Aber Konstantin!

ER *(Haut in den Tisch hinein)* Nenne meinen Namen nicht, das allein macht mich nervös, oder soll ich noch nervöser werden?

SIE Konstantin! Noch nervöser kannst du doch nicht mehr werden.

Karl Valentin als Er und Liesl Karlstadt als Sie in »Vorsicht – Nervenhochspannung«

Er Ea – das ist ja schon wieder eine Widerrede! Das ist ja zum Verzweifeln!

Sie Ja, mit dir ist es bald zum Verzweifeln.

Er Nein!!! Mit dir ist es bald zum Verzweifeln, nicht mit mir.

Sie Aber Konstantin, wir leben doch sonst so friedlich zusammen wie zwei T[äu]bchen – in schönster Harmonie und heute bist du wie besessen. Ich habe dir doch nichts zu leide getan.

Er Ja? Hab ich mir vielleicht selbst was zuleide getan? Da wär ich ja ein Trottel.

Sie Konstantin! Sei doch vernünftig! Du bist doch kein Trottel!

Er *(brüllt aus vollem Halse)* Ich will aber ein Trottel sein! Ich will es ja!

Sie Ein spinnendes Mannsbild bist du! Wenn du nicht alle 5–6 Wochen deinen Rappel hast, dann ist Dir nicht wohl!

Er Ich brauche keinen Rappel – am allerwenigsten von Dir! – Aber diesen Stuhl brauch ich, damit ich ihn an der Wand zerschellen kann! *(wirft den Stuhl an die Wand) Dementsprechendes Geräusch.*

Sie *(schreit)* Konstantin! Das geht zu weit!

Er Ha Ha!! – Das geht noch viel weiter! *(nimmt einen zweiten Gegenstand und wirft ihn an die Wand) Geklirr …* Ich dulde keine Widerrede.

Sie Aber Konstantin, ich Widerrede Dir doch nie!

Er Ja, das ist ja schon wieder eine Widerrede!

Sie Dann red ich halt gar nichts mehr, wenn du meinst!

Er Wer meint denn das, dass du nichts reden sollst! Du sollst ja reden, aber nur nicht Widerreden.

Sie Ja, und wenn ich Widerrede, dann schreist du mich wieder an.

Er *(brüllt)* Natürlich schrei ich dich an, weil Du nicht Widerreden sollst. Verstehst du mich denn nicht?

Sie *(weinerlich)* Ich soll reden und muss reden und wenn ich wieder rede, dann ist es nicht recht.

Er Nein!!!!! Hebe dich von tannen! Du bringst mich sonst um meinen Verstand!

Sie *(nach einer kleinen Pause)* Konstantin! Lass mal in aller Ruhe mit Dir sprechen.

Er *(stöhnt aus Nervosität wie eine Lokomotive)*

Sie Was ist denn los, dass Du so ausser dir bist? Hast du in deinem Geschäft Ärger gehabt?

Er *(ganz kurz)* Nein!

Sie Oder ärgert Dich meine Anwesenheit?

Er *(ganz kurz)* Nein!

Sie Hast du denn überhaupt einen Grund, dass du so ausser Rand und Band bist?

Er Ja, den hab ich! Den Grund sollst du erfahren. *(verbissen vor Wut)* Der Grund ist der – dass es heute im 20. sten Jahrhundert noch kein Mittel gegen die Föhnkrankheit gibt.

Sie Ja, haben wir denn heute einen Föhn? An was kennt man denn das?

Er Meine Teure! Schau dir die Trümmer an, die in unserm Zimmer umher liegen – – das ist der Föhn!

Sie So, das ist der Föhn?

Er Nein, das sind die Trümmer, aber die Trümmer entstehen durch den Föhn.

Sie Eigenartig! Wie alles in der Natur so schön [in]einander greift! –

Szenenbild zu »Weltanschauung«

Weltanschauung

Von Karl Valentin.

VALENTIN: Ja, ja, Herr ...... glauben Sie mir das, ich habe die richtige Weltanschau[u]ng, weil ich mir die Welt genügend angeschaut habe.

NN.: Haben Sie Amerika auch schon gesehen?

V.: Hm, von Amerika habe ich gesehen: New York, San Franzisco, Chicago, die Niagarafälle. Dann habe ich gesehen: den Nil in Ägypten, Kairo, die ganze Wüste, die Pyramiden, Oasen, Kamele, dann habe ich schon gesehen ganz Italien, Rom, Neapel, das Kolosseu[m], den Vesuv, den Vatikan rauchend ...

N. N.: Was, der Vatikan hat geraucht? Sie meinen: der Vesuv!

V. : Ja, ja, der hat auch geraucht.

N. N.: Was heisst: auch ger[au]cht!

V.: Natürlich geht aus dem Vatikan oben auch Rauch heraus aus den Kaminen, die heizen doch auch ein. – Dann habe ich Asien gesehen, China mit der Hauptstadt Peking, die Einwohner von Peking sind in der Mehrzahl Chinesen und Asiaten. – Dann hab ich Frankreich gesehen, Paris mit dem Eiffelturm, der Eiffelturm ist sehr eiffelartig, eigenartig will ich sagen, der Eiffeltrum ist höher als breit, – dann die Seine ....

N. N.: Wem die seine, dem andern die sein oder die Ihrige?

V.: Nein, Spass beiseite! – Dann hab ich gesehen: Afrika – Affen hab ich dort gesehen, mehr wie auf dem Salvatorkeller in München.

N. N.: Ja, das sagt ja schon der Name: Aff-rika!

V.: Ausser Afrika hab ich noch gesehen: Grönland, da soll es sogar im Winter kalt sein. Sehr interessant ist das ewige Eis anzusehen. In Christiania – wo man hinsieht, nichts als Schnee und Eis – Verzeihung – Eis und Schnee wollt ich sagen! – Weiter habe ich gesehen: Russland, Sibierien, Tibet, Korea, Formosa, Japan, Australien, die Insel Ceylon, Sumatra, Java, dann Indochina, Siam, Hinter- und Vorderindien, Mittel- und Seitenindien, Afghanistan, Arabien, Senegambien, Abessinien, auch Madagaskar hab ich gesehen, den Sudan, den Kongo, Natal, das Kap der guten Hoffnung. Dann hab ich gesehen: Deisenhofen, Harlaching, Freising, Ostern, Pfingsten, Chile, Argentinien, Peru, Brasilien, Mexiko, Ecuador, Uruquai, Paraquai, Kanada, Lappland, Finnland, Schweden, Norwegen, die Türkei hab ich auch gesehn usw.

N. N.: Na, da hat Sie aber der liebe Gott sehr gern, weil er Ihnen so viel Gunst erwiesen hat!

V.: Wieso Kunst! Was hat denn meine Weltanschauung mit der Kunst zu tun?

N. N.: *Gunst!* Es heisst doch in dem Lied:

(Gesang) Wem Gott will rechte Gunst erweisen,
Den schickt er in die weite Welt,
Dem will er seine Wunder weisen,
in Berg und Tal und Flur und Feld.

V.: Ich versteh Sie nicht, was Sie mit dem Lied meine[n].

N. N.: Wenn das alles wahr ist, was Sie mir jetzt erzählt haben, so sagen Sie mir zugleich, dass Sie wahrscheinlich ein ganz vermögender Mann sind, denn Ihre Weltreisen müssen ja ein ganzes Vermögen verschlungen haben.

V.: Wieso ein reicher Mann?

N. N.: Das Reisen heutzutage mit Eisenbahn – Schiff – womöglich noch Flugzeug – ist doch heute keine billige Angelegenheit.

V.: Wieso Eisenbahn – Schiff – Flugzeug?

N. N.: Dann müssen Sie doch eine ganz gesunde Körperkonstitution haben! Diese Strapazen und die vielerlei Klimas in den verschiedenen Ländern[.]

V.: Strapazen – und Klima, wieso?

N. N.: Na, in Indien die furchbare Hitze – in den Nordländern die eisige Kälte[.]

V.: Ach!!! – Jetzt versteh ich Sie erst! Sie glauben ich sei da überall gewesen!

N. N.: Natürlich! Sonst hätten Sie's doch nicht sehen können!

V.: Gesehen hab ichs schon – aber nur – im Kino.

Karl Valentin als Sturzflieger

(mit seinem selbstkonstruierten Liliput – Eindecker.)
(Apparat steht auf der Bühne, der Vorhang öffnet sich, der Impresario und der Flieger kommen herein.)
(Flieger-Aussprache des Impresario.)

»Sie haben heute das seltene Vergnügen, den Lokalschauflügen des bekannten Meistersfliegers Herrn .... beiwohnen zu können. – Schauflüge auf freien Plätzen ala »Pegoud« usw. sind keine Seltenheit mehr. – Ganz anders verhält es sich mit den Schauflügen des Herrn .... Dieser ist im Stande, durch die Erfindung seines »Elektro – Liliput – Eindeckers«

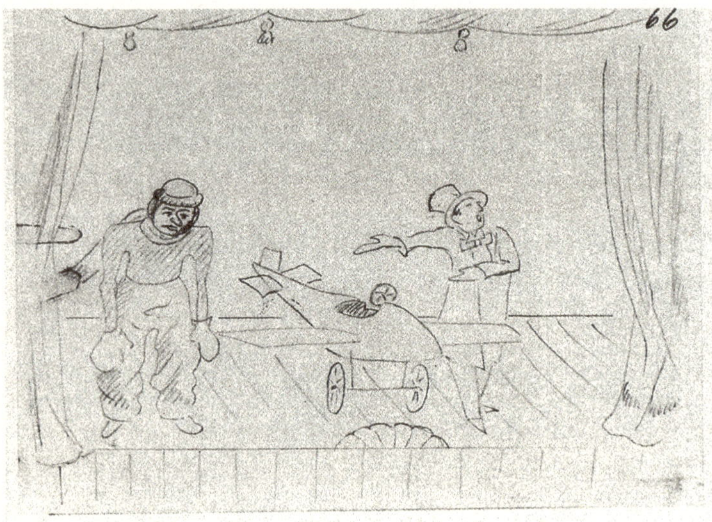

Karl Valentin als Sturzflieger und Liesl Karlstadt als Impresario in »Karl Valentin als Sturzflieger«

nach System »Fockker« im kleinsten Saale Rund – und Sturzflüge zu vollbringen, ohne dem werten Publikum zu garantieren für etwaige Unfälle. In seinen bereits absolvierten Gastspielen in Hannover, Hanau, Halle, Holland, Heilbronn, Harlaching, Hellabrunn usw. wurde Herr .... mit der goldenen Medaille prämiert. Herr .... wird nun sogleich seinen Apparat in Bewegung setzen und seine Vorführungen beginnen. Die Schauflüge bestehen aus:

1. Senkrechtem Kurvenflug in horizontalem Kreisdreieck,
2. Geometrischem, 8 winkeligem Sturzsaltomordale in 80% verdrängendem Luftkegel.

Zum Schluss der grauenerregende Adlerflug mit 150 km.–Geschwindigkeit.

Erfahrungsgemäss und laut polizeilicher Verordnung werden die Herrschaften dringend ersucht, bei den Flügen ruhig und ohne Angst sitzen zu bleiben und die verehrlichen, anwesenden Damen werden gebeten, die Hüte abzunehmen. Herr Lorenz Fischer bezahlt jedem, Aviatiker, eine Prämie von 1000–2000.– Mark, der im Stande ist, auf diesem Apparat hier auch nur den geringsten Flug zu unternehmen.«

VALENTIN: *(verbeugt sich)* – Antreiben! – Jetzt geht's wieder net – Hab'n g'wiss wieder die Buam im Hausgang draus g'spielt damit.!

KARLST.: Treib'n'S'an, – Was is denn los?

VALENTIN: Dö gross' Muatter is 'rausganga!

KARLST.: Verzeihung, vielleicht hat jemand von den Herrschaften zufälligerweise eine Grossmutter dabei? – Auch nicht? – Schade!

VALENTIN: Dö hab'n scho' oane, blos hergebn'n mög'n's sie's net.– *(zum. Monteur:)* Treib'n S'nochmal an – dör muass ja geh'! *(Der Propeller läuft – Apparat fährt vor.)*

KARLST.: Nur keine Angst – Alles ruhig sitzen bleiben! –

DIREKTOR: *(Kommt herein und schreit:)* Abstellen – Apparat abstellen – aufhören – u.sw. *(wenn abgestellt ist)* Ja, da hört sich doch alles auf! – Was fällt Ihnen denn ein? – Mit so einem

Riesenapparat hier im Lokal hier umeinander zu fliegen? Sind Sie denn von Sinnen?

VALENTIN: Nein – von hier!

DIREKTOR: Man kann doch unmöglich in so einem Raum fliegen noch dazu mit dem gefährlichen Benzinmotor!

VALENTIN: Ja – mit'n Kartoffelsalat kann i net fliegen!

DIREKTOR: Was glauben denn Sie, was da alles passieren kann! – Wenn da ein Tropfen Benzin heraustropft – die Damen haben alle teure Hüte auf und elegante Kleider – wenn was passiert, – bezahlen Sie den Schaden?

VALENTIN: Ausgeschlossen!

DIREKTOR: Na also! *(zu Karlstadt:)* Schuld sind aber Sie! – Denn Sie haben mir die Nummer als ganz ungefährlich erklärt! – Das hätten Sie doch selbst einsehen müssen, dass das unmöglich hier zu machen ist! – Sie sind doch der Impresario? *(zu Valentin:)* Nicht wahr, das ist doch Ihr Impresario?

VALENTIN: Sehr angenehm!

DIREKTOR: Sag'n S'einmal, is denn der damisch?

VALENTIN: Ja, den hat einmal der Propeller g'streift – seit der Zeit is er blödsinnig!

DIREKTOR: Ja, das merkt man! – Also, g'flog'n wird da herin nix! Glauben Sie, ich lass' mir sämtliche Lüster und Lampen kaputschlagen! Räumen Sie sofort die Bühne ab! – Schluss machen und schleunigst das Lokal verlassen! – Vorwärts! *(ab)*

KARLST.: Wer war denn dös?

VALENTIN: Dös muass a ehemaliger Feldwebel g'wesen sein, – so – jetzt hab'n mir's! – Jetzt steh'n wir da wie's Kind vor'm Flugapparat!

KARLST.: Ja, – ich kann auch nichts dafür! – Ich hab' halt auch g'meint –

VALENTIN: Ja, – g'moant und – g'flog'n is zweierlei! –

KARLST.: Ja, gar so unrecht hat er nicht – es ist schon ziemlich klein da herin!

VALENTIN: Zu klein! –

KARLST.: Das wär direkt kleinlich, wenn man da umeinanderfliegen täte!

VALENTIN: So was g'hört überhaupt im Freien g'macht!

KARLST.: Natürlich!

VALENTIN: Aber, man kann von dö Leut' net verlanga, dass bei dera Kält'n in's Freie 'nausgehnga! – Ja – sag'n S'es halt dö Leut, dass's verbot'n is!

KARLST.: Hochgeehrte Damen und Herren! – Hab'n Sie, wie Sie – wie man nur da lachen kann!

VALENTIN: Weil S'g'sagt hab'n, – hab'n Sie wiesie!

KARLST.: Ich mein' doch – hab'n Sie, wie *Sie!*

VALENTIN: Wie ich?

KARLST.: Ich spreche doch mit dem Publikum!

VALENTIN: Dann müass'n S'sag'n, – wie er!

KARLST.: Wenn Sie's besser können, wie ich – bitte schön!

VALENTIN: Ja, – ich kann überh[a]upt net red'n, blos flieg'n!

KARLST.: Also, dann sind Sie ruhig! – Hochgeehrte Herren und Damen! *(Propeller geht zweimal los.)* Haben Sie – wie Sie – wenn Ihnen das sozusagen – oder irgend jemand beispielsweise – im Falle dass Sie gewusst hätten – oder widrigenfalls ohne direkt – oder bisher gesagt inwiefern – nachdem naturgemäss es doch ganz gleichgültig – erscheint, ob so oder so – im Fall es sein könnte, – oder es ist, wie erklärlicherweise – in Anbetracht oder vielmehr – warum es so gekommen sein kann oder muss – so ist kurz gesagt, kein Beweis vorhanden, dass es selbstverständlich erscheint, in welcher zur Zeit ein oder mehrere in unabsehbarer Weise sich selbst ab und zu zur Erleichterung beitragen, ohnedem wir ja trotzdem nicht fl[ie]gen können, da es doch die Direktion ausdrücklich verboten hat. – Mir tut es natürlich unendlich leid, meine Herrschaften, – Ihnen wird's ebenso leid tun, – aber meine Wenigkeit kann natürlich da auch nichts mehr dagegen machen. – Ich bitte Sie deshalb, vielmals um Verzeihung – auf Wiederseh'n, meine Herrschaften! *(ab.)*

VALENTIN: Ja – also entschuldigen S'vielmals!

Ende!

Anhang

Editorische Notiz

Textgrundlage der vorliegenden Auswahl ist folgende Ausgabe:
Karl Valentin: Sämtliche Werke in acht Bänden. Herausgegeben auf der Grundlage der Nachlassbestände des Theatermuseums der Universität Köln, des Stadtarchivs und der Stadtbibliothek München sowie des Nachlasses von Liesl Karlstadt von Helmut Bachmaier und Manfred Faust. München: Piper, 1992 ff.

Die acht Kapitel der vorliegenden Auswahl folgen den Bänden 1 bis 8 dieser Ausgabe.

Die Texte, an denen Liesl Karlstadt ein Miturheberrecht besitzt, wurden mit freundlicher Genehmigung der Piper Verlag GmbH abgedruckt.
Karl Valentin: Sämtliche Werke. Band 3: Szenen

Karl Valentin: Sämtliche Werke. Band 5: Stücke

Karl Valentin: Sämtliche Werke. Band 8: Filme und Filmprojekte

Michael Lentz: Und plötzlich ist am Ende Schluss.

Karl Valentins Kunst der Komik

»... wo sie jetzt liegt, das will ich wissen!« – »Ja, wo sie jetzt liegt, das weiß ich auch nicht, irgendwo wird's schon liegen.« – »Irgendwo! Freilich liegt's irgendwo – aber wo – wo ist denn das irgendwo?« – »Irgendwo? Das weiß ich auch nicht, wo das ist – dann liegt's halt woanders!« – »Woanders! Woanders ist doch irgendwo.« – »Red doch nicht so saudumm daher, woanders kann doch nicht zu gleicher Zeit woanders und irgendwo sein!« – »Aber Frau, so kann nur wer daherreden, wer von einer Brille nicht die geringste Ahnung hat!« Leuchtet ein, schließlich sind die deiktisch unbestimmten Lokaladverbien »Irgendwo« und »Woanders« ja Ortsnamen. Und wo findet sich die Brille schließlich? Auf der Stirn. »Aber leider ohne Etui.«

Auf diese Weise kann man sein Leben sinnvoll damit zubringen, sprachliche Funktionen und das Funktionieren von Sprache so lange zu hinterfragen, bis das lebensweltliche Problem in den Hintergrund tritt, weil die Sprache selbst zum zentralen Problem geworden ist. Solche Sabotagen sprachlicher Gebrauchsregeln wie im Dialog »Wo ist meine Brille?« (S. 178–180) finden sich bei Karl Valentin und Liesl Karlstadt häufig, ihre Monologe, Dialoge, Stücke und Filme leben geradezu von der Aufweichung alltagspragmatischer Regularien. Sie nehmen sprachliche Unschärfen sehr genau, eine stillschweigende Vereinbarung über die Gültigkeit sprachlicher Gebrauchsregeln und den Spielraum tolerierbarer Abweichungen gibt es für sie ebensowenig wie eine ökonomische Grenze des Fragens.

Anstatt Vereindeutigung und Genauigkeit zu erzielen, wird auf die generelle Unzuverlässigkeit sprachlicher Referenzierung gezeigt, und das auf allen Ebenen grammatischer und semiotischer Kategorialität. Die unumgänglich erscheinende Kommunikationsform, diese Paradoxie auszuagieren, ist der Streit.

Da bleibt es nicht aus, dass Valentin in seinen Monologen, Dialogen, Couplets, Szenen, Stücken und Filmen mit Hingabe Kategorien verwechselt wie im Dialog über die verschwundene Brille (Adverbien lokaler Unbestimmtheit als Ortsnamen) oder im Dialog »Der überängstliche Hausverkäufer« (S. 184–186), in dem die Kategorienfehler einander ablösen:

K. Wie alt ist das Haus schon?
V. Weiß nicht, hab noch nicht gefragt.
K. Sind Hypotheken drauf?
K. V.: Nein, nur ein Kamin.

Nachdem Valentin aufgrund der Kürze seiner Antwort den Anschein erweckt, das Haus selbst nach seinem Alter zu fragen, verwechselt er in der Antwort auf die Folgefrage »drauf« als anaphorische Kurzform von »auf dem Haus« im metaphorischen Sinne einer finanziellen Belastung mit dem Pronominaladverb »darauf«. Er nimmt also »auf dem Haus« als Ortsangabe wörtlich.

Sprache und Welt sind bei Karl Valentin nicht getrennt voneinander zu denken, seine Komik basiert solchermaßen neben der körpergestischen und der Situationskomik auf Sprache und dem Anrennen gegen ihre Grenzen. Nicht welche Dinge und Undinge Valentin verhandelt, sondern wie er das Funktionieren oder Nicht-Funktionieren von Sprache zeigt, macht seine (sprach)analytische Komik aus.

Diese Komik ist ein paradoxes Vexierspiel, sie nutzt den sich der alltäglichen Kommunikation und Beobachtung gemeinhin entziehenden Spielraum, den Sprache als sowohl extern wie selbstreferentiell verweisendes und repräsentierendes Medium bietet: Auf welcher Sprach- bzw. Kommunikationsebene die sprachlichen Kombattanten sich gerade befinden, muss bei Valentin immer erst verhandelt werden. Dass Sprache bzw. das sprachliche Zeichen überhaupt ein Medium externer Referenz ist[1], stellt Valentins Komik mit ihren Abweichungsdiskursen permanent in Frage: Den Dingen kommt immer die Sprache dazwischen; das »Kommunikationssystem« »nutzt nicht ein schon vorhandenes Medium, sondern produziert und reproduziert es in der eigenen Autopoiesis«.[2] Kaum hat sich eine momentan stabile Kommunikationssituation mit stabilen Sinnidentifikationen etabliert, wird sie im nächsten Moment wieder destabilisiert. Dieser Kippmoment erweist sich bei aller motivischen Varianz der Komik Valentins in allen seinen Arbeiten als konstant.

Sich verhören, etwas wörtlich nehmen, sich jeweils hartnäckig auf das andere gleichlautende Wort beziehen, Mehrdeutigkeit zum Brunnquell von Missverständnissen machen oder aneinander vorbeireden sind dabei noch kleinere Übungen im Valentin'schen Kosmos der lustvollen Sprachdekonstruktion. Dass Äußerungen notwendig situationsbezogen sind, wird ebenso kunstvoll außer Kraft gesetzt, wie überhaupt routiniert im Hintergrund arbeitende Prozeduren der Kommunikation, die nicht mehr eigens thematisiert zu werden brauchen, mit einem Mal ausdiskutiert werden müssen und somit eine Krise auslösen können. Valentin betätigt sich zuweilen als Krisenmanager, noch bevor durch eine kommunikative Störung der Ernstfall eingetreten ist. Ein Indikator kann dann bereits die Art und Weise der einen Dialog eröffnenden Fragestellung oder eine wie nebenbei hingeworfene Bemerkung sein. Die Störung wird

1 Siehe hierzu auch Niklas Luhmann: »Zeichen als Form«, in: Dirk Baecker (Hg.): *Probleme der Form*. Frankfurt a.M. 1993, S. 45–69, hier S. 50: »Für das Zeichen als Form gibt es in der Tat keine Referenz. […] Das heißt: Die Unterscheidung Bezeichendes / Bezeichnetes kann man verwenden oder auch nicht. Es gibt nichts ›Externes‹, was qua Referenz dazu zwänge; und es gibt auch kein Wahrheitskriterium für die Wahl einer Ausgangsunterscheidung. Deshalb muß eine als Semiotik konstruierte Sprachtheorie auf eine externe Referenz der Sprache verzichten.«

2 Niklas Luhmann: *Die Wissenschaft der Gesellschaft*. Frankfurt a.M. 1990, S. 54.

hierbei nicht selten mutwillig herbeigeführt durch Prinzipienreiterei und Zwanghaftigkeit, Besserwisserei und voranlaufende Schadenfreude, durch die Inszenierung von Widersprüchen und Widersprüchlichkeiten, wo vorher keine waren oder nicht weiter ins Gewicht fielen, durch ein so lustvolles wie insistierendes Anrennen gegen Grenzen sprachlicher Funktionen und Überschreiten situativer und kontextueller Gültigkeit sprachlicher Äußerungen, die leicht ins Universale gesteigert wird. Eine Definition ist nie exakt genug, als dass sie nicht noch exakter gefasst werden könnte. Genauigkeit ist generell ein kategorischer Imperativ, an dem sich Valentin hingebungsvoll abarbeitet, denn eine im Sinne der Sprachökonomie notwendige Ungenauigkeit oder Unbestimmtheit von Sachverhalten ist er auch dann nicht bereit hinzunehmen, wenn die Umstände hinreichend vermittelt sind, wie er in seinem frühen Monolog »Das Aquarium« (1908) demonstriert:

Sehen Sie, seit soundso viel Jahren wohne ich jetzt in der Sendlinger Straße, also nicht in *der Sendlinger Straße, sondern … schon in der Straße, also ich meine … also in den Häusern, die wo halt in der Straße sind, weil in der Straße selber könnt man ja nicht wohnen, weil immer die Trambahn durchfährt. Ich wohne im ersten Stock, weil in dem Haus, wo wir da wohnen, ist ein erster Stock, der ist unterm zweiten Stock und oberm Parterre so zwischendrin, da geht bei uns in den ersten Stock eine Stiegen nauf, die geht schon wieder runter auch, aber zuerst geht's hinauf. Wenn man es eigentlich richtig nimmt, geht ja nicht die Stiegen nauf, sondern wir gehen auf die Stiegen nauf, man sagt eben so. (S. 8)*

Mit dem »Stiegen nauf«-Gehen ist das Ziel und damit zugleich ein Ende des definitorischen Exzesses erreicht, aber dies auch nur, weil Valentin dem allgemeinen Sprachgebrauch (»man sagt eben so«) das letzte Wort lässt. Rückgriffe auf ein breites Repertoire an Redensarten, Sprichwörtern und idiomatischen Wendungen, wie sie vielfach in seinen Texten zu finden sind, dienen ihm manchmal als Letztbegründung und soziale Absicherung seiner Sprachexerzitien.

Ein solcher definitorischer Exzess kann sich bei Valentin an jedem beliebigen Sachverhalt und jedem Ding exemplifizieren bis hin zu solchen Fragen, auf die es keine definitorischen Antworten gibt, zum Beispiel auf die Frage »Was ist ein ›Fremder‹?« in seinem Dialog »Die Fremden« (S. 197–198). Wenn nämlich der Satz »Fremd ist der Fremde nur in der Fremde« tatsächlich die Definition von »Fremder« ist, ist sie nur eine indirekte oder Definition ex negativo, mit der sich die intensionale Definition des Begriffs bloß verschiebt. Gäbe es keine Fremde, hier als Antonym von »zu Hause« oder »Heimat«, gäbe es auch keinen Fremden. Die nah am Kalauer balancierende figura etymologica gehört zum festen Bestand von Valentins Komisierungsstrategien.

All diese ihrerseits wieder störanfälligen Sprachprozeduren, die handlungsorientierte Situationskomik auslösen oder sich an einer solchen entzünden können, initiieren Kommunikation und halten sie entgegen aller Wahrscheinlichkeit in Gang. Das In-Gang-Halten von Kommunikation über alle Abbrüche, Abweichungen, Redundanzen oder zum Beispiel tautologische Sackgassen hinweg ist ein besonderes Bravourstück der Kunst Karl Valentins.

Dass der (Bühnen-)Künstler, Autor, Musiker und Filmpionier Karl Valentin sich selbst schlicht als »Volkssänger« bezeichnete, hatte seinen Grund weder in einer Anbiederung an ein zum »Volk« stilisiertes Publikum noch in Selbstbescheidenheit. Nicht ohne Stolz und bei aller Abweichung von ihrer zuweilen doch flachen Komik gemeindete sich Valentin in die illustre Schar der Münchner Auftrittskünstler ein, die aus der Singspielhallen-Tradition kamen und deren gebräuchliche Berufsbezeichnung eben die des Volkssängers war. Mit seinen Monologen, Dialogen und Stücken, seinen Klapphornversen, Couplets und Liedern griff er das Volkssänger-Repertoire auf, radikalisierte es sprachanalytisch und durch metakomische Parodien und Travestien. Mit seinen Werken betrat der Neuland, fortan war »Volkssänger« ein Synonym für Valentin.

Auch gattungspoetologisch war Karl Valentin ein Neuerer, der in avantgardistischen Kontexten der Frühen Moderne etablierte Formate adoptierte und komisierend zuspitzte, so zum Beispiel mit seinen Listentexten (»Neue Rennpferdenamen«, S. 56–59), nonsensikalisch-mimologischen Gedichten (»Chinesisches Couplet«, S. 92; »Das futuristische Couplet«, S. 98) oder Regeltexten, deren Regeln bzw. Regulierungskonzepte rekursiv auf die Genese von (anderen) Texten angewendet werden könnten (»Zwangsvorstellungen« (S. 42–44), »Neue Verkehrsordnung« (S. 171–173)).

Karl Valentins Werk ist multidisziplinär und intermedial. Für unterschiedliche Formate und Medien entwickelte er differenzierte medienadäquate Umsetzungen und pointierte Lösungen. Paradigmatisch kann das an einem Vortragsstück gezeigt werden, das ein Paradestück von Valentins Kunst der Abschweifung ist: »Die Uhr von Löwe«. Schon die Ankündigung der populären Ballade von Carl Loewe setzt Maßstäbe der Verhinderung: »Gestatten Sie, dass ich eine Ballade von Löwe zum Vortrag bringe: Die Uhr von Löwe. Ich setze voraus, dass ich mich dabei selbst begleite – mit der Gitarre. Die Uhr von Löwe!« Wunderbarerweise hält der Sänger das ganze Stück über an der Gesangsnummer und der Konzertsituation fest, nimmt immer neue Anläufe, allein es ist halt so viel im Weg, was einmal ausgesprochen gehört. Viermal muss er sich ermahnen, zur Sache zu kommen, kommt allerdings über die ersten Zeilen nicht hinaus: »Ich trage, wo ich gehe, stets eine Uhr bei mir. Wieviel es geschlagen habe, genau seh ich's an ihr.« Lieber erzählt Valentin allerhand Geschichten über das Erlernen des Gitarrenspiels (ohne Saiten), den U(h)rgroßvater, einen Streit mit einem Uhrmacher und eine »altmodische Wanduhr«, die als Ersatz für eine an die Wand geschmissene Taschenuhr an einem Nagel in der Brust getragen wird. »Na ja, das gehört nicht hierher. Also: Die

Uhr von Löwe!«, kommentiert der verhinderte Sänger – und demonstriert en passant, dass Analogie und Assoziation Wirklichkeit erschaffende Verknüpfungsoperationen des Imaginären sind und somit Diversität und Andersheit ermöglichen und dass die kreative Störung der Abweichung und nicht Ordnung als grundbildende Matrix des Bewusstseinsapparates anzusehen ist. Und wie kommt Valentin aus der Nummer wieder raus? Hier gibt es zwei Lösungen: In der Monologszene für die Bühne (S. 15–17) einigt er sich mit sich selbst darauf, dass die Ballade »Die Uhr von Löwe« eigentlich gar nicht für Gitarrenbegleitung passt, dabei war er doch so stolz, sich selbst auf der Gitarre begleiten zu können, außerdem hat er seine Uhr versetzt. Der Schluss der Schallplatten-Fassung weicht von der Monologszene für die Bühne medienadäquat ab. Schuld daran, dass er die »Uhr von Löwe« nicht zum Vortrag bringen kann, ist hier nicht etwa sein permanentes Abweichen und Unterbrechen, vielmehr ist das Medium selbst schuld, nämlich die Zukurzschallplatte bzw. die geschallplattete Zeit: »Leider kann ich Ihnen die Ballade nicht mehr ganz vorsingen, weil auf der Schallplatte dafür kein Platz mehr vorhanden ist. Schade, eine Schallplatte müsste eigentlich einen Meter Durchmesser haben, entschuldigen Sie also vielleicht vielmals den plötzlichen Schluss.«[3]

Bis heute gibt es keinen deutschsprachigen Künstler, der aus Sprache ein solches Komik-Kapital geschlagen hat wie dieser Münchner Querdenker. Es ist wohl schlicht und ergreifend der Valentin-Effekt – durch Brecht auch unter dem Kürzel V-Effekt bekannt geworden.

Karl Valentin und Liesl Karlstadt exerzieren das Scheitern durch – und wir lachen nicht selten »voll Trauer«, wie Samuel Beckett über einen Auftritt Valentins 1937 in Berlin berichtete. Komik muss nicht lustig sein, Lachen muss ein lebensweltliches Paradox nicht kompensieren können, es kann auch aus schierer

3 Karl Valentin: *Gesamtausgabe Ton 1928–1947*. München 2003, Disk 1, Track 11.

Notwehr heraus erfolgen und der von Valentin inaugurierten Situation gegenüber unangemessen sein, man denke zum Beispiel an seine Dialoge, Stücke und Filme, die soziale Missstände verhandeln (»Der Firmling«, »Die Erbschaft«). Hier ist Karl Valentin ganz Realist, seine Komik existentiell.

Kann Komik altern? Die existentielle Komik Valentins ist jung geblieben, die Zeit hat ihr nicht viel anhaben können. Im Gegensatz zu den meisten Volkssängern und Komikern seiner Zeit war seine Kunst nicht untrennbar mit spezifischen zeithistorischen oder politischen Situationen verbunden, auch wenn sie zuweilen im folkloristischen Kleid erschien. Von wenigen textlichen Ausnahmen abgesehen, zielte sie auch nicht auf ein Moralisieren, sondern war von Anfang an universal an der weltlichen und damit auch sprachlichen Conditio humana ausgerichtet. Als Radikalkomik macht sie erfahrbar, dass es nicht unbedingt ein Vorteil für den Menschen sein muss, über Sprache zu verfügen, die, kaum hat der Mensch den Mund aufgemacht, über ihn verfügt. Sie macht uns bewusst, warum es tatsächlich so unmöglich ist, mit der Sprache aus der Sprache heraus- oder über sie hinauszugelangen. Indem sie dies zeigt, ist sie das beste Antidepressivum, das wir geistig haben.

Alphabetisches Verzeichnis der ausgewählten Titel

Allerhand Sport ... 48
Alte Volksliedertexte – wieder »zeitgemäss« 110
An den Flughafendirektor Franz Hailer 359
An den Theaterdirektor Terofal 361
An den Zeichner und Maler Eduard Thöny 364
An die Tochter Bertl 365
An einen Anonymus 363
An einen Jubilar 358
An Frau Hundeshagen 362
Andreas Papp 95
Anklage v. K.V. 379
Auf dem Marienplat 46
Auf der Wohnungssuche im Jahre 1915 33
Auskunft auf der Landstrasse 388

Bahnhofsszene 141
Bei Schaja 207
Blödsinn-Verse 79
Brief aus Bad Aibling 40

Chinesisches Couplet 92

D' Sennerin auf der Alm 82
Das Aquarium 8
Das Brilliantfeuerwerk 280
Das Clownduett oder die verrückten Notenständer 134
Das futuristische Couplet 98
Das Mikrofon ist eingeschaltet 156
Der Firmling 244
Der Flug zum Mond im Raketenschiff 396
Der halberzählte Witz 27
Der Hasenbraten 168
Der neue Buchhalter 176
Der Photograph 28
Der Radfahrer 164
Der Regen 44
Der überängstliche Hausverkäufer 184
Der verlorne Brillantring 19
Der Weltuntergang 38
Des Freundes Brief 190
Die Atombombe 204
Die Fremden 197
Die Geldentwertung 66
Die neue Villa 37
Die Stadt beim Morgengrauen 104
Die Uhr von Löwe 15
Die vier Jahreszeiten 89

Ehrgeiz 392
Ein Interview mit Karl Valentin 199
Ein Posaunensolo mit Posaunenbegleitung 23
Ein verhängnisvolles Geigensolo 131
Eine Frau aus dem Volke 60
Eine Hinrichtungsszene 154
Eine Moritat im Gross-Stadtdunkel 91
Eine Schlamperei 158
Expressionistischer Gesang 124

Ganz neue, echt hagelbuachane und teils ungereimte Schnaderhüpfl 113

Haben Sie Zeit, gehns mit 195
Heinrich und Liese 74
Hinaus ins Freie 17

Ich bin der Ritter Unkenstein 107
Ich hatt' einen Kameraden 96
Im Gärtner-Theater 10
Immer belegt 394
Im Photoatelier 308
Im Schallplattenladen 145
In der Apotheke 173
Ist das schon Alles 72

Karl Valentin als Sturzflieger 420
Karl Valentin baut 382
Karl Valentins Olympia-Besuch 1936 53
Karl Valentins Selbstbiographie 370
K-I-S-. (Katzenjammer-Impf-Serum) 386
Klapphornverse 99
[Komische Berufe] 380
Kreuzworträtsel 390

Mein München 120
Meine Komplexe 374
Moritat vom kleinen P.G. 123
Mo-zart! 410

1. Narrenrede 31
Nein 202
Neue Rennpferdenamen 56
Neue Verkehrsordnung 171
Neues vom Starnberger See 50

Parodie auf Still ruht der See 83
Pilgerchor aus »Tannhäuser« 13
Politische Ansichten 188

Raubritter vor München 254
Riesenblödsinn 21
Ritter Unkenstein 334
Romanze in C-Moll 81
Rundfunk [Im Senderaum] 302

Schau & Sturzflüge im Lokal 237
Schlechter kann's uns nimmer geh'n 67
Schnadahüpfl 119
Semmelknödel 182
Sonderbarer Appell 186

Taucherlied 102
Telefon-Schmerzen [Buchbinder Wanninger] 193
Teppichklopfen 166
Theater in der Vorstadt 210
Theaterbesuch 324
Trommel-Verse 85

Üble Angewohnheiten 180
Umtauschstelle 116
Unpolitische Rede 26

Vereinsrede 54
Versteigerung! 88
Vorsicht – Nervenhochspannung 414

Walzertraum von Karl Valentin 77
Warum sind Optimisten die klügsten Leute 381
Weltanschauung 417
Wenn ich einmal der Herrgott wär' 108
Wer uns getraut 157
Wie ich Volkssänger wurde 371
Wo ist meine Brille? 178

Zither-Solo. Die Rasenbank 128
Zwangsvorstellungen 42

Ausführliches Inhaltsverzeichnis

I Monologe und Szenen

Das Aquarium 8
Im Gärtner-Theater 10
Pilgerchor aus »Tannhäuser« 13
Die Uhr von Löwe 15
Hinaus ins Freie 17
Der verlorne Brillantring 19
Riesenblödsinn 21
Ein Posaunensolo mit Posaunenbegleitung 23
Unpolitische Rede 26
Der halberzählte Witz 27
Der Photograph 28
1. Narrenrede 31
Auf der Wohnungssuche im Jahre 1915 33
Die neue Villa 37
Der Weltuntergang 38
Brief aus Bad Aibling 40
Zwangsvorstellungen 42
Der Regen 44
Auf dem Marienplatz 46
Allerhand Sport 48
Neues vom Starnberger See 50
Karl Valentins Olympia-Besuch 1936 53
Vereinsrede 54
Neue Rennpferdenamen 56
Eine Frau aus dem Volke 60
Die Geldentwertung 66
Schlechter kann's uns nimmer geh'n 67

II Couplets

Ist das schon Alles ... 72
Heinrich und Liese ... 73
Walzertraum von Karl Valentin ... 77
Blödsinn-Verse ... 79
Romanze in C-Moll ... 81
D' Sennerin auf der Alm ... 82
Parodie auf Still ruht der See ... 83
Trommel-Verse ... 85
Versteigerung! ... 88
Die vier Jahreszeiten ... 89
Eine Moritat im Gross-Stadtdunkel ... 91
Chinesisches Couplet ... 92
Andreas Papp ... 95
Ich hatt' einen Kameraden ... 96
Das futuristische Couplet ... 98
Klapphornverse ... 99
Taucherlied ... 102
Die Stadt beim Morgengrauen ... 104
Ich bin der Ritter Unkenstein ... 107
Wenn ich einmal der Herrgott wär' ... 108
Alte Volksliedertexte – wieder »zeitgemäss« ... 110
Ganz neue, echt hagelbuachane und teils
ungereimte Schnaderhüpfl ... 113
Umtauschstelle ... 116
Schnadahüpfl ... 119
Mein München ... 120
Moritat vom kleinen P. G. ... 123
Expressionistischer Gesang ... 124

III Szenen

Zither-Solo. Die Rasenbank 128
Ein verhängnisvolles Geigensolo 131
Das Clownduett oder die verrückten Notenständer 134
Bahnhofszene 141
Im Schallplattenladen 145
Eine Hinrichtungsszene 154
Das Mikrofon ist eingeschaltet 156
Wer uns getraut 157
Eine Schlamperei 158

IV Dialoge

Der Radfahrer 164
Teppichklopfen 166
Der Hasenbraten 168
Neue Verkehrsordnung 171
In der Apotheke 173
Der neue Buchhalter 176
Wo ist meine Brille? 178
Üble Angewohnheiten 180
Semmelknödel 182
Der überängstliche Hausverkäufer 184
Sonderbarer Appell 186
Politische Ansichten 188
Des Freundes Brief 190
Telefon-Schmerzen [Buchbinder Wanninger] 193
Haben Sie Zeit, gehns mit 195
Die Fremden 197
Ein Interview mit Karl Valentin 199
Nein 202
Die Atombombe 204
Bei Schaja 207

V Stücke

Theater in der Vorstadt 210
Schau- & Sturzflüge im Lokal 237
Der Firmling 244
Raubritter vor München 254
Das Brilliantfeuerwerk 280
Rundfunk [Im Senderaum] 302
Im Photoatelier 308
Theaterbesuch 324
Ritter Unkenstein 334

VI Briefe

12. 5. 1936 an einen Jubilar 358
Juni 1936 an den Flughafendirektor Franz Hailer 359
22. 1. 1937 an den Theaterdirektor Terofal 361
22. 7. 1937 an Frau Hundeshagen 362
Herbst 1940 an einen Anonymus 363
Um den 9. 2. 1941 an den Zeichner und Maler Eduard Thöny .. 364
3. 2. 1932 an die Tochter Bertl 365

VII Autobiographisches und Vermischtes

Karl Valentins Selbstbiographie 370
Wie ich Volkssänger wurde 371
Meine Komplexe 374
Anklage v. K. V. 379
[Komische Berufe] 380
Warum sind Optimisten die klügsten Leute 381
Karl Valentin baut 382

VIII Filme und Filmprojekte

K-I-S-. (Katzenjammer-Impf-Serum) 386
Auskunft auf der Landstrasse 388
Kreuzworträtsel 390
Ehrgeiz 392
Immer belegt 394
Der Flug zum Mond im Raketenschiff 396
Mo-zart! 410
Vorsicht – Nervenhochspannung 414
Weltanschauung 417
Karl Valentin als Sturzflieger 420

Anhang

Editorische Notiz 426
Michael Lentz: Und plötzlich ist am Ende Schluss.
Karl Valentins Kunst der Komik 427
Alphabetisches Verzeichnis
der ausgewählten Titel 435

Michael Lentz
Schattenfroh
Ein Requiem

»Man nennt es schreiben.«

»Schattenfroh« ist ein Roman und die Welt und das Leben. Tausend verzweifelte Seiten, die die Frage nicht beantworten, ob das Leben reparabel ist und uns das Erzählen heilen kann. Tausend manische Seiten des unmöglichen Abschieds vom Vater: so hermetisch wie kraftvoll, monumental und überwältigend.

1008 Seiten, gebunden

Weitere Informationen finden Sie auf
www.fischerverlage.de

AZ 10-043938/1